한국
고전번역자료
편역집

2

이 책은 2007년 정부(교육과학기술부)의 재원으로 한국연구재단의 지원을 받아 수행된 연구임(NRF-2007-361-AM0059)

고전번역학총서-번역편 5

한국
고전번역자료
편역집

2

대한제국기
일제강점기

임상석 · 손성준 · 신상필 · 이태희

점필재

서문

점필재연구소 고전번역센터는 지금까지 한국의 고전번역 문제를 동아시아적 지평에서 탐구한 연구총서와 근대 초기 번역자료 편역서 및 현대 중국의 고전번역 담론을 소개한 번역서 등을 출간하면서 한국 고전번역의 통사와 이론을 구성하려 노력해왔다. 지금 발간하는 "한국 고전번역 자료 편역집" 2권은 지금까지의 작업을 더 폭넓게 뒷받침하는 자료를 다각적으로 모색한 성과이다. 조선시대부터 일제강점기까지 이르는 기간에 생산된 고전번역 자료 가운데 유·불·선의 경전, 실용서, 서구 분과학문과 근대문학 자료까지 조사하고 대표성을 가진 것들을 선별해 일정한 경계를 제시했다고 자부한다.

그러나 한국의 고전번역 관계 자료는 문사철로 통칭되는 인문학 분야뿐 아니라 사회과학과 자연과학 그리고 금석학, 문자학, 서지학 등의 다양한 학문과의 긴밀한 협력을 통해서만 그 전모를 파악할 수 있다. 삼국시대에서 현대에 이르는 여러 차례의 문명적 전환을 거치며, 금석·목간·죽간 등에서 필사본·간행본을 거쳐 근대의 출판물까지 매체의 성격도 다양하고 이두·향찰·구결·한문·국한문·순한글 등 그 표기 체계 역시 시대와 용도에 따라 제각각이다. 이 자료집은 천년을 넘는 역사의 퇴적에 따라 형성된 다종다기한 매체와 언어 현상을 가늠해 본 것이다.

한문고전과 주자학에 근거한 조선의 질서 아래에서 간행된 언해서와 중화와 사문(斯文)의 보편 가치를 대체한 국가라는 절대 가치 아래 생산된 다양한 대중매체는 문화적 전환을 대변하는 지표라 할 수 있다. 경서, 예서, 불전(佛典), 선서(善書), 병서, 실용서, 사전 등 언해의 기능은 정치·경제·사회의 각 부분에 미쳤는데 그 편찬과 간행은 넓은 범위의 통치행위에 포함되는 성격이었다. 편찬·번역·교정·판각·간행 등의 공론화 과정을 거친 언해서는 문화적 통치행위 내지 정치행위에 해당하겠다. 이 자료집에 포함된 서발·범례·지(識)·전(箋) 등의 관계 자료는 주자학과 한문고전에서 근거한 문화적 통치행위의 정당성을 제시하여 조선이라는 국가의 정체성을 보여준다.

언해서의 편찬, 간행과 반포가 본질적으로 위에서 아래로 진행되는 일방적인 통치의 차원으로 독자는 가르침의 대상인 신민(臣民)으로 설정된다면, 주자학과 한문고전의 질서가 무너지고 국가가 새로운 절대가치로 떠오른 시대에 태동한 대중매체는 상호적인 성격의 차원이었다. 이 시점에서야 신민의 위치를 벗어난 독자가 비로소 형성되기 시작했다 해도 과언은 아닐 것이다. 단행본, 잡지, 신문 등 불특정 다수를 상대로 한 다양한 대중매체를 통해 대안적 고전에 대한 모색 그리고 번역이 왕성하게 진행되었다.

대중매체 시대의 고전번역 양상은 대한제국기와 일제강점기로 양분될 수 있다. 명목상의 주권이라도 남았던 대한제국기에 한국의 대중매체는 국가학, 정치학 등의 각종 분과학문과 새로운 이념과 정보를 번역을 통해 폭넓게 추구할 수 있었으나 주권이 사라진 일제강점기의 번역은 다른 분야보다 문학의 비중이 커진다. 문학은 식민지라는 절대적 모순 그리고 검열이라는 실제적 장애물에 대한 하나의 대안이었다.

따라서 이 자료집은 "조선시대-언해서"와 "대한제국기/일제강점기-대중매체"라는 두 가지 지표로 분리되며 "대중매체"는 주로 대한제국기를 대상으로 한 "번역과 근대국가의 모색"과 일제강점기를 대상으로 한 "번역과 세계문학의 수용"의 2부로 나누어진다. 명칭은 1권 "조선시대", 2권 "대한제국기/일제강점기"로 정한다. 병서, 의서, 시사정보, 분과학문 교과서 등 고전의 통상적 범주와는 다른 성격의 문헌들이 망라되었다. 조선시대의 실용서 언해는 고전한문과 주자학이라는 고전적 질서 속에 그 지위를 부여받았으며, 대한제국기의 자료들은 한문고전을 대체할 고전의 전범으로 모색된 결과이다. 이런 취지에서 고전번역의 범위에 포함했다.

이로써 여럿의 노력을 하나로 모아 세상에 물음을 구하게 되었다. 이 책에 제시된 자료의 수집과 범주화, 번역에는 여전히 문제점이 적지 않을 줄 안다. 이에 대한 독자들의 질정을 바라며 우리 역시 앞으로도 힘을 다하기로 한다.

부산대 점필재연구소 고전번역학센터

차례

제1부
번역과 근대국가의 모색

1. 자국고전

2. 시사정보

3. 분과학문의 번역

4. 근대이념의 추구

5. 문예와 어문(語文) 인식

제2부
번역과 세계문학의 수용

1. 시

2. 소설

3. 희곡

4. 비평

5. 기타

일러두기

① 번역과 관계된 모든 자료를 제시하지는 못했고 그 전반적인 상을 제시하고 조망하는 것을 목적으로 삼았다.

② 외래어, 외국어에 사용된 「 」,『 』는 생략하였으며 강조나 인용에 사용된 「 」, 『 』는 ' ' 혹은 " "로 바꾸었다. 신문, 잡지, 단행본의 제목은 『 』를 사용하였고, 문맥에 따라 쉼표, 마침표 등을 추가한 경우가 있다.

③ 간략한 어휘풀이는 각주가 아닌 본문 괄호 안에 넣어 제시하였다. 〈예〉역례(譯例: 번역 예문)

제1부

① 중국의 고유명사는 한국 한자음을 따르고 일본의 고유명사는 일본의 음을 따라 기록하는 것을 원칙으로 했다.

② 대체로 원문 앞에 번역문을 배열하는 방식을 취했으나 자료의 성격에 따라 원문을 생략하기도 했다.

③ 3)분과학문과 4)근대이념 사이에는 중첩되는 성격의 기사가 있지만 내용에 대한 강조와 함께 원저자의 이념적 지향을 강조한 성격이 두드러진 것들을 4)에 분류하였다.

④ 원문은 역사정보통합시스템과 한국고전번역원 데이터베이스 등에 기록된 경우에는 가져와 원서와 대조해 오자만 수정했다. 이런 데이터베이스에 없는 자료들은 원서에서 직접 입력했다. 원문의 입력 과정에서 띄어쓰기 및 문맥 이해를 돕기 위한 한자의 병기를 추가한 경우가 있다.

⑤ 수록문 본문의 괄호는 "【 】"로 구분했으며, 음독은 "( )"으로 훈독은 "〔 〕"을 써서 구분했다.

제2부

① 옛 표기는 원문의 성격을 해치지 않는 선에서 현대어로 고쳤으며 한자어는 괄호 안 병기 방식을 따랐다. 표기 방식의 격차가 크지 않아 원문의 제시는 생략하였지만, 특이점이 있는 경우는 각주에서 다루었다.

② 인명, 지명 등의 고유명사 역시 현대어 표기에 맞게 수정하였다. 다만, 글이나 단행본의 제목만은 원문을 준용하였다.

③ 역자가 붙인 글에 제목이 없는 경우, 〈역자 머리말〉로 통일하였다.

④ 원문의 식별이 불가할 경우 '□'로, 검열 과정에서 복자(覆字) 처리된 경우는 원문의 표기를 그대로 따랐다.

⑤ 본문상의 "( )" 표기 및 그 내용은 원문을 그대로 반영한 것이다.

제1부

번역과
근대국가의
모색

들어가며

1부에서 주목한 대한제국기는 근대계몽기라 하기도 한다. 당시는 고전어 한문에 근거한 문화질서가 재편되던 시대이다. 이를 명징하게 보여주는 것이 번역 관계 자료들이다. 전통의 경사자집(經史子集)을 대체할 원천을 번역에서 모색했던 것이다. 국가에 필요한 지식을 탐색하는 과정에서 국문에 대한 인식도 첨예해졌지만, 국문에 대한 칙령이 선포되고 13년이나 지난 1907년 7월에서야 국문연구소가 설립되었던 것처럼 언어적 규범성에 대한 인식은 상대적으로 부차적인 것이었다. 이 시대의 번역은 사전과 문법이 없는 상황에서 일차적 정보 전달과 한문 문화질서에 대한 탈피를 우선시했다. 그러므로 번역에 대한 당대적 언급들도 언어적 차원이나 번역 그 자체에 대한 문제보다는 정치, 사회 등의 당면 과제에 대한 논변이 주를 이룬다. 이 당대적 언급들은 번역을 통해 고전어 한문의 문화 질서를 벗어나려던 현장의 발화이기에 근대의 고전과 번역을 구성하기 위해 간과할 수 없는 자료들이다.

대한제국기의 번역은 세계를 보는 창이며, 근대국가 정체성을 탐색하는 도구이자 식민지위기에 대처할 이념적 모색이면서 새로이 공식화된 국문을 형성하는 과정이기도 했다. 이 자료집의 1부는 이 시기의 번역이 포함하려던 영역을 1)자국고전, 2)시사정보, 3)분과학문, 4)근대이념, 5)문예와 어문(語文) 인식의 5가지 범주로 나누어 국가와 국권을 구상하며 고전 질서를 재편하려 했던 계몽기 번역의 실체를 제시한다. 당시는 분과학문과 문학 장르 등 현재 통용되는 범주들이 생성되던 과도기였기에, 현재의 관점으로 한 자리에 묶이기 어려운 상이한 정보들이 한 자리에 묶여 등장하는 것이 흥미롭다. 한편으로는 지식의 총체성이라는 전근대적 전통이 유지된 것으로 평가할 수 있겠다. 당대의 매체나 지식인들은 고전과 번역을 통해 위에 제시한 5가지의 과제를 총체적으로 해결하려 했던 것이다.

1부에서는 단행본보다는 잡지를 중심으로 당대 번역의 현장을 전하는 것에 중점을 두었다. 참고로 계몽기 당시의 번역/번안 단행본은 국가학, 정치학, 법학 그리고 세계사에 관계된 것이 다수를 차지한다. 짧은 기간이지만 국가를 구상하고 식민지적 위기에 대해 번역을 통해 대응하려 했던 것이다.*

---

* 현재 이 시기의 번역이나 분과학문 관계 문헌에 대한 연구가 축적되고 있다. 다음의 서지들을 참고할 수 있다.
  김효전, 『근대 한국의 국가사상』, 철학과현실사, 2000; 구장률, 『근대 초기 잡지와 분과학문의 형성』, 케포이북스, 2012; 진덕규 편, 『한국 사회과학 연구의 지적 계보와 한국적 사회과학 이론 정립의 방안 자료집』 1, 연세대학교국가관리연구원, 2012; 진덕규 편, 『한국 사회의 근대적 전환과 서구 '사회과학'의 수용』, 선인, 2013; 허재영, 「근대계몽기 지식 유통의 특징과 역술 문헌에 대하여」, 『어문론집』 63, 2015 등이 대표적이다.

1

자국고전

산수격몽요결 서(刪修擊蒙要訣序)

육상산 가로되, "동해의 성인이 이 마음과 이 이치를 가지고 똑같이 나오셨고, 서해의 성인도 이 마음과 이 이치로 같이 나오셨다. 대개 동해와 서해가 비록 방위와 구역이 같지 않으나 이 하늘 가운데 같이 있고 이 하늘의 이치를 받은 것은 하나이다." 나는 이르니, "이 마음과 이 이치가 사람에게 있는 것은 이미 동서의 구별이 없으니 어찌 고금의 다름이 있을 수 있으리오!" 대개 천하가 생긴 것이 오래라, 풍기(風氣)가 밀고 당기며 운수와 기회가 변천한다. 인간의 지혜는 질박으로부터 영험과 공교함을 낳고, 사물은 간단으로부터 복잡함으로 옮겨가고, 생활은 검소와 누추함으로부터 번영으로 이르며, 문호(門戶)는 폐쇄로부터 개방으로 나아간다. 이렇게 일체의 인간과 사물이 시세에 따라 변이함이 일생동안 그치지 않지만 이 마음과 이치가 인간에게 있다는 것은 진실로 변하지 않는다. 사람에게 이 마음과 이 이치의 영험한 활동과 오묘한 작용의 주재가 없다면 신체의 운동과 학술의 기능이 그저 일개 기계체를 이루고 인류의 자격은 이루지 못함인지라 족히 말할 필요도 없도다!

오호라! 우리 대한이 이 과도기에 처해서 옛것에 골몰한 자들은 완미(頑迷)한 고질이 있고 새로움을 구하는 자들은 종자(縱恣)에 흘러가니 사회의 풍기와 학계의 정황에 흠결이 이어진 것이 여러 종류이다. 묵은 곡식이 이미 떨어졌는데, 새 곡식은 익지 않았다 하리니 우리 청년의 뇌수를 기를 것이 크게 결핍하다. 내 가만히 이를 개탄하고 함께 대증(對證)할 방법을 제공할 생각이 있었는데, 그 교재를 얻기 힘든 것을 근심하고 있었다. 나의 벗, 최남선군은 14,5세부터 고금의 학해(學海)에 헤엄치고 동서의 예림(藝林)을 관측하니 지금 약관에 이르러 사상이 더욱 심원하고 흉중의 말이 날로 풍부하다. 이에 저술에 종사하니 청년제군들을 도우려 함이다. 만날 때마다 손뼉을 치며 뜻이 맞지 않은 적이 드물었다.

하루는 소매에서 한 책을 꺼내 보여주며 이르길, "이 책은 율곡선생의 『격몽요결』을 가지고 요약하고 서양 철학자들의 말을 채집하여 은근히 서로 부합하는 것을 대조하여 나란히 보게 하였으니 아마 금일 학계의 변모(弁髦)[1]가 되지 않겠습니까?" 나는 이르길, "이는 내가 깊이 구하고 얻고자 했던 것인데 다행히 우리 최군에게서 얻게 되었도다." 이제 나는 그 노고를 기뻐하니, 옛것에 빠진 자들로 하여금 이것을 읽게 하면 배우는 데 불가결한 것을 알 수 있기에 이는 본령의 공부이다. 그 동서를 종합하고 신구에 끼친 은혜가 어찌 긴요하고도 간절하지 않으랴! 옛날 조중봉 선생은 이 『격몽요결』을 가지고 잠시도 손에서 놓지 않아 비록 여행 중에 머무는 곳에서 심상한 행객들을 만날 때 마다 읽기를 권하고 설명해 주셨다. 지금의 교육 책무를 담당한 자들이 이런 혈성을 갖춘다면 어찌 그 발달이 이 책에만 미치겠는가, 각종 학문에 모두 유추되어 증진할 것이다. 이는 또한 내가 교육가들에게 바라는 바이다. 이처럼 써서 서문을 삼는다.

陸象山曰, "東海聖人出此心此理同, 西海聖人出此心此理同, 蓋東海西海, 雖方位區域之不同, 而均在此天之中 賦此天之理 則一也." 余謂, "此心此理之在人者, 旣無東西之別, 亦豈有古今之殊哉." 蓋天下之生久矣, 風氣

---

1 변(弁)은 관례에만 쓰는 치포관이고 모(髦)는 관례까지만 하는 사내아이의 더벅머리이다. 관례가 지나면 쓸모없어지는 물건을 비유하는 표현이지만 여기서는 권도로서 과도기에 사용할 이 책 『산수격몽요결』을 빗대어 가리킨 것이다.

推盪運會變遷, 人智由質朴而生靈巧, 事物由簡單而趨複雜, 生活由儉陋而臻繁榮, 門戶由閉鎖而進開放, 於是乎一切人事之隨時變易者一生不窮, 而此心理之在人者, 固不變也. 人若無此心此理之靈活妙用之主宰, 則軀殼之運動 學術之技能 適成一個機械體, 不成人類之資格何足道哉! 嗚呼! 我韓值此過渡期時期, 泥舊者痼於頑迷, 求新者流於縱恣, 社會風氣 學界情況 尙屬虧欠者 不一其種. 可謂 舊穀旣盡, 新穀未升, 養我靑年之腦髓者, 太缺乏矣. 余窃有慨于是 思有以供對證之劑 而患夫材料之難得也. 余友崔君南善, 自十四五歲, 溯游古今之學海, 觀測東西之藝林 迄今弱冠, 思想益遠, 胸中之言日富, 乃從事乎著述 欲餉靑年諸君. 每對余抵掌 鮮不犁然而契矣. 一日袖一冊而示之曰, "是書也, 就栗谷先生『擊蒙要訣』而節要之 採西洋理學家言之, 暗相符合者之對照而竝觀, 庶不爲今日學界之弁髦耶." 余曰, "此余之深求而欲得之者, 幸從吾子而得之." 自今余其釋勞矣, 使泥舊者而讀此 可知爲學不可缺 此本領工夫也. 其綜合東西嘉惠新舊 豈不要且切哉! 昔趙重峰先生 將此『擊蒙要訣』暫不釋手 雖逆旅宿 次對尋常行客 輒爲之勸讀說明. 今之擔敎育之責者 具此等血誠 則奚獨是書之發達 各種學問 皆觸類而丞進矣. 此又余之有望於敎育家者也. 遂書此而弁其卷.

[해설]

이 글은 최남선이 펴낸 『산수격몽요결』(신문관, 1909)의 앞에 붙은 서문이다. 박은식이 지었는데, 『백암박은식전집』(동방미디어, 2002)에 빠져 있다. 『산수격몽요결』의 편집은 조선시대 학맥의 원류인 율곡 이이의 정전을 첨삭하고 여기에 서구 격언의 번역을 같이 배열하였으며 후쿠자와 유키치의 「수신요령(修身要領)」을 번역해 덧붙이는 등, 조선의 문화질서와 매우 어긋나는 양상이었다. 개신유학자의 대표격인 박은식의 서문은 이 책의 이런 파격을 무마하는 취지였던 것으로 보인다.

태교신기(胎敎新記)

『여범(女範)』[2]에 이르길, 상고(上古)의 현명(賢明)한 여자는 임신하면 태교의 방법을 반드시 삼간다 하니라.【여범은 명나라의 절부(節夫)인 류씨의 저작】이제 여러 책을 살펴보니 그 법이 상세하지는 않으나, 스스로 탐구하여 대강을 알게 되었다. 내가 네 번 임신하고 양육하여 시험한 바로써 한 편을 기록하여 여러 여성들에게 보이느니, 감히 멋대로 저술하여 남의 눈에 과시하고자 함이 아니며 오직 「내칙(內則)」【『예기(禮記)』의 편명】의 빠진 내용을 준비함이라. 이러므로 이름 지어 『태교신기』라 하노라.

女範에 曰 上古賢明의 女ㅣ 有娠에 胎敎의 方을 必愼이라 ᄒ니(女範은 明節婦劉氏의 所著)今에 諸書를 考컨디 其法이 莫有詳焉이나 自意求之에 盖 或可知矣라 余가 數四娠育에 嘗試ᄒ 바로써 錄爲一編ᄒ야 諸女에게 以示ᄒ노니 敢히 擅自著述ᄒ야 人目에 夸耀코저 홈이 안이나 猶內則(禮記篇名)의 遺厥을 可備홀지라 故로 名之曰 胎敎新記라 ᄒ노라.

---

2 『여범(女範)』: 중국 명나라 왕씨(王氏) 집경공(集敬公)의 부인 유씨(劉氏)가 지은 책이며 1580년 중국 명나라 신종 황제가 편찬한 『여사서(女四書)』에 수록되었다. 조선 시대 영조의 빈인 선희궁 영빈(暎嬪) 이씨가 지은 여성 교육서도 같은 이름이다.

[해설]

이 글은『기호흥학회월보』의 2호(1908.9.)부터 8호(1909.3.)까지 7회 연재되었다. 원저자는 유리(柳李)부인이라 기록되어있다. 유리부인(1739~1822)은 목천현감 유한규(柳漢奎)의 부인이며 전주 이씨로 당호를 사주당(師朱堂)이라 한다. 경사(經史)에 밝아 선비들도 앞설 사람이 없었다 하며,『주자가례』,『소학』,『여사서(女四書)』등을 토대로 위의 책을 엮었다. 일본을 거친 서구의 가정학(家政學)이 교과서로 학교에 유통되고『조양보』와『호남학보』등에 소개되는 한편으로 조선 전통의 가정학도 탐색되었던 것이다. 최익한(崔益翰)은 1940년 7월에 이 책에 대해서「朝鮮女流著作史上 師朱堂「胎敎新記」의 地位」라는 제목으로『동아일보』에 5회 연재를 한 바 있다.

허생전(許生傳)

허생이 크게 꾸짖으니,

"소위 사대부는 어떤 무리냐? 오랑캐 땅에 태어나 자칭 사대부라 하니 어찌 앙큼하지 않으냐! 바지와 저고리를 하얗게만 입으니 이는 상복이고 머리털을 한 데 묶어서 송곳같이 만드나 이는 남만(南蠻)의 상투니 어찌 예법이라 하리오! 번오기는 사적인 원망을 갚기 위해 자기 머리를 아끼지 않았고 무령왕은 자기 나라를 강하게 하려고 호복(胡服)을 부끄럽게 여기지 않았다.[3] 지금 대명(大明)을 위해 복수를 한다 하며 상투 하나를 아끼며, 이제 말달리고 칼로 치고 창으로 찌르고 활과 돌팔매를 날려야 하거늘 넓은 소매를 고치지 않고서 딴에 예법이라 한단 말이냐? 내가 시작한 세 가지 말에 너는 하나도 할 수 없다 하고서 신신(信臣)이라 자칭하니, 신신이 겨우 이 따위란 말이냐! 이놈은 죽여야겠다."

하고서 좌우를 살펴 칼을 찾아 찌르려 하거늘 이완(李浣) 공이 크게 놀라 일어나서 뒤창을 넘어서 질주하여 도망갔다. 이튿날 다시 가보니 이미 집을 비우고 사라졌다.

許生이 大叱曰所謂士大夫는 是何等也오 産於夷貊之地ᄒ야 自稱曰士大

---

3 번오기는…무령왕은 : 번오기(樊於期)는 진시황의 암살을 위해 자신의 목을 형가(荊軻)에게 바쳤고 무령왕(武靈王)은 조(趙)나라의 왕으로 북방 유목민족의 전술을 도입해 군사대국을 이루었다. 전국시대의 인물들이다.

夫가 豈非駁乎아 衣袴純素ᄒ니 是는 有喪之服이오 會撮如椎ᄒ니 是는
南蠻之椎結也니 何謂禮法고 樊於期는 欲報私怨而不惜其頭ᄒ고 武靈王
은 欲强其國而不耻胡服이어늘 乃今爲大明復讎而猶惜其一髮ᄒ며 乃今
將馳馬擊釖ᄒ며 刺鎗張弓飛石而不變其廣袖를 自以爲禮法乎아 吾始三
言에 汝無一可得而能者로되 自謂信臣ᄒ니 信臣이 固如是乎아 是을 可斬
也라 ᄒ고 顧左右索釖欲刺之여늘 公이 大驚而起ᄒ야 躍出後牖ᄒ야 疾走
歸라가 明日의 復往ᄒ니 已空室去矣러라.

[해설]

이 글은『대한자강회월보』8호(1907.2.)부터 10호(1907.4.)까지 3회 연
재되었다. 처음 2회는 이종준(李鍾濬)이 마지막 1회는 이만무(李晩茂)
가 역자(譯者)로 되어 있다. 8호에는 「호질(虎叱)」도 게재되었다. 이
「호질」은 원문 그대로인데 약간의 주석이 붙어 있다. 홍필주[4]가 술(述)
한 것으로 되어 있는데 주석도 단 것으로 보인다. 최남선도『시문독본』
에서 「허생전」을 번역하였지만 작품의 주요 논지가 드러난 10호에 게재
된 위의 번역 부분은 생략하였다. 1900년『연암집』이 새로 간행되고
1911년 조선광문회에서『열하일기』가 간행된 것처럼, 연암은 근대에 새
로운 자국의 고전으로 호출되었다. 위의 번역은 이와 같은 흐름 속에
나타난 것이다.

---

4 홍필주(洪弼周, 1857~1917) : 군수를 역임하고 1904년 나철, 이기 등과 한일의정서
   규탄선언서를 국민에게 발표하고 1909년에는 대한협회에 적극 참여했으며 1910년 이후
   는 기호흥학원 초대 학무부장으로 역임했다. 이상과 같은 공훈으로 건국포장 및 건국훈
   장 애국장을 받고 대전현충원에 안장되었다.

고구려 광개토왕릉비의 사본을 읽고
(讀高句麗永樂大王墓碑謄本)

무릇 역사는 국가의 정신이오, 영웅은 국가의 원기라. 살펴보니 지구상에 야만부락이 아닌 국가의 제도로 성립하고 국민의 자격으로 생활하는 이는 모두 그 역사를 존중하고 영웅을 숭배하는데 그 국민이 문명할수록 역사를 더욱 존중하고 영웅을 더욱 숭배하느니라. 그 역사를 존중함과 영웅을 숭배함이 곧 그 국가를 사랑하는 사상이라. 그러므로 사학 상에 참고 될 재료가 있으면 거친 풀이 우거진 들판 사이에 이끼가 침식하고 들불에 타고 남은 옛 비석의 조각이라도 아름다운 옥구슬과 똑같이 여기고 영웅의 유적이 있으면 부녀자의 노리개라도 신주처럼 모셔서 기념하고 절을 드리며 노래하는지라.

　우리 대한은 4천여 년 문명의 오랜 나라이니 4천여 년 사이에 역사의 광휘도 빛날 것이고 4천여 년 사이에 영웅의 훈업도 혁혁할 터인데, 이제까지의 누습으로 자국의 역사를 현창하지 않고 타국의 역사를 전송(傳誦)하며 자국의 영웅을 숭배하지 않고 타국의 영웅을 칭송한다. 『소미통감(少微通鑑)』[5]은 아동이 모두 외우지만 『동국통감』은 노유(老儒)도 가르치지 않고 항우와 한신의 사적은 목동도 능히 말하지만 을지문덕과 양만춘의 공업은 학사(學士)도 잘 말하지 않는 중에 한 무리의 눈먼

5　『소미통감』 : 송나라의 강지(江贄 : 호가 少微)가 『자치통감』을 요약하여 만든 책으로 조선시대 아동을 위한 역사서로 널리 보급되었다.

학자들이 존화(尊華) 두 글자를 칭탁하고 노예학문을 대대로 전수하여 국인(國人)을 뒤흔드니 국성(國性)이 쇄락하고 국수(國粹)가 마멸되기에 이르렀느니라. 어찌 비웃을 일 아니며 어찌 강개할 일이 아니리오!

고구려 17대 광개토왕으로 말하면 18세에 등극하여 향년이 39세라. 남북을 정벌하고 이르는 곳마다 대첩을 거두어 동방의 여러 나라가 모두 조아려 공납을 바치고 요하(遼河) 이북의 수천 리가 모두 판도에 들어왔으니 만약 하늘이 장수를 허락했다면 아골타(阿骨打: 금나라 태조)와 징기스칸의 위명(威名)이 금나라와 몽고에 있지 않고 고구려에 있었을 지로다.

오호라 그 묘비 한 조각이 압록강 북쪽 회인현(懷仁縣)에 있으니 이는 실로 우리 대한 만세(萬世)에 가장 유력한 사료이며 최상의 진품이라. 그러나 천여 년을 흙속에 매몰되어 학자가 발굴하는 손길을 조우하지 못하고 농부와 목동이 걷어차고 훼손하다가 결국 일본인 사가와(佐川) 씨가 발견하여 탁본하고 청나라 학자 영희(榮禧) 씨가 연구하여 주석하고 도쿄 박물관에 소장하고 일본의 잡지 『세카이(世界)』에 게재하였다. 이로부터 왕의 혁혁한 공업이 세상에 전해졌으니, 우리 대한의 사학자는 홀로 부끄럽지 않은가! 그 발견한 사실은 일찍이 본보에 게재함이 있거니와 지금 그 등본을 봉독(奉讀) 함에 한 자 한 획이 모두 우리의 조국혼이라. 동아 대륙을 향하여 한 바탕 크게 소리침을 스스로 그칠 수 없노라.

夫歷史는 國家의 精神이오 英雄은 國家의 元氣라. 試觀ᄒ건디 凡地球上에 野蠻部落이 아니오 國家의 制度로 成立ᄒ고 國民의 資格으로 生活ᄒᄂ 者ᄂ 皆其歷史를 尊重히 ᄒ고 英雄을 崇拜ᄒᄂ디 其 國民이 文明ᄒᆯ사록 歷史을 더욱 尊重히 ᄒ고 英雄을 더욱 崇拜ᄒᄂ니 蓋 其 歷史를 尊重

홈과 英雄을 崇拜홈이 卽 其 國家를 愛ᄒᄂᆫ 思想이라. 故로 史學上에 參攷될 材料가 有ᄒᆞ면 荒原豊草間에 土蘚이 侵蝕ᄒᆞ고 野火가 燒殘ᄒᆞᆫ 古碑片石이라도 琬琰珙璧과 等視ᄒᆞ고 英雄其人의 遺蹟이 有ᄒᆞ면 婦女章稗라도 皆尸祝ᄒᆞ며 起念ᄒᆞ며 膜拜ᄒᆞ며 歌誦ᄒᆞᄂᆫ지라.

我韓은 四千餘年 文明舊國이니 四千餘年間에 歷史의 光輝도 炳朗ᄒᆞᆯ 것이오 四千餘年間에 英雄의 動業도 赫濯ᄒᆞᆯ 터인디 乃由來陋習이 自國의 歷史를 發輝치 안코 他國의 歷史를 傳誦ᄒᆞ며 自國의 英雄을 崇拜치 안코 他國의 英雄을 稱道ᄒᆞ야 少微通鑑은 兒童이 皆誦ᄒᆞ되 東國通鑑은 老儒도 不講ᄒᆞ며 項羽韓信의 事蹟은 樵牧이 能言ᄒᆞ되 乙支文德梁萬春의 功業은 學士도 罕言ᄒᆞᄂᆫ 中에 一種盲學者의 徒가 尊華 二字를 稱托ᄒᆞ고 奴隸學問을 轉相授受ᄒᆞ야 號召國人홈으로 國性이 消鑠ᄒᆞ고 國粹가 磨滅홈에 至ᄒᆞ야스니 寧不可笑며 寧不可慨리오. 至若 高句麗 第十七世 廣開土王ᄒᆞ야ᄂᆫ 十八歲에 登祚ᄒᆞ야 享年이 三十有九라. 南征北伐에 所向皆捷ᄒᆞ야 東方諸國이 皆 稽顙納貢ᄒᆞ고 遼河以北數千里가 皆入版圖ᄒᆞ얏스니 若天假以壽考ᄒᆞ엿스면 阿骨打와 成吉思汗의 威名이 金國과 蒙古에 不在ᄒᆞ고 高句麗에 在ᄒᆞ얏슬지로다. 嗚呼라 其 墓碑一片이 鴨綠江北 懷仁縣에 在ᄒᆞ니 此 實我韓萬世에 最有力ᄒᆞᆫ 史料오. 無上ᄒᆞᆫ 實品이어늘 千餘年을 土中에 埋沒ᄒᆞ야 學家의 拂拭摩掌홈을 遭遇치 못ᄒᆞ고 田夫牧子의 敲擊燒毀를 被ᄒᆞ다가 終乃 日本人 佐川氏가 發見而摺寫之ᄒᆞ고 淸儒 榮禧氏가 叅攷而注明之ᄒᆞ야 東京博物館에 置ᄒᆞ고 世界雜誌에 記載ᄒᆞ얏스니 是로 由ᄒᆞ야 王의 赫赫ᄒᆞᆫ 功業이 世에 遺傳되얏스나 我韓史學家ᄂᆫ 獨無愧焉가 其 發見ᄒᆞᆫ 事實은 曾於本報에 揭載홈이 有ᄒᆞ거니와 今 其謄本을 奉讀홈이 一字一畫이 皆我祖國魂이라. 亞東大陸을 向ᄒᆞ야 一場大叫를 自不能已ᄒᆞ노라.

[해설]

이 글은『서북학회월보』9호(1909.2.)에 게재되었다. 광개토왕릉비는 1883년 일본의 정보장교 사가와(佐川) 소좌가 만주지역에서 처음 입수했다고 한다. 그 후 일본과 중국에서 이에 대한 연구가 발표되었고 청나라의 학자 영희(榮禧)는 1903년「고구려영락대왕묘비난언(高句麗永樂大王墓碑讕言)」이란 저술을 발표했다.『서북학회월보』9호는 영희가 정리한 비문과 위 기사 및 황성신문의 관계기사와 위 글에 언급된『세카이』의 기사 번역, 영희의「고구려영락대왕묘비난언」그리고「광개토왕의 벌연척지사론(伐燕拓地史論: 연나라를 정벌하고 개척한 역사를 논함)」까지를 함께 수록하였다. 참고로 위 글에 나온 비문 발굴과 정리에 대한 사적은『세카이』기사에서 비롯된 것이다.

동서선철격언(東西先哲格言)

1) 「통감절요평(統監切要評)」, 「천문평(千文評)」, 「사략평(史略評)」의 발췌 번안

①다산 뎡약용 씨왈 우리 나라 ㅇ희 글 읽는 시절이 대개 아홉해니 여덜 살부터 열 여섯살 ㅅ지 일으는 사이라 그러나 여덜 살 부터 열 한살 ㅅ지 는 대뎌 어리고 소견이 밋쳐 나지 못ㅎ여 글을 읽어도 아무 맛을 모르며 열다섯 살이 지나면 믈욕이 싱기ᄂ니 그런즉 다만 열둘 열셋 열넷이 세 해 사이가 글 읽을 셰월 이니라 그러나 이 세해 사이에 봄과 가을에는 졀긔가 알음답고 명일이 만흐니 놀기 조화ㅎ는 ㅇ희들을 글 읽힘이 불가 ㅎ고 하졀에는 넘어 더워 글 읽힘이 불가ㅎ니 오직 츄구월 부터 츈 이월 ㅅ지 모도 일ᄇ빅 여든 날이 글 읽을 날이니 삼년을 통계ㅎ면 도합 오ᄇ빅 마흔 날인딕 ᄯ또 셰시 노난 날과 혹 병들고 걱정잇는 날을 다 ᄲ빼면 기실은 다힝히 글 읽을 날이 삼ᄇ빅 날이니 이 삼 ᄇ빅 날은 구슬ᄀ티 귀ㅎ고 금옥ᄀ티 앗길 날이거눌① 근릭 ㅇ희 가르친는딕 그 츠례를 본즉 쳔ᄌ 가르친 후에 ᄉ략이요 샤략 가르친 후에 통감 열 다섯 권이라 텬ᄌ는 글ᄌ 류취가 부졍ᄒ여 ②날일 달월 ㅎ다가 믈명ᄌ는 고만두고 찰영 긔울측을 가르치며 ᄯ또 구롬운 비우 사이에 날등 일울치는 무슴 소리며 이슬로 셔리샹 사이에 매즐결 하위는 무슴 소린고 고로 ㅇ희들이 현란하여 글ᄌ 뜻을 모를지며② ᄉ략으로 말ㅎ면 그 첫머리에 텬황씨가 처음 난 사람이라 홀진딕 부모가 업슬 지어놀 부모가 업슬진딘 엇지 형뎨가 열 둘이나 잇으며 ᄯ또 그형뎨가 다 ᄀ티 일만 팔쳔살식 살 리치가 잇으리오 ③옛 말에 도 어린 ㅇ희를 속이지 말나 ᄒ엿거놀 처음 배호는 ㅇ희를 이런 허무흔

말로 가르치니 이셕흔 일이요③ 통감으로 말흐면 ④경위가 틀리고 문법
이 틀린 곳이 만커늘 무슴 의소로 총명혼 으히를 이칙으로 셰월을 보내
느뇨 조흔 실과도 오래 먹으면 실코 조흔 노래도 여러번 부르면 합품이
나느니 이 통감 한질을 가지고 금년에 초권 명년에 이권 우명년에 삼권
스권 세어 한 고개를 넘으면 쏘한 고개가 잇고 한 내를 건느면 쏘한 내가
잇으니 염증이 엇지 안이 나리오④

긔쟈 왈 이 말슴이 뎍당흐나 다만 지금에 안자 보면 미진(未盡)쳐가 잇
도다 스략이니 통감이니 흐는 칙이 다 타국 스긔(史記)니 렴증(厭症)은
고샤 흐고 어린 으히 뇌슈(腦髓)에 엇지 남의 나라 정신을 너흐리오 오
늘날 쇼학교 과정에 외국 말 가르치는 것이 옛 날 통감 스략 가르치는
것과 무이(無異)흐니 참 이셕흐도다⁶

童穉讀書。槪用九年。自八歲至十六歲是也。然八歲至十一歲。知識大
抵蒙駿。讀書不知味。十五十六。已有陰陽嗜好諸物慾分心。其實十二
十三十四此三年。爲讀書日月。然此三年之中。夏苦熱。春秋多佳日。童
穉好嬉游。皆不能讀書。唯自九月至二月一百八十日。爲讀書日字。通
計三年。爲五百四十日。又除歲時娛戲及疾病憂患之害。其實幸而讀書
者。大約三百日也。此三百日顆顆珍珠。① 雲雨之間騰致介之。能竭其
族乎。霜露之間結爲梗之。能別其異乎。夫如是也。故童幼眩瞀。不辨
旨義。② 禮曰幼子常視毋誑。以謹微也。今發軔之初。則授之以虛荒怪
誕無理之說。望其能訑得乎。③ 其他年月之訛舛。事實之乖繆。指不勝

―――
6 괄호 안의 한자는 가독성을 위해 인용자가 보충함. 이 다음에 수록된 『가명잡지』 소재
   기사역시 마찬가지임.

儓。可無論已。人家生兒子。眉目端秀。聰慧絶羣。敎之如法。可以爲文章。燕歌雖好。累唱則有欠伸者矣。今年少微通鑑。明年少微通鑑。又明年少微通鑑。譬如千里長程。無伴獨往。涉一川仍是一川。④[7]

2) 「안씨가훈」 번안과 양계초의 평

지나 가뎡 교육계에 유명흔 안씨 가훈이란 칙에 흐엿으되 내가 일즉 한 사람을 차자 갓더니 그 사람이 어린 ㅇ희를 안고 자랑흐는 말이 이 ㅇ희가 크거던 션비(鮮卑)나라에 말이나 가르치고 검은고 타는 법이나 가르친 후에 대신 집에 츌입이나 흐며 힝셰를 식이면 이만흔 얼골과 총명에 누가 사랑흐지 안으리오흐거늘 내가 듯고 멀이를 숙이고 말 더답을 흐지 안이 흐엿노니 슯프다 이 셰샹 사람들은 즈식이 나매 사람의 도리는 가르칠 싱각은 안이흐고 남의 종 노릇흐는 지조나 가르칠 싱각만 흐는도다

청국 량계초 씨가 이 글을 읽다가 탄식흐여 왈 오놀날 학교에 공부흐는 즈뎨(子弟)들의 싱각이나 쏘 학교에 즈뎨 보내는 부형 들의 싱각이 어듸 잇느냐 물을진딘 불과 어학(語學)흐여 통스(通事)질 이나 잘 훌가 졍치 법률을 배화셔 대신(大臣)집 츌입이나 잘 훌가 흐느니 이는 비록 대학교에 졸업을 흐더리도 남의 종 놀웃흐는 지조 졸업흠이니 엇지 안씨의 말흔바 검은고 타는 류가 안이리오

齊朝有一士大, 嘗謂吾曰 : "夫我有一兒, 已年十七, 敎其鮮卑語及彈琵

---

7 고전종합db 사이트에서 제공하는 『여유당전서』 시문집 권22에서 가져옴, 번호는 인용자.

琵, 稍能通解, 以此伏事公卿, 無不寵愛, 亦要事也." 吾時俛而不答. 異
哉, 此人之教子也! 若由此業, 自致卿相, 亦不願汝曹爲之.[8] (『顔氏家訓』
「教子」 第二의 마지막 장)

[해설]

이 글은 『가뎡잡지』 2호(1908.3.)에 게재되었다. "동서선철격언"은 '동
서 성현과 군자의 말씀이 가정에 관계되는 것을 수집하여 기록한다'는
취지를 위 글의 앞에 진술하였다. 이 취지에 자국의 것은 국적을 생략하
고 외국의 것은 국적을 기록한다는 점을 명기하여 국가에 대한 의식을
강화한 점도 의미심장하다. 정약용의 「통감절요평(統監切要評)」, 「천
문평(千文評)」, 「사략평(史略評)」을 발췌하여 번안하고 재구성한 성격
으로 뒤에는 "기자 왈"로 시작되는 평을 더했다. 한문 고전의 순한글 번
역은 당대에 찾아보기 힘든 사례이며 이 잡지의 띄어쓰기와 표기법은
주시경의 지도하에 이루어진 것이기에 원래 표기를 그대로 수록했으며
비교를 위해 원문도 병기한다. ①은 「통감절요평」의 첫머리를 거의 완
역한 부분이고 ②는 천자문의 교육적 가치를 비평한 「천문평」의 부분을
번안한 성격, ③은 「사략평」, ④는 「통감절요평」의 부분을 번안한 성격
이다. 밑줄이 없는 부분 역시 이 세 편의 글에 나온 부분을 번안한 성격
이다. 이 잡지의 편집겸발행자가 신채호로 기록되어 있고 기자의 평이
교육의 주체성을 강조하는 그의 다른 논설이 가진 어조와 유사하기에

---

8 밑줄 친 부분은 원문과 완전히 다른 양상이다. "이상하도다. 이 사람의 가르침이여!
만약 이러한 직업으로 말미암아 스스로 경상에까지 이른다 해도, 나는 역시 너희들은
그렇게 하기를 원하지 않는다."(안지추(顔之推) 지음, 임동석 역주, 『안씨가훈』, 고즈
원, 2004, 47면.)

무기명 기사지만 그 번역자를 신채호로 추정할 여지가 많다. 이 글의
뒤에 기록된『안씨가훈(顏氏家訓)』의 단편에 대한 양계초의 소감과 논
조가 비슷하다. 이『안씨가훈』의 번안과 그 평은 자국고전을 다룬 것은
아니지만 자국고전을 수용하고 당대에 맞게 재해석한 태도가 동일하기
에 같이 수록한다.『안씨가훈』원문의 "제조(齊朝)"는 북제(北齊)로 선
비족이 개국한 나라이다. 외국어학에 편중된 교육과정에 대한 비판이
동일하게 나타나는 점이 흥미롭다. 위에 인용된『안씨가훈』의 단편은
박상목[9]이 게재한「교육정신」(『서우』11, 1907.10.)에도 논거로 사용되
는 등, 당대에 반향을 일으킨 것으로 보인다.

---

9 박상목(朴相穆) : 함경북도 성천 사람으로 태극학회 회원이었다. 일본유학을 경험하고
   대한제국 직원으로 임명되었으며, 뒤에 함경북도의 임시정부 연통부로 활동하다 1919
   년 체포되어 2년 반의 징역을 선고받았다.

『가뎡잡지』의 야담 번안

1) 윤판서 후취 부인

기자 가로되, 혼인은 당자(當者) 남녀가 제 자유로 함이 정당한 도리라
고로 『시전(詩傳)』에 이르길, 장가를 어떻게 들고 반드시 부모에게 고하
라 하였다. 지금 문명 각국은 상의(相議) 물론하고 곧 동양 옛 법에도
혼인을 내 자유로 하고 부모에게 고할 따름이거늘 우리나라 근대에는
혼인을 당자가 자유로 못하여 부모가 결정하며 또 혹 부모도 자유로 못
하여 간간이 세력 있는 자가 억지로 그 딸을 빼앗아 가는 고로 다리 저는
신랑에 이목구비 번듯한 신부도 있으며 정절 있는 여자가 남의 첩 되어
갔다가 적처(嫡妻)의 강한 샘으로 쫓겨 와서 평생을 그르치는 이도 있으
며 늙은 남편 만나 정한 이치로 청춘과부 되는 이도 있다. 슬프도다!
윤강의 부인 같은 부인은 당당한 후취 정실로도 만일 저만 못났더라면
윤판서를 두 번 만나 보지 못하고 대구 구석에서 생과부로 늙어 죽었을
것이며 혹 윤판서를 두 번 만나 보았더라도 내가 계실(繼室)이란 말은
한 마디도 못하고 그 집 건너방 찬 구들에 첩 된 신세로 온갖 설움 다
받고 늙어 죽었을 터이니, 학문 없는 여자로 지식과 담략이 저러함은
참 항복할 만하도다.

오늘날 우리나라 사람의 지식으로 아직 자유결혼(自由結婚)은 못할
지나 부모 되는 자가 돈과 세력만 보고 혼인하지 마시오.

2) 무명방백의 부인

기자 가로되, 이야기는 해이서(解頤書)[10]라는 책에 다만 고려 말년이라 하고 관찰사의 성명이 누구라 부인의 성명이 누구라 도적놈의 성명이 누구라 쓰지 아니 하였으나 부인의 지혜가 출중하여 한 번 들을 만한 이야기인 고로 이에 기록하노라.

[해설]

6-1은 『가뎡잡지』 2호(1908.3.)에 6-2는 3호(1908.4.)에 "가정미담"이라는 항목으로 게재되었다. 전통적 야담을 번안하여 수록한 뒤에 위와 같은 기자의 평어를 보충하였다. 전자는 지방 반가의 처녀가 판서 집에 후취로 들어가 정실의 지위를 얻어내 가문의 명예를 지켰다는 줄거리이다. 후자는 같이 과거 시험공부를 하던 두 친구 중 한 명이 나중에 관찰사가 된 친구의 부인을 흠모하여 나중에 화적의 우두머리가 되어 친구의 부인을 빼앗으려 했으나 부인의 기지로 모면한다는 줄거리이다. 양자 모두 『동패낙송(東稗洛誦)』과 『동야휘집(東野彙集)』에 유사한 이야기가 실려 있고, 후자는 『삽교별집(霅橋別集)』에도 동일한 소재의 이야기가 있다.[11] 『동패낙송』은 근대이전에도 언해본이 유통된 바 있다. 『가뎡잡지』의 수록본은 소재는 동일하나 시대 배경이나 화소의 진행 과정 등이 많이 변경되어 있다. 특히 전자의 경우 『동패낙송』본은 후처가

---

10 해이는 턱이 빠지게 웃는다는 표현으로 『촌담해이(村談解頤)』 등의 서적에서 사용되었듯이 전통적인 야담, 필기를 이르는 말이다.

11 전자는 이우성, 임형택 편역, 『이조한문단편집』 중, 일조각, 1997, 68~71면을 참조할 수 있고, 후자는 같은 편역서 상권의 277~279면을 참조할 수 있다. 임상석, 「근대 지식과 전통 가치의 공존, 가정학의 번역과 야담의 번안 및 개작: 『가뎡잡지』 결호의 발굴」, 『코기토』 79, 참조.

서울의 벌족과 결혼하면서 자신의 가문을 유지하려 노력한 부분에 중점
이 맞추어져 있으나, 위의 평어는 혼인은 '당사자들이 정할 일'이라고
강조하면서 전통적인 혼사의 폐해를 비판하여 야담의 주지가 변경된 양
상이다.

가배절(嘉俳節)

① 신라 유리왕(儒理王)이 공주로 하여금 부(部) 안의 여자를 거느리고 마를 짜되 7월 보름부터 8월 보름에 이르기까지 그 공적을 살펴서 진자가 술과 음식으로 승자에게 베풀고 가무를 경연하게 했다. 연례(年例)가 되어 8월 보름을 가배절이라 이름하고 또 가오절(嘉午節)이라 하여 지금까지 그 절일(節日)의 명칭이 남아 있다.

② 新羅 儒理王이 公主로 ᄒ야금 部內 女子를 率ᄒ야 麻를 績ᄒ되 自七月望으로 至八月望ᄶ지 其 功績을 考閱ᄒ야 負者가 酒食으로써 勝者의게 謝ᄒ고 歌舞를 競奏홈으로 年例가 되야 八月望日을 嘉俳節이라 名ᄒ고 坐 嘉午節이라 謂ᄒ야 至今ᄭ지 其節日의 名稱이 存ᄒ니라.

③『삼국사기』「신라본기」"儒理 尼師今 9년조"
部內女子, 分朋造黨. 自秋七月旣望, 每日早集大部之庭, 績麻乙夜而罷. 至八月十五日, 考其功之多小, 負者置酒食, 以謝勝者. 於是, 歌舞百戲皆作, 謂之〈嘉俳〉. 是時, 負家一女子, 起舞歎曰『會蘇, 會蘇!』其音哀雅, 後人因其聲而作歌, 名〈會蘇曲〉.

[해설]
②는『서우』7호(1906.1.)에 게재된 것으로 위에 나타나듯이 ③인『삼국사기』의 기사를 발췌하고 번안한 것을 알 수 있다. ①은 ②의 번역이다.

『서우』를 비롯한 당시의 국한문체 잡지들은 화랑, 온달, 김유신, 강감찬, 김부식 등 한국사에 관계된 사적들을 두루 소개하는 연재를 고정된 편집 항목의 하나로 배치하는 경우가 많았다. 그리고 위의 양상처럼 대체로 발췌와 번안의 성격이 강했다.

명주곡(溟州曲)

『고려사』「악지(樂誌)」에 "명주곡"이 있으니 세상에 전하기로 서생이 유학(遊學)하다가 명주(溟州: 강릉)에 이르러 한 양가(良家)의 딸을 보니 자색이 아름답고 자못 글을 알았다. 서생이 시를 가지고 꾀어내니 여자가 말하길, "부인은 망령되이 남을 따라갈 수 없으니, 그대가 급제하고 부모에게 명을 받은 뒤에야 일이 풀릴 것입니다." 서생은 곧 경사(京師)로 돌아가 과거공부를 하였는데, 여자의 집에서 장차 사위를 들이려 하였다. 여자가 평소에 못가에서 물고기를 키웠는데 고기가 여자의 기침소리를 들으면 꼭 와서 먹이를 먹었다. 그녀가 고기에게 먹이를 주고 말하길, "내가 너희를 기른 지가 오래라, 마땅히 내 뜻을 알 것이라." 하며 백서(帛書: 비단에 쓴 글)를 던졌다. 한 큰 고기가 있어 뛰어올라 백서를 물고 유유하게 사라졌다. 이때에 서생이 경사에 있으며 부모에게 드릴 찬을 준비하려고 시장에서 고기를 사서 돌아와 갈라보니 백서를 얻었다. 서생이 놀라서 곧 백서를 들고 여자의 집에 갔더니 사위가 이미 그 집문 앞에 다다랐다. 서생이 편지를 여자의 집에 보여주고 마침내 이 곡을 노래하니 여자의 부모가 기이하게 여기고 말하길, "이는 정성에 감동되어 일어난 바이니 인력(人力)으로 이룬 것이 아니라" 하고 그 사위를 돌려보내고 서생을 받아들여 사위를 삼았다.

高麗史樂誌에 溟州曲이 有ᄒ니 世傳書生이 遊學ᄒ다가 溟州에 至ᄒ야 見一良家女가 姿色이 美ᄒ고 頗知書라. 生이 以詩挑之ᄒᆫ더 女曰 婦人은

不妄從人이라. 待生擢第ᄒᆞ야 父母有命則事可諧矣니라. 生이 卽 歸京師
ᄒᆞ야 習擧子業이러니 女家ㅣ將納婿홀ᄉᆡ 女ㅣ平日에 臨池養魚라. 魚聞
女之警咳면 必來就食ᄒᆞ더니 至是ᄒᆞ야 女ㅣ魚를 餌ᄒᆞ고 謂曰 吾養汝久
矣라. 宜知我意라 ᄒᆞ고 帛書를 投ᄒᆞ니 一大魚가 有ᄒᆞ야 跳躍含書ᄒᆞ고
悠然而逝러라. 是時에 生이 京師에 在ᄒᆞ야 欲爲父母具饌ᄒᆞ야 市魚而歸
ᄒᆞ야 剖之得帛書라. 生이 驚異ᄒᆞ야 卽 持帛書ᄒᆞ고 徑詣女家ᄒᆞ니 婿已
及 門이라. 生이 以書로 示女家ᄒᆞ고 遂歌此曲ᄒᆞ니 女의 父母가 異之曰
此ᄂᆞᆫ 精誠所感이오 非人力所致也라 ᄒᆞ고 其婿를 遣ᄒᆞ고 生을 納ᄒᆞ야 婿
를 삼으니라.

[해설]
이 글은 『서우』 14호(1908.1.)에 게재되었다. 인용된 국한문체 문장은
『고려사』 「악지」의 원문과 거의 차이가 없다. 대체로 이런 기사들은 발
췌와 번안인 경우가 많으나 위의 「명주곡」은 완역으로 특이한 사례이다.

창해역사(滄海力士) 여군전(黎君傳)

외사 씨는 말한다. 내가 동쪽의 명주(溟州: 강릉)를 유람하며 역사의 의협혼(義俠魂)을 조상하고자 했으나 창해(滄海)가 무망하고 연운(煙雲)이 호탕하여 그리는 그 이를 찾아볼 수 없었다. 오호라, 이웃나라 사람의 싸움을 위하여 머리를 묶고 가서 붕우의 원수를 위하여 칼을 차고 다다른 것은 고래로 의협들의 열혈이 했던 바이다. 더구나 천하 생령(生靈)을 위하여 잔적(殘賊)을 제거함은 어찌 대장부의 행사가 아니리오. 그 임금·아비가 치욕을 받고 종주국이 수치를 덮어쓰는 경우에 고난을 견디고 무장을 풀지 않는 뜻과 죽음을 각오하고 복수하는 거동이 없는 자는 결코 인류의 심장이 있다 하지 못할 터이다. 장자방(張子房: 장량의 호)은 한(韓)나라에서 벼슬자리를 한 적이 없으나 대대로 사환한 가문이란 의리를 지키기 위해, 300이나 되는 노복을 가지고도 아우의 상을 치르지 못할 정도로 나라를 위한 복수에만 힘을 썼다. 창해역사와 의기가 맞아 박랑사에서 한 번 철퇴를 던져서 천하를 진동시켰으니 소년 자방의 활동력이 없었으면 어찌 만년 자방의 사업성과가 있으리오!

外史氏曰余嘗東遊溟州ᄒ야 力士君의 義俠魂을 吊코저 ᄒ나 滄海가 渺茫ᄒ고 雲烟이 浩蕩ᄒ야 所懷伊人을 不可得見이러라. 噫라 隣人의 鬪를 爲ᄒ야 被髮而往ᄒ며 朋友의 仇를 爲ᄒ야 杖釰而赴ᄒᄂ 者ᄂ 從古義俠의 熱血所使라 矧乎天下生靈을 爲ᄒ야 殘賊을 除홈은 엇지 大丈夫의 行事가 아니리오. 若其君父의 辱과 宗國의 恥를 蒙受ᄒᄂ 境遇에 枕苦寢戈

의 志와 決死必報의 擧가 無ᄒᆞ 者는 決코 人類의 心腸이 有ᄒᆞ다 謂치 못ᄒᆞᆯ지라 張子房은 未嘗仕宦于韓朝者이나 爲其世臣之義ᄒᆞ야 家僮이 三百이로디 弟死不葬ᄒᆞ고 國讎復에 從事ᄒᆞ야 滄海力士와 義氣相投ᄒᆞ미 博浪一椎에 天下를 震驚ᄒᆞ얏스니 若其少年子房의 活動力이 無ᄒᆞ면 엇지 晩年子房의 事業結果가 有ᄒᆞ리오.

[해설]

이 글은 『서우』 16호(1908.3.)에 "아동고사"의 이름으로 연재된 것이다. 장량(張良)과 같이 진시황을 암살하고자 했다는 창해역사에 대한 기록은 홍만종의 『순오지(旬五志)』, 홍직필의 『매산집(梅山集)』 「창해역사 유허기(滄海力士遺墟記)」 등 다양한 문헌에 전한다. 본문은 이런 기록들을 발췌하여 구성한 것으로 보이며 본문의 아래에 위와 같은 평을 붙였다. 『태평광기(太平廣記)』에 이름이 여명(黎明)이었다는 기록이 나와 위와 같이 제목을 붙인 것으로 보인다. 최남선도 이 일화를 소재로 지은 「북창예어(北窓囈語)」라는 글을 『태극학보』 7호(1907.2.)에 게재했다. 여기서 최남선은 만년 장량보다 소년 장량을 현재의 우리가 본받아야 한다고 주장한다.

2

시사정보

근세일본교육(近時日本教育)의 변세(變勢) 체제

일본이 신학적(新學的) 교육을 채용한 이래로 그 제도와 조직상에 개량하고 개량하여 완전한 영역에 거의 도달하였는데 교육상 폐해와 결함도 또한 실재한지라. 체제와 형식에만 편중하고 능력과 지덕(智德)을 양성하는 지(志)는 결국 볼 수 없게 되었다. 두셋의 식자(識者)가 장래 대환(大患)이 이에 있는 것을 성명(聲明)한 지 여러 해이라. 대학졸업 학사지만 교과서 기계에 불과한 이들이 열 중 일곱, 여덟이라. 학사의 배출이 많아질수록 인재의 버려짐이 더욱 많으니 이는 다름 아니라 제도와 조직만 중시하고 실질적 교육을 가벼이 한 소치이다. 곧 이런 교육방침은 근본적 착오가 있기에 지금까지 일본교육의 결함이 이와 같았다.

지금 새로 내각이 성립하여 마키노 문부대신이 그 문부(文部)를 맡고서 교육계 전반에 향한 대훈시를 내니 학생의 풍기가 퇴폐하고 정신의 수양이 결핍하여 인격도야의 도(道)가 불비한 것을 크게 경계하니 이에 일세가 대오각성하여 각 신문에서 교육문제를 경쟁하여 논의하니 우리로 보건대 일본의 이 한 가지 일이 국보(國步)가 장진(長進)하는 단서를 연 것이니 우리 대한에서 교육을 맡은 자들은 세심하게 정찰(精察)하고 채택하여 쓰는 것이 실로 금일의 급무라. 일본『도쿄일일신문(東京日日新聞: 마이니치신문의 전신)』에 기재한 한 논문이 족히 일본의 근래 교육계 정황을 보여주기에 전문을 번역하여 아래에 게재한다.

日本이新學的敎育을採用以來로其制度組織上에改良하고改良하야完全

의域에殆達하엿난디教育上弊害欠陷도亦此에實在한지라體采形式에만偏重하고能力智德을養成하난志난遂不可見한지라 二三識者로將來大患이此에在한것을聲明한지年이有한지라大學卒業學士와如한것이只不過敎科書器械인者ㅣ十中七八이라學士의出이愈多할수록人才의棄가愈衆하니是난無他라制度組織을重히ᄒ고實質的敎育을輕히한所致인디卽是敎育方針이根本上에有錯함을因홈이니從前日本敎育의欠陷이如此한지라

今回新內閣成立에(牧野文相)이其局을當하야敎育界全般에向하여大訓示를發하야學生의風氣가 壞廢하고精神의修養이欠乏하여人格陶冶의道가不備한것을大戒하니於是에一世가擡頭醒覺하야各新聞에셔亦敎育問題를競相議論하니吾儕로視하건디日本의此一事가國步長進의端을開한것이니我韓의當事한者ㅣ細心精察하야採擇하야用하난것이實今日의急務이라日本『東京日日新聞』에記載한一論文이足히日本의近時敎育界情形을見하갓기로全文을譯하야左에載하니

[해설]

이 글은 『조양보(朝陽報)』 5호(1906.8.)에 게재되었으며, 번역문의 앞에 위와 같이 그 취지를 해설하였다. 원문의 저자인 당시 문부대신 마키노 노부아키(牧野伸顯)는 오쿠보 도시미치(大久保利通)의 아들로 아버지의 의형제에게 양자로 입적되었으며, 문부대신, 궁내대신을 역임했다.

통감부와 총독부의 교육정책을 볼 때, 일본의 근대교육을 수용하려 했던 위와 같은 시도는 결과적으로 고등교육을 배제하고 직업인 양성에 치중한 식민지 교육의 성립에 부응한 면이 있다.

황화론(黃禍論)

일본의 의기(意氣)가 어떠한가!

 과거에 독일 황제가 황화(黃禍)를 주창하여 일본이 대승한 기세를 타서 장차 동방민족의 대동맹을 이루어 유럽을 압박하리니 서구인이 이때에 예의주시하지 아니함이 불가하다 하였다. 이후 베를린의 신문에서도 같은 의견을 발표하여 황색민족에 침입을 당함이 멀지 않았다 하고 근래 이슬람교국의 소요를 또한 일본의 암묵적 지원이라 말하고 그 심한 것은 일본이 장차 이슬람교로서 그 국교를 삼는다고 논하는 데 이르다.

日本意氣如何

 曩時에 獨逸皇帝가黃禍를唱出하야以爲日本이大勝한勢를乘하야將次東方民族의大同盟을作하야歐洲를壓迫하리니西人이此時에明目注意치아니함이不可하다하고爾後伯林新聞에도亦同一意見을發表하야黃色民族의侵入을被함이不遠하다하고近來回回敎國의騷擾를亦日本暗援이라言하고其甚한者난日本이將次回敎로써其國敎를한다論하난디到하니

[해설]
이 글은 『조양보』 7호(1906.9.)에 게재되었다. 일본 신문기사를 중역(重譯)한 문장에 근거하여 기사를 구성한 것으로 추정된다. 황화는 "Yellow Menace"로 번역되기도 하며, 청일전쟁 이후부터 독일황제 빌헬름 2세가 주장했고 일본의 러일전쟁 승리이후에는 격화되었다. 앞서 교육훈시를

내린 마키노 노부아키는 외교관으로 재직할 때, 이 황화론을 완화하기 위해 노력했다. 위 기사에서 일본에 대한 선망과 서구인에 대한 경계를 읽을 수 있다. 또한, 이런 논조가 동양론이나 동양주의의 형성에 일조했음도 알 수 있다.

통감 이토 후작의 정책〔統監伊藤侯政策〕

통감 이토 후작은 일대의 인걸이다. 일본 메이지 유신 이래로 내치와 외교상에서 혁혁한 공명과 훈업으로 드러난 이는 이토 후작을 반드시 첫 손가락에 꼽을 것이니 이토 후작과 같으면 참으로 동양 제일의 정치가라 하겠다.

사이고 다카모리(西鄕隆盛) 씨의 정한론(征韓論)이 일어난 때부터 극력 중의(衆議)를 배격하고 평화를 홀로 주창한 것도 오직 후작의 힘이 많았던 것이요. 천진조약의 체결과 시모노세키 조약의 협상에도 한국을 위해 진력하여 굴레를 벗게 하고 독립을 부식한 것도 또한 후작의 공덕이 한국에 지극했기 때문이다. 한인(韓人)이 후작의 은덕을 어떻게 생각해야 마땅할까?

그러나 오늘에 이르러는 사물은 바뀌고 세월은 흘러서 과거에 열심이 도왔던 공업이 모두 물거품과 구름 그림자로 돌아가니, 다만 산 높고 바다 넓음을 보면 풍경이 마음 아플 뿐이다. 이토 후작은 통감으로서 건너왔으니 인간세상의 성쇠변천이 실로 무궁무진하여 생각만으로 추측할 수 없는 것이다.

統監伊藤侯ᄂ一代之人傑也라自日本明治의維新以來로於其內治外交上에赫赫以功名勳業으로著彰者ᄂ惟伊藤侯에必首屈一指ᄒ니如伊藤侯ᄂ洵東洋之第一政治家耳라

往自西鄕氏의攻韓論之際로極排衆議ᄒ고獨倡平和者ᄂ唯侯之力이居

多焉이오及其天津條約之締結과馬關條約之協商也에爲韓國盡力ᄒ야脫去羈絆ᄒ고扶植獨立者도亦侯之功德於韓者ㅣ至矣라 韓人之德侯를當何如哉아

　然而至于今日ᄒ야ᄂ物換星移ᄒ야前日熱心扶植之功이皆歸於雲影水泡ᄒ고但見高山海闊에風景이依黯而已오伊藤侯ᄂ以統監而來駐人世之盛衰變遷이實無窮盡ᄒ야非可以意想而推測者也로다

[해설]
이 글은『조양보』5호(1906.8.)에 게재되었다. 이 기사는 각종 언론에 게재된 이토 히로부미의 한국에 대한 정책을 번안해서 소개하고 이를 논한 글이다. 인용문의 다음에는 그가 통감으로 부임함에 기대를 가지나 한국에서 평화가 이루어지기 위해 고찰해야 할 변수들이 많다는 논조를 유지하고 있다. 예측하기 어려운 상황에서 신중한 자세를 취하려 한 것이다. 한편, 통감부 체제 당시의 한국 언론들은 일본의 여론에 관심을 기울이고 있었다. 일례로 아리가 나가오[1]의 「보호국론(保護國論)」이『조양보』9호와『태극학보』21호(1908.5.)에 역술되어 게재되었다.

1　아리가 나가오(有賀長雄, 1860~1921) : 도쿄제국대학 교수 및 추밀원 서기관 등을 역임한 국제법 전문가로 원세개의 법률고문이기도 했다.

정치상으로 본 흑백인종의 지위

번역자 가로되, 탄식하고 또 한탄한다. 우리 대한 강토는 아시아의 일부분이요, 한민족은 황인종의 일파거늘 어찌 오늘에 이와 같은 지위를 가졌는가? 이상 서술한바, 황백 두 인종의 경쟁은 고사하고 같은 인종 속에서도 보호니 압제니 하거늘 상식이 있는 자로 누가 격분하지 아니하리오. 나는 다만 한 마디로 결단하건데, 우리 국권을 완전히 회복할 기한은 맹세코 우리 동포의 이천만 마음이 일심이 되고 이천만 몸이 일체가 되는 날이 될 줄 예견하여 믿노라.

譯者 曰 吁ᄒᆞ고 巫 嗟홉다. 我韓 疆土ᄂᆞᆫ 亞細亞의 一部分이오 韓民族은 黃人種의 一派어늘 奈何今日에 如許ᄒᆞᆫ 地位를 占ᄒᆞᆫ가. 以上 述ᄒᆞᆫ 바 黃白 兩人種의 競爭은 姑捨ᄒᆞ고 同種 中에셔도 保護란이 壓制란이ᄒᆞ니 常識이 有ᄒᆞᆫ 者야 誰가 憤激치 아니ᄒᆞ리오. 余ᄂᆞᆫ 다만 一言으로써 決ᄒᆞ건디 우리 國權을 完全히 回復ᄒᆞᆯ 期限은 盟誓코 우리 同胞의 二千萬 心이 一心이 되고 二千萬 體가 一體가 되ᄂᆞᆫ 日이 될쥴 預信ᄒᆞ노라.

[해설]
이 글은 일본유학생들의 학회지인 『대한흥학보(大韓興學報)』1호(1909. 3.)에 게재되었다. 라인시[2]의 글을 한흥교[3]가 약술하여 『대한학회월보

---

2 라인시(Paul S.Reinsch, 1869~1923) : 라인시는 1913~1919년 동안 중국대사를 역임

(大韓學會月報)』8~9(1908.10~11.)부터『대한흥학보』1호에 세 번에 걸쳐 연재하고 끄트머리에 위와 같은 소감을 붙였다. 인용문에 표시하지 않았지만 본문은 전체가 강조표시가 되어 있어 번역자의 격앙이 나타난다. 위의 「황화론」과 비교하면 불과 몇 년 만에 통감부 치하 대한제국의 정세가 비관적으로 돌변한 것을 짐작할 수 있다.

한 인물로서 우리나라를 방문한 바도 있다. 변호사 및 위스콘신 매디슨 대학 교수를 역임하고 *An American Diplomat in China*(1922), *World politics at the End of the Nineteenth Century : As Influenced by the Oriental Situation*(1900) 등의 저서를 냈다. 그의 동정에 대해서는『동아일보』에서도 여러 차례 조명한 바 있다.

3 한흥교(韓興敎, 1885~1967) : 동래 출신으로서 당시 오카야마(岡山) 의학전문학교에 유학중이었으며 후에 중국에 망명하여 독립운동에 참여했고 독립유공자이다.

세계평화의 이상(理想)

이것이 그 대략이다. 그러나 박사의 의견을 족히 살펴볼 수 있도다. 이는 참으로 지극히 어려운 사업이라 하겠으나 지금 각국이 서로 차차 협약하고 다시 협약하여 현상유지와 기회균등을 국제의 통의(通義)로 삼았다. 금일에 한걸음 더 나아가 세계대연방을 조성함이 반드시 불가능의 사업이라 할 수 없느니라.

평화를 목적하고 도리어 전쟁의 일을 논의하는 회의가 있고 전쟁을 목적하고 도리어 평화를 유치하는 경우도 있으니 무기의 진보가 바로 이것이라. 근래 영국, 미국, 프랑스와 독일 등이 경쟁하여 연구에 열중하는 군용 경기구와 같은 것이 그 첨단이다. 프랑스든지 영국이든지 종횡으로 자재하는 기구를 이미 발명하여 그 시운전에 매우 좋은 성적을 보이느니라. 이후에 더욱 개선을 가하고 연구를 축적하면 대성공을 드디어 볼 날이 멀지 않았다. 독일 문학자 중에 미래의 전쟁을 예상하여 장렬한 소설을 지어서 공중 대함대의 충돌을 묘사한 이가 있으니 과연 그 상상과 같이 공중에 군함이 종횡 비상하여 폭탄을 투하함에 이르면 가공할 참상의 극단적 전쟁은 자연히 절멸할 것이니 여기서 극단의 파괴가 극단의 평화로 서로 일치하여 이른바 극단과 극단이 상접한다는 진리를 증명함에 이를지니라.

此其大略也라 然ᄒ나 博士의 意見을 亦足以窺矣로다 此 固至難之業이라 然ᄒ나 現今 各國이 互相次協約以協約ᄒ야 現狀維持와 機會均等을

國際의 通義라 ᄒᆞᄂᆞ니 今日에 一步를 更進ᄒᆞ야 世界大聯邦을 組成홈이 必是不可能의 業이라 ᄒᆞ기 不可ᄒᆞ니라.

平和를 目的ᄒᆞ고 도리여 戰爭의 事를 議ᄒᆞᄂᆞᆫ 會議가 有ᄒᆞ고 戰爭을 目的ᄒᆞ고 도리여 平和를 誘致ᄒᆞᄂᆞᆫ 者有ᄒᆞ니 武器의 進步是也라 挽近 英, 美, 法, 德 等이 競ᄒᆞ야 硏究에 熱中ᄒᆞᄂᆞᆫ 軍用輕氣球와 如홈은 其最者也라 佛國이던지 英國이던지 操縱自在ᄒᆞᄂᆞᆫ 氣球를 旣已發明ᄒᆞ야 其 試運轉에 非常ᄒᆞ 好成績을 示ᄒᆞᆫ지라 今後에 尙加改善ᄒᆞ며 彌積硏究ᄒᆞ면 大成功을 竟齋홈이 不遠에 在홀지니라 德國文學者 中에 未來의 戰爭을 豫想ᄒᆞ야 壯烈ᄒᆞᆫ 小說를 作ᄒᆞ야 空中大艦隊의 衝突을 描ᄒᆞᆫ 者有ᄒᆞ니 果若 其想像과 如히 空中에 軍艦이 縱橫飛翔ᄒᆞ야 爆彈을 投下홈에 至ᄒᆞ면 可恐慘害의 極戰爭은 自然히 絶滅홀지니 於是乎極端의 破壞가 極端의 平和로 相爲一致ᄒᆞ야 所謂 極端與極端相接ᄒᆞ야 眞理를 證明홈에 至홀지니라.

[해설]
이 글은 『서우(西友)』 13호(1907.12.)의 "잡조(雜俎)"에 게재되었다. 글의 전반부에 영국 "스단리-, 제우온스" 박사의 근래 간행한 잡지 『시대평론』에 「국제회의의 발전」이란 제목의 글을 약술했음을 밝혔다. 번역의 감상에 해당하는 위의 글을 후반에 붙였다. 글의 본문은 헤이그 만국평화회의 같은 제도에 대한 구체적 구상으로, 각국에 할당된 대의원수, 영국의 하원을 전범으로 세계의회를 조직하자든지, 공용어로 프랑스어나 에스페란토를 쓰자는 등을 논했다. 반면 그 감상은 위와 같이 기술에 대한 맹신과 낙관주의를 보여주고 있다. 헤이그 특사사건으로 인한 고종의 양위(1907.7.) 직후에 위와 같은 글이 작성된 것도 다소간 의아하다.

미국 잡지〔米紙〕의 한국교육관

교육개량의 전진

역자가 이 지면에 게재하는 「한국교육관」 한 편을 역술하기 전에 한 마디를 먼저 개진하노라. 대저 한일관계의 내용에 대하여 국외(局外)의 사람이 어떻게 해석하는지, 어떻게 관찰하는지 또는 그 해석이 각자의 추상(推想)에서 나옴인지 관찰이 그저 피상에 그치는지 단언하기 어렵다. 지금 미국 잡지에 게재된 이 글을 가지고 저들을 추단해 보면 그저 교육 한 건뿐 아니라, 기타 제반 정무에 관하여도 필경 그 관찰한 점이 여기 그칠 것이라고 상상하노라. 왜냐하면 어느 나라를 유람 혹은 시찰하는 객이든지 한국시찰의 목적으로 경성에 도착한 경우에는 반드시 도성을 나와 영접하며 악수하고 예를 나누며 객의 환심을 사는 동시에 자신의 수단을 시험하는 자는 통감부 관리가 아니면 아무 부서의 차관[4] 등 무리이다. 경우가 이와 같으니 저들이 만리(萬里)를 내다보는 큰 안목이 아니면 어찌 어둡고 어두운 만 겹의 이면까지 이르리오. 그러므로 나는 국외인의 관찰에 일호(一毫)의 비난도 가하지 않고 다만 우리 선진 사회의 유지(有志)한 여러분에게 바라노라. 대저 신문에 게재된 것이 비록 한 줄이 되지 않더라도 그 파급하는 영향은 막대하니 이와 같은 오인(誤認)이 왕왕 구미의 신문 쪼가리를 붓자국을 남기면 우리 대한의 앞길에 대하여 막대한 악영향을 잉태함은 지자(知者)를 기다리지 않고

4　통감부 체제하의 차관은 모두 일본인 관리였다.

도 분명할지라. 창밖에 쏟아지는 것이 어느 하늘의 풍우인지 알지 못하는 자는 언필칭 스티븐스의 반역과 이준 씨의 열혈이 구미 인사의 뇌중에 다대한 감동을 주었을 듯 운운하고 시기가 도래하기만 누워 기다리나 이는 공상(空想)이요, 담어(膽語)[5]이다. 여러분! 연단에서 혀를 달구고 언론에 피를 쏟는 일도 눈앞의 급한 일이 되겠지만 외부의 정형도 불가불 돌아보라. 청하노니 여러분이여, 혹여 외국의 시찰이 이르거든 반드시 시기를 놓치지 말고 저의 마음을 사고 우리의 실정을 통하여 저들의 공감은 얻지 못할지언정 이와 같은 피상적 관찰을 신문에 발표하지 말게 하기를!

譯者가 該紙에 載호바 韓國教育觀一節을 譯述호기 前에 一言으로 預陳호노라. 太抵韓日關係의 內容에 對호야 局外의 人이 如何히 解釋호는지, 如何히 觀察호는지 又는 其 解釋이 各自의 推想에 出홈인지 觀察이 다못 皮相에 止함인지 斷言키 難호거니와 今에 米紙의 載호 바 此를 因호야 彼를 推홀진딕 다못 教育一件 뿐아니라 其他 諸般政務에 關호여도 必竟其觀察의 點이 此에 止호리라고 想像호노니 何者오 호면 何如혼 國의 遊覽又는 視察의 客이든지 韓國視察의 目的으로 京城에 到着홀 境遇에는 반다시 出城迎接호며 握手交禮호야 彼의 喜歡을 買호는 同時에 我의 手段을 試호는 者는 統監府官吏가 아니면 某部의 次官等輩라 境遇가 如此호지라 彼ㅣ萬里를 明見호는 巨眼이 아니어든 엇지 暗暗黑黑호 萬匝의 裡面까지 及호리오. 故로 余는 局外人의 觀察에 一毫의 非難을 加치 안코 다못 我 先進社會의 有志諸氏에 望호노니 大抵 新聞의 所載는 비록 一行에 未滿호더라도 其 波及호는 影響은 莫大호느니 如是혼 誤認

---

5 담어 : 마음속의 말이라는 의미인데, 실현 가능성이 없는 말에 그친다는 뜻으로 보인다.

이 往往歐米報片에 墨痕을 留ᄒ면 我韓의 前途에 對ᄒ야 莫大ᄒ 謬果를 貽ᄒᆷ은 知者를 待치 안코 明ᄒᆯ지라. 牖外滂沱가 何天風雨인지 不知ᄒᄂᆫ 者ᄂᆫ 言必稱, 須知分의 逆倒와 李儁氏의 熱血이 歐米人士의 腦中에 多大ᄒ 感觸을 與ᄒ엿실 듯 云云ᄒ고 時機의 到來만 臥待ᄒ나 此ᄂᆫ 空想이요 膽語라 諸氏! 舌을 演壇에 焦ᄒ고 血을 報筆에 瀝ᄒᆷ도 目下의 急務나 外面의 情形도 不可不顧라. 願ᄒ노니 諸氏여 如或外國의 視察이 來ᄒ거든 바다시 時機를 逸치말고 彼의 歡을 買ᄒ고 我의 情을 通ᄒ야 彼의 同情은 得치 못ᄒᆯ디어졍 如此ᄒ 皮相的觀察을 報片에 發表치 말게 ᄒ기를

[해설]

이 글은 일본유학생의 학회지인 『대한학회월보(大韓學會月報)』 9호 (1908.11.)에 문상우[6]가 게재하였다. 원문은 미국의 잡지인 "디, 지펀, 읍버-싸이자"에 게재된 기사라 하는데 이 잡지는 미상이다. 위 글의 다음에 바로 번역문을 수록하였다. 번역문은 한국이 일본의 문명한 계도를 받아들여야 한다는 논조이다. 위 글에 언급된 을사늑약과 한일신협약의 배후인 스티븐스(Durham Stevens, 1851~1908)의 암살은 1908년 3월에 일어난 일이다.

---

6 문상우(文尙宇, 1882~1947) : 부산출신의 금융가이다. 일본의 고등상업학교(高等商業學校 : 히토츠바시대학의 전신)에 유학하며 『학지광(學之光)』에 참여하고 『상학계 (商學界)』(1908)의 발간도 주도했다. 경남은행, 조흥은행 등에 이사로 근무했다. 부산 상업회의소 평의원, 부회장을 역임하고 경상남도 관선 도의원도 지냈다.

울산행(蔚山行)

역자가 일본 잡지 『타이요』를 읽다가 에미 스이이인[7]이 게재한 「울산행」 한 편을 보았다.[8] 대개 한 글자 반 구절도 우리나라를 모욕하는 뜻이 아닌 것이 없었다. 군수 김 아무개[9]가 성대한 연회로 접대함에 악의는 없었겠지만, 지금 보건대 저들에게 마땅한 웃음거리를 주고 잡지의 이야기거리가 되었으니 예를 다하고서 모욕을 받았으며 주식(酒食)을 제공하고 모욕을 산 꼴이다. 어찌 약소국 민족임과 유관(有關)하지 않으리오! 음사(淫奢)하고 방종함에 더해 학술도 없어 외국인에게 결점을 잡히기에 이른 것은 모두 우리가 스스로 검속하지 못한 죄이라. 어찌 감히 강자(强者)의 무리한 행위를 핑계 삼아 천하를 속이리오? 임진왜란에 타이라노 히데요시(平秀吉: 토요토미 히데요시)가 먼저 다치바나 야스히로(橘康廣)를 우리나라에 사신으로 보내 상주에 이르니 목사 송응조가 기생을 동원해 잔치를 벌이자 야스히로가 말하였다. "나는 병영의 괴로움이 쌓여 응당 늙음이 당연하나 목사님은 기생 가운데 살면서 어찌 머리터럭이 새어버렸소?" 이는 풍자하는 뜻이다. 서울에 가서 예조에 대접을 받을 때, 기생과 악공 무리가 과일을 다투며 질서가 없었다. 야스히로가

---

7 에미 스이이인(江見水蔭, 1869~1934) : 일본의 소설가로 통속소설, 모험소설, 탐험기 등을 다양하게 발표했으며 잡지를 편집하고 발행하기도 했다.
8 「蔚山行」은 『太陽』 12권 10호(1906.7.)에 게재되었다.
9 1900년대 초에 울산군수를 지낸 사람 중에 김 씨는 김우식(金宇植)이 있다.

역관에게 말하길, "너희 나라가 망했구나, 상하에 차례가 없으니 어찌 지속될 수 있겠는가?" 이러니 우리나라가 물건을 주고서 동쪽 이웃에게 모욕을 받음이 이미 오래되었다. 지금 서울의 도처에 이런 무리들과 교제가 많아서 위로는 재상부터 아래로는 부호에 이르기까지 분주히 잔치를 베풀어대며 손을 즐겁게 하는 수단은 반쯤 기라(伎儸)[10]에 속하니, 크게는 나라를 욕보이고 작게는 자신에게 손해를 미친다. 호기를 자랑하고 아첨을 바치고서 모욕을 얻을 따름이니 오호라! 이보다 중대한 일이 많기에 이런 번쇄한 것에 붓을 놀리기 부족하겠으나 생각해보라, 천하에 가득한 대인(大人)과 선생들이여! 분골쇄신하여 국가를 위해 불세출의 위업을 세우지 못할지언정 어찌 금전을 낭비하고 의기를 꺾고서 얻는 것은 나라를 욕보이고 자신을 모멸함이며, 외인의 잡지에 이야기 거리나 준단 말인가? 군수는 본디 명가의 자손으로 자못 학문이 있고 또한 나쁜 관리는 아니라. 단지 기생을 기르고 죄수를 학대하는 우리 한국의 고유한 누습을 마침 외국인이 엿보게 되었던 것이기에 여기서는 그 이름을 지우고 단지 그 사실을 취하여 동포에게 경고하노라.

譯者ㅣ閱日本 太陽雜誌라가 見江見水蔭의 所著蔚山行一篇ㅎ니 太抵 一字半句도 無不含譏侮我邦之意라. 郡守金某之盛宴速客이 必非惡意나 然이나 以今視之켄딘 適足爲若輩之笑資ㅎ며 雜誌之話本ㅎ니 夫盡其禮而受侮ㅎ고 費其酒食而買辱이 亦豈有關於弱國民族也리오 淫侈放縱에 兼無學術ㅎ야 至示缺點於外人는 皆吾輩의 不自檢束之罪也ㅣ라 安敢委之於强者之無理行爲ㅎ야 以厚誣天下也ㅣ리오. 壬辰之役에 平秀吉이 先使橘康廣於我邦홀시 至尙州ㅎ니 牧史宋應調이 出妓以侑饗이라 康廣이 謂

---

10 기라 : 원문은 "伎儸"인데 기생이나 예인을 이르는 기라(綺羅)와 통하는 말로 보인다.

曰 僕은 積苦兵間에 理應衰頹나 然이나 使君는 處聲伎之中ᄒᆞ야 何爲亦
鬢髮이 皓白고ᄒᆞ니 蓋諷之也 ㅣ오 至京ᄒᆞ야 禮曹가 餽之홀ᄉᆡ 妓工輩가
爭取果物에 無有次第라 康廣이 謂譯官曰 汝國이 亡矣라 上下無序ᄒᆞ니
其能久乎아 然則我國之以此物로 招輕侮於東鄰이 其來尙矣라 今京鄕到
處에 與該人輩로 交際가 多端ᄒᆞ야 上自宰執으로 下至富豪가 無不奔走供
宴而其娛客之具는 半屬伎儸ᄒᆞ야 大者는 辱國ᄒᆞ고 小者는 損己라 殊不知
誇豪獻媚가 適以取侮而己라 嗚呼라 事將有大於此者ᄒᆞ니 此等細瑣는 不
足泚筆이라 然이나 試思ᄒᆞ라 滿天下大人先生아 縱不能碎首流腸ᄒᆞ야 爲
國家建不世之偉功이나 奈之何費其金錢ᄒᆞ며 降其意氣ᄒᆞ야 成就得辱國
侮己資人雜誌之張本耶아 郡守는 本名家子로 頗有學問ᄒᆞ고 亦非惡吏라
特以我韓蓄妓虐囚固有之陋習이 偶爲外人所窺者故로 玆沒其名ᄒᆞ고 但
取其事實ᄒᆞ야 以厲同胞ᄒᆞ노라.

[해설]
이 글은 영빈생(穎濱生)[11]이 일본유학생단체의 학회지인 『대한유학생회
학보(大韓留學生會學報)』 3호(1907.5.)에 게재한 글이다. 원문 「울산행
(蔚山行)」을 국한문체로 발췌하여 번역한 다음 위의 글을 붙여놓았다.

---

11 영빈생 : 변영주(卞永周)의 호로, 그에 대해서는 『대한유학생회학보』, 『서우(西友)』
   등에 다양한 기사를 집필하였다는 외에 미상이다.

별보(別報)

『만주보』를 접하여 읽으니 만주의 학계에 대하여 논설 전문이 있다. 대개 만주의 현상이 아직 몽매하고 미개하므로 그 교육방침을 다룬 평론이 대증요법에 지나지 않아, 우리 한국 학계에 비추어 보면 서로 부합하는 곳이 많다. 또한 그 사범(師範)을 속성함으로 구급의 방법으로 삼은즉 우리 학회의 학교 설립하자는 주의와 서로 의논하지 않고도 동일한지라. 여기서 말하길, "흥학(興學)의 도(道)가 셋이오, 보학(輔學)의 도가 셋이라" 한 것이 비록 교육가의 일상적인 담화이지만 힘을 다하여 실행하면 확실히 실효가 있을지라. 그러므로 "이를 지켜 행하면 국민이 진화하지 않을 자가 없을 것이고, 국민이 진화하고도 나라가 강하지 않은 경우가 또한 없다"라 하였으니 이는 정계의 당무(當務)이고 우리의 희망이다. 그러므로 번역하여 게재하여 알리노니 그 글은 다음과 같다.

滿洲報를 接讀ᄒ매 該地學界에 對ᄒ야 論說 全文이 有ᄒ니 蓋 滿洲現狀이 猶屬蒙昧未開ᄒᆫ 故로 其 敎育方針을 評論홈이 對症 投劑로 以ᄒ야 我 韓學界에 反照ᄒ면 相符處가 多有ᄒ고 且 其 以 速成師範으로 爲救急之法者ㅣ 卽 本 學會의 設校主義와 不謀而同ᄒᆫ지라. 其曰 興學之道ㅣ 有三이오. 輔學之道ㅣ 有三云者가 雖曰 敎育家의 茶飯常談이나 實力行之ᄒ면 確有實效ᄒᆯ지라. 故로 曰 準是而行이면 國民之不進化者ㅣ 未之有也오. 國民이 進化ᄒ고 而國不强者亦未之有也라 ᄒ엿스니 此ᄂᆫ 政界之當務오. 吾人之希望 故로 譯載而告焉ᄒ노니 其文이 如左라.

이 글은 『서우(西友)』 3호(1907.2.)의 맨 처음에 게재되었다. "본관역등
(本舘譯謄)"이라 기록하여 번역의 주체를 서우학회로 밝혔다. 『만주보』
의 기사를 번역한 경우는 『대한자강회월보』 6호에도 발견되는데 여기서
는 박은식이 역술자로 되어있다. 『서우』는 양계초를 비롯한 중국 언론
의 기사를 많이 게재하였는데, 원문 그대로 싣기도 하고 이 글처럼 국한
문체로 번역하기도 하였다.

청나라 신문을 입수한 뒤 기록함〔淸報譯載後識〕

기자는 일찍이 신문사에서 두셋의 동지와 함께 보급과 진화의 방침을 강구하되 풍기가 열림은 마땅히 하등사회로부터 기초한다고 생각했다. 지금 우리나라 가운데 국문으로 나오는 신문은 단지 제국신문사 하나뿐이니 어찌 영성하지 않으리오! 지금 다시 국문 신문을 확장하여 하등사회의 지식을 계도하면 그 보급의 효력이 단지 한자(漢字) 신문으로 문학(文學)이 있는 이들에게만 공급하는 것보다 더욱 다대하리라 하겠다. 단지 자금을 구하기 어렵기에 뜻은 있지만 행하지 못하며 항상 그저 탄식만 하다가 이에 천진(天津)의 신문이 논한 바를 보니 그 효과가 어떠한지 확실하게 명증하니 지금 세상에서 보급에 주의하는 자들은 역시 여기서 도움을 받지 않겠는가!

本記者ㅣ 嘗在報館ᄒ야 每與二三同志로 普通 進化의 方針을 講求ᄒ되 風氣之開ᄂᆫ 맛당히 下等社會로 부터 基ᄒᆯ지라. 現 我國 中에 國文報ᄂᆫ 只一帝國社가 有ᄒ니 豈不零星哉아 今에 更히 國文報를 擴張ᄒ야 下等社會의 知識을 啓導ᄒ면 其 普通效力이 但히 漢字報로써 文學이 有ᄒ者의게만 供給ᄒᄂᆫ 것보다 尤爲多大ᄒ리라 ᄒ엿스니 但 資金의 難辨으로 有意未就ᄒ야 恒拘欷歎터니 玆에 天津報所論을 據한 則 其效果의 如何가 確有明証ᄒ니 世之注意開通者ᄂᆫ 其 亦幫助此擧也否아.

[해설]

이 글은 『서우』 5호(1907.4.)에 박은식이 게재하였다. 청나라 천진(天津)에서 백화(白話)로 된 신문이 많이 나와서 하등사회의 지식이 개발되었다는 점과 언론사들의 발전과 개황을 제시한 글 뒤에 위와 같은 평을 붙였다. 참고로 『가뎡잡지』 등의 국문판 잡지는 당시에 발행되고 있었다. 본문에 언급한 "천진의 신문"은 당시 천진에서 발행되던 『중국시보(中國時報)』, 『진보(眞報)』 등을 가리키는 것으로 보인다. 또한 본문의 문학(文學)은 학문, 결국 고전한문에 대한 지식을 이른다 하겠다. 청나라의 정세에 대해서도 당시의 언론은 주의를 기울였는데, 「청국국회준비사항」(『대한학회월보』 8호), 「청국 입헌문제의 경과」(『대한자강회월보』 5호) 등의 사례들을 참고할 수 있다.

일진회와 대한협회

일본인이 발간하는 『조센(朝鮮)』[12]이라는 잡지에 「일진회와 대한협회」란 제목의 전문을 다음에 게재하고 하단에 우견(愚見)을 붙이노라.

우리는 이토 통감이 국제사회나 도처의 연단에서 성명하여 밝힌 바처럼, 한국의 부강자립을 지도하고 계발하는 정책을 확신하여 진행하면서 실력배양과 국론일치로 자립을 기도한다는 이토 공의 진의를 그르치지 않는다는 것으로 친일하는 조건을 삼는 자들이다. 그러면 이토 공의 성공을 자랑하는 오늘에 일진회와 대한협회의 성쇠 상황이 당연히 『조선』 기자의 필치와 같을 터이며 혹여 한국의 부강자립이 이토 공의 진의가 아니라 한다면 일진회와 대한협회의 오늘날 성쇠의 상황이 과연 일대의 기이한 모순이라 할 것이다. 우리는 이토 공의 진실한 대한(對韓) 정책으로써 『조선』 기자가 다시 생각하게 하여 그 오해를 반성하게 하기를 희망하노라.

日本人이 發刊ᄒᆞᄂᆞᆫ 朝鮮이라 ᄒᆞᄂᆞᆫ 雜誌에 一進會와 大韓協會라 標題ᄒᆞ 全文을 左에 揭ᄒᆞ고 下端에 愚見을 付ᄒᆞ노라.

---

12 이 잡지는 1908년부터 간행되어 1912년 『朝鮮及滿洲』로 개명하고 1941년까지 간행된 재조일본인을 대상으로 한 일본어 잡지였다.

吾人은 伊藤統監이 國際 及 演壇에 到處聲明ᄒᆞᄂᆞᆫ 바 韓國의 富强自立을 指導啓發ᄒᆞᄂᆞᆫ 政策만 確信進行ᄒᆞ야 實力培養과 國論一致로 自立을 期圖 ᄒᆞ야 伊藤公의 眞意에 不違홈으로써 親日ᄒᆞᄂᆞᆫ 要素를 作ᄒᆞᄂᆞᆫ 者이니 然 則 伊藤公의 成功을 誇ᄒᆞᄂᆞᆫ 今日에 一進會와 大韓協會의 盛衰狀況이 當 然히 朝鮮記者의 筆端과 如홀지며 若或 韓國의 富强自立이 伊藤公의 眞 意가 안이라 謂홀지면 一進會와 大韓協會 今日 盛衰 狀況이 果然 一大奇 異혼 矛楯이라 謂홀지니 吾人은 伊藤公의 眞實혼 對韓政策으로써 朝鮮 記者의게 其 再思를 提供ᄒᆞ고 其 誤解를 反省ᄒᆞ기를 希望ᄒᆞ노라.

[해설]

이 글은 『대한협회회보』 12호(1909.3.)의 "잡저(雜著)"에 실린 글이다. 본문은 이토 히로부미의 통감정치가 성공일로를 달리고 있는데 친일당 인 일진회는 몰락하고 배일(排日)이라 할 만한 대한협회는 오히려 성황 을 이룬다는 상황을 전하는 기사이다. 이토 히로부미의 정책이 진실로 한국을 위한 것인지 진의를 확인해 봐야 한다는 단서가 달리긴 했지만, 소위 자강운동의 대표단체로 대한자강회로 출발한 대한협회가 일제에 대한 부역 쪽으로 그 지향점이 이동하던 상황을 보여주는 기록이다.

신발명 임질 치료법〔新發明痳病治療方法〕

일본인 의사 야마카미 만타 씨는 다년간 임질 치료를 전공하여 일대 발명을 이루어서 일시에 일본 의학계를 맹성(猛省)하게 한 사실이 있다. 그 신발명은 소식자(消息子)[13]【요도용 기계】를 사용하여 병의 근원을 단절함에 있는지라. 이 치료방법이 발명된 이후로 다년간 임질에 신음하던 병자가 구제를 받아서 이 병자들 사이에서는 활불(活佛)이란 명성이 있다. 하루는 야마카미 씨를 도쿄의 혼고 신카마치(本鄕 新花町) 94번지 자택으로 심방(尋訪)하여 그 학설을 한국에 전파하기를 청한 즉 동씨가 쾌히 허락하기에 임질 병자들을 구조함에 만일의 보익(補益)이 있을까 하여 다음에 소개하노라.

日本人 醫士 山上萬太氏と 多年淋病科를 專攻で야 一大發明을 得で야 一時 日本 醫學界를 猛省케훈 事實이 有훈데 其 新發明은 消息子(尿道用機械)를 使用で야 病根을 斷絶홈에 在훈지라. 此 治療方法이 發明된 以后로 多年淋病에 吟呻で던 病者가 救濟를 受で야 該病界의 活佛이라 で논 名聲이 有で기로 一日은 山上氏를 本鄕 新花町 九四番地 本邸에 尋訪で야 其 學說을 韓國에 傳播で기를 請훈즉 同氏가 快諾で기로 該病者를 救助홈에 萬一의 補益이 有홀가 で야 左에 紹介で노라.

---

13 소식자 : 진단이나 치료를 위해 몸속에 삽입하는 대롱 모양의 기구를 말한다.

[해설]

이 글은『대한학회월보』7호(1908.9.)에 우양(友洋)[14]의 역술이라 하여
게재되었다. 인용문의 다음에는 요도에 소식자를 삽입하여 임질 균을
제거할 수 있다는 해설을 수록했다.

---

14 우양(友洋): 최석하(崔錫夏, 1866~1929)의 호가 우양이다. 평안북도 곽산군 출신으로
   1899년 메이지법률학교에 입학하여 10년간 유학하면서 러일전쟁에서 일본군 통역으로
   근무한 바 있다. 일진회, 대한협회, 서북학회의 연합을 추진하는 등 일제에 적극적으로
   부역하였다. 이후에도 총독부 정치에 적극 협력하여 중추원 참의 등을 역임하였다.
   친일반민족행위자 명단에 수록되었다.

3

분과학문의 번역

여러 학문의 이름을 풀이함〔諸學釋名〕

○과학【영어 사이언스】

과학이란 것은 계통적 학리(學理)를 가진 학문을 이른다. 인간의 지혜가 발달함에 따라 사물을 연구하는 법이 점차로 진보하여 갖가지 지식이 더욱 정확하게 터득되어 가는데, 여기서 가장 나아간 연구법을 응용하여 얻은 조리 있는 지식이 과학이라 이르는 것이다. 곧 다만 경험한 사물을 수집할 뿐만 아니고 또 확실하지 않은 가정(假定) 설에 기초하여 추측함도 아니다. 그 사실의 설명에 속한 것이면 해당 사실을 정밀하게 검찰하여 그 원인결과의 관계를 연찬하여 통일적으로 설명한 지식이고 그 이법(理法)의 연구에 속한 것이면 공인된 원리와 또 가장 근본적 사실에서 정당하게 탐구해 나가 필연한 지경에 도착한 지식이 이것이다. 그러므로 과학상에 필요한 연구법은 이른바 귀납적 연구법이니, 이 법은 항상 일관한 논리의 실존한 증거가 갖춰져 그 이론에는 모순과 당착이 포함됨을 허여하지 않는다. 아무에게라도 보편적으로 설명하여 명료하게 인지하게 할 수 있고 또 적절하고 합당하게 기술되어야 한다.

세상이 진보함에 따라 이전에는 과학이 아닌 것도 금일에 이르러 또한 점차로 과학이 되어 과학의 종류가 갈수록 증가하는데 금일로만 보아도 일반이 공인한 과학이 그 종류가 자못 적지 않다.

과학은 응당 모든 것을 다 한 주관의 계통으로 통합 귀일하게 할 것이지만 연구의 분담으로 인하여 편의와 필요에 따라 허다한 부문에 세분된다.

○科學【英語 사이엔쓰】

科學이란 것은, 系統的 學理를 有혼 學問을 謂홈이라. 人智가 發達되는 디로 事物을 硏究ᄒᆞᆫ 法이 漸次로 進步ᄒᆞ야 凡百 智識이 더욱더욱 正確ᄒᆞ게 攄得되여 가는디, 이 가장 步혼 硏究法을 應用ᄒᆞ야 得혼 條理잇는 智識이 科學이라 謂ᄒᆞᆫ 것이니 곳 다만 經驗혼 事物을 蒐集홀 ᄲᅮᆫ만도 아니오, ᄯᅩ 確實치 못혼 假定說를 基礎ᄒᆞ야 推測홈도 아니라. 그 事實의 說明에 屬혼 것이면 當該 事實을 精密히 檢察ᄒᆞ야 그 原因結果의 關係를 硏鑽ᄒᆞ야 統一的으로 說明혼 知識이오 그 理法의 硏究에 屬혼 것이면 公認된 原理와 ᄯᅩ 最 根本的 事實에서 正當ᄒᆞ게 究去ᄒᆞ야 必然홀 地에 到着혼 知識이 是라. 그럼으로 科學上에 必要혼 硏究法은 일은 바 歸納的 硏究法이니 此 法은 恒常 一貫혼 論理의 實存혼 證據가 具存ᄒᆞ야 그 理論에ᄂᆞᆫ 矛盾撞擊이 含在홈을 許치 아니홈으로 阿某에게라도 普遍히 說示ᄒᆞ야 明瞭히 認知케 홀 수 잇고 ᄯᅩ 適宜允當ᄒᆞ게 記述홈을 得홀지라.

世上이 進步되는디로 伊前에ᄂᆞᆫ 科學이 아니든 것도 今日에 至ᄒᆞ야 ᄯᅩ혼 漸次로 科學이 되야 科學의 種類가 갈스록 增加되ᄂᆞᆫ데 今日로만 ᄒᆞ야도 一般이 公認혼 科學이 그 種類가 자못 尠少치 아니ᄒᆞ니라.

科學은 宜當 모든 것을 다 한 主觀의 系統으로 統合歸一케 홀 것이로디 硏究의 分掌으로 因ᄒᆞ야 便宜上과 밋 必要上으로 幾多의 部門에 細別ᄒᆞ느니라.

[해설]

이 글은 『서북학회월보』 11호(1909.4.)에 게재되었다. 글의 앞에 "○科學(英語사이엔쓰)"라는 구절을 달아 과학이 "Science"의 번역어임을 명기했다. 위 글의 다음에 과학의 분과를 제시하는데, "형식적 과학"에 수학을 분류하고 여기에 대응되는 "실질적 과학"을 설정한다. 실질적 과학은 다시 물리학, 지질학, 생물학 등이 포함되는 "정신적 과학"과 심리학, 사학, 경제학 등이 포함되는 "자연적 과학"으로 분류된다. "일본의 학자가 '철학'이라 이르는" 순수한 이론은 포함되지 않는다고도 한다.

법률관계 번역

1) 『현행(現行) 형법대전(刑法大典)』 조칙(詔勅)

詔勅

詔曰刑法爲政治之必須乃有國之先務也我國典憲未始不備而古今殊制
存廢無常民生之犯科愈多有司之疑眩滋深朕甚慨之玆用本之

先王成憲參之外國規例著爲一王之典命名曰刑法大典全頒示中外永垂
無窮庶民生知所畏避而有司易於遵奉也嗚呼尙欽哉

光武九年四月二十九日奉

勅　　　　　　　　　議政府參政大臣閔泳煥

죠셔ᄒᆞ야 가라사디 형법이란 것은 정사 다스리는 디 필요흠이니 나라
둠에 먼져 힘쓸 것이라 우리나라에 뎐헌이 일직이 가쵸지 아님이 아니로
디 고금이 제도가 다르고 존폐【잇다 읍다 ᄒᆞᄂᆞᆫ 것】가 쩟쩟흔 규정이 업
서서 민싱에 범법흠이 더욱 만코 유사【법관】에 의심과 현란흠이 ᄌᆞ심ᄒᆞ
니 짐이 심히 긔연이 여긴지라 이에

선왕의 성헌을 본밧고 외국의 규례를 참죠ᄒᆞ야 지어서 일국의 법을
삼아 일홈을 명ᄒᆞ야 가라디 형법디젼이라 ᄒᆞ야 중외에 반포ᄒᆞ야 기리
드리워 궁진흠이 업게 ᄒᆞ노니 거의 민싱이 둘여워 피홀 바를 알고 유사
가 밧들어 쥰힝흠에 쉬울가 ᄒᆞ노라 오호라 공경홀지어다

광무 구년 사월 이십구일봉

[해설]

이 글은 1905년에 의정부에서 간행한 『현행 형법대전』의 맨 앞에 참정대신 민영환의 이름으로 실린 조칙이다. 순서는 한문이 먼저 배치되어 한글 문장이 한문의 번역문임을 알 수 있다. 1894년 국문을 공식적으로 규정했지만 조칙 같은 문장은 전례대로 한문으로 작성되었던 것이다. 번역은 완역이며 존폐(存廢)와 유사(有司)에는 괄호로 주석을 달아 의미를 확정하고 있다. 언해의 전통이 여실히 드러나는 번역이며 이 책의 본문도 국한문체로 법조문을 제시하고 바로 다음에 이어서 위와 같은 한글로 번역을 달아 놓았다. 외국의 법조문을 참조해 새 시대에 적합한 법률을 반포했던 양상을 알 수 있다. 참고로 당시의 언론매체에도 헌법, 민법, 국제법을 다룬 번역물이 자주 등장했다.

2) 헌법서언(憲法緖言)

한 나라를 성립하여 유지하고자 하면 반드시 헌장(憲章)이 있어야 하니, 이 헌장이 없으면 국가라 부르기 어렵도다. 그러므로 동양과 서양, 문명과 야만을 막론하고 지구상에 국가라 부르는 것은 헌법이 반드시 있어서 그 표면적 차이는 성문법이나 불문법으로 같지 않다 하겠으나 의의(意義)는 일치하는데 단지 그 두셋의 나라에서는 전제(專制) 한 가지의 법을 행한다. 이런 나라에 대해서 말하자면 이 또한 국헌(國憲)이 아니라 부르기는 불가하나 헌법에 비교해서 논하자면 공정한 국헌이라 이를 수 없는 것은 왜인가? 국가는 절대 일인의 소유가 아니고 곧 국인(國人)의 공유이다. 그러나 지나의 고서(古書)에는 "일인이 어질면 일국이 일어나고 일인이 어질지 않으면 일국이 망한다"[1]라 하였으니 이는 전제주의의 발아이다. 또 일설에는 "국인이 모두 죽여야 한다고 한 뒤에야 죽일 것이고 국인이 모두 지혜롭다 한다고 한 뒤에야 지혜롭다 여길 것이다"[2]라 하니 이는 곧 헌법의 주의이다.

우리나라도 또한 전제정치 국가로 종래 헌법과 부합하는 정치를 시행한 성대(聖代)가 있었으나 이는 열흘이 춥고 하루가 따듯한 것과 같았다. 이른바 전제를 국헌으로 인정하지 못할 이유를 간략히 말하자면 그 한 나라의 보존은 원수(元首) 일인이 감당할 바가 아니며 불가불 그 국인의 공동력에 따라 성립될 것이다. 이것이 헌법에서 말하는 인민의 국가에 대한 권리【참정권】 및 의무【납세, 병역】이다. 이미 이와 같다면 인민이 국가의 성쇠에 대한 감념(感念)은 자신의 신경감각과 같아서 가문보다 국가를 중히 아는 특성이 자연히 일치할 터이니, 자국의 위광(威光)과 인정(仁政)을 우내(宇內)에 선양하지 못한다면 오히려 만족하지 못함을 느낄 것이다. 이와 반대로 일인이 만사를 총괄하고 선악을 마음대로 행사하면 국가의 영고(榮枯)가 모두 원수의 한 몸에만 있으니 앞서 이른바 "일인이 어질면 일국이 일어나고 일인이 어질지 않으면 일국이 망한다"는 설이 여기서 징험된다.

오호라! 요순(堯舜)은 일컬을 수 있겠으나 걸주(桀紂)는 차마 말 할 것이 있겠는가? 이를 환언하면 노예와 주인의 정체(政體)이다. 노예가 주인을 위하여 복무함에 요순 같은 주인에게는 마음을 다하지만 걸주 같은 주인에게는 마음을 다하지 않으리니, 마음을 다 하지 않으면 주인의 흥망에 고통을 느끼지 못할 것은 당연한 기세가 아닌가. 주(紂) 임금의 신하들은 마음이 억만 개이기에 반드시 망하는 이치로다. 그러므로

---

1 원문은 "一人仁一國興 一人不仁一國亡"으로 『예기(禮記)』 「대학(大學)」의 구절을 축약해서 인용한 것이다.
2 이 구절은 『맹자』 「양혜왕(梁惠王) 下」의 구절이다.

전제는 인도(人道)의 정의를 박상(剝喪: 벗겨 없앰)할 따름이다. 국가가 성립되는 요소의 조직을 단절하는 창칼이다. 문을 닫고 국가라 자칭함은 일시의 요행이거니와, 그 사이에 떨어져 살아가는 인류는 인생의 즐거움이 전혀 사라져 틈만 나면 염세관을 노래하며 세상과 어긋난 한 가지 청조(淸操)한 행복을 만드니 그 국가의 망조가 어찌 여기서 기인하지 않겠는가!

　오호라! 20세기 풍조에 중독된 우리 대한 이천만 형제여! 이 땅 끝에 서게 된 원인을 회상하라. "이 해가 언제나 없어지려나? 너와 함께 모두 망해 버리고 싶구나"[3] 하는 염세관에서 제2의 화(禍)가 나온다. 우리가 국가에 대한 감념이 이처럼 극히 비열하고 궁핍·냉락(冷落)하여 오늘에도 여전히 이렇게 몽매하게 깨닫지 못하고서 헛되이 남을 원망할 따름이니, 전제의 독이 어찌 이다지도 지극한고! 국가의 지금 정세로는 헌법의 강구가 무슨 필요인지 인지하기 불가능하다 하겠으나, 결코 그렇지 않음은 전술한 바를 숙람(熟覽)하면 반드시 돌연 크게 깨달아 뜻을 스스로 떨치리다. 애독자 제군이 나의 부족한 문장을 책하지 않으시면 다행이겠고, 학문의 의의를 해치지 않고 연구하여 마음으로 자득하심을 바라노라.

凡 一國을 成立維持코자 ᄒ면 반다시 憲章이 有ᄒᄂ니 此 憲章이 無ᄒ면 國家라 稱키 難ᄒ도다. 故로 洋의 東西와 國의 文野를 勿問ᄒ고 地球上에 國家라 稱ᄒᄂ 者ᄂ 憲法이 必有ᄒ야 其 表面的 差異ᄂ 成文 或 不文으로만 不同타 홀지나 意義ᄂ 一致에 歸ᄒ고 惟 其 二三의 國이 有ᄒ야

3　원문은 "時日曷喪余及汝偕亡"으로 『서경(書經)』 「상서(商書)·탕서(湯誓)」에 나오는 구절로 백성이 임금을 원망하는 마음을 토로하는 내용이다.

專制 一種의 法을 行 이 該 國에 對 야 言之컨디 是 亦 國憲이 안이라 稱키 不可 되 憲法에 比論 면 公正 國憲이라 謂키 不能 은 何哉오. 蓋 國家 切非一人의 所有오 卽 國人의 共有라. 然而 支那古書에 云 되 「一人仁一國興 一人不仁一國亡」이라 엿 니 是 專制主義의 發苗오 又 一說에 「國人皆曰可殺然後殺之國人皆曰賢然後賢之」라 니 是 卽 憲法의 主義라 我邦도 亦 專制政國으로 從來 憲法과 符合 政을 行 聖代가 有 엿 나 此 寒之十日에 曝之一日과 如 얏도다. 所謂 專制를 國憲으로 非認 理由를 略說컨디 夫 其 一國의 保存은 元首 一人의 能堪 바 안인즉 不得不 一國人의 共同力에 依 야 成立될 것이오. 又 一國의 維持 元首 一人의 能辦 바 안인즉 不可不 一國人의 共同力을 須 야 進行될지니 此ㅣ 憲法 所謂 人民의 國家에 對 權利(參政權)及 義務(納稅 兵役)라. 旣如是則人民에게 國家興替의 感念이 自身의 神經感覺과 如 야 家보다 國을 重히 知 特性이 自然一致 야 自國의 威光仁政을 宇內에 宣揚치 못 야 尙히 不瞻을 感 과 若 려니와 是와 反 야 一人이 萬機를 總攬 고 善惡을 惟意行使 면 國家의 榮枯가 元首 一身에 全在 리니 向所謂 一人仁一國興一人不仁一國亡之一說을 從此驗矣라. 噫라 堯舜은 可言이어니와 桀紂를 尙忍言哉아 是 換言 면 奴主의 政體라 奴가 主를 爲 야 服役 도 堯舜其主에게 其 心이려니와 桀紂其主에게 非其心이리니 抑非其心으로 主의 興亡에 痛痒이 無感 것은 勢所然이 안인가. 此所以紂之臣億萬心이 必亡之理로다. 然則 專制 人道의 正義를 剝喪 뿐 外라. 國家成立되 要素의 組織을 絶斷 刀槍이라 門을 鎖 고 國家라 自稱 은 一時의 幸得이어니와 其 中에 落生 人類 生世의 樂이 絶無 야 有時로 厭世觀을 唱 야 與世相違로 一淸操幸福을 作 얏 니 其 國의 亡兆가 엇지 此에 基因 이 안이리오. 嗚呼라 二十世紀 風潮에 中毒 我韓 二千萬兄

弟아 此 地頭에 立흔 原因을 回想ᄒ라 時日曷喪余及汝偕亡이라 ᄒ던 厭世觀에 第二禍果로다. 吾人이 國家에 對흔 感念이 如斯히 極卑且劣ᄒ고 乏少 冷落ᄒ야 今日에도 尙此曚然未覺ᄒ고 徒然히 人을 冤홀 而已니 專制의 毒이 엇지 此 極에 至ᄒ얏는고. 邦家의 以今情勢로는 憲法의 講究가 何等必要로 認知키 不能타 홀지나 決코 不然홈은 上述을 熟覽ᄒ면 必其況然大覺의 志를 自發ᄒ리니 愛讀諸君은 幸히 余의 不文을 不責ᄒ야 學問의 意義를 勿害ᄒ고 攻究心得ᄒ는 傾向을 望ᄒ노라.

[해설]

이 글은 『대한협회회보』 3호(1908.6.)에 게재되었다. 역술자는 설태희[4]이다. 본문의 앞에 서언(緖言)이라는 이름으로 위와 같은 논설을 붙였다. 총 3회 연재되었으며, 총론의 제1장 "국가"의 1절 "국가의 의의", 2절 "국가와 지방단체", 3절 "국가의 결합"까지 연재되었다. 여기서 국가유기체설, 국가계약설 등 서구의 법학 이론 등이 소개되었다.

---

4 설태희(薛泰熙, 1875~1940) : 유학자, 계몽운동가로 호는 오촌(梧村)이다. 평안도 단천 출신으로 대한자강회, 서북학회의 임원으로 활발한 집필활동을 진행하였다. 갑산 군수, 영흥 군수, 물산장려회 고문 등을 역임했고 『대한신강의(大學新講義)』, 『다반갱작(茶飯更嚼)』 등의 저서를 남겼다.

국가학설(國家學說)

국가라는 것은 '국(國)'의 '가(家)'를 이르는 것이 아니고 '국'이 곧 '가'라 함이다. 이 국가는 바로 나의 부모처자와 형제 족당(族黨), 붕우, 빈객이 함께 사는 하나의 큰 집이다. 또 내가 논밭을 가지고 농사짓는 곳이며 산천으로 울타리를 삼고 군장으로 관리하는 하나의 큰 가사(家事)이다. 그러므로 옛 군자는 반드시 국으로 가를 삼아 국가의 호칭이 대개 여기서 나왔다. 진나라와 한나라의 전제가 시행된 이래로 임금은 인민을 가인(家人)으로 대하지 않았고 인민은 임금을 가장으로 대하지 않아 드디어 국의 가(家)와 나의 가(家)라는 구별이 생기게 되었다. 이로부터 간사한 도적이 나오고 화란이 일어나니 임금을 속이는 것은 실로 자신의 가장을 속임이고 나라를 파는 것은 실로 자신의 집과 땅을 파는 것이다. 그러니 속이고 파는 죄를 따진다면 곧 모두가 국가의 의미를 모름에서 나왔을 따름이다. 그러므로 오늘의 교육이 반드시 국가학으로 급무를 삼아야 하나 모름지기 국가시대의 소재를 안 뒤에야 종사할 수 있을 터이다. 사람과 사물의 생성이 또한 이미 오래이다. 태고의 혼돈(鴻濛)한 시초라면 내가 알 수 없지만, 지혜와 기교가 나날이 진보하고 경쟁이 나날이 무성하여 천하의 대세가 따라서 변한다. 지나를 시험 삼아 보자면 요순(堯舜)은 국(國)이 있는 시대이고 춘추는 바로 패자(覇者)의 시대이며 진나라·한나라 이하는 바로 군주의 시대, 지금은 바로 정법(政法)의 시대이다. 그 시대를 알고 그 시대에 행하는 자는 반드시 강하여 살아남을 것이며 그 시대를 모르고 그 시대에 행하지 못하는 자는 반드시 약해서 망할 것이다. 그 강약과 존망의 대응이 마치 형체와 소리에 그림자가 생기고 메아리가 들리는 것과 같다. 그러니 여러분은 읽으면서 반드시 그 국가가 어떤 시대에 있는지 생각하여야만 효과가 있을 수 있을 터이다.

國家云者는 非謂國之家也오 謂國卽家也라. 夫此 國家는 是吾父母妻子와 兄弟族黨과 朋友賓客所共居之一大屋宅也오. 又是吾有田土而耕稼焉ᄒ며 有山川而藩蔽焉ᄒ며 有君長而管理焉之一大家事也라. 故로 古之君子ㅣ 必以國爲家ᄒ야 國家之稱이 蓋起於此矣라. 降自秦漢專制之行으로 君不以家人으로 待其民ᄒ고 民不以家長으로 待其君ᄒ야 遂有國之家吾之家之別ᄒ니 於是예 奸宄作而禍亂이 生ᄒ야 欺其君者는 實自欺家長也오. 賣其國者는 實自賣家庄也니 而問其欺賣之罪면 則皆出於不知國家之義故耳라. 故로 今日教育이 必以國家學으로 爲急務나 然亦須識其國家時代之所在而後에야 可與從事也라. 夫人物之生이 亦已久矣라. 太古鴻濛之初는 則吾不知已어니와 至於智巧ㅣ 日進ᄒ고 競爭이 日盛ᄒ야 天下之勢亦隨而變ᄒ야는 試以支那觀之컨디 堯舜은 是有國時代也오 春秋는 是覇者時代也오 秦漢己下는 是君主時代也오 今日은 是政法時代니 知其時代ᄒ고 而行其時代者는 必强而存ᄒ며 不知其時代ᄒ고 而不行其時代者는 必弱而亡ᄒᄂ니 其强弱存亡之應이 有如影響之於形聲也라. 則諸公臨讀之時에 必思其國家ㅣ 在何時代라야 庶乎其有效果矣라.

[해설]

이 글은 『호남학보』 1호(1908.6.)에 이기(李沂)의 이름을 달고 게재 되었다. 다음에 "국가학"이라 이름하고 국가의 성립, 주권, 보호국, 독립국 등의 개념을 다룬다. "국가학"은 『호남학보』가 9호로 종간할 때까지 매호마다 연재되었다. 2호부터는 주로 여러 국가의 역사를 서술하였고 5호부터는 현채[5]의 역술로 단군조선부터 한국의 역사를 기술했다. 그리고 2호의 연재분에는 "우안(愚案)"이라 하여 평을 따로 첨부한 것을 볼 때, 위의 글을 서문으로 한 번역으로 보는 것이 적합하다.

---

5 현채(玄采, 1856~1925) : 식년시 역과에 급제하고 역관으로 활동하며 대한제국 학부에도 재직했다. 그의 가문인 천녕 현 씨는 역관을 세습하였다. 1900년에는 장지연과 정약용의 『목민심서』 등을 간행하고 계몽기에는 가정학 서적 등 다양한 서적을 번역하고 간행하였다. 1910년에는 최남선의 광문회에도 관여했다. 조선총독부와 협력한 사적이 많아 친일인명사전에 등재되었다. 그가 편찬한 『동국역사』 등의 한국사 교과서는 일본의 서적을 번역한 것이다.

정치외교 관계 번역

1) 정치학설

나는 항상 정치로 선비의 학문을 삼는다 했으나 이는 한 때의 배치이고
선비에게 허락하면서 다른 사업에 종사하는 사람에게 불허하는 것이 아
니다. 하물며 근세의 사민(四民)은 오히려 군인, 농민, 상인, 공인이고
선비를 이르지 않음이라! 대개 지금의 여러 입헌국이라면 그 인민이 모
두 선거권과 의법권(議法權)[6]을 가지니 정치에 참여하지 못할 바가 없
다. 그러므로 임금은 감히 불법으로 인민을 학대하지 못하고 인민은 불
법으로 임금을 범할 수 없다. 문명의 기초와 부강의 사업이 모두 여기서
비롯하지만 그 술법은 서쪽에 편리한 것이 동쪽에서는 불편하고 고대에
적합했던 것이 지금에는 적합하지 않아 그 정치학을 논하는 이들이 한둘
이 아니지만 오직 양계초 씨의 저술이 자못 완비하다. 그러므로 내가
원서를 가지고 대략 수정해서 여러 군자께서 관람하도록 드리노라.

愚嘗以政治로 爲士之學이나 此乃一時配屬而已오. 非許於士而不許於他
業者也라. 況近世四民은 却命兵農商工이오 而無所謂士者乎아. 蓋今立
憲諸國은 則其民이 皆有選擧權議法權ᄒᆞ야 莫不得與於政治라. 故로 君
不敢以非法으로 虐其民ᄒᆞ고 民不敢以非法으로 犯其君ᄒᆞ야 文明之基와

---

6 의법권 : 현재의 입법권에 가까운 개념인지 축자적으로 법을 논할 수 있는 권리인지
   미상이다.

富强之業이 未有不起于是者矣로디 但 其 爲術이 有便於西ᄒ고 而不便於
東ᄒ며 亦有宜於古ᄒ고 而不宜於今ᄒ야 其 論政治學者ㅣ 非一二家로디
而獨梁啓超氏所述이 頗爲完備라. 故로 愚就原書ᄒ야 略加修整ᄒ야 以
供諸君子觀覽焉ᄒ노라.

[해설]
이 글은 『호남학보』 2호(1908.7.)에 이기(李沂)의 이름으로 게재되었
다. 다음에 "정치학"이라는 제목으로 입헌, 입법권 등에 대한 서술을 종
간되는 9호까지 총 8회 연재하였다. 『기호흥학보』에도 이춘세(李春世)
가 정치학 관계 번안물을 6회 동안 연재하는 등, 계몽기에 정치학은 매
우 절실한 과제였다.

2) 크롬웰(具論衛乙)의 외교사략(外交史略)

대한(大寒)이 지나면 봄볕이 양기를 실어 여러 생물이 절로 즐거우니
이는 곧 천도(天道)의 항상 된 이치고, 대란의 뒤에는 큰 영웅이 나와서
우주를 삼키고 뱉는 기개와 군웅을 뒤덮는 수완으로 천지를 능히 진동하
고 세계를 평화로이 회복함은 인사(人事)의 장관이다. 만일 그 인물을
논한다면 동서양 고금에 역력하게 기록할 만하다. 그리스 페르시아전쟁
뒤에는 고금의 대정치가로 페리클레스[7] 시대가 고대문명의 초점이 되고,
춘추전국시대에는 제후들을 아홉 번 회합시키고 천하를 한 번 바로잡은

---

7 페리클레스(Pericles, 기원전 495?~429) : 아테네의 정치가이자 군인으로 민주정치의
  전성기를 이끌었다. 소피스트적 교육을 받았으며 웅변에 능했다. 델로스동맹을 이끌어
  아테네는 전성기를 누렸다.

관중[8]의 철혈정책이 있었다. 그리고 독일 30년 전쟁 말기에는 당시 유럽에 제일 대정치가 리슐리외[9]의 대활약이 있었고, 계림의 팔 년 풍진[10] 뒤에는 서애(西崖) 유성룡이란 태평 제상이 나왔으며, 영국 혁명 뒤 11년간의 공화정치시대에는 크롬웰이란 대인물이 걸출해서 철갑 기병대로 런던 시내에서 왕당파 군대를 격파하고 과단성 있는 억압의 수단으로 인민을 통제하여 마침내 외교의 대성공을 알렸다.

夫 大寒之餘에는 春日이 戴陽ᄒ야 群生自樂ᄒ니 此는 卽 天道의 常理也오 大亂之後에는 大英雄이 出ᄒ야 宇宙를 吐呑ᄒ는 氣慨와 群雄을 涵蓋ᄒ는 手腕으로 能히 天地를 掀動ᄒ고 世界를 平復흠은 此ㅣ 人事의 壯觀也ㅣ라. 만일 其人을 論흘진딘 古洋今洋에 歷歷可記로다. 若夫希臘之波斯戰爭 以後에는 古今 大政治家 伯里具禮須(페리쿠레스)時代가 古代文明의 焦點이 되고 春秋戰國時代에는 九合諸侯에 一匡天下ᄒ는 管仲의 鐵血政策이 有ᄒ고 獨逸 三十年戰爭 終期에는 當時 歐洲에 第一大 政治家 李修流(리슈류)의 大活動이 有ᄒ고 鷄林八年 風塵 以後에는 柳西崖의 泰平宰相이 出ᄒ고 英吉利革命後 十一年間 共和政治時代에는 具論衛乙(쿠론월)의 大人物이 傑出ᄒ야 鐵騎隊로써 倫敦市中에셔 王軍을 擊破ᄒ고 果斷抑壓의 手段으로 人民을 統御ᄒ야 맛춤닉 外交의 大成功을 奏흔지라.

---

8 관중(管仲, ?~기원전 645) : 제나라의 재상으로 발탁되어 주군인 환공(桓公)을 패자로 만들었다. 본문의 "一匡天下"는 『논어』 「헌문(憲文)」에 나오는 구절로 공자가 관중의 공적을 칭송한 구절이다.

9 리슐리외(Armand-Jean du Plessis, cardinal et duc de Richelieu, 1585~1642) : 프랑스의 정치가이자 추기경, 재상으로 국정을 전담했다.

10 문맥상 임진왜란을 이르는 것으로 보이는데 8년이라 한 것은 미상이다.

[해설]
이 글은 『대한흥학보』 5호(1909.7.)에 게재되었으며 번역자는 "연구생"
이라고만 되어 있다. 서문의 뒤에 크롬웰의 외교활동을 간략하게 기록하
였다.

식민(殖民)의 의의

식민(殖民)이란 문자는 라틴어 "Colonia"[11]의 역어니 곧 경지와 경작에 종사하는 일단의 인민을 의미한다. 식민이란 말의 단순한 원래의 주의 (主義)는 토지경작의 목적으로 고국을 떠나서 새 땅에 정주하는 인중 (人衆)이다. 새 땅에 정주하는 인민이 그 고국과 관계가 절연됨이 아니라 고국 사이의 언어, 종교, 경제적, 정치적 생활 등의 관계가 포함되어 유지된다. 그러나 근세 미국과 같이 인민의 지혜가 발달하여 자기 고국을 배척하고 독립을 도모함도 있으나 그 연혁은 여기서 논할 바 아니다. 그러므로 다음에 따로 서술한다. 근세 식민이란 단어를 매우 광의로 해석하면 식민이란 것은 문화정도가 천박한 지방에 고상한 문화로 활동함을 의미함이니 결코 인민의 지혜가 발달된 지방에 시행하는 바가 아니다. 왜냐하면 인민의 지혜가 발달된 나라에 식민을 하더라도 경제상에 오히려 피해가 되기 때문이다. 지금 청국의 사람과 아프리카인이 북미합중국에 거주함과 같은 것은 이주(移住)이고 식민이 아니다.

殖民의 文字는 拉丁語(Golonia) 고로니아의 譯이니 卽 耕地及耕作에 從事ᄒᆞᆫ 人民一團을 意味ᄒᆞᆷ이니 單純ᄒᆞᆫ 殖民의 本來의 主義는 土地耕作의 目的으로 故國을 去ᄒᆞ고 新地에 住定되는 人衆이라 新地에 住定된 人民이 其 故國과 關係絕緣됨이 아니라 故國間 言語 宗敎 經濟的生活

---

11 아래의 원문에 나타나듯이 "Golonia"로 적혀 있으나 오자이므로 수정한다.

政治的 等의 關係含存ᄒ니라 然이나 近世 米洲와 如히 人智發達되야 自己故國을 排斥ᄒ고 獨立을 圖홈도 有ᄒ나 其 沿革은 兹에 論홀 바 아닌 故로 以下에 別述홈 近世 殖民이란 語를 極히 廣義로 解釋ᄒ면 殖民이란 것은 文化程度의 淺薄ᄒ 地方에 高尙ᄒ 文化로 活動홈을 意味홈이니 決코 人智發達된 地方에 行ᄒᄂ 바 아니라 何者오 人智發達된 國에는 殖民을 홀지라도 經濟上에 反히 被害가 되ᄂ 故이라 現今 淸國人及亞非利加人이 北米合衆國에 住홈과 如ᄒ 것은 移住이오 殖民이 아니라

[해설]
이 글은 『대한학회월보』 8호(1908.10.)에 게재되었다. 다음 부분에 상업 식민, 농업 식민, 정주(定住) 식민 등으로 범주를 나누어 설명하였고 본문에 언급했듯이 미국의 연혁을 글의 말미에 기술하고 있다. 저자인 이한경(李漢卿)은 일본 유학생 단체인 대한학회 회원으로 활동한 사항 외에는 미상이다.

서양 윤리학 요의(要義) 서언(緒言)

대저 우리가 위로는 조국을 떠나고 아래로는 부모와 헤어져 만리 이역에 유숙하여 객창과 찬 책상에 몽혼(夢魂)이 피로함은 과연 무엇을 위함이고 과연 무엇을 구함인가? 아아! 조국을 잠시 돌아보면 땅이 넓지 못한 것이 아니지만, 우리 형제자매의 지식이 고루하고 나태가 습속이 되어서 세계의 풍조를 알지 못한 채 길고 긴 세월을 꿈속에 팽개쳐 두다가 오늘과 같은 비경(悲境)에 떨어져서 고래 주둥이 호랑이 아가리에 모골이 송연하고 이리와 매의 눈에 심장이 균열하여 여기서 긴 꿈을 비로소 깨었다. 그리하여 정치경제의 학문이 없으면 불가함을 깨닫고 법학, 화학, 이학이 없으면 불가함을 깨달으며 기타의 상공 기계 등의 학문이 없으면 불가함을 닿는 곳마다 느끼게 되었다. 이 때문에 현해탄 파도를 평지로 보고 이역의 고난을 일상으로 삼아서 천려일득(千慮一得)으로 이른바 20세기 신학문을 연구하는 것이 아닌가! 아아! 나는 동쪽으로 건너온 지 얼마 되지 않았고 재주 또한 공소하기에 아직 어떤 넓은 견문도 없지만, 우리 고국의 형제자매는 필연 하늘을 우러러 빌기를,

"외국에 있는 우리 형제여 만리 이역에서 어떤 질병도 없어야 하노라! 우리 형제여 어떤 학업을 수료하였는가? 우리 형제여 언제 귀국하여 배운 바를 국가에 공헌할까?"

하며 입술과 혀가 헐도록 심장과 간이 타도록 우러러 바랄 터이다. 이에

대하여 외국에 있는 우리들은 무엇으로 보답할까? 가만히 생각해 보건데 역시 본보가 여기 보답함은 한 가지 일이니 무엇을 말하는가? 본보의 취지는 편집하는 여러분이 이미 호마다 곡진히 설하였으니, 특히 유학하는 여러 형제의 강개한 심지를 분출하고 웅위한 기개를 발휘하며, 혹은 크게 절규하고 혹은 피눈물로 기록하여 동감을 호소하고 정을 표출함이 바로 이것이다. 그러므로 불초의 용렬함으로도 감히 붓을 잡고서 다음과 같은 학설을 게재한다.

윤리학은 지금 형세로는 불필요한 점이 있을 듯하나 이는 결코 그렇지 않다. 상하와 동서를 막론하고 제반 학리(學理)의 시원은 곧 윤리학에서 벗어나지 않는다 할 것이니, 동아의 상고 시대에 있어 그 학문이 가장 먼저 발달하였기에 지덕(至德)의 시대라 현창하였다. 그러나 우리 평일의 이른바 독서하여 이치를 밝힌다 함은 이 학문의 기초에 불과할 따름이라, 호목(蒿目)[12]으로 세상사를 근심해도 형식에 불과하고 고심하여 학술을 구해도 망상에 물들 따름이다. 근일(近日)에 이르러 서구의 문명이 도리어 이 학문의 진리를 발휘함이 있기에 우리는 불가불 여러 학설을 참고하여 문화발달의 원동력을 추구해야 할 것이다. 이로부터 이 학설의 정의(精義)를 수집하여 매호마다 게재하고자 하니, 원컨대 국내에 계시는 형제 여러분들은 수양의 여가에 손 가는대로 열람하시면 다소의 도움이 없지 않을 줄로 생각하는 바이다.

大抵 吾人이 上而祖國을 離ᄒ며 下而父母를 別ᄒ고 萬里異域에 留連ᄒ야 客窓寒榻에 夢魂이 頻勞홈은 果然 何를 爲홈이며 果然 何를 求홈이런

---

12 호목(蒿目) : 큰 안목으로 멀리 바라본다는 의미로 『장자(莊子)』「변무(騈拇)」에 나오는 구절이다.

가. 嗟呼라 祖國을 暫顧ᄒ건ᄃᆡ 地非不廣이며 人非不衆이며 立國이 非不
長久也언마ᄂᆞᆫ 但히 我兄弟姉妹의 知識이 固陋ᄒ고 恬嬉成習ᄒ야 世界
의 風潮를 不知홈으로 長長歲月를 睡夢 中에 抛擲ᄒ다가 今日과 如ᄒ
悲境에 陷入ᄒ야 鯨呑虎噬에 毛骨이 竦凜ᄒ고 狼顧鷹視에 心膽이 俱裂
ᄒ야 於是乎長夢이 初醒ᄒᆫ 則 政治經濟의 學이 無홈이 不可홈을 覺ᄒ며
法律理化의 學이 無홈이 不可홈을 覺ᄒ며 其他商工機器諸學이 無홈이
不可홈을 觸處覺悟ᄒᆞᆫ지라. 是故로 玄海의 風濤ᄂᆞᆫ 坦途로 視ᄒ고 異域의
艱難은 茶飯을 作ᄒ야 千慮一得으로 所謂 二十世紀 新學問을 考究홈이
안인가. 嗟呼 l 라. 余ᄂᆞᆫ 東渡未幾ᄒ고 才又空疎홈으로 尙此何等見聞의
廣益이 無ᄒ거니와 我內國兄弟姉妹ᄂᆞᆫ 必然仰天攢祝曰 在外國我兄弟여
萬里殊域에 庶幾疾病이 無ᄒᆞᆫ가 我兄弟여 何等學業을 修了ᄒ얏ᄂᆞᆫ가. 我
兄弟여 何日에 歸國ᄒ야 所學을 國家에 供獻홀고 ᄒ야 唇舌이 弊토록
心肝이 焦로록 顒望ᄒ리니 此에 對ᄒ야 我在外者ᄂᆞᆫ 何로ᄡᅥ 報答홀고 竊
惟컨ᄃᆡ 本報ᄂᆞᆫ 亦是 此를 報答ᄒᆞᆫ 一事라지니 何을 謂홈인고 本報의
趣旨ᄂᆞᆫ 編輯諸氏가 旣已逐號說盡인바 特히 留學諸兄弟의 慷慨ᄒᆫ 心志
를 寫出ᄒ며 魁偉ᄒᆫ 氣槪를 發揮ᄒ며 或 大呼絶叫ᄒ며 或 血寫淚記ᄒ야
同感을 訴ᄒ며 情을 表홈이 是라. 故로 不佞의 謭劣로도 敢히 筆을 執ᄒ
야 如左學說을 揭載ᄒ거니와, 夫倫理學은 在今形勢의 不必要ᄒᆫ 點이 有
홀 ᄃᆺᄒᄂ 此ᄂᆞᆫ 決코 不然ᄒ야 上下東西를 無論ᄒ고 各般學理의 元始ᄂᆞᆫ
卽 倫理學에 不外ᄒ다 謂홀지니 東亞上古에 在ᄒ야 此學이 最先發達홈
으로 至德의 世라 稱揚ᄒ얏스나 我等의 平日의 所謂 讀書明理云者ᄂᆞᆫ 專
혀 此學의 端緒에 不過ᄒ야 萬目으로 世事를 憂ᄒ야도 形式에 不過ᄒ고
刳心으로 學術를 求ᄒ야도 妄想에 點染홀 ᄲᅮᆫ이러니 近日에 至ᄒ야 西球
의 文明이 反히 此學의 眞理를 發揮홈이 不無ᄒᆞᆫ즉 吾人은 不可不諸說를
參考ᄒ야 文化發達의 原動力을 推求홀 者라. 由是로 本學說의 精義를

蒐輯ᄒ야 逐號揭載코자 ᄒ노니 願컨디 在內國兄弟諸氏ᄂ 修養의 暇에
信手檢閱ᄒ시면 些少의 補가 不無ᄒ 줄노 思惟ᄒᄂ 비라.

[해설]
이 글은『대한학회월보』8호(1908. 10.)에 게재되었다. 9호까지 2회만
연재되었다. 윤리학이라 이름 하였으나 "윤리학의 효시"라 규정한 탈레
스 등의 그리스 고대 철학자들에 대해서만 서술하였다. 역자이자 위 글
의 저자는 강매[13]이다.

---

13 강매(姜邁, 1878~1941) : 주시경의 제자로 니혼(日本)대학 법과를 졸업하고 신민회에
   참여했다 한다. 기독교 신자로 YMCA에서 신흥우와 적극적으로 활동하며 배재학당
   교사를 역임했다. 1918년에는 배재학당 학생들을 선동했다는 혐의로 일제 경찰에게
   조사를 받으며 고생했다. 생애 후반에는 간도로 이주해 그곳에서 죽었다. 계몽기부터
   많은 잡지에서 활발히 활동했고 1910년대에도『신문계(新文界)』에 많은 글을 실었다.
   1920년대에는 잡지『공도(公道)』를 창간했으며『잘 뽑은 조선말과 글의 본』,『조선어
   문법제요』,『한문문법제요』등의 저서가 있다.

유교와 전통 윤리에 대한 탐색

1) 구주(歐洲) 동양학계[泰東學界]의 태두(泰斗) 막스 뮐러 박사의 유교론

막스 뮐러[14] 박사는 19세기 사상계의 거인이니 특히 동양 열국의 학예와
언어 관습의 연구자로 세계에 저명하니라. 다음에 번역해서 실은 바는
서기 1900년 9월 발행한 「제19세기」 잡지에 게재한바 박사의 최종 유교
론이라. 구고(舊稿)로되 참고할 점이 없지 않기로 여기 번역해서 수록하
노라.

막스 물너 博士(西紀 一八二三-同一九0一年)는 第十九世紀 思想界의 巨
人이니 特히 泰東列國의 學藝와 言習의 硏究家로 世界에 著名ᄒ니라.
右에 譯出ᄒ 바는 西曆 一千九百年 九月 發行「第十九世紀」雜誌上에 揭
載ᄒ 바 博士의 最終儒敎論이라. 舊稿로되 參考ᄒ 點이 不無ᄒ기로 玆에
譯出ᄒ노라.

[해설]
이 글은 『서북학회월보』 16호(1909.10.)의 "잡조(雜俎)"에 실렸다. 번역
자로 기록된 "NS生"은 최남선이다. 글의 말미에는 미완이라 기록해 연재

---

14 막스 뮐러(Friedrich Max Müller, 1823~1900) : 독일의 철학자이자 동양학자이다.
    인도연구의 개척자로 명성이 높다. 한국에는 소설 『독일인의 사랑』이 잘 알려져 있다.
    본문에는 몰년이 1901년이라 되어 있으나 착오로 보인다.

될 것을 예고하였으나 16호에만 한 번 실렸다. 본문에서는 인도의 종교와 유교를 비교해서 서술하고 있다. 『서북학회월보』에는 공자교, 양명학 등 전통적 윤리와 사상에 대한 기사도 자주 게재되었다.

2) 효의 관념 변천에 대하여

이노우에 박사는 윤리학계에 유명한 일본학자인데 일전에 정유윤리회【일본 동경에서 윤리와 철학을 연구하는 단체】에서 효(孝)에 대하여 강연한 바가 다음과 같다. 우리는 이에 대하여 시비득실을 평론함은 고사하고 일본 윤리학자의 일반 관념을 추상(推想)할 수 있으므로 이에 번역하여 게재한다. 이 학문에 뜻이 있는 여러분이 일람하시라 드리는 바이다.

井上博士는 倫理界에 有名훈 日本學者인디 曩日丁酉倫理會(在日本 東京研究倫理哲學之團體)에셔 孝에 對호야 講演훈 바이 如左호디 吾人은 此에 對호야 是非得失을 評論홈은 姑捨호고 日本 倫理學者의 一般 觀念을 可히 推想호깃기 玆에 譯載호야 斯學에 有意호신 諸彦의 一覽을 供호노라.

[해설]
이 글은 『대한흥학보』 9호(1910.1.)에 게재되었다. "문학박사 이노우에 테츠지로[15] 소앙생(嘯印生: 미상) 역(譯)"이라고 기록되어 있다. 정유윤

---

15 이노우에 테츠지로(井上哲次郞, 1855~1944) : 독일유학을 거쳐 제국학사원의 회원이 되고 일제의 훈장도 여러 차례 받았다. 천황의 교육칙어(敎育勅語)에 대한 태도를 문제

리학회는 오오니시 하지메(大西祝) 등 당대 일본의 대표적인 학자들이 결성한 단체로 1900년에 강연록 1집을 출간하고 1909년까지 76집을 출간한 사항이 확인된다.[16] 오오니시를 비롯한 설립자들은 기독교 신자였으나, 도쿄제국대학 철학과 교수였던 이노우에는 천황제와 일본 국체를 근거로 반기독교적인 담론을 전개한 바 있다. 본문에서는 『예기』와 『논어』 등의 경서에 근거하여 효의 내용은 이어가되 삼년상 등의 과한 형식은 개선하자는 논조를 보이고 있다. 이노우에는 『윤리신설(倫理新說)』(1883)을 출간하였으며 이 원고는 1908년에 열린 정유윤리회의 강술, "윤리와 종교"의 부분으로 추정된다.

삼아 1891년경에 우치무라 간조 등의 기독교도를 비난하였다. "metaphysical"에 대하여 "형이상(形而上)"이란 번역어를 만드는 등 당대의 대표적인 철학자였다.

16 이 자료집에서도 거명된 당대의 대표적인 국가학자 아리가 나가오(有賀長雄)도 이 단체의 강연에 참여하는 등 다양한 인사들이 참여한 것으로 보인다.

상업개요

무릇 개인과 개인 사이에 유무(有無)를 교환하고 부락과 부락 사이에 결핍을 상통하여 생활을 유지함은 야매(野昧)한 때부터 그러했다. 하물며 지금 육대주의 교통기관이 연락하고 무역의 구역이 확장하여 개인과 개인, 국가와 국가의 경쟁이 상업으로 중심점을 삼게 되었다. 아아! 우리 제국의 현 상황을 회고하니 기업은 환산(渙散)의 지경에 떨어지고 경제는 공황의 상태에 이르러 일반 인민의 휴척(休戚)이 1년 농업의 풍흉에 전적으로 달렸으니 어찌 개탄할 처지가 아니리오. 이러기에 학창의 여가에 상업에 관한 개요를 번역하여 게재하니 애독하시는 여러분이 일람하시라 드리는 바이다.

大凡個人과 個人間에 有無를 交換ㅎ고 部落과 部落間에 缺乏을 相通ㅎ야 生活을 支保홈은 野昧혼 時에 尙然이온 況今六大洲의 交通機關이 連絡ㅎ고 貿易의 區域이 擴張ㅎ야 個人與個人與과 國家與國家의 競爭이 商業으로 中心點을 作ㅎ얏시니 噫라 我帝國現狀을 回顧ㅎ니 企業은 渙散의 境에 陷ㅎ고 經濟는 恐惶의 態를 呈ㅎ야 一般人民의 休戚이 一年農業豊凶에 全在ㅎ니 엇지 慨嗟홀 處이 안니리오. 玆로 以ㅎ야 學窓餘隙에 商業에 關혼 槪意를 譯載ㅎ야 愛讀僉氏의 一覽을 供코져 ㅎ노라.

[해설]
이 글은 『대한흥학보』 10호(1910.2.)에 게재되었다. 이 연재는 12호에

한 번 더 연재되고 중단되었다. 역자는 김상옥[17]이다. 상업과 경제를 주제로 한 번역/번안 기사도 당시 언론에 자주 게재되었으며 『상학계(商學界)』 같은 잡지도 발행된 바 있다.

---

17 김상옥(金相沃) : 일본유학생 학회에서 활동하고 일제강점기에는 금융기관에 이사나 감사로 재직한 이외에는 미상이다.

가정학설

근세교육에 그 구별이 3가지가 있으니 가정(家庭)이 첫째이다. 사람이 유치한 시기에 교육이 가장 쉬우니 대개 그 신체가 성장하지 않았고 지성과 사려가 성숙하지 않아서 오직 그 부모형제자매의 말을 들을 따름이다. 그러므로 교육의 법이 반드시 여기에서 시작한다. 옛날 조변【趙抃, 1008~1084, 北宋人】이 성도에서 출정할 때, 한 늙은 병사가 아이를 안고 뜰아래 서 있는데 철없이 아비의 뺨을 때리거늘 조공이 말하길, "어려서 저와 같은데 장성해서도 또한 짐작할 만하다" 하고 불러들여 죽였다. 세상에서는 과하다 했지만 백성을 키우는 법은 마땅히 이와 같아야 옳다. 지금 사람들은 집의 아이가 3,4세가 되어 물건을 요란하게 던지고 연장자에게 함부로 해도 그 부모들은 오히려 웃으며 좋아하고 무지함으로 여기고 꾸짖지 않으니 매우 괴이하다. 여러분은 과연 아이가 무지하기만 하다 여기는가? 주어보라, 기뻐하는가? 싫어하는가? 빼앗아보라, 화내는가? 화내지 않는가? 때려보아라, 슬퍼하는가? 슬퍼하지 않는가? 귀여워해주어 보라, 즐거워하는가? 즐거워하지 않는가? 그런즉 희로애락의 정(情)이 이미 발현했는데 무지하다 여김은 왜인가? 기욕(嗜慾: 기호와 욕구)을 따라 마구 뛰어놀면 방탕패악에 이를 뿐이다. 이것이 가정학이 교육의 시작이며 사농공상과 남녀노소 공통의 배움이 되는 까닭이다. 동양의 고서(古書)에 『예기(禮記)』「내칙(內則)」, 『관자(管子)』「제자직(弟子職)」 등이 모두 이 법이다. 그러나 지금은 의복음식·명물도수가 달라져서 가정학(家政學) 책을 취하여 비교하고 또

국문으로 다음에 풀었다. 제공이 한가한 때에 등잔을 기울여 일람하고 나아가, 집안의 부인들이 침선과 취사의 여가에 반드시 읽어 익히게 할 것이며, 국문을 읽지 못하는 부인들은 가장(家長)이 연설하여 곁에서 듣게 하면 그 이익이 얼마나 크리오!

近世教育에 其 別이 有三ᄒ니 而家庭이 居一焉이라. 人在幼稚之時ᄒ야 教育이 爲最易ᄒ니 蓋其身體未長ᄒ고 知慮未成ᄒ야 惟其父兄母姉之是 聽이라. 故로 教育之法이 必於是始矣니 昔趙淸獻公(支那 宋時人 名抃) 이 嘗 帥成都ᄒᆯᄉᆡ 見一老卒이 抱其子立庭下러니 有不知意이 輒批其父頰 이어늘 公曰 小而如此커든 長亦可知라 ᄒ고 遂收殺之ᄒ니 世或以爲過 나 然長民者ㅣ法當如是也라. 今人家兒三四歲時에 擺亂器物ᄒ고 詬罵長 者호ᄃᆡ 而其父母ㅣ 反相嬉笑ᄒ야 以爲無知而不責ᄒ니 殊可怪也로다. 諸公이 若果以爲無知ㄴ듸 則請試與之ᄒ라. 其 喜乎아 不喜乎아. 試奪之 ᄒ라. 其 怒乎아 不怒乎아. 試打之ᄒ라. 其 哀乎아 不哀乎아. 試撫之ᄒ 라. 其 樂乎아 不樂乎아. 然則 其 喜怒哀樂之情이 已發見矣어늘 而以爲 無知ᄂᆫ 何也오. 如隨其嗜欲ᄒ야 任其跳踉이면 則終至於狂蕩悖惡而已矣 니 此 家政學之所以爲教育之始ᄒ야 而非獨是士農商工通共之學也오 又 是男女老少通共之學也라. 東洋古書에 如戴記之內則과 管氏之弟子職等 篇이 皆其法也라. 然其衣服飲食과 名物度數ㅣ與今懸殊ᄒ야 有非童幼之 所可曉解라. 故로 遂取家政學書ᄒ야 照謄於此ᄒ고 又以國文으로 次于 其下ᄒ니 幸諸公閒時에 向燈一覽ᄒ고 而且使家中婦人으로 每以炊爨針 繭之暇로 必加讀習ᄒ고 其 不解國文者ᄂᆫ 其 家長이 爲之演說ᄒ야 而從 傍聽講이면 則其爲益이 復何如哉아.

이 글은 시모다 우타코(下田歌子)의 『신선가정학(新選家政學)』을 한문으로 번역한 중국의 『가정학(家政學)』을 국한문체로 번역하여 연재한 『호남학보』 1호(1908.6.)의 「가정학」 앞에 서문의 성격으로 이기(李沂)가 저술한 글이다. 『호남학보』에서는 국한문체 번역문과 동시에 박정동이 한글로 번역한 『신찬가정학』(1907)도 같이 연재하여 한문을 모르는 독자를 배려하였다. 『예기(禮記)』 등의 한문고전이 일본의 교과서로 대체되는 과정을 알 수 있다.

지문학(地文學)

지문(地文)은 지구와 기타 여러 천체 사이의 관계와 지구상에 천연적인 여러 현상을 논하는 학문이다. 무릇 천지간에 있는 사물이 하나도 변동하지 않는 것이 없고, 사계절과 주야의 구별과 산천과 호수 바다의 상태로부터 풍우상설의 변화와 동물식물의 분포에 이르면 천변만화가 극히 많아 무한하다. 그러나 정심하게 연구하면 그 사이에 자연스레 일정한 법칙이 있다. 이 법칙은 인문의 발달과 가장 밀접한 관계가 있는 때문에 실로 인문상 연구를 욕망하는 이에게 반드시 먼저 지문학의 연구가 불가불 필요하다.

地文은 地球와 其他 諸天體間 關係와 及地球上에 天然的 諸現像을 論ᄒᆞᆫ 學니라. 大凡 天地間에 在ᄒᆞᆫ 物이 一物도 不變不動홈이 無ᄒᆞ고 四季晝夜의 區別과 山川湖海의 狀態로붓터 風雨霜雪의 變化와 動物植物의 分布에 至히 千變萬化가 極多 無限ᄒᆞ나 深精 硏究ᄒᆞ면 其間에 自然히 一定ᄒᆞᆫ 法則이 有ᄒᆞᆫ지라. 此 法則은 人文의 發達과 最密接ᄒᆞᆫ 關係가 有ᄒᆞᆫ 故로 實노 人文上 硏究를 欲望ᄒᆞᄂᆞᆫ 者 必 先히 地文學의 硏究를 不可不要홀지라.

[해설]
이 글은 『대한흥학보』 3호(1909.5.)에 게재되었다. 이후에 6호까지 총 4회 연재되었다. 역자인 홍주일(洪鑄一)은 일본유학생 단체인 대한흥학회의 회원으로 활동한 이외에는 미상이다.

삼림학(森林學)

토지 생산물로 곡물과 함께 용도가 많으며 경제상에 큰 영향이 있는 것은 곧 삼림이다. 가옥도 이것이 아니면 세울 수 없고 교량도 이것이 아니면 올릴 수 없고 선박과 차량도 이것이 아니면 만들 수 없으며, 백반(百般)의 기구가 이것에 의하여 이루어지느니 실로 인류사회에 빠질 수 없는 필수이로다. 과거에는 세계 육지에 대부분 수목이 울창하여 채집에 끝이 없고 사용에 다함이 없음이 흡사 물이나 공기와 같은 이유로 경제상에 가격이 있는 줄 몰랐다. 그 뒤로 인류가 증가하고 지식이 진보됨을 따라 재목의 수요도 또한 증익(增益)하여 채벌함이 다대하므로 삼림의 면적이 점차 감축되었는데, 감축의 유력한 큰 원인은 농업의 진보가 그것이다. 삼림을 깎아내고 태워서 전포(田圃)를 개간하고 마른 땅, 젖은 땅 모두 파헤치고 다듬어서 주택으로 만드니 삼림지의 감축은 필연의 이치이자 형세이다. 이 감축을 따라서 재목을 쓰지 않으면 되겠지만 감축을 헤아리지 못하고 용도가 날마다 달마다 거듭 늘어난다. 제반의 제조공업에 의외로 수요가 자주 생기며, 또한 홍수와 가뭄이 불시에 극렬하여 피해가 자못 크기에 세인(世人)의 욕망에 맞추지 못하는 경우가 자주 있다. 그러므로 삼림을 황폐하게 함이 불가하다는 주장이 일어나서 고대처럼 천연에 맡겨 두지 않고 인위로 뜻을 기울여 인공을 가하며 경영하고 정리하니 이것이 근대문명 제국(諸國)의 일반적 통칙(通則)이다.

土地生産物에 米粟과 相竝ᄒ야 用道가 廣大ᄒ며 經濟上에 大影響이 有ᄒ거슨 卽 森林이라 家屋도 此가 아니면 難建이요 橋梁도 此가 아니면 難架요 船舶車輛도 此가 아니면 難造요 百般 器具가 此를 因ᄒ야 成ᄒ느니 實 人類社會에 難缺ᄒ 要物이로다. 往古에 在ᄒ야는 世界陸地가 大部分은 樹木이 鬱蒼ᄒ야 採無盡用不竭ᄒ이 恰是 水與空氣와 如ᄒ 故로 經濟上에 價格이 有ᄒ쥴를 不知ᄒ엿더니 其後 人類가 增加ᄒ고 智識이 進步됨을 從ᄒ야 材木의 需用도 亦 增益ᄒ야 採伐ᄒ이 多大ᄒ 故로 森林의 面積이 隨減ᄒ고 又 減縮에 有力ᄒ 大原因은 農業의 進步가 是라. 森林을 伐ᄒ며 燒ᄒ야 田圃를 開墾ᄒ고 原隰을 鑿ᄒ며 平ᄒ야 屋宅을 化作ᄒ니 森地의 自縮은 必然ᄒ 理勢라. 此 減縮됨을 因ᄒ야 材木을 需用치 아니ᄒ면 可ᄒ거니와 減縮됨을 不計ᄒ고 用途는 日益增 月益加ᄒ야 諸般 製造工業에 意外 需用이 往往 現出ᄒ며 且 洪水與旱魃이 不時劇烈ᄒ야 貽害가 頗多ᄒ야 世人의 欲望을 達치 못ᄒ게 ᄒ는 境遇가 不一ᄒ 故로 於是乎에 森林을 荒廢ᄒ이 不可ᄒ다는 論이 起ᄒ야 上古와 如히 天然的에 付치 아니ᄒ고 人爲的에 用意ᄒ야 人工을 加ᄒ며 經營整理ᄒ느니 此是 近代文明 諸國의 一般通則이라.

[해설]

이 글은 『대한흥학보』 3호(1909.5.)에 게재되었다. 번역자는 "종수생(種樹生)"으로 미상이다. 위 인용문 다음으로 삼림의 정의와 종류 및 조림법 등을 서술하였다. 연재로 기획되었으나 이 3호에만 연재되고 계속되지 못했다.

위생학과 생리학

1) 위생요람(衛生要覽)

우리 부모가 고생해서 나를 낳음에 육체가 완성되고 하늘이 성(性)을 명(命)하시어 영각(靈覺)이 스스로 갖추어지니 이는 천지가 감응해 조화한 덕이라 한다. 그 육체와 명(命)을 보위(保衛)하는 도(道)가 있으니 위생이라 한다. 크도다, 위생이여! 일의 근본이로다. 이 도가 극진해야 건강이 따라 생기고 한 신체가 건강해야 정신이 상쾌하고 정신이 상쾌하여야 마음이 열리고 슬기가 밝아지고 사리에 민활하여 능히 결단하고 동작이 활발하여 능히 용단(勇斷)한다. 학문가는 정밀하게 연구하여 미발(未發)한 것을 드러내고, 실업가는 개간·건축·제조·방직 등의 사업에 정교함을 더하여서 의장(意匠)을 활용해 점점 발달해 간다. 그러므로 국민의 기상이 완전하며 국가의 부강을 이룰 수 있다. 이렇게 보건대 그 국가의 문명 정도가 그 국민의 위생사상과 십분 관계 되므로 나의 고루함을 돌아보지 않고 채집하여 번역하고 그간에 가만히 관견(管見)을 붙이니, 경애하는 동포들의 일람을 부탁하노라.

曰 我父母ㅣ 劬勞ᄒᆞᄉ 我를 生홈이 肉體가 完成ᄒᆞ고 天이 性를 命ᄒᆞᄉ 靈覺이 自具ᄒᆞ니 此ᄂᆞᆫ 天感地應의 化德이라. 其 體와 命을 保衛ᄒᆞᄂᆞᆫ 道ㅣ 잇스니 曰 衛生이라 大哉라 衛生이여 事爲의 本이로다. 此 道ㅣ 遑홈으로 健康이 從生ᄒᆞᄂᆞ 一身體가 健强ᄒᆞ여아 精神이 爽決ᄒᆞ고 精神이 爽快ᄒᆞ여야 心孔이 開ᄒᆞ며 慧竇가 闢ᄒᆞ고 事理에 敏達ᄒᆞ야 能裁能決ᄒᆞ며

動作에 活潑ᄒ야 能勇能斷ᄒ야 學問家는 硏精求奧ᄒ야 未發ᄒᆫ 바ㅣ를 能發ᄒ며 實業家는 墾築製織業을 精益復巧ᄒ야 意匠을 活用홈에 發達이 漸進ᄒ나니 故로 國民의 氣像이 完全ᄒ며 國家의 富强을 能致ᄒᆯ지라. 是로 由ᄒ야 觀ᄒ건디 其 國家의 文明程度가 其 國民의 衛生思想과 十分 關係ᄒᆫ 바인 故로 其 固陋홈을 忘ᄒ고 采而譯之ᄒ야 間亦竊附管見ᄒ고 敬愛ᄒᄂᆫ 同胞의 一覽을 乞홈.

[해설]

이 글은 『대한학회월보』 1호(1908.2.)에 게재되었다. 역술자는 이동초[18]이다. 본문은 "위생개론-위생법의 관념-명(命)의 부(父)인 공기" 등으로 구성되어 있다.

2) 호흡생리

생리학은 곧 살아 움직이는 사물의 생활 현상을 연구하는 학문이다. 그러므로 사람이 이에 주의할 필요가 있기에 여기에 호흡생리부터 역술하니 단 해부하는 도식을 첨부하지 못하였기에 명백하게 이해하기 어렵겠으나 대개 문의(文意)를 따라서 짐작하시도록 이에 그친다.

生理學은 卽 生活物의 生活現狀을 硏究ᄒᄂᆫ 學問이라. 故로 人이 此에 注意할 必要가 有ᄒ옵기로 玆에 呼吸生理로브터 譯述ᄒ오나 但 解腑ᄒᄂᆫ 圖式을 不附홈으로 明白키 了解ᄒ기 難ᄒ나 大槪 文意을 隨ᄒ야 領略

---

18 이동초(李東初) : 태극학회 등의 일본유학생 단체에서 활발히 활동했으며 조선총독부의 판사를 역임했다.

할들 ㅎ옵게 玆에 贅論ㅎ노라.

[해설]

이 글은『대한학회월보』 5호(1908.6.)에 게재되었다. 이후로 6호와 9호에 한 번씩 총 3회가 연재되었다. 역자인 김윤영(金潤英)은 일진회에서 선발되어 일본에 유학한 50여인 중 하나이다. 이 가운데 그를 포함한 21인은 일진회의 지원금이 끊기자 손가락을 잘라 혈서를 쓰면서 집단으로 항의를 표명하였다. 이 사건은 일본과 한국의 언론에 여러 차례 소개되었다.[19]

---

19 『대한자강회월보 편역집 1』, 소명, 2012, 243~244면 ; "유학계(留學界) 시사(時事)", 『공수학보』 1, 1907.1.

태서교육사(泰西敎育史)

이 책은 미국 문학박사 켐프(E.L Kemp) 씨의 저술을 번역하여 출간한 것이니 원저자가 서문에 말함과 같이 이 책은 교육에 관한 이론의 발달만을 기술하려 함도 아니오, 또 교육의 각종 방면의 사실만을 수집한 것도 아니라. 오직 교육이 활동하고 발전한 참 정신을 항상 학자의 뇌리에 보존하게 하고 특히 목금(目今) 교육의 제도, 원칙, 방법 등의 성질과 근원을 요해하게 함과 같은 교육사상 극히 중요한 사실과 여러 학설을 소개하고자 한 양서(良書)라.

대저 금일에 신교육이 발흥하여 도처에 학교가 임립(林立)하고 교성(敎聲: 가르치는 소리)이 뇌진(雷震)하나 능히 교육의 정신을 이해하는 자 몇이며, 능히 교육의 변천을 살핀 자 몇이오? 이미 교육이 어떤 물건인지 알지 못하고 다시 금일 신교육의 소종래를 알지 못하니 그에게 정제한 교법(敎法)이 없고 그에게 위대한 이상이 없을 것은 당연한 일이오, 이와 같은 교육에 효과가 심히 적음도 또한 당연한 일이라. 이에 본관(本館)이 이를 우려하고 이에 개탄하여 국내외와 동서의 교육사와 교육가 전기를 편수 간행하여 이로써 이런 흠결을 도우려하기에 우선 이 책을 역술하니 이 책은 허다한 교육사 중에 간략하고도 긴요함을 취함이라. 고대 희랍과 로마로부터 금일의 구미 열국의 현상까지 수 천년의 교육의 이상적 실행적 양방면과 특출한 이학(理學)가, 교육가 등의 이력 등을 촬요(撮要) 기재한 것으로 실로 아방(我邦) 교육계에 새 광명을 투여하는 것이니 교육에 유지한 인사는 누구든지 이 광명을 뒤집어쓰고 신통한 기백과 굉박(宏博)한 지식을 얻지 아니치 못할 지니라.

[해설]

이 글은 『소년』 1호(1908.11.)의 말미에 붙은 신문관에서 출간한 『태서교육사』에 대한 광고이다. 원서는 켐프(E.L Kemp)[20]의 *History of Education*(Philadelphia : J.B.Lippincott, 1902)으로 보인다. 원서가 385쪽 이상임에 비해 이 책은 310여 쪽으로 정가는 90전이었다. 신문관에서는 이 책에 이어 『대한교육사』를 발간한다고 공시하였다.

---

20 켐프(E.L Kemp) : 미국 펜실베니아주 주립사범학교(the State Normal School)의 교수.

4

근대이념의 추구

자조론(自助論)

1)『조양보』

이 논설은 영국 근래의 뛰어난 선비 스마일스 씨의 지은 바라. 대범 개인의 성품사상이 국가운명에 관계하는 힘이 심대함으로 이에 책을 지어서 국민을 각성하게 함이니 세계도처에 그의 저서를 번역함이 극히 많은데 자조론이 곧 그 하나이다. 지금 그 논저 중에 적실한 곳을 번역하여 독자와 한 가지 사도(斯道)를 강구코자 하노니 그 중흥을 도모하면 근본의 힘을 얻을 수 있으리라.

此論은英國近年碩儒스마이르스氏의著호바라大凡個人의性品思想이國家運命에關호力이甚大홈으로이에書을著호야國民을覺醒케홈이니世界到處에氏의著書을飜譯홈이極多호디自助論이卽其一이라今에其著論中에的實호處을譯호야讀者로호가지斯道을講究코자호노니그中興을圖홈에庶乎根本의力을得호리라

1)『서우』

영국인 스마일스 씨의 4대 저서 중에 『자조론』이 가장 유명하니 실로 세계의 불후한 대저(大著)인데 그 가치는 사람들이 모두 아는 바이다. 이 책의 주된 목적은 청년을 고무하여 바른 사업에 권면하게 하여 노력과 고통을 피하지 않고 극기와 자제(自制)에 힘써서 타인의 보조와 비호를 기다리지 않고 오로지 자신의 노력을 믿게 하는 데 있도다. 일본 유신

의 초기에 나카무라 마사나오[1] 씨가 이 책을 번역하여 국민의 지기를 진흥하여 일본 청년으로 사람마다 자립·자중의 지기(志氣)를 가지게 하였다. 그 역문(譯文)이 근엄하고 적확하여 당당한 대가의 필치이다. 그러나 한문에 치우쳐 청년과 자제가 이해하기 어려우니 금옥(金玉)의 문자라도 왕왕 그 흥미를 잃게 만들었다. 또 원문의 뜻을 생략함이 심히 많아서 우리의 유감이 되었다. 그래서 아제가미 겐조오[2]가 시문(時文)으로 번역하여 독해가 쉽고 그 생략한 바를 보충하여 유감이 없게 하였다. 지금 청년의 지망(志望)을 고무하여 그 노력, 인내, 용기, 정려(精勵)에 힘쓰고자 하여 아제가미 씨의 번역한 책을 번역하여 차례대로 본보에 연재하겠다. 먼저 나카무라 씨의 본서에 대한 총론 1편을 아래 번역하여 싣는다.

英國人 스마이루스 斯邁爾斯氏의 四大著書中에「自助論」이最有名ᄒ니 實로 世界不朽ᄒᆯ大著인디 其價値는 人의 共知ᄒᆞ는바라 <u>此 書의 主되는 目的은 靑年을 鼓舞ᄒᆞ야 正한 事業에 勤勉케 ᄒᆞ야 努力과 苦痛을 不避ᄒᆞ고 克己自制를 勉ᄒᆞ야 他人의 幇助庇護를 不依ᄒᆞ고 專혀 自己의 努力을 賴홈에 在ᄒ니라.</u> 日本維新之初에 中村正直氏가 此書를 譯ᄒᆞ야 國民의 志氣를 振起ᄒᆞ야 使日本靑年으로 人人마다 自立自重의 志氣를 有케 ᄒᆞ니 其 譯文이 謹嚴的確ᄒᆞ야 堂堂ᄒ 大家의 筆致라 然ᄒᆞ나 漢文에 偏ᄒᆞ야

---

1 나카무라 마사나오(中村正直, 1832~1891) : 에도막부의 신하이며 계몽사상가로 영국에 유학하고 도쿄제국대학 교수를 역임했으며 후쿠자와 유키치, 니시 아마네 등과 "메이로쿠샤(明六社)"의 회원이다. 메이지시대의 6대 교육가로 꼽히며 기독교신자였다.

2 아제가미 겐조오(畔上賢造, 1884~1938) : 와세다대학을 졸업하고 우치무라 간조의 무교회파로 활동했다. 칼라일과 브라우닝 등의 영문학을 적극적으로 소개하고 번역하였다.

靑年子弟가 了解키 苦難ㅎ야 金玉의 文字도 興味가 往往索然ㅎ고 且原
文의 意를略홈이 甚多ㅎ야 吾人의 遺憾이 되는지라 於是乎畔上賢造氏
가 時文으로 翻譯ㅎ야 解讀에 易케ㅎ고 其略혼 바를 補ㅎ야 遺憾이 無케
ㅎ니라 今에 靑年의 志望을 鼓動ㅎ야 其努力忍耐勇氣精勵를 勉코져 ㅎ
야 畔上氏의 譯혼 書를 譯ㅎ야 順次로 本報에 載ㅎ깃는 디몬져 中村氏의
本書에 對혼 總論一篇을 左에 譯載ㅎ노라.

[해설]

1)은 『조양보』 1호(1906.6.)에 게재되었고 이 연재는 3호(1906.7.)까지
계속되었다. 2)는 『서우』 12호(1907.11.)에 게재되었으며 이 연재는 14
호(1908.1.)까지 계속되었다.[3] 제목을 "自治論"으로 바꾸었는데, 원문에
"·"로 강조한 부분은 밑줄로 표시했다. 영국의 사무엘 스마일스가 지은
*Self-Help*는 현재의 자기계발서와 비슷하며 위인과 명사들의 다양한 일
화를 소개하였으며 동아시아 3국에 두루 전파되었다. 한국에도 이들 번
역 외에 본서 제2부에서 소개할 최남선의 번역 등 다른 판본들이 존재한
다. 근대자본주의 윤리를 전파한 시발점이었다고 할 수 있다.

---

3 두 매체의 『자조론』 번역에 관해서는 손성준(「수신과 애국-『조양보』와 『서우』의 「애국
정신담」 번역」, 『비교문학』 69, 2016) 참조.

양계초의 수용

양계초의 문장은 계몽기 매체의 이념과 문체에 지대한 영향을 끼쳤다. 그 수용 양상을 살필 수 있는 글 3편을 묶어서 제시한다.

1) 멸국신법론(滅國新法論)

청국 음빙실주인 양계초 선생이 부지런히 동양을 보전하려 입언(立言)하고 저술한 것이 심다한데 이 「멸국신법론」이 심히 비탄하고 강개하여 구안(苟安)의 무리를 일깨워주기 족하기에 내가 역술하여 우리나라 사람들로 하여금 읽어서 스스로 애통하게 만들 것이다.

淸國飮氷室主人梁啓超先生이眷眷以保全東洋으로立言著論者ㅣ甚多而其滅國新法論이甚悲切慷慨ᄒ야足以提警苟安之徒故로余ㅣ譯述如左ᄒ야俾吾邦之人으로讀之以自哀焉爾라

[해설]

이 글은 『조양보』 8호(1906.11.)에서 11호(1906.12.)까지 연재되었다. 역자는 기록하지 않았다. 이 잡지에는 이외에도 양계초의 「동물담(動物談)」, 「정치학설」 등이 연재되었다.

2) 양씨학설(梁氏學說)

양계초 선생은 청나라의 큰 선비이다. 그 학술과 언론이 정심하고 굉박 (宏博)하여 족히 일세의 표준이 될 만하다. 이제 그 문집 가운데 「교육 정책 사의(私議)」 한 편이 있는데, 근세 여러 국가에서 통행 되는 바를 참고하여 그 경계를 세웠으니, 이는 여러분께 일람하시도록 드릴만하 다. 그러나 그가 논의한 바는 여러 국가를 독자적으로 요량하여 말하였 기에 우리 대한의 경우와는 어긋나는 일이 없지 않을 것이다. 내 주제에 넘치는 일이지만 함부로, 그 글을 취하여 요약하고 보완하여 다음과 같 이 제시한다.

梁啓超先生은 淸之大儒也라. 其 學術言論이 精邃淵博ᄒ야 足以爲一世 標準이라. 而今其文集中에 有敎育政策私議一篇ᄒ니 蓋參考近世諸國所 通行者ᄒ야 而立其區界耳라 此可以供諸公一覽이라. 然但 其所議專主諸 國言故로 或與我韓으로 不無枘鑿矣라. 余不揆僭妄ᄒ고 遂取其文ᄒ야 略加增删ᄒ야 以附於左ᄒ노라.

[해설]
이 글은 『호남학보』 1호(1908.6.)에 게재되었다. 역자는 이기(李沂)로 이 잡지에는 국가학, 정치학 등을 다룬 주요한 연재기사가 모두 양계초 의 문장에서 번안한 것이었다.

3) 빙집절략(氷集節略)

청나라 선비 양계초 씨는 호를 음빙자(飮氷子)라 한다. 지금 동양 유신 파의 제일로 손꼽으니 그 의론이 굉장하고 능변이라 고금을 출입하고 동서를 관통하여 분석이 정세하여 모공에까지 투입하고 범위가 광대하여 천지를 포괄하면서 핵심이 모두 시의에 적중하니 진실로 경세의 지남(指南)이라 하겠다. 내가 을사년 가을 사이에 일본 요코하마의 객사에서 만나보고 차와 술을 나누며 간담하며 곡진하게 소회를 나누었으니, 그 헤어지면서도 아쉬워서 차마 떠나지 못할 뜻이 많았다. 드디어 말하길,

"공이 지금 노쇠하니 총명의 사용과 지체의 노고로는 아마도 천하에 힘을 주기 어려울 것이다. 원컨대 귀국하시는 날에는 서구의 책을 많이 번역하여 혜택을 국인들에게 준다면 훗날에 반드시 효과를 거둘 것이니, 공이 애쓰시기를 바라노라."

나는 그 말에 심히 감복하였으나 서구의 글을 독해할 수 없고 또 책을 구입할 재산이 없어 품은 뜻을 완수하지 못하기를 지금까지 수년이다. 국민의 책임을 스스로 잃었을 뿐 아니라 또한, 지기(知己)의 소망을 버린 것이라 이에 두려워 근심하다가, 근래 여러 동지가 황감하게 대한협회 회보의 임무를 부탁하여 매일 집필로 종사하게 되었다. 매번 양 씨의 말을 염두에 두고 서구의 책에 주의를 항상 기울였으나 해양이 절원(絶遠)함이 한스러운 데다가 관습도 달라서 동아(東亞)와 같지 않은 바가 많다. 유독 대한과 청나라 양국은 문궤(文軌: 문자와 제도)가 원래 같고 유폐(流弊) 역시 같으니 그 교정의 도리가 또한 부득불 같을 수밖에 없다. 그러므로 양씨(梁氏)가 지은 『음빙실집』을 취하여 다시 절략을 더해 회보에 연재하니 여러 군자들이 일람하시도록 드리는 바이다.

淸儒梁啓超는 號를 飮氷子라. 今東洋維新派之 第一指也니 蓋 其 議論이 宏博辯肆하야 出入古今하고 通貫東西하야 剖析之精細則透入毛孔하고

範圍之弘大則包括天壤호디 要皆切中時宜호니 洵可謂經世之指南也라.
余於乙巳秋間에 相遇於日本 橫濱之 旅舍호야 茶酒旣說에 傾倒頗盡이러러
니 其 別也에 又悄然有不忍相捨之意라가 已而日 公이 今衰老호니 聰明
之用과 肢體之勞는 恐無以爲力於天下矣라. 願歸航之日에 多譯西書호야
以惠國人則後必有收效者矣리니 幸公은 勉之호라. 余甚腹其言이나 然旣
不解歐文호고 又 無財可辦하야 齎志未遂롤 今且數年하니 不獨自失於國
民之責이라. 亦復有孤於知己之望호야 以是惴惴然懼焉이러니 近日諸同
志ㅣ 謬以會報之役으로 相託하야 日以硏墨으로 從事ㅣ할식 每念 梁氏之
言호고 未嘗不留意於西書이나 然恨其洋海絶遠하고 習慣亦殊하야 多有
與東亞不侔者라. 獨韓淸兩國은 文軌本同호고 流弊亦同호니 其 矯捄之
道ㅣ 又不得不同이라 故輒就梁氏所著飮氷室集하야 更加節略하야 載之
會報호야 以供同好君子之一覽焉.

[해설]

이 글은 『대한협회회보』 2호(1908.5.)에 게재되었다. 위 인용문 다음으
로 「변법통의(變法通議) 서(序)」를 게재했고 3호부터 12호까지 「학교
총론」, 「논사범(論師範)」, 『국민십대원기(國民十大元氣)』 등의 양계초
글들을 계속 연재하였다. 이 글의 역자인 홍필주(洪弼周)는 1857년생으
로 1873년생인 양계초보다 나이가 훨씬 많다. 그는 1905년에 일본에 건
너가 이토 히로부미 등을 만나 한국의 독립을 요청하는 서신을 전달하였
다. 위 글의 일화는 이때 이루어진 것으로 보인다.

강남해(康南海)의 교육대강

청국 강남해(康南海: 강유위의 호)의 「교육대강」을 보건대, 그 조직의
체제가 동서 각국의 학제와 비교하면 불완전한 결점이 있다 하겠으나,
그 본국이 관습에 의거해 참작을 시행하고 사회의 병원에 대하여 치료를
가함에는 또한 필요한 방법이라 하겠다. 대체로 그 덕육(德育)은 7/10에
해당하고 지육(智育)은 3/10에 해당하고 또한 체육을 중시하는데 이는
보통교육이 아니고 곧 특별교육이다. 나도 일찍이, "현시대를 당하여 보
통교육이 필요하고 득력(得力)이 다대할 것이다. 그러나 오직 보통교육
만 하고 특별교육이 없으면 우등한 인재와 평범한 인재가 섞이기에, 위
대한 인격과 탁월한 학문으로 사회 전체를 주동할 힘이 있고 국가사업에
큰 성적을 기여할 이를 양성하기 어려울 터이다. 그러므로 특별교육[4]을
또한 불가불 주의해야 할 것이다."라고 하였다. 또한 이 과도시대에 있어
서 구학(舊學)과 신학(新學)이 교접되는 기관도 여기에 있을 것이므로
그 대강을 역술하여 교육가의 고찰에 제공하노라.

清國 康南海의 教育 大綱을 據ᄒ건디 其 組織의 體段이 東西諸國의 學制
와 比較ᄒ면 不完備ᄒᆫ 缺點이 有ᄒ다 謂ᄒᆯ지나 其 本國이 習慣을 因ᄒ야
參酌을 行ᄒ며 社會의 病源을 對ᄒ야 醫治를 加홈에ᄂ 쏘ᄒᆫ 必要ᄒᆫ 方法

---

4 원문에는 "特制教育"이라 되어있는데, 문맥상 전술한 특별교육과 다르지 않은 것으로
   보아 위와 같이 옮겼다.

이라 謂홀지로다. 蓋 其 德育은 十의 七에 居ᄒ고 智育은 十의 三에 居ᄒ고 꼬ᄒᆞᆫ 體育을 注重홈이 有ᄒ니 此ᄂᆞᆫ 普通 敎育이 아니오 卽 特別 敎育이라 余도 嘗謂ᄒ기를 現時代를 當ᄒ야 普通敎育이 必要도 되고 得力이 多大홀 지나 然이나 但 普通敎育만 有ᄒ고 特別敎育이 無ᄒ면 超等人才와 通常人才가 混同ᄒ야 偉大ᄒᆫ 人格과 卓越ᄒᆫ 學問으로 社會全體의 主動力이 有ᄒ고 國家事業에 大成績을 奏홀 者ᄂᆞᆫ 養成키 難ᄒ니 特制 敎育을 亦 不可不注意者라 ᄒ얏고 又 此 過渡時代에 在ᄒ야 舊學家와 新學家의 交接되ᄂᆞᆫ 機關도 此에 在ᄒ 故로 其 大綱을 繹述ᄒ야 敎育家의 攷覽을 供ᄒ노라.

[해설]
이 글은 『서북학회월보』 12호(1909.5.)에 게재되었다. 역자는 기록되어 있지 않다. 이 글의 다음으로 강유위가 총감독하는 학교의 교육 체제를 소개하였다. 그 교과 과정은 위 글에 나타나듯이 중국전통과 서구가 섞인 양상이었다.

분투적(奮鬪的) 생활

이 연설을 번역하며 읽어보면 미국이 장래에 세계상 권리에 대하여 분력 경쟁할 것을 헤아려 알 수 있으니, 아마도 태평양 해면(海面)에 일이 생길 날이 멀지 않았다 하겠다. 오히려 부유하고 강성한 국가도 이처럼 근면·각고와 모험·용맹으로써 그 국민을 고취함이 이와 같이 심절(深切)하고 통렬하거늘 우리 대한 인민은 이렇게 위태한 시대를 조우하여 비참한 경우에 떨어지고도 오히려 그저 안일하게 모면하고 물러서는 습관을 버리지 못하고 근면·각고의 사상과 모험·용맹의 기상은 전혀 찾지 못하겠다. 어찌 심히 애련(哀憐)하지 않은가! 우리 동포도 반 조각이나마 사중구생(死中求生)의 생각이 있거든 이런 연설을 완미하고 체득해서 진심으로 실천해 보시오. 유동열은 기록함.

此演說을 譯而讀之ᄒ건디 美國 將來에 世界上權利를 對ᄒ야 奮力競爭홀 것은 可以揣知니 竊恐 太平洋海面에 有事之日이 不遠일가 ᄒ노라. 如彼富厚强盛之國도 尙히 勤勉刻苦와 冒險勇進으로써 其 國民을 鼓勵홈이 若 是其深切痛摯ᄒ거늘 我韓人民은 如此히 岌業ᄒ 時代를 遭遇ᄒ야 悲慘ᄒ 境遇에 陷溺ᄒ고도 尙且偸安姑息과 畏避退縮習의 慣을 未袪ᄒ야 勤勉刻苦의 思想과 冒險勇進의 氣像은 全然 不覯하겟스니 엇지 可哀可憐치 아니ᄒ리오. 惟我同胞도 一半分死中求生의 生覺이 有ᄒ거든 此等 演說을 玩味體認ᄒ야 實心做去ᄒ여 보시오. 柳東說은 識홈.

이 글은 『서우』 6호(1907.5.)에 게재되었다. 번역문의 앞에는 "미국 대통령 루스벨트 씨가 분투적 생활이라는 제목으로 연설함이 다음과 같음"이란 서술이 붙어있고 번역문의 끝에 위와 같이 지(識)를 붙였다. 유동열은 일본 육사를 졸업하고 만주, 남경 등지에서 독립운동에 적극 참여했으며 한국전쟁 때 납북되었다.

일본 시부사와(澁澤) 가문의 가훈

시부사와 남작은 일본 도쿄에 있다. 씨가 동서의 각 명가와 호족의 가헌(家憲)을 참고하여 가훈을 제정하였는데 그 가훈을 세 가지로 나누니 제1칙은 처세접물(處世接物: 처세와 교제)의 강령이고, 제2칙은 종신제가(終身齊家: 수신과 가정 관리)의 요지이고, 제3칙은 자제교육의 방법이다. 그 교훈이 모두 전범으로 삼을 만하기에 다음에 역재(譯載)하여 사회에 소개하노라.

澁澤男은 日本 東京이라. 氏가 東西의 各名家와 豪族의 家憲을 參考ᄒ야 家訓을 制定ᄒ얏ᄂᆞ더 其 家訓을 三則에 分ᄒ니 第一則은 處世接物의 綱領이오 第二則은 終身齊家의 要旨오 第三則은 子第教育의 方法이라 其 訓이 皆足爲範故로 左에 譯載ᄒ야 社會에 紹介ᄒ노라.

[해설]
이 글은 『서우』 11호(1907.10.)에 게재되었다. 역자는 기록하지 않았다. 시부사와 남작은 시부사와 에이이치(澁澤榮一)로 일본 자본주의의 아버지로 불린다. 또한, 그는 경부철도주식회사의 사장을 지내면서 러일전쟁을 위해 경부철도를 건설하였다.

프랭클린(芙蘭具麟)의 좌우명

프랭클린 씨의 역사는 이미 본 잡지에 게재한 바거니와, 그는 미합중국 건국 역사에 유명한 문학가, 정치가, 외교가, 격치가(格致家: 학자)이다. 어릴 때부터 빈궁하여 여러 가지 노역(勞役)에 복무하면서 고상한 사상과 진실한 심지와 각고의 공부로 각종 학술을 정밀히 연구해 독득(獨得)하여 위대한 덕업을 세계에 부식하였다. 특별히 극기절욕의 덕을 수양하여 심신을 단련함으로 매일 일정한 시간을 제정하되 13덕의 요목을 정하고 의의를 첨부하여 자경(自儆), 자성(自省)으로 일생 각별히 지켰다. 안자(顔子)의 사물(四勿)[5]과 증자(曾子)의 삼성(三省)[6]이 동일한 심법(心法)인즉 어찌 백세의 스승이 아니리오. 아아! 우리 청년들은 보고 느껴서 흥기(興起)해야 하리라!

芙蘭具麟 氏의 歷史는 曾於本報에 謄載한 바 어니와 蓋氏는 美洲合衆國 建國史에 有名한 文學家오 政治家오 外交家오 格致家라. 自幼로 貧窮하야 諸般 勞役을 服行하면셔 高尙한 思想과 眞實한 心地와 刻苦한 工夫로 各種 學術을 精硏獨得하야 偉大한 德業을 世界에 種植하고 特別히 克己

---

5 사물 : 예가 아니면 보고, 듣고, 말하고, 움직이지 말라는 가르침으로 『논어』 「안연(顔淵)」에 나온다.

6 삼성 : 불충(不忠)과 불신(不信) 그리고 배운 것을 익히지 않았는가를 하루에 세 번 반성하라는 내용으로 『논어』 「학이(學而)」에 나온다.

節慾의 德을 修養ᄒ야 心身을 鍛鍊홈으로써 每日 課程의 時間을 制定ᄒ되 十三德의 要目을 定ᄒ고 意義를 添附ᄒ야 自儆自省으로 一生 恪守ᄒ얏스니 顔子의 四勿과 曾子의 三省이 同一心法인즉 엇지 百世師範이 아니리오. 嗟我靑年은 觀感而興起홀진져.

[해설]

이 글은 『서북학회월보』 12호(1909.5.)에 게재되었고 역자는 기록되어 있지 않다. 프랭클린은 벤자민 프랭클린이다. 일본에서 번역된 것을 중역했을 것으로 추정된다. 인용문 다음으로 1.절제, 2.침묵, 3.규율, 4.과감, 5.검약, 6.근면, 7.성실, 8.정의, 9.중용, 10.정결, 11.평정(平靜), 12.정조, 13.겸손 등의 덕목에 대해 서술하였다.

워싱턴전(華盛頓傳)

세상에 비상(非常)한 일이 있으면 꼭 비상한 사람이 나와서 반드시 비상한 사업을 이루고 비상한 공적을 세운다. 혼연한 정기(正氣)가 두루 팔방을 돌다가 비상한 일을 한 번 만나면 엉기어 체화되고 맺어져 물건이 되니 사업으로 나타남이 미국 독립과 이탈리아 통일의 대업이 되고, 형체를 부여받은 즉 워싱턴, 가리발디라는 위대한 그릇이 된다. 이른바 비상한 인물은 무엇인가, 곧 정기(正氣)가 단합된 것에 지나지 않는다.

아아! 미국의 독립으로부터 이미 128년이 지났고 가리발디의 위업으로부터 46년이 이미 지났다. 이후 망망한 대계(大界)에 과연 얼마나 많은 의전(義戰)이 있었으며 솟아나는 정기가 과연 얼마나 많은 의사(義士)를 나오게 했는가! 폴란드의 애국당을 미국의 독립군에 비할 것이고 이집트의 가미애을[7]【독립당 영수】이 이탈리아의 가리발디와 견줄 수 있겠다. 그러나 전자는 예봉이 이미 꺾여서 양궁(良弓)이 깊이 감춰지고[8] 후자는 의기(義旗)가 펄럭이지만 군성(軍聲)의 울림은 그쳤다. 시기로 말하자면 바로 영웅이 비바람을 토하고 머금으며 형세로 말하자면 의로

---

7 가미애을(加美厓乙) : 이집트 독립을 주도하고 1924년 이집트의 수상을 역임한 자굴루(Saad Zaghloul, 1859~1924)로 추정된다.

8 양궁…감춰지고 : 한신이 자신을 죽이려는 한고조 유방에게 자신의 처지를 빗대어 '교활한 토끼가 잡히면 좋은 개를 삶아먹고 높이 나는 새가 잡히면 양궁(良弓)은 감춰진다'라고 했다 한다. 출전은 『사기』 「회음후열전(淮陰侯列傳)」이다. 폴란드의 독립운동이 소강상태에 접어든 것을 비유한 것이다.

운 목소리가 하늘과 땅을 울리고 있으니 시기도 맞고 다시 형세도 있건만, 세상을 돌아보면 적막하여 들리는 바가 없음은 이 어떤 까닭인가? 혹 그 기회가 아직 무르익지 못한 때문인가, 그 사람이 아직 나오지 못한 것인가, 아아! 온 천하의 망국 인민이여, 너희가 살피지 못하는가! 세인이 의전(義戰)을 괴롭게 기다린 지가 오래고, 의사를 보고자 한 지가 오래라. 삼척의 검을 뽑아들어 요물을 소제하고 백 번의 죽을 고비를 넘은 병사들을 떨쳐 일어나 사기(邪氣)를 탕척(蕩滌)하고 교노[9]의 끝없는 욕심을 응징하며 세인의 누습을 깨뜨림이 어찌 그대들의 책임이자 천직이 아니리오!

내가 이제 워싱턴의 전(傳)을 서술하여서 그대들에게 모범을 보일 것이니 가정(苛政)의 종국에 어떤 효과를 거두는지와 혈전(血戰)의 결말로 마침내 얼마나 많은 복리를 거두었는 지를 살펴볼 것이다.

世有非常之事면 必有非常之人이 出ᄒ야 必成非常之業ᄒ고 必建非常之功ᄒᄂ니 蓋運然正氣가 周繞八紘이라가 一遭非常之故則凝而體ᄒ며 結而爲物ᄒ야 顯於事則爲米國獨立, 伊太利統一之大業ᄒ고 賦於形則爲華盛頓, 加利發祉之偉器ᄒᄂ니 夫所謂非常之人者ᄂ 何也오 卽 不外乎正氣之團合者也라.

嗚呼라. 自有米國之獨立으로 已經一百二十八載于玆오 自有加利發祉之偉績으로 已經四十六載于玆어니 伊後, 茫茫大界에 果有幾多之義戰이며 滾滾正氣가 果能鐘出幾多之義士오 波蘭之愛國黨이 可以比擬於米國之獨立軍이오 埃及之加美厓乙(獨立黨首領)이 可以竝肩於伊太利之加利發祉ᄂ 然이ᄂ 前者ᄂ 銳鋒이 已摧에 良弓이 深藏ᄒ고 後者ᄂ 義旗가

──
9　교노 : 원문이 한글로 "교노"인데 "巧奴〔교활한 무리나 오랑캐〕" 정도의 의미로 추정된다.

雖翻이ᄂ 軍聲이 未振ᄒ니 以時言則正是英雄이 吐風呑雨之時오 以勢言
則正是義聲이 震天動地之勢어늘 旣有時而復有勢로디 環顧一世에 寥寥
無聞은 是曷故焉코 將其機가 未熟歟아 抑其人이 未出歟아 嗟爾普天下
亡國之民아 爾其不省乎아 世人之苦待義戰이 久矣오 世人之欲見義士가
久矣라 提起三尺之劍ᄒ야 掃除妖物ᄒ고 揮動百死之兵ᄒ야 蕩滌邪氣ᄒ
야 懲교노之壑慾ᄒ고 破世人之痼聾이 豈非爾等之責任乎며 天職乎아.

　吾將敍述華盛頓之傳ᄒ야 示爾模範ᄒ리니 試看苛政之終局이 能得如
何之效益ᄒ며 血戰之結末이 竟收幾多之福利ᄒ라.

[해설]
이 글은 일본유학생단체의 학회지인『대한유학생학보』1호(1907.3.)에
게재되었다. 역자로 기록된 최생(崔生)은 최남선이다. 이 글은 연재로
기획되었으나 이 1호에만 실렸다. 워싱턴의 전기는 단행본으로도 출간
되는 등 당시의 정치적 위기에 대응하기 위한 강력한 계몽 도구였다.

워싱턴의 좌우명을 읽고〔讀華盛頓座右銘〕

백화(百貨)가 나열한 가운데 보석의 가치가 최고임은 맑고 깨끗한 광명이 있기 때문이고, 백초(百草)가 울창한 가운데 지란(芝蘭)의 품격이 특별함은 향취가 있기 때문이다. 사람의 이상과 품행은 바로 보석의 광명이며 지란의 향취이다. 그 순결한 이상과 고상한 품행이 없으면 비록 그 학술과 기능이 있을지라도, 돌에는 광명이 없고 풀에는 향취가 없음과 같아서 인류사회에 있어서 귀중한 가치와 특수한 품격을 얻지 못한다. 생각건대, 우리사회 여러 군자와 학계 제군은 무엇을 버리고 무엇을 취하려 하는가? 그 귀중한 가치와 특수한 품격을 꼭 얻어야 한다면 순결한 이상과 고상한 품행이 구비하지 않고는 불능할 것이므로, 내가 매번 교육계에 대하여 본령의 학문이 제일 필요함을 간절히 알린 것이다. 이는 오인(吾人) 사회에 광명한 보석과 향기로운 지란을 많이 얻어서 탁세(濁世)의 퇴폐를 깨끗하게 만들고 신민(新民)의 광휘를 연마하기에 주의함이다.

대저 아메리카의 건국 시조 워싱턴은 용맹한 무장가며, 위대한 정치가고, 진실한 도덕가이다. 그 자신을 지킴에는 극히 엄명하되 타인을 대함에는 관후하며, 처세의 법은 원만하되 성사하는 기술은 상세하니 실로 고금 역사의 완전한 인격이고 고상한 모범이다. 그 좌우명 57조는 곧 그 일상생활에서 스스로 느끼고 다스린 규율이다. 그 전문이 잡지 『소년』에 번역되어 게재되었으나, 이런 긴요하고 귀중한 문자는 의식의 재료와 같아서 그 전달이 넓을수록 그 효과가 더욱 클 것이기에 다시 번역하게 게재한다. 사회의 여러 군자와 학계의 제군에게 모범을 공급하고자 함이며 그 문장은 아래와 같다.

夫 百貨가 羅列혼 中에 寶石의 價値가 最高홈은 瑩潔혼 光明이 有홈이오 百草가 蓊鬱혼 中에 芝蘭의 品格이 特殊홈은 芬馥혼 香臭가 有홈이니 人의 理想과 品行은 卽 寶石의 光明이오 芝蘭의 香臭라. 若其純潔혼 理想과 高尙혼 品行이 無호면 雖其學術과 技能이 有홀지라도 石의 光明이 無호고 草의 香臭가 無홈과 如호야 人類社會에 處호야 貴重혼 價値와 特殊혼 品格을 不得ㅎ느니 惟我社會僉彦과 學界諸君은 何를 捨호고 何를 擇호고져 호는가. 若 其 貴重혼 價値와 特殊혼 品格을 要得홀지더 純潔혼 理想과 高尙혼 品行이 具備치 안코는 不能홀지니 所以로 余가 每常 敎育界를 對호야 本領上 學問이 第一 必要홈으로써 惓惓致意혼 것은 吾人 社會에 光明혼 寶石과 芬馥혼 芝蘭을 多得호야 濁世의 頹波를 澄淸호고 新民의 光輝를 磨礪호기로 注意홈이라.

　大抵 阿美利加의 建國 始祖 華盛頓은 勇壯혼 武將家오 偉大혼 政治家오 眞實혼 道德家라. 蓋 其 自身을 律홈엔 極히 嚴明호되 他人을 待홈엔 寬厚호며 處世의 法은 圓滿호되 作事의 術은 謹詳호니 實노 古今 歷史의 完全혼 人格이오 高尙혼 模範이라. 其 座右銘 五十七條는 卽 其 日常 生活의 自箴自治혼 科律이라. 其 全文이 少年雜誌에 譯載홈이 有ㅎ나 此等 緊要ㅎ고 貴重혼 文字는 衣食의 材料와 如호야 其 傳이 彌廣홀사록 其 效가 愈多ㅎ깃기로 又 此謄載호야 社會僉彦과 學界諸君의 模範을 供給코져 ㅎ노니 其 銘文이 如左홈.

[해설]
이 글은 『서북학회월보』 11호(1909.4.)에 게재되었고, 1~8면까지 수록

되어 있다. 역자는 기록되어 있지 않다. 위 인용문에는 57조라 되어 있으나 본문은 56조이다. 참고로 1조는 '중인(重人)이 모인 자리에서는 일거일동이 모인 모두에게 존경을 나타나게 하라', 2조는 '남 앞에서 일 없이 소리 높여 낭독하거나 탁상을 두드리거나 하지 말라', 56조는 '양심이란 자기 흉중에서 생식(生息) 거처할 모양으로 하면서 동작할 지니라' 등이다. 식사예절을 말한 조목에는 "우리처럼 풍습이 다른 곳의 사람은 알아듣지 못할 말이라"라는 주석도 달려 있다. 일본의 문헌에서 중역한 것으로 추정된다. 인용문에 언급한 『소년』 외에도 『태극학보』 8호(1907.3.)와 10호(1907.5.)에도 동일한 내용이 연재된 바 있다.

결혼한 낭자(娘子)에게 주는 글

"나에게 자유를 주던지 그렇지 않으면 죽음을 주어라"는 대연설을 행하여 자유의 기치를 휘날리게 하여 마침내 미국이 금일의 부강한 기업을 완성하게 한 유명한 애국자 패트릭 헨리[10]가 그 딸의 결혼에 당하여 준 글 한 쪽이 요즈음에 이르러 세상에 유행하는 지라. 그러므로 다음에 그 초역(抄譯)을 게재하노라.

　나라를 위하여 죽음을 피하지 않는 대애국자도 그 사랑하는 딸의 결혼을 맞이해 그 언사가 친절함이 노파보다 오히려 극진한지라. 장차 현모양처 될 결혼전 낭자에게 향하여 불가불 일독하게 함이 필요하므로 나, 태백산인이 도쿄의 글방에서 하교한 사이에 이를 번역해 게재하노라.

「我의게 自由를 與ᄒ던지 그러치 아니ᄒ면 死를 與ᄒ다」고 大演說을 行ᄒ야 自由의 旗를 飜케 ᄒ야 맛참니 米國 今日의 富强基業을 完成ᄒ게 ᄒᆫ 有名ᄒᆫ 愛國家 파토릿쿠, 헨리-가 其 女의 結婚에 際ᄒ야 與ᄒᆫ 書 一面이 近頃에 至ᄒ야 世에 公行ᄒ인지라. 故로 左에 其 抄譯을 揭ᄒ노라.
　國을 爲ᄒ야 死를 不避ᄒᄂ 大愛國家도 其 愛女의 結婚을 際ᄒ야 그 言辭의 親切홈이 老婆보다 도로혀 極盡ᄒ지라 將來人의 良妻賢母될 結

---

10 패트릭 헨리(Patrick Henry, 1736~1799) : 독학으로 변호사가 되었고 1765년 버지니아 식민지 회의 의원으로 미국 독립운동에 앞장섰다. "미국 건국의 아버지" 중의 하나로 버지니아주 주지사 등을 역임했다.

婚前 娘子의게 向ㅎ야 不可不 一讀케 홈이 必要혼 故로 維我 티빅山人이
江戶書屋에셔 學退를 暇ㅎ야 此에 譯載ㅎ노라.

[해설]

이 글은『대한흥학보』5호(1909.7.)에 게재되었다. 역자인 태백산인 이
승근(李承瑾)은 계몽기의 일본유학생 학회지에서 활발하게 활동했으며
일제강점기에는 강릉군수 등을 역임했다. 본문은 전체 12조로 구성되어
있으며, '지아비를 지배하지 말라', '사소한 사고도 가정불화의 원인', '소
설을 탐독하지 말라'는 등의 조목에 각각 해설을 붙인 형식이다. 역시
일본의 문헌을 중역한 것으로 추정된다.

대통령 디아스 씨의 철혈(鐵血)적 생애

멕시코 한구석 벽촌에서 생장하여 독립자유의 공화국을 건설하고 현대의 위인이란 큰 숭배를 받는 디아스를 연구하고자 하려면 본편을 읽어보시라. 그가 어떤 품성을 수양하였으며 어떤 웅략을 가졌으며 30년 권력을 장악함에 어떤 방식에 의거하였으며, 남북전쟁에 어떤 태도를 취하였는가? 이를 알고자 하려면 저의 철혈적 생애의 역사를 고찰해 보라. 또 멕시코는 한국과 관계가 있는 땅이니 곧 우리 대한 동포 수천 인이 그 나라에 있어서 노동 생활을 하고 있으니 혹은 저의 정치 방면으로 그 규모를 탐구함에 다소 흥미가 있을까 하여 이를 번역하여 게재하노라. 독자 제군은 이를 살필 지어다.

墨西哥一隅僻村에 生長ᄒ야 獨立自由의 共和國을 建設ᄒ고 現代 偉人의 大崇拜를 受ᄒ 쩨아스를 研究코져 ᄒᆯ진딕 本編을 試讀ᄒ라. 彼는 如何ᄒ 品性을 修養ᄒ얏시며 彼는 如何ᄒ 雄略을 抱有ᄒ엿시며 彼는 三十年 權柄을 握홈에 何等 方式에 依ᄒ엿시며 南北戰爭에 如何ᄒ 態度를 取ᄒ얏는가. 此를 知코져 ᄒᆯ진딕 彼의 鐵血的 生涯의 歷史를 試考ᄒ라. 且墨西哥는 韓國과 關係가 有ᄒ 地니 卽 我韓 同胞 幾千人이 彼의 國에 在ᄒ야 勞働 生活을 送ᄒᄂ니 或 彼의 政治 方面으로 其 斑를 探究홈이 多少興味가 有ᄒᆯ가ᄒ야 此를 譯載ᄒ노니 讀者 諸君은 此를 諒ᄒᆯ지어다.

[해설]

이 글은 『대한흥학보』 7호(1909.11.)에 게재되었고, 9호(1910.1.)까지 3번 연재되었다. 역자인 오덕영(吳悳泳)에 대해서는 대한흥학회 회원으로 활동한 외에는 미상이다. 디아스(José de la Cruz Porfirio Díaz Mori, 1830~1915)는 이 글이 연재된 뒤 얼마 뒤에 1911년 멕시코혁명으로 축출되었다. 부정선거를 통해 대통령 임기를 늘렸고, 결국 1910년대부터 1929년까지 이어진 멕시코의 내전 상태를 불러왔기에 현재 그에 대한 평가는 매우 부정적이다.

5

문예와 어문(語文) 인식

『소학독본(小學讀本)』과 경서언해

〈中庸〉:"故天之生物 必因其材而篤焉 故栽者培之 傾者覆之"(17-03)
『중용언해』
故고로 하늘의 物믈生싱홈이 반드시 그 材지롤 因인ᄒᆞ야 篤독ᄒᆞᄂᆞ니 故고로
栽지ᄒᆞᄂᆞ 者쟈롤 培비ᄒᆞ고 傾경ᄒᆞᆫ 者쟈롤 覆복ᄒᆞᄂᆞ니라(19b)
『소학독본』
孔子ㅣ 曰 天이 物을 生ᄒᆞ미 반다시 그 材롤 因ᄒᆞ야 篤ᄒᆞᄂᆞ지라 是故로
栽ᄒᆞᄂᆞ 者ᄂᆞ 培ᄒᆞ고 傾ᄒᆞᄂᆞ 者ᄂᆞ 覆ᄒᆞᄂᆞ니라(5a-5b, 띄어쓰기 인용자,
이하 같음)

〈中庸〉:"子曰 文武之政 布在方策 其人存則其政擧 其人亡則其政息"
        (20-02)
『중용언해』
子ᄌᆞㅣ ᄀᆞᆯᄋᆞ샤디 文문武무의 政졍이 方방과 策ᄎᆡ애 布포ᄒᆞ야 이시니 그 사롬
이 이시면 그 政졍이 擧거ᄒᆞ고 그 사롬이 업스면 그 政졍이 息식ᄒᆞᄂᆞ니라
(25b-26a)
『소학독본』
孔子ㅣ 曰 文武의 政이 方策에 布在ᄒᆞ니 其人이 存ᄒᆞ면 其政이 擧ᄒᆞ고
其人이 亡ᄒᆞ면 其政이 息이라 ᄒᆞ시니(6a)

〈中庸〉:"故大德 必得其位 必得其祿 必得其名 必得其壽"(17-02)

『중용언해』

故고로 大대德덕은 반드시 그 位위를 어드며 반드시 그 祿록을 어드며 반드시 그 名명을 어드며 반드시 그 壽슈롤 언느니라(19a)

『소학독본』(1895)

是故로 孔子ㅣ 日 大德훈 者는 그 位룰 必得ᄒ며 그 祿을 必得ᄒ며 그 名을 必得ᄒ며 그 壽룰 必得훈다 ᄒ시니라(8b)

〈中庸〉: "子曰, 射有似乎君子 失諸正鵠 反求諸己身"(14-05)

『중용언해』

子쟈ㅣ 골ᄋ샤딕 射샤ㅣ 君군子ᄌ곧틈이 인느니 正졍과 鵠곡에 失실ᄒ고 도라 그 몸애 求구ᄒ느니라(15b-16a)

『소학독본』

孔子ㅣ 日 射ㅣ 君子와 似홈이 잇쓰니 正鵠에 失ᄒ고는 곳 그 身에 反求훈다 ᄒ시니라(10a-10b)

[해설]

『소학독본』(1895)은 갑오경장에 따라 시행된 교육개혁의 일환으로 학부(學部)에서 출간한 최초의 근대적 교과서의 한 권으로 표지에 "學部編輯局 新刊"과 함께 "大朝鮮 開國 五百四年 仲冬(음력 11월)"이 명기되었다. 같이 출간된 『국민소학독본』이 일본의 『고등소학독본(高等小學讀本)』에서 번안한 부분의 비중이 커서 서구적 이념을 더 강조한 반면, 이 책은 위처럼 경서언해와 『채근담』 및 자국 위인의 일화로 구성하여 근대국가에 대한 지향에 자국적 전통을 융화하려 했다. 이 책에서 가장 많이 인용된 경서는 『중용』이었는데[1] 인용 부분을 이 책의 순서를 기준으로 정리했으며 조선시대의 표준 언해인 『중용언해』와 비교해서 배치하였다. "소학"이 윤리와 이념을 지칭한다면 "독본"은 읽고 쓰는 모범을 제시하는 근대적 교과의 성격이다. 그러므로 이 책은 윤리와 어문에 대한 모범을 동시에 제공한다고 할 수 있다. 갑오경장에 반포된 "국문칙령"의 교육정책적 실천이었던 것이다. 전통적 경서언해보다는 오히려 한자의 비중이 더 높지만 한글의 통사구조로 문장이 구성되었다는 점은 동일하다. 국한문체의 규범을 언해라는 전통을 통해 설정하려 했던 것으로 평가할 수 있다.

---

1 『채근담』의 인용이 가장 많지만, 출처를 밝히지 않았으며 이 책은 경서라 볼 수는 없다.(임상석, 「소학독본(1895), 한문전통과 계몽의 과도기」, 『우리어문연구』 56, 2016, 참조.)

국어와 국문의 필요

대저 글은 두 가지가 있으니 하나는 형상을 나타내는 글[2]이고, 하나는
말을 나타내는 글이라. 대개로만 말하면 형상을 나타내는 글은 옛적 덜
열린 시대에 쓰던 글이고 말을 나타내는 글은 근래 열린 시대에 쓰는
글이라. 그러나 형상을 나타내는 글을 지금까지 쓰는 나라도 적지 아니
하니 지나(支那) 한문 같은 글들이고 그 외는 다 말을 기록하는 글들인
데 이탈리아, 프랑스, 독일, 영국 글과 일본 가나와 우리나라 정음(正
音) 같은 글 들이라. 대개 글이라 하는 것은 일을 기록하여 내 뜻을 남에
게 통하고 남의 뜻을 내가 알고자 하는 것일 뿐이라, 물건의 형상이나
형상 없는 뜻을 구별하여 나타내는 글은 말 외에 따로 배우는 것이고
말을 나타내는 글은 이왕 아는 말의 음을 나타내는 것이라.

　이러므로 형상을 나타내는 글은 일 한 가지가 더하여 그 글을 배우는
것이 타국말을 배우는 것과 같이 세월과 힘이 허비될 뿐 아니라, 천하
각종 물건의 무수한 이름과 각색 사건의 무수한 뜻을 다 각각 표로 구별
하여 그림을 만드니 글자가 많고 자획이 번다하여 배우고 익히기가 지극
히 어렵다. 그러나 말을 나타내는 글은 음의 십여 가지 분별만 나타내어
돌려쓰므로 자획이 적어 배우기와 익히기가 지극히 쉬울 뿐 아니라, 읽
으면 곧 말인즉 그 뜻을 알기도 말 듣는 것과 같고 지어쓰기도 말 하는
것과 같으니 그 편리함이 형상을 나타내는 글보다 몇 배가 쉬울 것은

2　글 : 여기서는 문맥상 문자나 알파벳을 이른다.

말하지 아니하여도 알지라.

또 이 지구상 육지가 천연으로 구획되어 그 구역 안에 사는 한 떨기 인종이 그 풍토의 품부한 토음(土音)에 적당한 말을 지어 쓰고 또 그 말소리에 적당한 글을 지어 쓰는 것이다. 이러므로 한 나라에 특별한 말과 글이 있는 것은 곧 그 나라가 이 세상에 천연으로 한몫의 자주국 되는 표요, 그 말과 그 글을 쓰는 인민은 곧 그 나라에 속하여 한 단체 되는 표라. 그러므로 남의 나라를 빼앗고자 하는 자는 그 말과 글을 없이 하고 제 말과 제 글을 가르치려 하며, 그 나라를 지키고자 하는 자는 제 말과 제 글을 유지하여 발달하고자 하는 것은 고금천하 사기(史記)에 많이 나타나는 바이라. 그런즉 내 나라 글이 다른 나라만 못하다 할지라 도 내 나라 글을 숭상하고 잘 고쳐 좋은 글이 되게 할 것이라.

우리 반도에 태고 적부터 우리 반도 인종이 따로 있고 말이 따로 있으 나 글은 없더니 지나를 통한 후로 한문을 일삼다가 아조(我朝) 세종대왕 께서 지극히 밝으셔 각국이 다 그 나라 글이 있어 그 말을 기록하여 쓰되 홀로 우리나라는 글이 완전하지 못함을 개탄하시고 국문을 교정하시어 중외(中外)에 반포하셨으니 참 거룩하신 일이로다. 그러나 후생들이 그 뜻을 본받지 못하고 오히려 한문만 숭상하여 어릴 때부터 이삼십까지 아무 일도 아니하고 한문만 공부로 삼되 능히 글을 알아보고 능히 글로 그 뜻을 짓는 자가 백에 하나가 못되니, 이는 다름 아니라. 한문은 형상 을 나타내는 글일 뿐더러 본래 타국 글이기에 이같이 어려운지라.

사람의 일평생에 두 번 오지 아니하는 때를 다 한문 한 가지 배우기에 허비하니 어찌 개탄치 아니 하리오! 지금 유지하신 이들이 교육, 교육 하니 이왕 한문을 배운 사람만 교육하고자 함이 아니겠고 또 이십년 삼 십년을 다 한문을 가르친 후에야 여러 가지 학문을 가르치고자 함도 아 닐지라. 그러면 영어나 일어로 가르치고자 하느뇨? 영어나 일어를 뉘

알리오? 영어, 일어는 한문보다 더 어려울 지라, 지금 같은 세상을 당하여 특별히 영어 · 일어 · 프랑스어 · 독일어 등 여러 외국말을 배우는 이도 반드시 있어야 할지라. 그러나 전국 인민의 사상을 돌리며 지식을 다 넓혀주려면 불가불 국문으로 각색 학문을 저술하고 번역하며 남녀 물론하고 다 쉽게 알도록 가르쳐 주어야 할지라.

영국 · 미국 · 프랑스 · 독일 같은 나라들은 한문을 구경도 못하였으되 저렇게 부강함을 보시오. 우리 동쪽 반도 사천여 년 전부터 개국한 이천만인의 사회에 날로 때로 통용하는 말을 입으로만 서로 전하던 것도 큰 흠절이거늘, 국문 난 후 수백 년에 자전 한 책도 만들지 않고 한문만 숭상한 것이 어찌 부끄럽지 아니하오. 지금 이후로 우리 국어와 국문을 업신여기지 말고 힘써 그 법과 이치를 궁구하며 자전과 문법과 독본들을 잘 만들어 더 좋고 더 편리한 말과 글이 되게 할 뿐 아니라, 우리 온 나라 사람이 다 국어와 국문을 우리나라 근본의 주장[3] 글로 숭상하고 사랑하여 쓰기를 바라노라.

[해설]
이 글은 『서우』 2호(1907.1.)에 주시경이 게재하였다. 이 잡지의 문체는 대부분 국한문체였으나 그는 순한글체를 구사하였다. 국어에 대한 당대의 인식 중 가장 첨단에 해당하는 것으로 대표성을 가진다.

---

3 주장 : 으뜸의 의미로 쓴 것으로 보인다.

『실용작문법』 서문

문장에는 법이 있는 것인가? 법이 있어야만 문장이라고 한다면 문장이
아니다. 그렇다면 법이 없는 것인가? 법을 버린다면 끝내 문장일 수 없
다. 그러나 한문은 단연코 법에만 구애될 수 없으며 조선어는 터럭만큼
도 법을 떠날 수 없으니, 비유하자면 시초〔蓍〕는 둥글고 괘(卦)는 모난
것과 같다.⁴ 지금에는 이와 반대가 되어, 촌구석 훈장선생으로서 한문을
익히는 자들은 걸핏하면 기구(起句: 시작하는 구절)에는 기법(起法)이
있고 결구(結句)에는 결법(結法)이 있다고들 하는데, 이것은 판에 박힌
말일 뿐이다. 조선어를 익히는 자는 반절(半切)⁵이 초성과 종성에서 도
착하고, 청탁(淸濁)이 순음(脣音)과 아음(牙音)에서 섞여버리니 쉽다
고만 할 수 있겠는가? 그러므로, 세상에서 진신학자(搢紳學者)라 불리
는 자들이 입으로는 왕도와 패도를 말하고 눈으로는 이치와 조화를 섭렵
했다 하면서도 심상한 편지 쪽지 한 장 지을라치면 붓을 잡고 사방을
둘러보면서 손은 천근처럼 무거워지곤 하는데, 하물며 막막한 초학자의

---

4 시초는 둥글고 괘는 모남이라 : 원문은 "蓍圓而卦方"으로 『주역』「계사전(繫辭傳)」 11
   장에 나오는 말을 줄인 것이다. 주역의 구절은 "蓍之德圓而神, 卦之德方以知"〔시초점에
   쓰는 점대는 둥글면서 신령스럽고 『주역』 64괘의 괘는 반듯하면서 지혜롭다〕로 번역될
   수 있다. 다른 성질을 가진 한문과 한글이 점대와 괘처럼 조화를 이루어 덕을 발휘해야
   한다는 문맥으로 보인다.
5 반절 : 반절은 한자의 음을 표기하는 방식인데, 훈민정음의 별칭으로 사용되기도 하였
   다. 여기서는 국문의 어법이나 문법이 정착되지 못하고 혼란한 상황을 이르는 것으로
   보인다.

경우야 말할 것이 있겠는가? 이것이 지름길을 약간 열어 주어 양성(襄城)에서 길을 잃은 것과[6] 같은 자들에게 지시하지 않을 수 없는 이유이다. 지금 이각종(李覺鍾) 군이 엮은 『실용작문법』이라는 책을 보았는데, 자못 이 점에 유의한 것인가 싶다. 이 책은 초학자를 위한 것이기 때문에 쉬우면서도 깨닫기 쉽고 해박하면서도 낭비되지 아니하였으니, 중생을 제도하는 금바늘이며 초학자를 위한 나루터가 아니겠는가? 장인은 잣대야 줄 수는 있다지만 그 솜씨를 줄 수는 없는 것이요, 궁수는 활시위이야 조정해 준다고 쳐도 명중시켜 줄 수는 없는 것이니, 신명스럽게 하는 것은 그 사람에게 달려 있는 것이요, 털이 검은지 누른지와 수컷인지 암컷인지는[7] 우선 논할 겨를도 없는 것이다. 그러나 공부자께서 이르시지 않으셨던가? "문사(文辭)는 통달하면 그만이다."[8]라고. 또는 "문장을 닦을 때에 '통달한다는 것'은 법이 없다는 것을 이른 것인데 끝내 법이 있게 되는 것을 면치 못하며, '닦는다는 것'은 법이 있는 것을 이른 것인데 끝내 법이 없는 것에 이르게 된다."[9]라고도 하였으니, 배우는 자들이 진실로 차례를 건너뛰려 하지 말고 또, 작은 성취를 탐하지 말고서 부디 내말을 어렵게 여기지 말기 바란다.

6　양성(襄城)의 혼미 : 『장자(莊子)』 「서무귀(徐无鬼)」에 나오는 말로 황제(黃帝) 등 일곱 성인이 양성의 들판에서 길을 잃고 헤매다 목동을 만나 길을 찾았다고 한다. 양성은 지금 하남성에 비슷한 지명이 있다.

7　털이 검은가 누른가, 수컷인지 암컷인지 : 원문은 "驪黃牝牡之相"이다. 춘추시대 진(秦)나라의 목공(穆公)에게 말을 잘 알아보는 명인이 천리마를 구해주었다. 목공이 명인에게 말의 털빛이 검은지 누른지 물었으나 대답하지 못했다. 목공이 그의 안목을 의심하자 다른 명인이 천리마가 질주하는 능력은 털빛과 관계없는 것이라고 목공을 깨우쳤다 한다. 여기서는 털빛과 성별처럼 본질과 상관없는 사항을 따질 여가가 없다는 문맥이다.

8　이 말은 『논어』 「위령공(衛靈公)」에 나온다.

9　이 말은 공자의 말이 아닌 것으로 보이는데, 출처는 미상이다.

1911년 설달에 현현거사(玄玄居士) 박영효는 쓰다.

文有法乎, 待法而文, 非文也, 其果無法乎, 舍法, 終不能文也, 然漢文, 斷
不可泥法, 朝鮮語, 毫不可離法, 譬猶著圓而卦方也, 今也則反是, 三家冬
烘先生, 習漢文者, 動稱起有起法, 結有結法, 是印版已爾, 習朝鮮語者,
半切倒錯於初終, 淸濁混雜於脣牙, 顧謂易易耶, 故世號搢紳學者口談王
霸, 目涉理化, 而尋常作一赫蹏, 操觚四望, 手重千斤, 況於渺然初學乎,
是不得不略開蹊徑, 指示襄城之迷也, 今觀李君覺鍾, 所爲實用作文法者,
殆有意於斯歟, 斯爲初學者地, 故易而易曉, 該而不費, 不亦普度之金鍼,
蒙求之津梁乎, 工人, 與人規矩, 而不能與其巧, 射人, 與人彀率 而不能與
其中, 神而明之, 存乎其人, 若夫驪黃牝牡之相, 姑未暇論也, 然夫子不云
乎, 辭達而已矣, 又曰修辭達者, 無法之謂也, 而終不免於有法, 修者有法
之謂也, 而終底於無法, 苟學者, 毋遽於躐高, 毋狃於小成, 倘不河漢吾言.
　辛亥季冬 玄玄居士 朴泳孝 書

[해설]

이 글은 『실용작문법(實用作文法)』(博文書舘, 1912)의 서문이다. 편저
자 이각종은 일제 말기에 「시국독본(時局讀本)」이란 악명 높은 문건을
작성하여 전쟁에 적극 협력하였고 반민특위에 회부되었다. 이 책도 총독
부의 훈령과 축사 등을 번역하여 수록하는 등, 일제에 부역하는 성격을
가진다. 서문을 쓴 갑신정변의 주역 박영효도 일본의 작위를 받고 중추
원 고문으로 활동했다. 한편, 이 책은 시가 시게타카(志賀重昻), 미야케
세쓰레이(三宅雪嶺) 등의 문장을 번역하여 최재학(崔在學)의 『실지응
용작문법(實地應用作文法)』(徽文書舘, 1909)에서 가져온 국한문체 작
품들과 같이 배열하고 일본의 『실용작문법(實用作文法)』(久保得二, 東

京：實業之日本社, 1906)에서 가져온 수사학 이론을 소개하는 등, 국한 문체 작문법에 대한 나름의 모색을 보여주었다.10 한편, 수사이론을 청나라의 팔고문 작문서에서 가져온 『문장체법(文章體法)』(李鍾麟, 普書舘)이 1913년에 출간되기도 했다.

10 임상석, 「1910년대 초, 한일 "실용작문"의 경계」, 『어문논집』 61, 참조.

해저여행(海底旅行)

나는 패사(稗史)와 야설(野說)을 사랑하여, 그 열람한 한적(漢籍)과 서양 서적이 자못 적지 않았는데, 대개 허식(虛飾)에 빠지고 공상(空想)에 치달아가 음란하지 않으면 속되어 세속의 도덕을 회복하기에 진실로 도움 되지 않음을 애석하게 여겼다. 요즘 읽은 프랑스 문사(文士) 쥘 베른 씨가 쓴 『해저여행』은 그 언론이 영롱하게 빛나고 기이하게 굽이치고 교묘하게 드리워져 세속을 벗어나게 할 뿐 아니라 이목의 즐거움이 흡족하다. 이로서 사람들을 한가한 이야기로부터 진리로 끌어들이고 범상한 논설로부터 철학에 도달하게 하니, 허구와 비슷하나 진실이요 가공이 아닌 완전이다. 또, 선악과 사정(邪正)의 결과를 밝게 분별하는 사이에 이학(理學)의 심오한 뜻을 끌어들이고 박학의 실질에 미치니 정밀한 분석이 모두 바르고 우아하다. 바르지 못한 세상을 다잡으려 함에 만일의 효과가 있을까 하여 부족한 식견이지만 조금의 도움이나마 보태려고 그 요지를 가려서 번역한다. 갖추어 드리니 여러분이 허물하지 않으면 심히 다행이겠다.

독자주의
1. 본문 가운데 설명을 더할 필요가 있을 때에는 괄호 ( ), 「 」을 사용.
2. 학문상 도움 될 설명이 필요할 때는 (米)(○)(十)[11] 등 부호를 그 학명

---

11 "米"는 미터이고 나머지 두 가지도 도량형 부호로 보이는데 미상이다.

이나 사물 이름 오른쪽에 붙이고 그 설명은 다른 행에 쓰되, 본문보다 한 자를 내려써서 본문과 설명에 구별을 정함.

3. 지명과 산명(山名) 및 국명(國名)에는 그 오른편에 부호 "＝"을 인종이나 인명에는 부호 "―"을 붙임.

4. 본문 가운데 "1800~1893"이라 쓰는 것은 서기 1800년에서 1893년을 표시함이니 다른 것도 이와 같음.

5. 본문 가운데 "北30-東83"이나 "南72-西28"은 곧 어느 나라나 어느 사물이 북위 30도 동경 83도 사이, 남위 72도 서경 28도 사이에 있음을 표시함이니 다른 것도 이와 같음.

法國人 쥴스펜氏 原著 朴容喜(譯)

海底旅行 譯述

余嘗愛稗史野說其所閱眼之漢籍洋書數頗不尠而擧皆失於虛飾馳於空想且非淫則俗至於挽回世俗之道誠無以爲料是可歎惜近讀佛國 文士 쥴스펜 氏 所著(海底旅行)則其言論之玲瓏璀璨廻奇獻巧不啻脫乎塵臼娛悅耳目亦足以令人有取始自開話誘入眞理更自汎論導達哲學似虛而實非空伊完且明辨其善惡邪正之結果間引理學之奧旨及博物之實談而縷分毫柝咸屬正雅其於扶植世歪亦可有萬一之效故玆以半豹之見聊思一蠹之助摘其要而譯其意備供僉眼其或勿咎則幸甚

覽者注意

一 本文 中에 說明을 加할 必要가 有한 時에는括弧( )「 」를 用흠.

二 學文上有助흔 說明을 要할 時에는(米)(○)(十)等 表占을 其 學名 及 物名右邊에 附흐고 其 說明은 他桁에 書흐되 但 本文보다 흔 즈를 니려써셔 本文 及 說明에 區別을 定흠.

三 地名 山名 及 國名에는 其 右邊에 符票(═)롤 人種 及 人名에는 符票(一)를 附홈.

四 本文 中에 (一八00 — 一八九三)를 書홈은 西曆 千八百年으로 千八百九十三年을 代表홈이니 其他난 倣此홈.

五 本文 中에(北三0 — 東八三)이나 (南七二 — 西二八)은 卽 某國 쏘난 某物이 北緯 三十八度 東經 八十三度間이나 南緯 七十二度 西經 二十八度間에 在홈을 表示홈이니 其他는 倣此홈.

[해설]

이 글은 일본유학생단체의 학회지인 『태극학보』 8호(1907.3.)부터 21호까지 총 11회 연재되었다. 역술자는 박용희[12]로 기록되어 있다. 쥘 베른의 『해저2만리』를 번역한 것이다. 주의에서 서구의 도량형 기호와 경위 기호 등을 처리하는 방식을 제시하여 초창기 번역의 실상을 일별 할 수 있다.

---

12 박용희(朴容喜, 1885~?) : 1907년 동경제국대학 정치과를 졸업했다. 태극학회 회원으로 적극적으로 활동했다. 이후 경성법학전문학교의 전신인 경성전수학교에 교유(敎諭)로 근무했고, 경성방직의 대주주였다. 1930년대는 합정(蛤町: 현재 서울 합정동), 미근정(渼芹町: 서울 미근동)의 위생조합장과 총대(總代: 현재 동장에 해당)를 지냈다.

이솝우화의 번역

1) 이솝스 우어(寓語) 초역(抄譯)

서구에 어린이를 훈회(訓誨)하는 서적이 그 규모가 한 가지가 아니나 왕왕 사물에 의탁하는 말을 창작하여 소학교 교과서로 제공하는 일이 많으니, 그 간이하며 흥취가 있어 아동이 쉽게 익히고 잘 기억함을 취함이다. 이솝의 우화도 그 하나가 되니 1부 100여 개[13]가 목석과 조수(鳥獸)의 이야기에 불과하여 자못 황탄함에 이르고 있지만 은은히 인정의 위험과 세도(世道)의 기로와 곡절을 도파(道破)한 것이라 이를 살펴서 경계할 이들이 어린이에 그치지 않는다. 이에 몇 편을 초역(抄譯)하여 여백을 메우노라.

泰西에 孩提를 訓誨ㅎᄂᆞᆫ 書籍이 其規不一ㅎ나 往往이 寓物의 語를 創作ㅎ야 小學校敎科書를 供ㅎᄂᆞᆫ 有多ㅎ니 大蓋 其簡易ㅎ고 興趣가 有ㅎ야 兒童이 易習而不忘홈을 取홈이라. 「이솝스」寓語도 其一이 되ᄂᆞ니 一部 百餘題가 木石鳥獸의 話에 不過홈이 頗히 荒誕에 涉ㅎ나 隱隱히 人情의 脆險과 世道의 岐曲을 道破혼 者니 此에 鑑ㅎ고 戒홀 者 孩提에 不止홀지라. 玆에 數節을 抄譯ㅎ야 餘白을 塡ㅎ노라.

---

[13] 여기서 어떤 번역본이나 색인을 사용했는지는 미상이다. 참고로 『이솝우화』를 연구하고 정리한 벤 페리(Ben Edwin Perry, 1892~1968)는 700개가 넘는 이야기를 정리하여 목록화한 "Perry Index"를 작성했다. 이것이 현재 널리 적용되는 『이솝우화』의 색인이다.

[해설]

이 글은 『대한유학생회학보』 1호(1907.3.)에 게재되었다. 역자는 "蒼蒼生"으로 기록되어 있는데 미상이다. "여우와 포도" 등 총 3편을 게재하였다.

2) 이솝의 이야기

이 이야기는 우화 작가로 고금에 그 짝이 없는 이솝이 쓴 것이라. 세계상에 이와 같이 애독자를 많이 가진 책은 성서밖에는 또 없다 하는 바이니 을미년(1895) 경에 우리 학부(學部)에서 편찬 간행한 『심상소학』에도 이 글을 인용한 곳이 많거니와 세계 각국 소학교육서에 이 책의 혜택을 입지 않은 것이 없는 바이라. 신문관 편집국에서 그 일부를 번역하여 『갑남이공부책(甲南伊工夫冊)』 중 1권으로 불원간에 발행도 하거니와 여기서는 매 편마다 4,5절씩 초역(抄譯)하고 끝에 유명한 국내외 교육가의 해설을 붙이니 읽는 사람은 그 묘한 구상도 보려니와 신통한 우의(寓意)도 완미하여 얕고 쉬운 말 가운데 깊고 어려운 이치가 있음을 찾아 처신행사(處身行事)에 도움 되길 바라노라.

[해설]

이 글은 『소년』 1년 1권(1908.11.)부터 계속 연재된 「이솝의 이약」 앞에 붙인 해설 성격의 글이다. 위 언급처럼, 번역된 우화의 말미에는 "배홀 일"과 "가르팀"이라는 항목을 붙이고 있다. 전자는 내용을 한 문장의 교훈으로 압축한 것이고 후자는 나폴레옹, 알렉산더, 공자 등의 행적을 우화의 내용과 연결한 보충의 성격이다. 언급된 『갑남이공부책』은 출간을 확인할 수 없다.

혈루(血淚)

역자 말하길, 로마국은 서력기원 1세기경에 그 전성기에 이르러 향하는 곳에 적이 없기에 각처의 문명이 혼잡하게 되었다. 로마 고유의 순수한 미풍은 점차 쇠미하고 외국의 부패한 풍습이 국내에 만연하여 인민의 두뇌에 고상한 이상이 없고 잔인한 오락을 좋아하여 공개된 관람장에서 맹수를 격투시키고 혹은 포로와 노예로 하여금 무기를 잡고 서로 싸우게 하며 또는 굶주린 맹수와 같이 치고받는 광경을 부인조차 보고 즐김에 이르게 된 것이 서력기원 2,3세기경이다. 이 스파르타쿠스도 당시 로마에 포로가 되어 완력이 절륜하므로 백전백승하여 로마인의 갈채를 받더니 하루는 자신의 사랑하는 친구를 죽이고 슬퍼하던 중 어린 시절의 생활 상태를 생각하며 장래의 운명과 동포의 정상(情狀)을 생각하고 우연히 한 움큼의 혈루(血淚)로 동포를 맹렬히 깨워서 드디어 글래디에이터 전쟁을 일으킨 자이다. 저의 심성(心誠)은 연설을 읽으면 추지(推知)하시려니와 성정이 있고 눈물이 있는 인류라면 누구인들 동정의 눈물을 뿌리지 않을 자가 있으리오! 초목금수(草木禽獸)라도 오히려 비감히 여기리로다.

譯者曰 로마 國은 西曆 紀元 一世紀頃 其 全盛에 達ᄒ야 所向에 敵이 無ᄒ며 各處 文明이 混雜홈이 로마 固有의 純粹ᄒ 美風은 漸次 消靡ᄒ고 外邦腐敗ᄒ 風習이 國內에 蔓延ᄒ야 人民의 頭腦에 高尙ᄒ 理想은 無ᄒ고 殘忍ᄒ 娛樂를 是好ᄒ여 公開ᄒ 觀覽場에셔 或은 猛獸를 格鬪시기며

或은 捕虜奴隷로 ᄒ여곰 武器를 執ᄒ야 相鬪케 하며 或은 飢한 猛獸로 더부러 相搏케 하ᄂᆫ 光景을 婦人조차 觀而樂之함에 至홈은 西曆 紀元二三世紀頃이라. 此 스팔타쿠스도 當時 로마에 捕虜되야 腕力이 絶人함으로 百戰百勝에 로마 人의 喝采를 受ᄒ더니 一日은 余의 愛友를 殺하고 悲哀ᄒ던 中 幼時의 生活狀態를 思ᄒ며 將來의 運命과 同胞의 情狀을 思하고 偶然 一掬血淚로 同胞를 猛醒하야 드디여 글나디예톨 戰爭을 起한 者니 彼의 心誠은 演說을 讀ᄒ시샤 推知하시려니와 有性有淚ᄒᆫ 人類야 뉘라셔 同情淚를 不洒홀 者 有ᄒ리요. 草木禽獸도라 오히려 悲感히 녀길이로다.

[해설]

이 글은 『태극학보』 26호(1908.11.)에 게재되었다. 역자는 이광수이고 제목 옆에 괄호를 달고 "희랍인 스파르타쿠스의 연설"이라고 기록하였다. 원문의 출처는 미상이며 잡지의 "문예" 항목에 수록되었다. 스파르타쿠스가 일으킨 제3차 노예전쟁 또는 검투사(gladiator) 전쟁은 기원전 73~71년 사이에 벌어진 일이므로 위 글의 연도는 잘못되어 있다. 또한 스파르타쿠스의 출신지는 현재 그리스 북부의 트라키아로 당시에는 그리스 문화권에 포함되지 않으며 스파르타와 관계없는 지역이다. 그럼에도 본문에서는 스파르타쿠스가 '우리 스파르타를 다시 볼 것이오'라고 기록하고 있다.

을지문덕

셔론

슲흐다 우리 <u>한국</u>의 수빅년 이러에 외국을 디흔 력스를 볼진더 동방에셔 흔 적은 무리의 도적만 드러와도 젼국이 창황 망조 흐며 셔편에셔 흔마 디 쑤지람 만 와도 온 죠뎡이 당황 실식 흐다가 그렁 뎌렁 구츠로이 지니 여 붓그러옴과 욕이 날노 더흐여도 조곰도 괴이히 넉일줄을 알지 못흐니 우리 민족은 쳔셩으로 용렬흐고 약흐야 능히 변화치 못 흘가 무애싱이 굴오디 아니라 그럿치안타 내 일직이 <u>고구려</u> 대신 <u>을지문덕</u>의 스젹을 넑다가 긔운이 스스로 나고 담이 스스로 커 짐을 끼둣지 못흐야 이에 하늘을 우러러 흔번 불러 굴으디 그러흔가 춤 그러흔가 우리 민족의 셩 질에 이굿흔쟈ㅣ 잇셧는가 이굿흔 웅위흔 인물의 위대흔 공업은 고왕 금러에 비흘디가 업스니 우리 민족의 셩질이 강흐고 용밍흠이 과연 이러 흐던가 흐엿노라 젼에는 이굿치 강흐더니 이제는 이갓치 약흐며 젼에는 엇지 그리 용밍스럽더니 이제는 엇지 그리 둔흔고 슲흐다 룡의 씨로 밋 구리가 되고 범의 죵즈가 개로 변흐여 신셩흔 인종이 디옥으로 써러지니 이것이 과연 엇던 마귀의 희롱흔 바ㅣ며 무슴 겁운으로 지어 낸 바인가 슲흐다 앗갑도다 즈셰히 궁구흐면 그 근인을 가히 알기어렵지아니흐니 몃빅년러로 오활흔 셔비의 손으로는 붓을 들면 망영되이 써 굴으디 무공 이 문치만 굿지 못다 흐며 몃 십디의 용렬흔 대신들의 입으로는 말을 내면 어리셕게 짓거려 굴으디 어진쟈는 적은 나라로 써 큰 나라를 셤긴 다 흐야 정칙은 위미흐고 퇴축흠으로 써 쥬장을 삼고 빅셩의 긔운을 써고 압제홈으로 써 일을 삼으며 지낸 일은 굿센 뜻을 굴ᄒ지 아니ᄒ 거술 은휘ᄒ고 녯사름은 썩은 션비와 오괴ᄒ 쟈를 존슝ᄒ야 다만 가히 붓그럽 고 우수은 일과 지리ᄒ고 관계업ᄂ 말로 우리<u>한국</u>의 사천년 신셩ᄒ 력ᄉ 를 더러이며 웅위ᄒ 영웅을 미몰케 ᄒ 연고ㅣ로다 그런고로 혹 룡ᄀᄎ치 닷토고 범ᄀᄎ치 싸호던 인물이라도 롱부야로의 고담으로 겨우 ᄒ 두가지 ᄉ젹을 젼홀 쑨이며 혹 신명이 놀나고 귀신이 곡홀만 ᄒ 공업이라도 쵸 동 목슈의 노래로 두어 마ᄃ를 젼파 홀 쑨이오 지어 젼리ᄒᄂ ᄉ젹은 몃 글 글ᄌ를 엇어 볼 수가 업스니 그런즉 그 외에도 셩명ᄭ지 미몰ᄒ야 젼치못ᄒ 대영웅이 ᄯ 몃몃친지 엇지 알니오…(하략)…

緖論

悲夫라我韓數百年來對外의歷史여東方에一流寇만入ᄒ야도擧國이愴黃 ᄒ고西隣에一噴言만來ᄒ야도盈庭이瞠惶ᄒ야依違苟活에恥辱이紛加ᄒ 니我民族의劣弱은果天性이라不可變歟아無涯生이 曰否否라不然ᄒ다

余ㅣ가高句麗大臣乙支文德의歷史를讀ᄒ다가氣旺旺ᄒ며膽躍躍ᄒ야 卽仰天叫曰然歟然歟아我民族의性質이乃如是歟아如是偉大의人物과偉 大의功業은於古에도無比며於今에도無比니我民族性質의强勇이乃如是 歟아昔也에ᄂ强如是ᄒ며昔也에ᄂ勇如是러니朔方建兒好身手야昔何勇 銳今何愚오噫噫라龍種이鰍變ᄒ고虎子가犬生ᄒ야神聖苗裔가地獄에齊 墮ᄒ니是果何魔의所戲며何劫의所造인가

無涯生이曰嗟乎惜夫라幾百年迂儒의手로抽筆亂題曰武功이不如文治 라ᄒ며幾十朝庸臣의舌로張口妄呼曰仁者ᄂ以小事大라ᄒ야政策은萎靡 退縮을是主ᄒ며民氣ᄂ摧折壓伏을是務ᄒ고往事ᄂ强毅不屈을是諱ᄒ며 古人은腐儒鰕生을是崇ᄒ야一般可恥可笑의等事와支離無關의等說로我 韓四千載神聖歷史를汚衊ᄒ고偉大英雄은埋沒에一任ᄒ故로或龍爭虎躍

의 人物로도 村兒俚談에 一句만 僅傳ᄒ며 或神驚鬼號의 功業으로도 樵豎巷
謠에 一曲만 偶播ᄒ고 傳來史蹟은 落落無多ᄒ니 然則又其外姓名ᄭ지 遺漏
된 大男兒가 幾何인지 不知홀지라

[해설]
이 글은 신채호의 국한문체 『을지문덕(乙支文德)』(廣學書鋪, 1908.5.)
을 순한글로 역술한 『을지문덕』(광학서포, 1908.6.)의 서론 부분이다.
순한글 부분은 후자에서 뒤의 국한문은 전자에서 가져왔다. 역술자는
김연창이다. 국한문체이지만 고전어 한문의 수사법으로 작성된 원문의
의미를 거의 모두 옮기고 있어 직역 내지 완역으로 평가할 수 있다. 또한
밑줄을 사용해 지명과 인명을 구분하고 띄어쓰기를 일관되게 적용한 점
도 주목해야 한다. 두보(杜甫)의 시, 「애왕손(哀王孫)」의 구절인 "삭방
의 건아들 몸도 솜씨도 훌륭하네〔朔方建兒好身手〕"는 생략하였다. 한글
본에서 변영만, 이기찬 그리고 안창호의 서문들을 생략하고 한문 역사서
에서 가져온 주석을 생략한 것과 동일한 양상이다.

일문법 서적

1) 정선일문법

본서는 일본에 다년 유학한 윤태진(尹台鎭)군의 저술이요, 일본 문학사 스기야마(杉山) 씨의 교열인데 국한문을 병용하여 편차(編次)가 간이 (簡易)하고 주석(註釋)이 소상함으로 일어와 일문을 초학하는 여러 군 자에게 책을 열자 명료해지고 일은 반이요 공은 갑절인 효과와 이익을 반드시 거둘 수 있기에 여기 소개함.

[해설]

이 글은 『대한흥학보』 1호(1909.3.)의 처음부분에 게재된 광고이다. 윤 태진은 태극학회, 대한학회 등의 일본유학생 단체에서 활발하게 활동했 으며 뒤에 조선총독부판사와 변호사 등을 역임했다. 이 책은 일본에서 찍어내고 서울의 영림서원(英林書院)에서 발매한다고 광고 말미에 기 록되어 있으며 정가는 30전이다.

2) 일문역법(日文譯法)

이 책은 가장 간요(簡要)하게 또 가장 주밀하게 일본 문장의 역해(譯解) 법을 서술한 것이니 실로 파천황의 진서(珍書)라. 문법, 역법(譯法: 번 역법), 역례(譯例: 번역 예문)의 세 편으로 나누어 비록 초학자라도 요 연하게 효해(曉解)하게 하였고 더욱 동사, 조동사, 부사, 접속사 등 온

갖 품사는 고사하고 숙어(熟語), 성구(成句)의 하필(下筆)하기 어려운
것까지도 다 일일이 정당한 역법과 윤합(允合: 진실로 합당한)한 역례
를 첨부하였으니 곧 조금도 독자로 하여금 부족하다는 탄식이 있게 함이
없을지니, 우리 황난(荒亂: 황당하고 어지러움)한 일문(日文) 번역계에
이 책이 증여하는 혜택은 실로 선소(尠少)하지 아니 하리라.

또 "문법" 한 편만이라도 일어학계에 미증유한 선본(善本)이 될지니,
소위 일본문 한역(韓譯)에 종사하는 자로 이 책의 공헌을 받지 않는 자
는 가히 번역의 일을 함께 말하지 못할지니라.

[해설]

이 글은 『소년』 2년 1권(1909.1.)의 말미에 실린 신문관에서 출간한 『일
문역법』의 광고이다. 『소년』 1년 1권(1908.11.)에도 이 책을 광고했는
데, 문구는 다소 다르다. 그리고 1년 1권의 광고에는 이 책이 250쪽으로
정가 70전이라 되어 있는데, 이 광고에는 300여 쪽으로 정가 75전이라
바뀌었다. 2년 1권에 광고한 책이 현재 각 도서관에 소장되어 있는 것으
로 보인다.

청년의 소원

이 시는 청년의 지망(志望)을 영가(詠歌)한 것이라. 그 순결하고 고상함
이 족히 오배(吾輩)의 교훈이 될 만하니, 제1절에는 청년의 공명심〔속어
의 명리심(名利心)이란 말과 의미가 같지 않다〕을 읊음이니 국가와 동
포를 위하여서는 7척의 몸과 일루(一縷)의 명(命)을 즐겁게 연기(捐棄)
하여 인생의 최대 낙사(樂事)인 공명산〔功名山: the mount of glory〕에
올라감을 얻어 굉혁(宏赫: 크고 빛나는)한 훈기(勳紀: 공훈이 정사(正
史)에 기록됨)를 무궁(無窮)에 전하리니 국세(國勢), 민생(民生)이 창
황위급한 때에 남이 어떻게 행복인지 모르겠단 뜻이오. 제2절에는 사람
이 그것만으로는 심의(心意) 만족할 수 없으니 다시 한 걸음을 내켜 금
철(金鐵)을 광혈(鑛穴)에서 발굴하듯 온갖 지식을 자연계에서 채취하
되, 학교로서 광혈을 삼으리란 뜻이오. 제3절에는 사람이란 공명만 있어
도 완인(完人)이라 할 수 없고 지식만 있어도 또한 완인이라 할 수 없고,
또 공명, 지식을 겸비하였더라도 완인이라 할 수 없으니 그러면 무엇으
로써 청년의 최고(最高)한 지망과 인생의 궁극의 목적을 하리오 하건대,
곧 자애(慈愛)의 빛을 보급하고 정의의 힘을 확장하여 잔인, 포학, 간사,
오예(汚穢)한 이 인간을 변화시켜 평화의 태양이 비추이고 인애의 성월
(星月)이 반짝거리는 천국을 작성함으로 써 하여야 한단 뜻이니라.
    4, 5 양절은 작자의 가장 용력(用力)한 곳일 듯하나, 생각하는 바 있어
그만두노라.

이 글은『소년』2년 3권(1909.1.)의 2~3쪽에 실린「청년의 소원」이란 번역시에 대한 해석이다. 원시는 제임스 몽고메리(James Montgomery, 1771~1854, 영국의 시인 찬송가 작가)의 *The Aspiration of Youth*이다. 시의 번역은 번안에 가까운데 1연 당 6행으로 된 원시를 1연에 16행으로 늘여 놓았다. "國勢民生蒼黃한"으로 번역될 만한 구절은 원문에는 없다. 또한 원제의 "Aspiration"을 "A Spiration"으로 오기한 것도 흥미롭다.

로빈손 무인절도(無人絶島) 표류기담(漂流奇談)

우리는 장쾌한 것을 좋아하니 그러므로 해천(海天)을 사랑하며 우리는 영특한 것을 좋아하니 그러므로 모험적 항해를 즐겨하며 해천을 좋아하고 항해를 즐겨함으로 표류담(漂流談)·탐험기적 문학을 탐독하는지라. 지금 이 성미는 나로 하여금 이 불세출의 기이한 문자 『로빈슨 크루소』를 번역하여 우리 사랑하는 소년 제자(諸子)로 더불어 한가지로 해상생활의 흥치와 항해모험의 취미를 맛보게 하도다.

이 책자는 우리가 췌언하지 아니하여도 금일의 소년은 세계 기서(奇書) 중 최대 기서인지를 알지 못하는 자가 없으려니와 본 잡지는 되지 못한 문자를 큰 제목으로 내는 것 보다 이러한 유익한 것을 많이 게재하는 것이 나을 듯하기로 본지의 절반을 할애하여 이를 연재하려 하오.

신대한의 소년으로 이를 읽지 않는 자 있을는지?

우리는 단정코 없으리라 하노라.

[해설]

이 글은 『소년』 1년 1권(1908.12.)의 42쪽에 실려 있는데 다음호에 연재할 『로빈슨 크루소』(1719)에 대한 예고의 성격이다. 위의 언급과 달리 번역은 『소년』 2년 2권(1909.2.)부터 시작되었고 그 분량도 7쪽에 그쳤다. 이 예고를 제외하고 연재는 2년 2권에서 2년 8권까지 6회 연재되었다.

사랑

이 산문시는 폴란드 문사(文士) 안드레이 니모예프스키(Andrzej Niemo-jewski, 1864~1921) 씨가 고국 산하를 바라보고 강개한 회포를 이기지 못하야 지은 것이라.

연전에 일인 하세가와 후타바테이(長谷川二葉亭)¹⁴ 씨가 폴란드 사람 빌스쯔키이 씨의 부탁을 받아 일본 지상(誌上)에 소개하고자 번역한 것이다.

하세가와 씨의 숙련한 붓으로도 원문의 묘한 맛을 다 전하지 못하여 마음에 맞지 못함으로 미정(未定)고로 발표한 것이라. 나는 이것을 애독한 지 수년이 되었으나 지금도 읽으면 심장이 자진마치질 하듯 뛰노는 것은 더하면 더하지 덜하지는 아니하니 무슨 일인지?

제군 중에 이 산문시를〔대의라도〕 나의 중역(重譯)에서 얻어 아시는 분이 계시면 나의 뜻은 달(達)하였다 하리라.

[해설]
이 글은 『소년』 3년 8권(1910.8.)의 42쪽에 실려 있다. 역자는 가인(假人: 홍명희)이다. 번역문은 "曲調", "魔鬼", "魂魄" 등의 일상적 어휘 외에는 모두 한글로 되어 있다. 당대로서는 탁월한 한글 위주의 문체라 할 수 있다. 또한, 중역이라는 의식이 명확하게 기록되어 있는 드문 사례이다.

---

14 하세가와 후타바테이 : 『부운(浮雲)』을 출간해 언문일치의 선구자로 꼽히는 후타바테이 시메이(二葉亭四迷, 1864~1909)의 다른 이름이다. 하세가와가 원래 성이다.

ABC계(契)

빅토르 위고(Victor Hugo)는 19세기 중 최대문학가의 하나이고, 『레미제라블』은 위고 저작 중 최대 걸작이다. 나는 불행히 원문을 읽을 행복은 가지지 못하였으나 일찍부터 그 역본(譯本)을 읽어 다대한 감흥을 얻은 자이니, 그 신성(神聖)의 뜻을 체행(體行)하는 밀니르의 숭고한 덕행과 사회의 죄를 편피(偏被: 불공평하게 뒤집어 씀)한 장발장의 기이(奇異)한 행적은 다 백지장 같은 우리 머리에 굳세고 굳센 인상을 준 것이다. 나는 그 책을 문예작품으로 보는 것보다 무슨 한 가지 교훈서로 읽기를 지금도 전과 같이 하노라.

여기 역재(譯載)하는 것은 어떤 일본인이 그 중에서 「ABC계」에 관한 장만 전재(剪裁) 적역(摘譯)한 것을 중역(重譯)한 것이다. 이는 결코 이 한 고깃점으로 그 온전한 맛을 알릴만한 것으로 안 것이 아니고, 또 태서의 문예란 것이 어떠한 것이다를 알릴만한 것이라 한 것이 아니라. 다만 일이 혁신시대 청년의 심리와 그 발표되는 사상(事象)을 그려서 그때 역사를 짐작하기에 편하고 또 겸하여 우리들로 보고 알만한 일이 많이 있음을 취함이다. 우리나라 일반청년에게는 사실이 좀 어려우며 더욱 역문(譯文)이 생경하여 읽기가 편하지 못할듯하나 면강(勉强)하여 한두 번 읽으시면 삼복 화로 속에 땀 흘린 값은 있으리라 하노라.

[해설]
이 글은 여름 특별권으로 편집된 『소년』 3년 7권(1910.7.)에 수록된

"역사소설 ABC契" 앞에 최남선이 붙인 서문이다. 프랑스 빅토르 위고의 『레 미제라블』에서 초역(抄譯)했음을 서문 말미에 기록하였다. 200자 원고지 200매에 이르러 당시의 문학작품 번역으로는 그 양이 크고 완결성도 있다. 또한, 장발장이 등장하지 않는 1832년의 프랑스 6월 봉기를 주제로 삼아 그 성격도 독특하다. 저본은 하라 호이츠안(原抱一庵, 1866~1904)의 『ABC組合』(1902)이며 번역은 직역의 양상이다.[15]

---

15 이상의 서술은 박진영(「소설 번안의 다중성과 역사성-『레미제라블』을 위한 다섯 개의 열쇠」, 『민족문학사연구』 33, 민족문학사연구소, 2007)에 근거함.

제2부

번역과
세계문학의
수용

들어가며

식민지로의 전락 속에서 번역을 통한 계몽운동의 파토스가 와해된 직후, 조선 내 지식인들의 관심은 대거 '문학'의 영역으로 이전되었다. 여기에는 근대적 교육의 수혜자로 성장한 많은 이들이, 엄존하는 망국의 현실 속에서 저항 의지를 상실한 채 순수예술로 투신(投身)하게 된 측면과, 정반대로 식민지 권력의 감시로부터 상대적으로 느슨한 문학 텍스트의 속성으로 인해 우회적이나마 정치 발화가 가능했던 대안적 문(文)의 세계로 투신하게 된 측면이 동시에 놓여있다. 이상의 요인들이 복합적으로 작용하여 1910년대 이후의 번역은 다종다양한 세계문학의 유산들을 대거 겨냥하게 된다. 기왕의 조선문단이 지녔던 양과 질의 한계를 극복하기 위해, 혹은 매개자의 목소리를 대변할 메시지를 내재한 텍스트를 유통시키기 위해, 그리고 때로는 각종 인쇄매체의 독자 확보 전략 속에서, 번역은 문학을 적극적으로 끌어들였다. 방점이 어떠한 사정 위에 있든 '문학'은 이 시대를 관통하는 번역문제의 핵심이라 할 수 있다. 특히 이 시기의 번역이 한국에서 최초로 서양고전의 감각을 배태한 계기였다는 점은 거듭 강조해둘 필요가 있을 것이다.

이에 본 자료집의 2부에서는, 주로 식민지시기의 세계문학 인식 및 수용태도가 나타난 번역자들의 여러 증언과 이러한 번역 활동들이 낳은 다채로운 초기 번역이론들을 소개하고자 한다. 더 구체적으로는 세계문학을 대상으로 한 시, 소설, 희곡 번역의 서·발문 등과 번역에 대한 당대의 인식을 보여주는 비평문으로 구분되며, 이 범주에 포함되지 않는 작가론이나 번역문학 매체의 권두언 등은 '기타'로 분류하였다.

　본 자료집에서 제시하는 것이 해당 부류의 총량과 거리가 먼 것은 물론, 대표성을 띠는 사례를 빠짐없이 정리했다고 확언하기도 어렵다. 하지만 '세계문학'이라는 명명에 걸맞도록 최대한 다양한 공간의 작품을 수집하고자 했으며, 번역론에 있어서도 서로 대립되거나 제3의 가능성을 논하는 글들을 균형 있게 싣고자 노력하였다.

실낙원

〈세계문학개관〉 존 밀턴, 최남선 역[1], 「실낙원(失樂園)」(Paradise Lost by John Milton), 『청춘』 3, 1914.11.

역자 머리말[2]

『실낙원』 작자(作者) 시성(詩聖) 밀턴은 캠브리지 대학을 졸업하고 이십 년간을 정계(政界)에 비약(飛躍)하다가, 크롬웰 공화정부가 전복(顚覆)된 뒤에 다시 문단에 몸을 버리고 29세로부터 서사시에 뜻을 두어 32세에 제목을 성서(聖書) 중에 취하여 『실낙원』의 의취(意趣)를 생각하고 오십이 넘어 비로소 붓을 잡아 1665년(56세)에 완성을 고하였으나 소년 시절[3] 사자(寫字) 인숭(因崇)[4]으로 안력(眼力)을 상(傷)하여 46세에 실명의 비운에 함(陷)하였은즉, 『실낙원』은 실로 그 맹목시대의 저작이라. 단테의 『신곡』과 같이 지옥을 모사(模寫)한 것이나 피(彼)는 상세하고 차(此)는 막연하며 피는 우미(優美)하고 차는 호장(豪壯)하여 동음이곡(同音異曲)에 각각 얻기 어려운 곳이 있으니, 참 세계문학 중 천재불후(千載不朽)할 진물이니라.

---

1 『청춘』의 〈세계문학개관〉 시리즈에는 역자가 명시되어 있지 않다. 그러나 문체와 여러 내용으로 미루어 최남선으로 확정하였다.
2 원문에는 제목이 없다. 이하 〈세계문학개관〉 시리즈는 동일하다.
3 원문에는 '소년 사자'로 되어 있으나 문맥상 보충했다.
4 사자(寫字) 인숭(因崇) : 활자를 숭배하다. 즉 독서와 쓰기에 무리하다 정도의 뜻이다.

오뇌의 무도

김억[5] 편역, 『오뇌의 무도』, 조선도서주식회사, 1923.[6]

『오뇌의 무도』의 머리에

삶은 죽음을 위하여 났다.

누가 알았으랴, 불같은 오뇌(懊惱)의 속에

울음 우는 목숨의 부르짖음을…………

춤추라, 노래하라, 또한 그리워하라

오직 생명의 그윽한 고통의 선(線) 위에서

애달픈 찰나(刹那)의 열락(悅樂)의 점(点)을 구하라.

붉은 입술, 붉은 술, 붉은 구름은

오뇌의 춤추는 온갖 생명 위에

향기로운 남국(南國)의 꽃다운 '빛',

'선율(旋律)', '해조(諧調)', '몽환(夢幻)'의 '리듬'을…………

오직 취하여, 잠들라,

유향(乳香) 높은 어린이의 행복의 꿈같이

오직 전설의 세계에서,

신화의 나라에서…………

1921년 1월 김유방(金惟邦)[7]

---

5 김억(金億, 1896~?) : 호는 안서(岸曙). 시인이자 번역가, 문학평론가.

6 이는 재판으로서, 초판은 1921년 광익서관(廣益書館)을 통해 나왔다.

7 김유방(金惟邦, 생몰년 미상) : 『창조』 동인, 「배교자」 등의 희곡이 있다.

서(序)

여(余)는 시인(詩人)이 아니라. 어찌 시(詩)를 알리오. 그러나 시의 좋음은 알며 시의 필요함은 아노라. 이제 그 이유를 말하리라.

무릇 사람은 정(情)이 대사(大事)니 아무리 좋은 의지와 지교(智巧)라도 정을 떠나고는 현실되기 어려우리라. 곧 정으로 발표하매 그 발표하는 바가 더욱 진지(眞摯)하여지고 정으로 감화하매 그 감화하는 바가 더욱 절실하여지는 것이라. 그러므로 고래 어떤 인민이든지 이 정의 발표 및 감화를 많이 이용하였나니 그 방법 중의 일대 방법은 곧 시라. 시(試)하여 보라. 셰익스피어가 어떠하며 단테가 어떠하며 지나(支那)의 파경(葩經)[8] 유태(猶太)의 시편(詩篇: 성경의 시편)이 어떠하며 우리 역사의 시조(時調)가 어떠하뇨. 개인으론 개인의 성정(性情), 의미와 사회는 사회의 성정, 사업 등을 표현 또 계발함이 크도다.

우리 문학사를 고(考)하건대 우리의 시로는 확실한 것은 고구려 유리왕(瑠璃王)의 황조시(黃鳥詩)가 처음 저명(著名)하였나니 그는 곧 거금(去今) 약 이천년 전의 작(作)이라.[9] 이후로 삼국, 남북국, 고려, 조선시대에 한시(漢詩) 및 국시(國詩: 시조나 가사 등)가 많이 발흥(勃興)하였더라. 그러나 근대 우리 시는 한시 및 국시를 물론하고 다 자연적, 자아적이 아니오, 견강(牽强)적, 타인적이니 곧 억지로 한사(漢士: 중국인사)의 자료로 시의 자료를 삼고 한사의 식(式)으로 시의 식을 삼은지라. 조선인은 조선인의 자연한 정(情)과 성(聲)과 언어문자를 가져 시를 지으려면 그 어찌 잘 될 수 있으리오. 반드시 자아의 정, 성, 언어문

---

8 주옥같은 시구를 뜻한다. 한유(韓愈)가 『시경(詩經)』의 시들이 꽃봉오리처럼 아름답다고 평한 말에서 비롯하였다.

9 원문은 '作 라'로 보이지만, 문맥상 '이'를 첨가하였다.

자로 하여야 이에 자유자재로 시를 짓게 되어 비로소 대시인(大詩人)이 날 수 있느니라.

지금 우리는 많이 국시를 요구할 때라. 이로써 우리의 일절을 발표할 수 있으며 흥분(興奮)할 수 있으며 도야(陶冶)할 수 있나니 그 어찌 심사(深思)할 바 아니리오. 그 한 방법은 서양 시인의 작품을 많이 참고하여 시의 작법을 알고 겸하여 그네들의 사상작용을 알아서 우리 조선시를 지음에 응용함이 매우 필요하니라.

이제 안서(岸曙) 김형(金兄)이 서양 명가의 시집을 우리말로 역출(譯出)하여 한 서(書)를 이루었으니 서양 시집이 우리말로 출세(出世)되기는 아마 효시(嚆矢)라. 이 저자의 고충(苦衷)을 해(解)하는 여러분은 아마 이 시집에서 소득이 많을 줄로 아노라.

신유원월하한(辛酉元月下澣) 장도빈(張道斌)[10]

『오뇌의 무도』를 위하여

곤비(困憊)한 영(靈)에 끊임없이 새 생명을 부어넣으며, 오뇌(懊惱)에 타는 젊은 가슴에 따뜻한 포옹을 보냄은 오직 한 편의 시밖에 무엇이 또 있으랴. 만일 우리에게 시가 없었다면 우리의 영(靈)은 졸음에 스러졌을 것이며, 우리의 고뇌는 영원히 그 호소할 바를 잊어버렸을 것이 아닌가.

이제, 군이 반생(半生)의 사업을 기념하기 위하여 먼저 남구(南歐)의 여러 아리따운 시인의 심금에 닿아[11] 읊어진 주구옥운(珠句玉韻)을 모

---

10 장도빈(張道斌, 1888~1963) : 언론인이자 역사학자. 독립운동가로서도 족적을 남겨 1990년 건국훈장 독립장에 추서되었다.
11 원문에는 '다치여'로 되어 있다.

아, 여기에 이름 지어 『오뇌의 무도』라 하니, 이 어찌 한갓 우리 문단의 경사일 따름이랴. 우리의 영(靈)은 이로 말미암아 지리(支離)한 졸음을 깨우게 될 것이며, 우리의 고민은 이로 말미암아 그윽한 위무(慰撫)를 받으리로다.

『오뇌의 무도』! 끝없는 오뇌에 찢기는 가슴을 안고 춤추는 그 정형(情形)이야말로 이미 한 편의 시가 아니고 무엇이랴. 그러하다. 근대의 생(生)을 누리는 사람으로 번뇌, 고환(苦患)의 춤을 추지 아니하는 이 그 누구냐. 쓴 눈물에 축인 붉은 입술을 복면 아래에 감추고, 아직도 오히려, 무곡(舞曲)의 화해(和諧) 속에 자아를 위질(委質)하지 아니하면 아니 될 검은 운명의 손에 끌려가는 것이 근대인이 아니고 무엇이랴. 검고도 밝은 세계, 검고도 밝은 흉리(胸裏)는 이 근대인의 심정이 아닌가. 그러나 이것은 결코 인생을 희롱하며 자기를 자기(自欺)함이 아닌 것을 깨달으라. 대개 이는 삶을 위함이며, 생(生)을 광열적(狂熱的)으로 사랑함임으로써니라.

『오뇌의 무도』! 이 한 권은 실로 그 복면(覆面)한 무희(舞姬)의 환락에 싸인 애수(哀愁)의 엉그림이며, 같은 때에 우리의 위안은 오직 이에 영원히 감추었으리로다.

아 — 군이여, 나는 군의 건확(健確)한 역필(譯筆)로 꿰어 맺은 이 한 줄기의 주옥(珠玉)이 무도장(舞蹈場)에 외로이 서있는 나의 가슴에 늘어뜨릴[12] 때의 행복을 간절히 기다리며, 또한 황막(荒寞)한 폐허 위에 한 뿌리의 푸른 움의 넓고 깊은 생명을 비노라.

　　　신유일월(辛酉一月) 오산우거(五山寓居)에서 염상섭(廉想涉)
　　　　　　친애하는 김억 형에게

---

12 원문에는 '느리울'로 되어 있다.

『오뇌의 무도』의 머리에

건조하고 적막한 우리 문단 — 특별히 시단(詩壇)에 안서 군의 이 처녀시집(역시일망정)이 남은 실로 반가운 일이다. 아 군의 처녀시집 — 아니 우리 문단의 처녀시집!(단행본으로 출판되기는 처음). 참으로 범연(凡然)한 일이 아니다. 군의 이 시집이야말로 우리 문단이 부르짖는 첫 소리요, 우리 문단이 걷는 첫 발자국이며, 장래 우리 시단의 대(大) 심포니(해악(諧樂))를 이룰 Prelude(서곡(序曲))이다. 이제 우리는 그 첫 소리에 귀를 기울일 것이요, 그 첫 걸음걸이를 살필 것이며, 그 의미 있는 서곡을 삼가 들을 것이다.

군이 이 시집 가운데 취집(聚集)한 시의 대부분은 샤를 보들레르와 폴 베를렌과 알베르 사맹과 레미 드 구르몽, 폴 포르 등[13]의 근대 프랑스[14] 시의 번역을 모아 『오뇌의 무도』라 이름한 것이다. 그런데 내가 잠깐 근대 프랑스 시란 어떠한 것인가 써보겠다.

두말할 것 없이 근대문학 중 프랑스 시가처럼 아름다운 것은 없는 것이다. 참으로 주옥 같다. 영롱하고 몽롱하며 애잔하여 '방향(芳香)'이나 '꿈'같이 포착할 수 없는 묘미(妙味)가 있다. 그러나 어떤 때는 어디까지든지 조자(調子)가 신랄(辛辣)하고 침통하고 저력(底力)이 있는 반항적의 것이었다. 좀 자세하게 말하면 근대시가 — 특히 프랑스의 것은 과거 반만년 동안 집적한 '문화문명'의 무거운 짐에 눌리어 곤피(困疲)한 인생 — 모든 도덕, 윤리, 의무, 종교, 과학의 영어(囹圄)와 질곡(桎梏)을[15] 벗어나서 '정서(情緒)'와 '관능'을 통하여 추지(推知)한 어떠한 새 자유

---

13 원문에는 '들'로 되어 있다.
14 원문에는 '불란서(佛蘭西)'로 되어 있다.
15 원문에는 '를'로 되어 있다.

천지에 '탐색(探索)'과 '동경(憧憬)'과 '사랑'과 '꿈'의 고운 깃[羽]을 펴고 비상(飛翔)하려 하는 근대시인 — 의 흉오(胸奧)에서 흘러나오는 가는, 힘없는 반향(反響)이다. 그렇게 근대시인의 '영(靈)'의 비약(飛躍)'은 모든 질곡을 벗어나 '향(香)'과 '색(色)'과 '리듬'의 별세계에 소요(逍遙)하나, 그들의 육(肉)은 여전히 이 고해(苦海)에서 모든 모순, 환멸, 갈등, 쟁투, 분노, 비애, 빈핍의 '두려운 현실의 도가니[坩堝] 속에서 끓지 않을 수 없다. 그러므로 그들은 이러한 '육(肉)의 오뇌'를 찰나간이라도 잊기 위하여 할 일 없이 핏빛 같은 포도주와 앵속정(罌粟精: 아편)과 Hashish(인도에서 산(産)하는 일종 최면약)을 마시는 것이다. 아! 어떠한 두려운 모순이냐? 아 어떠한 가슴 쓰린 생(生)의 아이러니냐? 이러한 부단히 영(靈)과 육(肉), 몽(夢)과 현실, 미(美)와 추(醜)와의 저어 반발(齟齬反撥)하는 경애(境涯)에서 그들의 시는 흘러나오는 것이다. 어찌 큰 의미가 없으며, 어찌 큰 암시가 없으랴! 이제 나의 애우(愛友) 억 군이 그러한 근대 프랑스 시가 — 기중(其中)에서도 특히 명편가작(名篇佳作)만 선발하여 역(譯)함에 당하여 나는 만곡찬사(萬斛讚辭)를 아끼지 아니한다.

마지막으로 나는 군의 사상과 감정과 필치가 그러한 것을 번역함에는 제일의 적임자라 함을 단언하여둔다.

1921.1.14, 야(夜) 변영로(卞榮魯)

역자(譯者)의 인사 한 마디
이 가난한 역시집(譯詩集) 한 권에 대한 역자의 생각은 말하려고 하지 아니합니다. 말하자면 그것이 출세(出世)될 만한 값이 있고 없는 것에 대하여는 역자는 생각하려고도 하지 아니하며 그 같은 때에 알려고도 하지 아니합니다. 더욱 새 시가(詩歌)가 우리의 아직 눈을 뜨기 시작하는 문단에서 오해나 받지 아니하면 하는 것이 역자의 간절한 열망이며, 또한 애원하는 바입니다. 자전(字典)과 씨름하여 말을 만들어놓은 것이 이 역시집 한 권입니다. 오역(誤譯)이 있다 하여도 그것은 역자의 잘못이며, 어찌하여 고운 역문이 있다 하여도 그것은 역자의 광영(光榮)입니다. 시가의 역문에는 축자(逐字), 직역(直譯)보다도 의역(意譯) 또는 창작적 무드를 가지고 할 수밖에 없다는 것이 역자의 가난한 생각의[16] 주장입니다. 어찌하였으나 이 한 권을 만들어놓고 생각할 때에는 설레기도[17] 하고 그립기도 한 것은 역자의 속임 없는 고백입니다.

이 역시집에 대하여 선련(先輩) 어른, 또는 여러 우인(友人)의 아름다운 높은 서문, 또는 우의를 표하는 글을(우의문(友誼文)) 얻어, 이 보잘것 없는 책 첫머리에 고운 꾸밈을 하게 됨에 대하여는 역자는 깊이 맘가득한 고마운 뜻을, 선련 어른, 또는 여러 우인에게 드립니다.

그리하고 이 역시집에 모아놓은 대부분의 시편(詩篇)은 여러 잡지에 한 번씩은 발표하였던 것임을 말하여둡니다. 또 이 역시집의 원고를 청서(淸書)하여준 권태술(權泰述) 군의 따스한 맘에 고마움을 드립니다.

그 다음에는 마지막으로 역자는 이 역자로 하여금 이 역시집의 출세를 빠르게 하여주고, 또는 발행까지 즐겁게 하여주신 광익서관(廣益書舘) 주인, 나의 지기 고경상(高敬相) 군의 보드라운 맘에 따스한 생각을 부어드립니다.

1921.1.30, 서울 청진동(淸進洞)에서[18] 억생(億生)

---

16 원문에는 '생각엣'으로 되어 있다.
17 원문에는 '설기도'로 되어 있다.
18 원문에는 '淸進洞서'로 되어 있다.

재판(再版)되는 첫머리에

이 값도 없는 시집이 뜻밖에 강호(江湖)의 여러 고운 맘에 닿은[19] 바가 되어, 발행된 후 얼마의 시일을 거듭하지 아니하여 다 없어진 데 대하여는 역자인 나는 역자로의 기쁨과 광영스러움을 잊을 수 없을 만큼 크게 느끼고 있습니다.

처음에는 이번 재판의 때를 이용하여 크게 정보수정(訂補修正)을 하려고 하였습니다마는 실제의 붓은 여러 가지로 첫 뜻을 이루게 하지 아니하였습니다. 그것은 다른 것이 아니고 두 해를 거듭한 지금의 역자에게는 그때의 필치(筆致)와 지금의 필치 사이에 적지 아니한 차이가 있는 때문입니다.

역자는 지나간 필치를 그대로 두고 싶다는 기념의[20] 생각으로 조금도 고치지 아니하고 그대로 두고 맙니다. 이 시집 속에 있는 아서 시먼스의 시 한 편은[21] 뽑아버리고 말았습니다. 그것은 얼마 아니하여 출세(出世)될 시먼스의 시집 『잃어진 진주』(平文舘, 1924) 속에도 넣은 까닭입니다. 하고 예이츠, 포르, 블레이크의 시 몇 편을 더 넣었을 뿐입니다.

지금 역자가 혼자 맘속에 꾀하고[22] 있는 태서명시인(泰西名詩人)의 개인시집의 총서(叢書)가 완성되면, 이 역시집은 아주 절판을 시키려고 한다는 뜻을 한 마디 하여둡니다.

마지막으로 작년 봄에 곧 재판되었을 이 시집이 여러 가지로 맘과 같게 되지 아니하여 이렇게 늦어졌음을 독자되실 여러분에게 사죄합니다.

　　　　　1923년 5월 3일 서울 청진동(淸進洞) 여사(旅舍)에서 역자

---

19 원문에는 '다친'로 되어 있다.
20 원문에는 '기념에ㅅ'으로 되어 있다.
21 원문에는 '한 編는'으로 되어 있다.
22 원문에는 '꾀하고'로 되어 있다.

『초엽집』에서

휘트먼[23], 김석송(金石松)[24] 역, 「『초엽집(草葉集)』[25]에서」, 『개벽』 25, 1922.7.

역자 머리말[26]

월트 휘트먼! 나는 이렇게 감탄적으로 그의 이름을 부르지 아니할 수 없이 그를 경앙(敬仰)하고 숭배한다 함은 그의 시(詩)가 미(美)의 시인 것보다도, 역(力)의 시인 까닭이다. 그는 과연 '자연과 같이 관대하고 강장(强壯)한' 시인이다. 그는 투철한 예언자요, 선지자요, 인도자이요, 미래를 위한 시인이요, 인류의 향상전진(向上前進)과 공존공영(共存共榮)의 진리를 확신한 벌거벗은 사도(使徒)이다.

그의 생애에 대하여는 후일에 소개할 기회가 있을 줄로 믿고 이제는 약(畧)하는 바이나, 나는 이번에 나의 번역의 붓을 처음으로 들어, 맨 먼저 나의 숭배하는 휘트먼의 시를 소개하게 됨을 스스로 기뻐하는 동시에 나는 매우 주저하였고 또한 노력하였다 함은, 나는 원래 영문(英文)의 지식이 없는 터이오, 일역(日譯)된 것이 2, 3종이 있다 하나 — 원래 시의 번역은 (다른 것도 그렇지마는) 창작보다 어려운 것이라 — 모두 역의(譯

---

23 월트 휘트먼(Walt Whitman, 1819~1892) : 19세기 미국 시인.

24 김형원(金炯元, 1901~?) : 호는 석송(石松). 언론인. 파스큘라에 참여하는 등 신경향파 문인으로 활동하기도 했으나 이후 친일의 길을 걷는다. 납북된 것으로 알려져 있다.

25 미국문학에 지대한 영향을 끼친 시집으로 원제는 *Leaves of Grass*이다. 초판 이후 개정판이 계속 발행되었으며 본문의 서술과 달리 1892년 최종판이 발행되었다. 초판에는 12개의 시가 수록되었으나 최종판에는 400개가 넘는 시로 구성되었다.

26 원문에는 제목이 없다.

意)가 원문(原文)과 틀리는 것은 물론, 일역(日譯)끼리도 전혀 상반되는 해석이 많으므로 서투른 원서를 놓고서 끙끙 대인 것이 도리어 주제넘은 줄로 생각되는 터이다. 그러나 휘트먼의 소개(紹介)는 조선에서 이것이 처음임을 생각할 때에는 설혹(設或) 잘못이 있다 할지라도 독자는 물론, 원작자 휘트먼도 지하에서 미소로 용서하리라는 자신으로 이것을 독자에게 부치는 바이며 끝으로 휘트먼의 아주 간략한 소개를 하면,

그는 1819년 5월 31일에 미국(米國) 뉴욕 주(州) 롱 아일랜드에서 태어났다.[27] 학교라고는 소학교를 겨우 마치고 13세에 인쇄소 식자공(植字工)이[28] 되었고 20세에 자기의 시편(詩篇)을 주로 한 주간잡지(週刊雜誌)를 발행하고 그때부터 뉴욕에서 기고가(寄稿家), 잡지기자, 연설가 노릇을 하기 시작하여 그의 일생은 인쇄, 신문, 잡지, 시작(詩作), 여행 등을 떠나서는 설명치 못하게 되었다. 그의 말년은 매우 평온하였으니 1882년으로부터 10년간은 자연과 독서로 평화(平和)한 생활을 하였고, 1892년 3월 26일에 그는 73세의 끈기 있는 생애를 마치었다.

이와 같이 휘트먼은 70의 일기(一期)를 평민(平民)으로 나서 평민을 노래하다가 평민으로 죽은 점에 그 시의 생명도 있는 것이다. 그의 시편은 1855년에 「초엽집(草葉集)」 제1집이 발행됨을 비롯하여 1860년에 전집(全集)을 발행하였다. 그의 시에 대하여는 내가 따로 설명이나 소개하는 것보다 다음에 기록한 졸역(拙譯) 수 편에서 독자가 능히 판단할 수 있을 것이요, 나는 다만 '민주시(民主詩)의 선구자(先驅者)' - 종래의 규약(規約)을 함부로 무시(無視)한 '대담한 자유시인(自由詩人)'이라고 그를 부르고 싶다.

---

27 원문에는 '롱 아일랜드에 나헛다'로 되어 있다.
28 원문에는 조사 '이'가 없어서 추가했다.

바이론 시집

바이런[29], 운파(雲波)[30] 역, 『바이론 시집』, 문우당, 1925.

서(序)

바이론(Byron)!!!

　얼마나 웅□(雄□)하고 침통(沈痛)하고 그리고 늠름한 우주의 음향(音響)일고!! 그리고 이 음향을 영국에서 났다 할 때에, 그리고 19세기(1788~1824)가 낳았다 할 때에, 영국을 빼놓은 세계 열국(列國)과 20세기 사람들은 얼마나 영국과 19세기를 부러워 할 것인고!!

　그는 사옹(沙翁, Shakespeare[31]) 이래 최대의 천재시인이오!! 또한 아울러 열렬한 혁명아(革命兒)로 영문학사상에 — 아니 세계문학사상에 큰 이채를 내인 영인(英人)이다. 그가 얼마나 천재인가 하는 것은 그의 전기(傳記)라든지 또는 그의 시가(詩歌)로써 알 수 있지만 그리하지 않아도 그가 기자(跂者) 즉 불구자라 하는 점이든지 그리고 그의 안형(顔型)이 부모는 물론 아주 영국형(英國型)이 아니라는 점이 어렵지 않게 그의 천재라는 것을 표증(表證)하고 있다.

　그는 통속시인들과는 그 향취(向趣)가 크게 다르다. 더구나 그의 시(詩)에 이르러서는 복언(複言)을 요(要)하지 않는다.

29　바이런(George Gordon Byron, 1788~1824) : 영국 시인으로서 낭만주의의 거장으로 분류된다.

30　'운파'라는 호를 쓴 인물로는 문인 홍기원(洪基援)과 음악인 이병우(李炳祐)가 있다. 전자로 추정된다.

31　원문에는 'Shakeskear'로 되어 있다.

그는 가슴에 떠오르는 정서(情緒)를 열렬한 필봉(筆鋒)으로 써놓았다. 따라서 그의 시의 일구일구(一句一句)가 모두 열정이 넘치는 것이다.

미모(美貌)의 천재시인인 그의 사랑을 구하는 숙녀들은 너무도 많았었다. 그러나 그에게 참사랑을 주는 여자들은 또한 너무도 적었었다. 그러한 까닭으로 그의 시에는 연애시가 적지 않다. 그리고 그 연애시 중에는 열정의 바다에 서서 꿀보다도 단, 그리고 백옥보다도 순결한 사랑을 속살거린 것도 있고 가장 심통하게 실연을 노래한 것도 있다. 이 조그마한 책자에 모아놓은 것이 모두 다 그것들이다.

'시단(詩壇)의 나폴레옹'! 이것은 그를 두고 이른 말이다.

그러나 나는 이 말을 즐겨 안 한다. 나는 나폴레옹을 부를 때 '정단(政壇)의 바이론'! 이라 부르고 싶다. 무엇에든지 그를 수두(首頭)로 하고 싶다. 그러나 이 말이 결코 과장이 아니다! 만세불후(萬世不朽)의 진리일 것이다.

'아! 창천(蒼天)! 무정(無情)한 창천이여!'

어디로서인지 알지 못하게[32] 들려온다.

그러나 무정한 창천이다! 우리의 가장 사랑하는 그를 왜 불러갔느냐?!

삼십육 년을 일기(一期)로 떠난 그를 생각하는 우리는 창천의 무정을 탄(憚)하지 아니치 못할 것이다.

역사책의 페이지를 넘길 때에 우리는 그의 만년(晚年)을 들여다 볼 수가 있다. 혁명의 불꽃에 가슴을 재이고 있던 그는 '자유주의 급(及) 민족통일주의'의 감화를 받고 독립의 깃발[33]을 든 희랍인(希臘人)들을 원조하려 구주(歐洲) 제국인(諸國人)(희랍의 독립을 원하여 원조하려

---

32 원문에는 '알지 못게'로 되어 있다.
33 원문에는 '族'으로 되어 있다.

는 사람들만)의 선구자가 되어 혁명적 광열(狂熱)의 아름다운 광휘(光輝) 속에 장렬한 그의 최후를 지었다.

그가 터키 군병의 무참한 인인(釛刃: 칼날) 아래 이슬로 스러져버린 즈음의 백일 년이 지났다.

파란중첩(波蘭重疊)한 그의 짧은 생애의 기념이나 될까 하여 이 조그마한 책자를 간행하기에 이른 것이다. 그러나 그의 참 시재(詩才)라든지 또는 그의 사상 성격을 완전히 알려면『차일드 헤롤드의 순유(巡遊)』, 『해적(海賊)』, 『파리시나』, 『만프레드』, 『불신자(不信者)』[34] 등의 장편을 읽어야 한다. 이 장편들도[35] 속속 간행할 것을 기(期)하노라.

1925년 5월 14일 병상(病床)에 누워서

역자(譯者)

---

34 차례대로 원제는 다음과 같다. *Childe Harold's Pilgrimage*(1812~1818), *The Corsair*(1814), *Parisina*(1816), *Manfred*(1817), *The Giaour*(1813)

35 원문에는 '장편'으로 되어 있으나, 문맥상 '들도'를 첨가했다.

신곡

단테, 정용오(鄭龍吳) 역, 『신곡』[36], 『기독신보』 1933.1.1.~1933.2.1.

역자 머리말[37]
문학이 인생에게 얼마나 중요하냐 하는 데 대하여는 이제 새삼스러이
의론할 바가 아니다.

그러나 한번 돌아보건대 문학이 반드시 인생에게 유익만을 준 것이
아니니 이 예로는 구태여 지나간 과거에서 드는 것보다 현재 유행하고
있는 문학의 모든 작품을 들추어 보는 데서 넉넉히 찾을 수 있다.

현대인의 감촉은 예민하다. 그러나 '에로'나 '그로'를 감촉하는 데는 날
카로울지언정 인생의 심오하고 거룩한 생의 진리를 찾으려는 데는 무디
었으니 이것을 미루어 현대의 문학의 조류(潮流)가 어디로 흐르고 있으
며 얼마나 저열한가를 알 수가 있다.

문학은 인생에게 절대로 필요하되 고상한 문학임을 요구한다. 활동하
는 우리의 육체를 살리기 위하여 공기가 필요함 같이 진(眞)과 미(美)와
선(善)과 성(聖)을 추구하여 약동(躍動)하고 있는 인생의 내적 생명의
발전을 위하여는 고상한 문학을 호흡하지 않을 수 없다.

이제 필자는 과거의 문호들이 우리에게 남겨주고 간 고상한 문학 가운
데서 특별히 성(聖)문학에 속하는 몇 편의 걸작을 들어 그 작품의 대강
한 내용과 아울러 작자의 생애를 간략히 써보려 한다.

---

36 시리즈 기획 「성문학순례(1)」에 해당하는 글이다.
37 『기독신보』 1933.1.1, 7면. 원문에는 제목이 없다.

—신곡(神曲)—

『신곡』은 단테의 작이다. 그는 1265년 이탈리아 플로렌스에서 출생하였다. 세계에서 가장 큰 시성(詩聖) 네 사람을 든다면 희랍의 호머, 영국의 셰익스피어, 독일의 괴테와 이탈리아의 단테다.

단테의 생애에 있어서 소년시대부터 장년시대까지 가장 큰 두 가지 기록할 만한 일이 있다.

첫째는 그가 아홉 살 되던 해 어느 봄날 자기와 동갑인 한 가련한 소녀를 알게 되었다. 그러나 처음 알았고 잠깐 보았을 뿐이다. 그 소녀의 이름은 베아트리체다.

처음 알고 헤어진 뒤 두 번째 서로 만난 때는 벌써 아홉 해가 흘러 단테는 청년이 되고 그 소녀는 피어오르는 처녀가 되었다.

두 번째 만나는 그날도 처음 만날 때와 같이 또한 봄철 어느 날이었다. 그 만나는 순간 단테는 그 아리따운 처녀 베아트리체에게서 반쯤 핀 장미송이 같은 미소를 받았으니 그 미소는 단테의 가슴 속에 사랑을 영원히 인(印) 쳤다.

그러나 베아트리체는 다른 남자와 결혼하여 살다가 24세라는 꽃다운 청춘으로 가석히도 그만 세상을 하직하였다.

이때에 단테의 슬픔은 무엇에 비할 정도가 아닐 만큼 심하였다.

단테는 베아트리체에게 첫사랑을 느끼고 시를 짓기 시작하여 이탈리아에서 청년 서정(抒情)시인으로 이름을 날리게 되었으니 그의 시집『신생(新生)』은 그의 첫사랑을 예술적으로 노래한 것이다.

어린 단테가 한 가련한 소녀에게서 느낀 이 첫사랑은 그의 일생을 통하여 그의 생명을 운전하는 힘이요 지침(指針)이 되었다.

둘째로 그의 생애에 기록할 것은 그의 17년간 방랑생활이다.

중세기에 봉건적 정치제도는 점점 몰락되어가고 민간에 신흥하는 세력이 팽창하여 그 위력이 황제나 법왕의 세력을 압도하게 되니 정부와 민간은 '흑(黑)', '백(白)' 두 당으로 갈리어 싸우게 되었다. 그때 단테는 민간당인 백당을 도와 정부당인 흑당과 대항하게 되었다. 이것을 겔프전쟁[38]이라고 한다.

그 결과로 단테는 국외로 추방되어 17년 동안이나 긴 세월을 고토를 그리며 영국과 프랑스 등지로 방랑하였다. 그 후에 다시 이탈리아에 돌아와 1321년에 라벤나에서 위대한 시성 단테는 세상을 떠났다.

단테의 『신곡』은 베아트리체에 대한 불같은 사랑과 17년간의 신산(辛酸)한 방랑생활의 결과라고 할 수 있는데 이 걸작을 쓰기에 1314년부터 1341년까지 27년이란 장구한 세월을 보내었으나[39] 그보다도 그의 일생을 통하여 된 것이라고 하는 것이 옳겠다.

다음에는 『신곡』의 이야기를 하여보자.

---

38 겔프는 Guelf로 신성로마제국황제에 맞서 로마교황을 지지하는 당파를 이른다. 겔프당은 황제를 지지하는 기벨리니(Ghibelline)당을 축출하지만 다시 둘로 분열하여 싸웠다. 1290년부터 1303년까지 단테는 이 분쟁에 참여했다.
39 사실과 다른 부분이다. 『신곡』은 단테가 망명길에 오른 1304년경부터 죽음을 맞이한 1321년 사이에 집필된 것으로 알려져 있다.

실향의 화원

이하윤[40] 편역, 『실향(失鄕)의 화원(花園)』, 시문학사, 1933.

서(序)

여기서 섣불리 내 역시론(譯詩論)을 벌려놓고자 하지 않습니다. 오로지 원의(原意)를 존중하여 우리 시(詩)로서의 율격(律格)을 내 깐에는 힘껏 갖추어보려고 애쓴 것이 사실인 것만을 알아주시면 할 따름이외다. 잘 되었건 못 되었건 옮겨놓았다는 것만으로 무슨 대견스런 일이나 하나 해놓은 양 한 생각이 부질없이 일어나 남몰래 기뻐하고 있습니다.

　여기 모은바 육 개국 육십삼 가(家)의 역시(譯詩) 백십 편은 그 원작자를 특별히 선택한 것도 아니요, 무슨 나라나 시대나 분파를 가려본 것도 아니요, 또한 연대순을 차리거나 대표작만을 고른 것도 아닙니다. 아무 조직적 연구의 계통을 따른 바도 없이 다만 그때그때에 못 이길 어떤 충동을 받아 여러 가지 무리를 돌보지 않고 마음에 울린 대로의 여파(餘波)를 차마 버릴 수 없어서 우리말로 옮겨놓는 모험을 감행하여 온 결실에 불과합니다. 따라서 당연히 들었어야 할 내 좋아하는 시인들이 빠졌고 또한 당연히 역(譯)했어야 할 내 애송시편이 들지 않기도 했습니다. 혹 그나마 이 역시집에서 무슨 참고거리라도 얻을 수가 있다 하면 내가 바라는 외람한 기대에 어그러짐이 없을까 싶습니다.

　이미 칠팔 년 전 번역문학을 위주하여 나왔던 잡지 『해외문학』 창간호

---

40 이하윤(異河潤, 1906~1974) : 시인이자 번역가, 영문학자.

와 그 여언에서 말한 바도 있거니와 건설기에 처하여 장래를 기할 뿐이오, 현상이 그지없이 빈궁한 우리로서는 이렇게 변변치 못한 출판이나마 좀더 뜻있게 생각해주실 필요가 있지나 않을까 합니다. 그렇다고 나는 이것이 좋은 번역품이라고는 결코 하고 싶지 않습니다. 시련을 가해야 할 과정을 밟는데 지나지 않는 것이라고는 생각합니다만 그 사다리의 조그마한 못이라도 될 수 있어서 장차 이런 일의 좋은 수확이 있게 된다면 이 또한 세계문학과 맥을 통하게 되는 시대적 필수 사업의 하나가 되는 것이 아닐 수 없으니 우리 문학 건설기에 끼치는 공헌과 아울러 중대한 일 됨에 틀림없는 것이라 하겠습니다.

나도 모르게 번역에 붓을 든 지 십 년이 가까운지라 그동안 정리해오던 이 역시집을 이제 편집하면서 번역으로는 물론 원시(原詩)부터가 마음에 들지 않아 버리고 싶은 것이 꽤 많지만, 그나마 애정의 집착이 있으므로 중역(重譯)한 것과 일본시 번역 외에는 두서너 편 밖에 용단을 감행치 못하고 거의 다 넣기로 했습니다. 다만 아일랜드〔愛蘭〕의 시가(詩歌)는 영어아일랜드문학에 속하는 까닭에 그 원시가 물론 영어이나, 피어스의 일 편만은 원시가 아일랜드어인 것을 영어아일랜드문학의 극작가 그레고리 부인의 영어역에서 중역을 한 것이외다. 그러므로 이 범위가 육 개국이나 되지만 그 원시는 영어와 프랑스어 두 가지에 불과합니다. 앞으로 이 사업을 계속함에는 좀 더 조직적으로 국가별을 하든가 시대별을 하든가 하여 부분적으로 파고들어가서 그 개인에까지 미쳐보고 싶습니다.

여기 이른바 한 권의 제일 역시집은 이미 『해외문학』, 『시문학(詩文學)』, 『대중공론(大衆公論)』, 『신소설(新小說)』, 『신생(新生)』, 『신여성』, 『어린이』, 『문예월간』, 『동아일보』, 『조선일보』, 『중외일보』, 『동방평론(東方評論)』, 『여론(女論)』, 『삼천리』, 『동광』, 『신동아』, 『신조선(新朝鮮)』, 『신가정』, 『고려시보(高麗時報)』, 『카톨릭청년』 기타 지상(誌上)에 거의 일차 게재하였던 것으로 이번 출판을 기회 삼아 대개는 다시 한 번 원문을 대조하여 졸역(拙譯)에 손을 대기는[41] 하였습니다만 일이 뜻같이 되지 못하였음을 심히 유감으로 생각하는 터입니다.

그리하여 시가를 연구감상하는 학도의 진심으로 동지를 위하여 역출(譯出)한 원서명과 원시 제목은 물론 마땅히 원작 시인을 일일이 소개하여 참고에 공(供)할 것이로되 이 책의 성질상 너무 잡박(雜駁)하여짐 직한 것을 오히려 염려하여 이에 줄이고[42], 초상사진(肖像寫眞) 같은 것도 될 수만 있으면 전부를 삽입하고자 했으나 뜻대로 되지 않은 점을 살펴주십시오. 그 대신에 이 보잘 나위 없는 책자에서나마 의문과 착오가 있다 하면 언제든지 그 질의에 응하겠으며 좋은 의미의 충고와 편달을 받으려 합니다.

역사가 길고 사상이 깊고 형식을 갖춘 그들의 시가를 우리말로 옮기려는 어려움도 심하거니와 그야말로 주옥같은 불후(不朽)[43]의 명편을 손상시켜 놓았으니 원작자에 대한 죄가 어찌 또한 허술하다고야 하겠사오리까. 거기 대한 불만이 있다 하면 말할 것도 없이 그 잘못은 이 역자가 져야 할 것이라 합니다. 더구나 우리말조차 잘 알지 못하는 역자로서는 같은 말을 쓰시는 여러분께 더욱 죄만스러운 생각이 많으나 고르지 못한 세상일이라 어떻게 하겠습니까. 외국어와 자국어와 시가 이 세 가지에 조예(造詣)가 다 같이 깊어야만 완성될 수 있는 일이니까요.

1933년 11월 역자 지(識)

---

41 원문에는 '대이기는'으로 되어 있다.
42 원문에는 '끄리고'로 되어 있다.
43 원문에는 '불오(不杇)'로 되어 있다.

역대조선여류시가선

신귀현(申龜鉉) 역주, 『역대조선여류시가선(歷代朝鮮女流詩歌選)』, 학예사, 1939.

신간평(新刊評)[44]

우리가 종래 써오던 글은 한글, 이두문(吏讀文), 한문을 썼으려니와 한글이 생긴 후라도 한문을 오히려 숭상하였고 항용(恒用)하였다. 그래서 글이라면 한문이요, 유식하다면 한문을 아는 것이었다.

그러나 여자에게만은 다만 침선(針線), 방적(紡績), 음식 등 사(事)를 알리고 맡기고 글과 같은 것은 그다지 가르치지 않았다. 신라의 가배(嘉俳)와 같은 것이 그런 현저한 사실이었다. 시대가 멀고 문헌이 적어 전하지 못하는 것이 있기도 하겠지마는 여조(麗朝) 이전에 여류문인이 적었던 것도 그 원인이 아닌가 한다. 그러나 이조(李朝)에 들어 세종대왕께서 한글을 만드신 뒤, 한글은 남자보다도 여자들이 더 숭상하고 써왔으나 잠영세가(簪纓世家)나 교방(敎坊)과 같은 좀 한유(閒遊)한 집에서는 한글 외에 한문까지라도 많이들 배우고 익혔으며 거기서 종종 유수(有數)한 문인도 배출하여 가히 보암직한 시문(詩文) 등을 전하기도 하는 것이다.

이 근래 문운(文運)이 점점 성왕(盛旺)해지며 여류문학을 연구하고 발표한 이도 더러 있으나 그는 아직 미비한 채 선착편(先着鞭)에 불과하더니 이번 학예사(學藝社)에서 출판한 신귀현(申龜鉉) 역주(譯註) 『역

---

44 이병기(李秉岐), 「신간평」, 『동아일보』, 1939.11.25, 3면.

대조선여류시가선』은 과연 역대를 통하여 널리 모이고 알뜰히 뽑고 정성스러히 역주하였다. 그리고 그 작자마다의 전기(傳記)를 간명히 적어 긴 것으로는 이걸 한 여류작가전(女流作家傳)으로도 볼 수 있고 그중 계생(桂生)[45]의 고증과 같은 건 한 소논문으로도 볼 수 있다.

한시(漢詩)는 한시대로 볼 맛이 있고 그 번역은 번역대로 또한 볼 맛이 있다. 언뜻 보면 중국의 그것을 답습, 절취, 모작한 것 같아도 자세히 보면 아니다. 작자 자기로서의 특이한 정조(情調), 기분이 없지도 않다. 이것이 가장 주목, 탄상(嘆賞)할 점이다. 이것으로서 저기 그들의 생활을 엿볼 수 있으며 지금 우리의 새 생활에도 적지 않은 도움이 될 줄로 안다.[46]

---

45 기생출신 시인으로 유명했던 이매창(李梅窓, 1573~1610)이다.

46 글 마지막에 괄호로 '京城鐘路二丁目 耶蘇삘內 學藝社 發行 定價 五十錢'이라 소개되어 있다.

한시 역(譯)에 대하여

김억, 「한시(漢詩) 역(譯)에 대하여」, 『망우초(忘憂草)』, 한성도서주식회사, 1943.

저 유명한

> 나비야 청산에 가자 범나비 너도 가자
> 가다가 저물거든 꽃에 들어 자고 가자
> 꽃에서 푸대접하거든 잎에서나 자고가자

한 시조를 자하(紫霞)[47]는

> 백호접여청산거(白蝴蝶汝靑山去) 이접단비공입산(異蝶團飛共入山)
> 행행일모화감숙(行行日暮花堪宿) 화박정시엽숙환(花薄情時葉宿還)[48]

이라 한시화(漢詩化)시켰고 또 귤산(橘山)[49]은

> 백접단단흑접비(白蝶團團黑蝶飛) 투향동축청산귀(偸香同逐靑山歸)

---

47 신위(申緯, 1769~1845) : 조선 후기의 문신, 서예가, 화가.

48 대략의 번역은 다음과 같다. "흰 나비야, 청산 가자./ 딴 나비도 모여 날아 함께 산에 들어가자./ 가다가 날 저물거든 꽃 위에도 잘 만하고/ 꽃이 박정하게 굴면 잎 사이서 자고 가자."

49 이유원(李裕元, 1814~1888) : 조선 말기의 문신, 고종의 신임을 받아 영의정을 역임한 바 있다.

금일화간귀미료(今日花間歸未了) 엽간일숙역방비(葉間一宿亦芳菲)[50]

라고 옮겨놓았고 또 어느 일명(逸名) 씨는

황접유양백접번(黃蝶悠楊白蝶翻) 청산일모향화변(靑山日暮向花邊)
차부약조화냉소(此夫若遭花冷笑) 엽간하처불의숙(葉間何處不宜宿)[51]

이라 하였으니, 실로 시(詩)의 번역이란 전혀 그 역자(譯者) 그 개인의
주관에 있는 것이외다. 물론 대체로 보아서 이 세 편의 역시(譯詩)가
그 뜻은 같은 것이외다. 그 대의(大意)가 같다는 이유로 나는 그것들을
같은 것이라 보고자 하지 아니합니다. 왜 그런고 하니 그 음조(音調)와
그 감정이 각각 다르기 때문이외다.

　음조와 표현으로의 감정이 다르다 하면 그것들은 어디까지든지 각각
독립적 가치 위에서 평가받을 만한 별개의 존재외다. 그런지라, 나는
역시를 어디까지든지 한 개의 창작이라고 합니다. 가장 개성적 의의를
깊이 가진 한 개의 창작이라고 봅니다. 그러지 아니하고는 역시의 존재
가치는 없는 것이외다. 이러한 의미에서 나는 신자하(申紫霞)의 것은
어디까지든지 자하 그 자신의 개성을 거쳐 나온 것이요, 이귤산(李橘山)
의 것은 어디까지든지 귤산 그 자신의 개성을 흘러나온 것이요, 또 일명
(逸名) 씨의 것은 일명 씨 그 자신의 것이라 합니다. 그리고[52] 이 세 시편

---

50 "흰 나비 검은 나비 너울너울 날아서는/ 향기 훔친 듯 뒤쫓는 듯 청산으로 가자꾸나./
　꽃밭에서 오늘 놀다 마침 가지 못하거든/ 잎 사이에 한밤 자면, 그 또한 싱그럽지."
51 "노랑나비 너울너울 흰나비는 훠얼훠얼/ 청산에 날 저물면 꽃밭 가로 가자꾸나./ 이
　꽃들이 만약에 비웃음을 짓거들랑/ 잎들 사이 어디선들 잘만한 곳 없으랴."
52 원문에는 '그러고'로 되어 있다.

1. 시　195

(詩篇)들은 원시(原詩)와는 떨어져 그 자신으로의 각각 독립한 시가(詩價)를 받을 수 있는 노래라고 생각합니다. 가만히 이 같은 역시(譯詩) 세 편을 비교해보면 나의 이 말이 거짓 아닌 것을 용이(容易)히 알 수 있을 것이외다. 더구나 시가의 용어는 그 일자반구(一字半句)가 가장 절실한 의미와 음조를 가져야 함에서겠습니까.

나는 시가의 번역을 불가능이라 생각하는 한 사람이외다. 그 음조와 음수(音數)와 의미가 원시와 꼭 같지 아니하여서는 진정한 번역이라 할 수가 없고 보니, 어떻게 이러한 두 개 존재가 있을 수 있겠습니까.

한 날 한 시에 난 손가락도 크고 적은 것이외다. 그러하거든 그 자신 속에 각각 움직일 수 없는 특유(特有)한 그 정취(情趣)와 그 관용(慣用)을 가진 언어에서겠습니까. 내가 시가의 번역을 창작이라 하는 것은 그 뜻이 실로 이곳에 있는 것이외다.

그러기에 나는 역시를 원시와는 떠나서 생각합니다. 원시의 가치여하(價値如何)로써 역시를 평가하는 것은 거의 무모(無謀)에 가까운 일이외다. 왜 그런고 하니, 번역이란 전혀 역자 그 자신의 시적 소질로의 개성을 거쳐 되는 것인 이상, 어떻게 원시와 같은 가치를 역시에서 바랄 수 있습니까.

그림의 복사에서도 원(原) 그림의 흔적을 엿볼 수가 없거든 하물며 역자의 개성에 비취인바 시상(詩想)(원시에서의)을 구속(拘束)으로의 특유성 많은 다른 언어에나 담아놓지 아니할 수 없는 것이겠습니까.

그런지라, 나는 번역은 불가능이라 합니다. 그러면 이 불가능의 것을 어떻게 할 것인가, 이것이 남은 문제외다. 원시의 시상을 역자가 가져다가 자기의 받은바 시적 소질로의 개성에 비취어 창작해내는 곳에서 뿐이 일은 가능하외다. 그렇지 아니하고는 할 수 없는 일이외다.

이러한 거의 대담하다 할 만한 주장을 실지(實地)로 행동시켜 놓은 것이 이 역시집(譯詩集)이외다. 나는 이 역시집이 얼마나 독립적 가치를 가졌는지, 역자로서의 나는 그것을 알고자 하지 아니하고 다만 위에 말한 나의 주장으로 보면 번역이란 원시와 떨어져 독립적 가치를 가지면 가질수록 그 가치는 크다고 생각할 뿐이외다.

그러니 물론 축자역(逐字譯)이 아니외다. 그렇다고 의역(意譯)이냐 하면 또한 그런 것도 아니외다. 원시에서 얻은바 시상을 나의 맘에 좋도록 요리해 놓았을 뿐이외다. 그렇기 때문에 이 역시를 역시가 아니라 하여도 그것은 나의 감수치 아니할 수 없는 의무외다. 그리고[53] 원시는 좋은데 역시는 이 꼴이라고 난책(難責) 한다 하여도 그것은 나의 감수치 아니할 수 없는 허물이외다. 그만큼 내게는 시적 소질이 없다는 것을 나는 어디까지든지 달게 받지 아니할 수 없는 것이외다.

한마디로 말하면 이 역시들은 내 자신의 유(流)대로 압운(押韻)한 그야말로 김안서(金岸曙) 식 표현품이외다. 나는 그것을 서러워하지 아니합니다. 시가는 역(譯)이건 작(作)이건 어디까지든지 필자 그 자신의 것답지 아니하여서는 평가받을 것이 아니라고, 나는 그것을 깊이 믿기 때문이외다.

조선말의 성질상, 음향이라는 것이 압운으로 인하여 얼마나 음조미(音調美)의 효과를 주는지, 그것은 알 수 없거니와 한시(漢詩) 역에는 그것을 무시할 수가 없는 일이외다. 그리하여 할 수 있는 대로는 비록 답지 아니한 무능스러운 「토(吐)」의 압운이나마 실행해 본 것이외다. 비웃는 이가 있대도 그것은 나의 하지 아니할 수 없는 충실(忠實)이었으니, 어찌할 수 없는 일이외다. 끝으로 또 하나 시조(時調) 한시 역을 보여드립니다.

---

53 원문에는 '그러고'로 되어 있다.

청산리벽계수(靑山裏碧溪水)야 쉬이 감을 자랑 말라

일도창해(一到滄海)하고 보면 다시 오기 어려워라

명월(明月)이 만공산(滿空山)하니 쉬어간들 어떠리

신자하(申紫霞)는

청산영리벽계수(靑山影裏碧溪水) 용이동류이막과(容易東流爾莫誇)

일도창해난재견(一到滄海難再見) 차류명월영파사(且留明月影婆娑)[54]

라 외웠고, 이귤산(李橘山)은

청산사출벽계수(靑山瀉出碧溪水) 영입유운거막지(影入流雲去莫止)

일도창명난복회(一到滄溟難復回) 만공명월고금시(滿空明月古今是)[55]

라고 옮겼으니 그 얼마나 이 두 분의 솜씨가 다릅니까. 역자의 시적 개성
을 떠나서 그 역시의 가치를 말하는 것은 거의 어리석음에 가까운 일이
외다.

"청산영리벽계수(靑山影裏碧溪水)"하고 "청산사출벽계수(靑山瀉出
碧溪水)"하고 그 뜻은 같으나마 그 표현으로서의 감정은 사뭇 다른 것이
외다. 그러나 나는 나의 이 역시에 대하여 이만한 표현으로의 독특한

---

54 "푸른 산 그림자 속 흘러가는 벽계수야/ 쉬이 흘러간다고 너는 자랑하지 말라./ 큰
바다에 한 번 가면 다시 보기 어려우니/ 휘영청 명월 아래 쉬어간들 어떠리."
55 "푸른 산 저 속에서 쏟아지는 벽계수야/ 가는 구름 비쳐 와도 흘러 멎지 않는구나./
큰 바다로 한 번 가면 돌아오기 어렵지만/ 하늘 가득 밝은 달은 예와 지금 똑같은데."

그러한 개성이 나타나지 못하였음을 스스로 부끄러워하지 아니할 수 없는 것이 한이외다.

소화(昭和) 9년 4월
벚꽃이 바람에 넘노는 날 시냇물 흐르는 성북동(城北洞)서
역자

2

소설

너 참 불쌍타

〈세계문학개관〉 빅토르 위고[1], 최남선 역, 『너 참 불쌍타』(Les Miserables by Victor Hugo), 『청춘』 창간호, 1914.9.

역자 머리말

빅토르 위고(1802~1885)는 일대(一代)의 대교사(大敎師)요, 『레 미제라블』[2]은 그 일생의 대강연(大講演)이라. 소설로 그 정취가 탁발(卓拔)함은 무론(毋論)이어니와 성세(醒世)의 경탁(警鐸)으로 그 교훈이 위대함을 뉘 부인하리오. 여기 역재(譯載)하는 것은 그 경개(梗槪)를[3] 딴 것이니 천 혈(頁: 쪽) 원문의 층출(層出)하는 변환(變幻)과 오묘한 사지(辭旨)를 전하기에 너무 부족함을 자분(自分)하지 못함이 아니나, 다만 차편(此篇)으로 유(由)하여 여러분이 그 대문호(大文豪)의 대저작(大著作)을 친자(親炙)하는 계제(階梯)를 득(得)하게 되시면 지행(至幸)일까 하노라.

　ABC계(契)에 관한 부분은 일찍 『소년』 제3년 제7권에 상역(詳譯)을 등재(謄載)한 일이 있느니라.

1　빅토르 위고(Victor Hugo, 1802~1895) : 19세기 프랑스의 문호.
2　원문에는 '미쎄레이쌜'로 되어 있다.
3　원문에는 '올'로 되어 있다.

갱생

〈세계문학개관〉 톨스토이[4], 최남선 역, 『갱생(更生)』(Resurrection by Lyov Nikolaievitch Tolstoy), 『청춘』 2, 1914.10.

역자 머리말

세계 근대의 큰 인물 톨스토이 백(伯: 백작)은 1828년에 러시아국(國) 툴라에서 나서 카싼 대학에서 교육을 받고 그 뒤에 군인이 되어 노토(露 土: 러시아·터키)전쟁[5]에는 흑해(黑海)의 포대 세바스토폴 전역(戰役) 에도 참가하여 여러 번 시석(矢石) 간에 출입하다가 전쟁이 끝난 뒤에 벼슬을 하직하고 들로 물러가 자기의 영지 야쓰야나폴리나야에서 전원 (田園)의 생활을 시작하여 농민과 한 가지 가래를 들고 농민을 위하여 이익을 도모하며 한편으로 부를 힘써 게을리하지 아니하고 또 항상 필연 (筆硯)을 가까이 하여 그 저작을 부지런히 세상에 내니 백(伯)의 삼대 걸작이라 하면 아마 『전쟁과 평화』, 『안나 카레리나』와 및 여기 역재(譯 載)하는 『갱생(更生)』일 것이오.[6] 또 근년에 출판한 자서전적 의사(意 思)를 함한 『생시(生屍: 산송장)』라는 연극은 방금 구주(歐洲)의 문단 을 들썩이더라.[7]

애석하도다. 백(伯)은 재재작년에 팔십사 세의 고령으로 세계 이목이

---

4 톨스토이(Lev Nikolaevich Tolstoi, 1828~1910) : 러시아의 문호.
5 노토전쟁 : 크림전쟁, 1853~1856.
6 원문에는 '일 것이오'가 아니라 '일 오'로 되어 있다. 문맥에 맞게 수정하였다. 『갱생』은 현재 『부활』로 통한다.
7 원문에는 '들네더라'로 되어 있다.

용동(聳動)하는 중에 세상을 버렸으나 그 여운이 러시아뿐 아니라 온 세계에 떨침은 참 갸륵한 일이로다.

돈기호전기(頓基浩傳奇)

〈세계문학개관〉세르반테스[8], 최남선 역, 『돈기호전기(頓基浩傳奇)』(Don Quixote by Miguel Cervantes), 『청춘』 4, 1914.12.

역자 머리말

세르반테스(Miguel Cervantes Saavedra, 1547~1616)는 '스페인의 셰익스피어'란 이름까지 얻은 해국(該國) 제일의 문학가니 시며 소설에다 재명(才名)을 박(博)하니라. 장시(壯時)에 터키의 전쟁에 출진(出陣)하였다가는 중상(重傷)을 입어 좌완(左腕)을 잃고 또 노예로 팔려가 오 년간이나 고역(苦役)의 참미(慘味)를 맛보니라. 37 때에 결혼하여 수도 마드리드에서 문필(文筆)로써 입에 풀칠을 하더니 '가난이 귀신은 문사(文士)하고 좋은 사이'란 셈으로 늘 세발 막대 거칠 것 없는 살림을 하고 부책(負責) 때문에 옥(獄)에까지 갇힌 일조차 있었더라. 그 뒤에 라 만치아의 성(聖)요한파 총섭(總攝)의 심부름으로 차지료(借地料) 도장(導掌: 마름)으로 마가마시라로 출장하였다가 완패(頑悖)한 채권자(債權者)에게 역습(逆襲)을 당하여 또 철창(鐵窓)에 신음하는 몸이 되매 분노한 김에 옥중에서 저작(著作)한 것이 걸작 『돈 키호테』니라. 58 때에 그 제1편을 내고 월(越) 십 년에 제2편을 내니라.

우리에게는 없었다 하겠지마는 외방(外邦)으로 말하면 봉건제도하에서 무문(武門)의 세력이 강대하여 문(文)을 경(輕)하고 무(武)를 중

---

8 세르반테스(Miguel Cervantes Saavedra, 1547~1616) : 에스파냐의 소설가, 시인, 극작가.

(重)하여 용전분투(勇戰奮鬪)의 사적(事蹟)을 좋아하는 결과로 반드시 기(幾)백 년간씩 무용(武勇) 전기(傳奇)가 성행하였으니 서양에서는 제 16, 7세기쯤이 차(此) 기운(機運)의 전성시(全盛時)라. 그 백포은갑(白袍銀甲)을 찬란히 장속(裝束)하고 백일(白日)을 조영(照映)하는 방패(防牌)와 추상(秋霜)을 능(凌)하는 창극(槍戟)으로 늠름하게 말 등에 올라 강자에 맞서 약자를 돕고 위국가분용진충(爲國家奮勇盡忠)함[9]을 필생(畢生)의 영예(榮譽)로 알던 중세의 일 명물(名物) 나이트(기사)는 우리로 치면 조명(朝命) 아니 받은 어사(御使)쯤 되는 것이라. 그러므로 그 사적(事蹟)을 적은 전기(傳奇)가 큰 세력으로 세간(世間)에 풍행(風行)하고 우심(尤甚)하기는 스페인이러라. 차(此) 서(書) 저행(著行)의 목적은 무사적(武士的) 모험담에 황당무계한 것이 많음을 지적하여 세인이 이것 애독하는 열정을 냉각(冷却)케 하자 함이니 전기(傳奇)의 주인공 돈키호테가 임종 시에 그 질녀(姪女)에게 재산을 양여(讓與)하면서 반드시 기사제도에 반항하는 자와 결혼하라, 불연(不然)하면 이 재산은 자선사업에 투(投)하겠다 함과 또 장사지언(將死之言)으로 "나는 이제부터 온갖 기사와 및 거기 관한 서적을 적시(敵視)하겠다" 함 등이 곧 일편 정신의 있는 바라. 그렇지 않아도 시대의 사상이 매우 고상(高尚)하여져서 천박(淺薄)하고 황당한 무용담이 쇠운(衰運)을 당하여 가는데 이 명저(名著)가 생김으로부터 더욱 무세(無勢)하여 그 종식(終熄)을 속(速)하게 되니라.

당자(當者)는 그리 고심한 저작이 아닌 듯도 하지마는 시대의 조류에 투(投)하기 때문으로 발행 당시부터 썩 널리 세간에 전송(傳誦)되고 시방은 세계의 일대 기서(奇書)로 『일리어드』와 『햄릿』으로 아울러 삼대

---

9 위국가분용진충(爲國家奮勇盡忠)함 : 나라를 위해 용기를 떨쳐 충성을 다함.

보전(寶典)에 열(列)하게 되었으며 원서(原書)의 판행(版行)이 오백십여 종이요, 십오 국어 부지(不知) 기십(幾十) 종 역본(譯本)으로 세계문단에 웅비(雄飛)하느니라.

캔터베리 기(記)

〈세계문학개관〉 초서[10], 최남선 역, 『캔터베리 기(記)』(Canterbury Tales by Geoffrey Chaucer), 『청춘』 6, 1915.2.

역자 머리말

영국의 시성(詩聖) 제프리 초서(Geoffrey Chaucer, 1340~1400)[11]는 런던 주상(酒商)의 아들로 일찍 사관(士官)이 되어 병마간(兵馬間)에 구치(驅馳)한 경험도 있고 시종(侍從)이 되어 관정(官廷) 내에 출입한 열역(閱歷: 이력)도 있고 외교관으로 이탈리아에 파견된 일도 있으니 명망(名望)의 높음을 따라 직품(職品)도 낮지 아니한 듯하더라.

평생의 저술이 50편에 가까우나 40세 이후에 지은 『캔터베리 기(記)』는 걸작 중 대걸작이니라.

『캔터베리 기』는 캔터베리에 있는 토마스 아 베켓 신당(神堂)에 치성(致誠) 가는 길에 여러 치성꾼들이 제각기 기화진담(奇話珍談)을 이야기하였다는 의취(意趣)라. 치성꾼의 총수 29명 내에 23명이 24편의 이야기를 한 것이나 그중에 22편은 시, 2편은 산문이라. 자(玆)에는 전제(前題) 이외에 색채 있고 재미스러운 장관(將官)의 이야기, 학자의 이야기, 향유(鄕儒)의 이야기, 사문(赦文)[12] 장수의 이야기, 바쓰[13] 집의 이

---

10 제프리 초서(Geoffrey Chaucer, 1343~1400) : 영국의 중세 시인.

11 초서의 실제 생몰년도는 1343~1400년으로 알려져 있다.

12 사문(赦文) : 면죄부로 중세에 로마 가톨릭교회가 금전이나 재물을 바친 사람에게 그 죄를 면한다는 뜻으로 발행하던 증서. 15세기 말기에 산 피에트로 대성당 재건 자금을 조달하기 위해 대량으로 발행하여 루터의 비판을 불러일으키고 종교 개혁의 실마리가

야기, 여승(女僧)의 이야기, 여승장(女僧長)의 이야기 합 7편 대의(大意)를 초록(抄錄)하노라.

되었다.

13 바쓰 : 원작의 바쓰(Bath) 부인. 바쓰는 영국의 지명이기도 하다.

초련

투르게네프[14], 현진건 역, 『초련(初戀)』[15], 『조선일보』 1920.12.2.~1921.1.23.

빙허생(憑虛生) 역(譯) 투르게네프 원작(原作)[16]

애독자 제씨(諸氏)에게 — 이 소설은 저 유명한 러시아[17] 문호(文豪) 걸화단편(傑話短篇)의 하나이다. 피(彼) 문걸(文傑)은 독특히 염려(艶麗)한 채필(彩筆)로 하염없는 청춘의 한수애사(閑愁哀思)를 유감없이 그려낸 것이다. 적막하던 우리 문단(文壇)[18]도 점점 문학의 고운 꽃이 피려고 하는 이때 묘연(渺然)한 이 일 편이라도 재미없지 아니할까 하노라.

---

14 이반 투르게네프(Ivan Sergeevich Turgenev, 1818~1883) : 19세기 러시아의 소설가.
15 현재 한국에는 "첫사랑"이란 이름으로 통용된다.
16 『조선일보』 1920.12.2, 1면.
17 원문에는 '露西亞'로 되어 있다.
18 '文' 다음 자의 식별이 불가능하나, 문맥상 '문단'으로 하였다.

상봉

에드거 앨런 포[19], 김명순[20] 역, 「상봉(相逢)」, 『개벽』 29, 1922.11.

부언(附言)!

근대문학사(近代文學史)를 뒤칠 적에는 누구든지 포의 초인간적(超人間的)의 위대한 힘을 긍정치 않을 수 없습니다. 포가 근대문학에 영향을 얼마나 크게 주었는지 프랑스에 보들레르와 영국에 와일드 에트 등과 기타 상징파(象徵派), 신비파(神秘派)를 위시(爲始)하여 근대 예술가 치고 누구든지 직접 간접으로 포에게 감화(感化)를 받지 않은 이가 없는 것을 보아도 포의 위대함을 알았습니다. 만일 포라는 신비아(神秘兒)가 없었다면 지금까지 우리는 인생에 대한 예견(豫見)을 가지지 못하고 구린내가 나는 자연주의(自然主義) 속에서 같이 썩었을는지도 알 수 없었습니다. 그리고 포는 보들레르와 같이 악마예술(惡魔藝術)의 이대본존(二大本尊)인데 요즘 우리 문단 급(及) 사상계(思想界)에서는 아직까지 구투(舊套)를 벗지 못하고 공연히 허위적 공리에 눈 어두워서 악마예술의 진의(眞意)를 잘 이해도 못하면서 비난하는 부천(膚淺)한 상식가(常識家)가 많은 듯합니다. 적어도 문예를 말하는 이가 악마와 신(神)에 대한 의식을 논리적(倫理的) 표준(標準)에서 식별(識別)하겠다는 것이

---

19 에드거 앨런 포(Edgar Allan Poe, 1809~1849) : 19세기 영국의 소설가. 단편소설 양식의 개척자로 알려져 있다.

20 김명순(金明淳, 1896~1951) : 여성작가. 등단작인 「의심의 소녀」는 현재까지 여성의 근대 단편 중 최초의 것으로 꼽힌다.

우습습니다. 만일 조선 청년이 특수한 예술을 창조하야 예술사상에 한 중요한 지위를 얻으려면 우리는 모든 기성관념(既成觀念)을 벗어나서 아직까지 없었던 새로운 미(美)를 건설하여야 되겠습니다. 이 점에 대하여는 독자가 단단히 기억해두고 신목표(新目標)에 향하여 맥진(驀進)하기를 바랍니다. 목전(目前)에 있는 허영(虛榮)에만 탐내지 말고 영원한 미(美)에 바치겠다는 이상(理想)을 품고 노력하기를 바랍니다.

번역소설(飜譯小說) 「상봉(相逢)」은 포의 특징을 발휘한 작품인데 한 번만 읽어서는 잘 이해치 못할 작품입니다. 이외에 「황금충(黃金蟲)」, 「대아(大鴉: The Raven)」라는 걸작품(傑作品)이 있습니다.

문우(文友) 갈달

태서명작단편선

『태서명작단편선(泰西名作短篇選)』, 조선도서주식회사, 1924.

서언(緒言)[21]

여기 편집한 단편들은 나의 선배(先輩)요, 외우(畏友)인 가인(假人),
육당(六堂), 순성(瞬星)[22], 상섭(想涉) 등 제군과 내 자신이 여러 대륙
작가 작품 중에서 선발하여 번역한 것으로 잡지『동명』,『개벽』,『학지
광』,『신생활』지상(誌上)에 게재하였던 것이나 이리저리 산일(散逸)되
어버림을 애석히 생각하여 이에 그것들을 수합하여 단행본으로 출판하
기로 한 것입니다.

　물론 이 단편집 가운데 모은 단편들이 모두 다 — 그 작자 자신네들의
대표적 작품들만이라고는 단언할 수 없으나 하여간 어느 정도까지는 그
작자네들의 면목을 엿볼 수 있을 만큼 그 작자네들의 특색을 보인 작품들
이며, 또 역자(譯者)들(나 외에)도 어느 정도까지 신용할 수 있다고 깊이
자신하므로 이 단편집이 다소 독자들께 영향하는 바가[23] 있으리라 합니다.

　마지막으로 이 단행본을 편집함에 대하여 많은 원고를 기껍게[24] 내어
주신 제형(諸兄)과 이 책을 맡아 출판하여주시는 조선도서회사에 계신
홍순필(洪淳泌) 씨께 아낌없는 감사를 드립니다.

---

21 〈서언〉의 필자명은 없으나 내용상 변영로가 쓴 것으로 추정된다.
22 각각 홍명희, 최남선, 진학문이다.
23 원문에는 '바이'로 되어 있다.
24 원문에는 '깃거웁게'로 되어 있다.

서백리의 용소녀

코틴[25], 설원(雪園)[26] 역, 「서백리(西伯利)의 용소녀(勇少女)」, 『매일신보』,
1920.9.14.~10.9.(21회)

서론(緒論)[27]

차(此) 『서백리(西伯利: 시베리아)의 용소녀(勇少女)』[28]란 이야기책은
원래 프랑스의 여류작가인 코틴 여사가 그의 염려경쾌(艷麗輕快)한 붓
으로 기록한 책자인바 이 책자를 구주(歐洲) 제국(諸國)이 각각 자국의
국어(國語)[29]로써 다투어 번역하여서 각각 자국민의 생(生)에 대한 십고
불후(十古不朽)의 좌우명(座右銘)을 작(作)하였도다. 이를 영문으로
번역한 책자의 제목은 가로되 『서백리(西伯利)의 추방자(追放者)』인바
차(此) — 능히 영국의 남녀노유(男女老幼)로 하여금 열렬한 동정의 누
(涙)를 흘리게 함이 반세기 이상 금일에 도(到)하였도다. 특히 어린 소
년 어린 소녀들은 이 책자를 천사의 복음과 같이 실인생(實人生)의 성경
과 같이 애독하는 터이라. 차(此)로 인(因)하여 이 책자의 출판이 일부
일(日復日) 월부월(月復月) 연부년(年復年) 후를 계(繼)하여 출판되었

---

25 소피 코틴(Sophie Ristaud Cottin, 1770~1807) : 19세기 프랑스의 소설가.

26 백대진(白大鎭, 1892~1967) : 언론인이자 문학평론가. 소설, 시, 수필 등을 남긴 작가
   이기도 하다.

27 『매일신보』, 1920.9.14, 1면.

28 프랑스어 원제는 Elisabeth ou les Exilés de Sibérie(1806)이며 영문판 제목은 Elizabeth;
   or, the Exiles of Siberia이다.

29 '語'의 앞 글자가 식별이 어려우나 '國'에 가깝다고 보았다.

으며 동시에 이 책자의 내용이 더욱 천하의 인심을 좌우하게 되었도다. 이 책자의 원작자인 코틴 여사가 이를 비록 소설적으로 기록하였으나 기실(其實)은 1801년에 붕어(崩御)한 러시아 □라(□羅) 황제 제1세[30] 시대에 돌생(突生)한 사실을 기초 삼고서 기록된 사실적 기설애화(奇說哀話)인바 기자도 만곡(萬斛)[31]의 동정루(同情淚)를 뿌리면서 차(此)를 우리말로 번역하노니 독자제언(讀者諸彦)이여. 차(此)를 반복 열독(熱讀)하여서 생(生)에 대한 좌우명을 삼을지어다.

---

30 1801년에 사망한 러시아 황제는 파벨 1세이다.

31 원문에는 '斛'의 앞 글자가 식별이 어려우나 문맥상 '대단히 많은 양'을 뜻하는 '萬斛'으로 보았다.

남방의 처녀

원작자 미상, 염상섭 역, 『남방(南邦)의 처녀(處女)』, 평문관, 1924.

역자의 말

활동사진을 별로 즐겨하지 않는 나는 활동사진과 인연이 깊은 탐정소설
이나 연애소설, 혹은 가정소설과도 자연히 인연이 멀었었습니다. 그러
나 이 캄보디아[32] 왕국의 공주로 가진 영화와 행복을 누릴 만한 귀여운
몸으로서 이국풍정을 그리어 동서로 표랑하는 외국의 일 신사의 불같은
사랑에 온 영혼이 도취하여, 꽃아침 달밤에, 혹은 만나고 혹은 떠나며
혹은 웃고 혹은 눈물짓는 애틋하고도 장쾌한 이야기를 읽고서는 비로소
통속적 연애대중소설이나 탐정소설이라고 결코 멸시할 것이 아니라고
생각하게 되었습니다.

　이것은 물론 고급의 문예소설도 아니요, 또 문예에 대한 정성으로 역
술한 것은 아니외다. 오히려 문예의 존엄이라는 것을 생각할 제 조금이
라도 문예에 뜻을 두고 이 방면에 수양을 쌓으려는 지금의 나로서는 부
끄러운 생각이 없지도 않음을 깨달았습니다. 그러나 '재미있었다', '유쾌
하였다'는 이유와, 물리치기 어려운 부탁은, 자기의 붓끝이 이러한 데에
적당할지 스스로 헤아리지 않고 감히 이를 시험하여보게 된 것이외다.

계해(癸亥) 첫겨울 역자

---

32 원문에는 '캄포차'로 되어 있다.

반역자의 모(母)

고리키[33], 신태악[34] 역, 『반역자의 모(母)』, 평문관, 1924.

서(序)에 대(代)하여

나는 많은 문호(文豪)들을 사랑합니다. 왜 그러냐 하면 그들은 시대사상
(時代思想)의 선구요, 또한 사회의 정화(精華)인 까닭이외다. 그리하여
나는 앞서 자기의 불초함도 돌보지 아니하고 세계십대문호전(世界十代
文豪傳)이라는 작은 책자를 친구들의 권에 의하여 세간에 발표하였습니
다. 그러나 그것은 그때 생각한바 선택이라, 오늘날 그 내용을 돌아볼
것 같으면 다소의 편벽된 감(感)이 적지 아니하며 또한 진실을 맛보기
어려운 점이 많은지라, 인하여 이에 다시 이 책의 편집을 뜻하게 되었습
니다.

참으로 필자는 근자에 이르러 이들의 원저자인 고리키를 많은 문호
중에서 가장 깊이 경애하는 바외다. 그는 1868년 3월 14일에 니주니 노
브고로트에서 났습니다. 그의 본 이름은 알렉세이 막시모비치 페슈코
프[35]이었는데 그 후에 막심 고리키라고 고쳤다 합니다. 그의 집은 물론
가난하였습니다. 더구나 그는 세 살 때에 아버지를 여의고 아홉 살 때에
어머니를 잃었다 합니다. 그러므로 그는 그 조부의 손에 길러지면서[36]

---

33 막심 고리키(Maksim Gor'kii, 1868~1936) : 러시아의 문호. 사회주의 리얼리즘의 선
  구자로 평가받는다.
34 신태악(辛泰嶽, 1902~1980) : 법조인이자 정치인. 1921년에 간행된 동인지 『장미촌』
  의 동인이기도 했다.
35 알렉세이 막시모비치 페슈코프 : Aleksei Maksimovich Peshkov.

조금 동안 소학교에 다녔으나 그것도 마마(病) 때문에 그만두게 되니 그것이 그의 전생애에 정식으로 받은 교육의 전부라 합니다. 그 후에는 어느 양화점 심부름꾼 노릇도 하였고, 페인트집 하인 노릇도 하였다 합니다. 그런데 그가 처음 문학에 뜻을 두고, 그에 애착의 마음을 가지기는 그가 어느 기선에서 보이 노릇을 할 때였습니다. 그 후 카잔대학[37]에 입학하려 하였으나 월사금 때문에 거절을 당하고는 어쩔 수 없이 어떤 과자 제조소에서 공용을 하였다 합니다. 이와 같이 여러 가지로 표류의 생활을 계속하는 사이에 연하여 발표된 그의 많은 단편(短篇) 작품 「말바」, 「과거의 사람들」, 「스물여섯 사람과 한 사람」, 「가을의 하룻밤」, 「첼카쉬」 등이 세간에 나왔습니다.

이것들이 다 나무도 켜고, 짐도 지며, 임금[38] 장사도 하고, 변호사의 비서 노릇도 하는 그 사이에 생긴 글들이외다. 그러나 그가 실상 문단의 사람이 되기는 라닌이라는 변호사가 당시에 문단의 화형[39]인 코로렌코에게 소개하게 된 1893년이었습니다.

그런데 이 「반역자의 어미」라는 작품은 그가 남이탈리아에 망명하였을 때에 그 기념으로 이탈리아의 자연과 그리고 이탈리아 사람들 생활을 근거로 하여 지은 것이외다. 그 원 이름은 「이야기」외다. 이것은 그의 많은 걸작 중에 가장 위대한 단편 걸작이라 함을 말하여 둡니다.

그는 실로 러시아의 혁명 당시에도 많은 일을 하였습니다. 말하면 그는 단순한 문호라 함보다는 큰 사상가라 함이 옳을 것입니다.

---

36 원문에는 '길니이면서'로 되어 있다.
37 원문에는 '가진대학'으로 되어 있다.
38 '능금'과 같은 의미.
39 화형 : 의미가 불확실하나 문맥상 '華炯'이 아닐까 한다.

끝으로 필자의 불초가 작자 고리키에게 지은 미안의 죄는 독자 여러 어른의 관서[40]를 기다려 면함을 얻을까 합니다.

일성(一星)

독자(讀者) 여러분에게

저는 무엇보다도 먼저 독자 여러분한테 말씀을 드릴 것[41]이 있습니다. 그것은 즉 이 책이 원래 자유로운 글솜씨가 되지 못하였다 함이외다. 그것은 여러 가지 이유가 있습니다. 첫째 넉넉한 시간을 가지고, 수련하고, 정리하여 문장의 진미를 맛보게 하지 못하였음이요, 둘째 여유가 없고, 근본 수양이 부족한 필자로서 대담히 책임 없이 붓을 든 것이외다. 그것보다 더욱 이것이 원서에서 직접 번역된 것이 아니고 일본문으로 번역된 것에서 다시 중역하였음이 무엇보다도 큰 원인이외다. 누구나 번역이라는 일을 하여본 이는 다 아는 바와 같이 번역이라 함은 원래 창작보다도 어려운 일이외다. 그 원작자의 뜻을 그대로 역술하기는 각국의 언어에 범위가 서로 다른 점으로라든지, 기타의 여러 가지 까닭으로 도저히 어려운 일이외다. 더구나 번역한 이 글이 과연 그 원저자에게 죄 됨이 얼마나 깊음을 모르겠습니다. 이 점은 독자 여러분이 러시아 말을 미리 배우지 못한 필자의 형편을 돌보아 관서하여 주시기 바랍니다. 다만 고리키는 무산자가 나은 대 시인이오, 대 저작가외다. 그리고 대 사상가외다. 그의 글은 구구절절이 명문이오, 무산자의 부르짖음이외다. 참으로 그의 글은 형편이 이러한 우리로서 아니볼 수 없으며, — 아니 우리의 형편을 예언하여 놓은 것 같아서[42] 이것을 잘 되나 못 되나

---

40 관서 : 한자의 병기는 없지만, '寬恕'로 추정된다.
41 원문에는 '닐 것'으로 되어 있다.

잘 아나 못 아나, 그대로라도 시간 얻는 대로 틈틈이 번역하여 우리 형제의 앞에 올리지 아니치 못하게 된 까닭이외다. 그러니까 그 점은 용서하고, 나아가 사랑으로 접하여 주시옵소서. 이것이 역자로서 독자에게 바라는 첫째 말씀이외다. 말씀을 드릴 일[43]이 어찌 이뿐이리오마는 그 전체를 대괄하여 말씀할 것 같으면 지금도 말한 바와 같이 "다만 성역[44]"이 있을 뿐이라 함이외다. 간단히 이 말씀으로써 끊겠습니다.

역자로서

---

42 원문에는 '갓하야'로 되어 있다.
43 원문에는 '닐 일'로 되어 있다.
44 '成譯'으로 추정된다. 번역을 완성했다는 의미이다.

여등의 배후로서

나카니시 이노스케[45], 성해(星海)[46] 역, 「여등(汝等)의 배후(背後)로서」,
『매일신보』, 1924.6.27.~1924.11.8.

변언(弁言)[47]

이 소설의 원작자 나카니시 이노스케(中西伊之助) 군은 현금(現今) 일
본문단의 신진(新進)으로서 프로 작가의 중진(重鎭)이외다.

군은 일찍이 조선에 유(遊)하여 조선을 사랑함이 누구에게든 뒤지지
아니할 만큼 심절(深切)하였습니다. 군의 예술은 시달리어 무기력한 민
중에게서 받은바 의분(義憤)과 정열(情熱) 가운데서 자라났다 할 수 있
습니다. 그의 출세작『赭土に芽ぐむもの』[48]를 읽더라도 그것을 누구든
지 곧 느낄 것이외다. 그의 작품의 전편을 통하여 유로(流露)되는 것은
열정이외다. 이 정열(情熱)은 곧 군의 작품의 생명이외다. 지금의『汝等
の背後より』도 전혀 조선에서 취재(取材)한 것으로 작중에 나오는 인물
과 지방도 다 조선이외다. 역자(譯者)가 특히 이 작품을 택한 것도 '조선'
이라는 것이 그들의 눈에 어떻게 비쳤으며 우리가 말하고자 하는 것을

---

45 나카니시 이노스케(中西伊之助, 1887~1958) : 일본의 작가로서 노동운동가, 정치가이
　기도 하다. 일본의 프롤레타리아 문학 진영에서 활약한 바 있다.
46 이익상(李益相, 1895~1935) : 언론인이자 소설가. 카프(KAPF)의 맹원으로 활동했으
　나 친일로의 전향이 확인된다.
47 『매일신보』, 1924.6.27, 1면.
48 『赭土に芽ぐむもの』 : 1922년 카이조샤(改造社)에서 출간된 장편소설이다. '적토에
　싹트는 것'으로 번역된다. 『여등의 배후로서』의 저본이 된『汝等の背後より』도 1923년
　카이조샤를 통해 출간되었다.

나카니시(中西) 군이 어떻게 말한 것을 소개하고자 함이외다. 그리하여 역자는 금년 초에 나카니시 군에게 해석(解釋)을 걸(乞)하였더니 군은 자기의 작품이 해석되어 조선 동포에게 읽히게[49] 됨에는 크게 흔희(欣喜)한다고 만족히 여기는 뜻으로 쾌락(快諾)이 왔습니다. 그리하여 『여등(汝等)의 배후(背後)로서』란 작품의 □□□ 비로소 금일에 나오게 된 것입니다.

역자 지(識)

---

[49] 원문에는 "낡게"로 되어 있다.

태서명작개관 −톨스토이, 『안나 카레니나』

「태서명작개관 −톨스토이, 『안나 카레니나』」, 『시대일보』, 1925.11.1, 4면.

톨스토이가 45세 시절, 사람으로서 사상이 가장 원숙기(圓熟期)에 이른 때에 지은 작품이라. 이 작품에 나오는 인물 레뷘이 곧 작자의 면영(面影)을 그리어 낸 것이라고 한다.

이 소설 첫머리에 "행복스러운 가정은 대개 그 행복을 다 같이 누리지마는, 불행한 가정은 그 불행을 다 각각 다르게 받는다."한 의미 깊은 말이 씌어있다.

안나는 어여쁘고도 기품이 높고 재기(才氣)가 있어서 페테르부르크 귀부인 사회에 상당한 지위를 가진 부인이고, 그 남편 카레닌은 명망과 수완을 겸한 정치가이다.

우론스키 백작은 우연한 기회로 정거장에서 안나를 처음 보았었다. 그리고 그는 전부터 사랑하는 애인 키티라는 여자가 있었다. 어떤 날 무용회(舞踊會) 석상(席上)에서 키티는 자기의 사랑하는 사나이가 자기를 버리고 안나에게로 쏠려감을 알고 실망하였다. 총명한 안나는 세 사람의 마음을 눈치채어 알게 되었다. 그리하여 그 백작과 자기와 두 사람 사이의 일이 여러 사람의 입에 오르게 되었다. 카레닌도 그런 눈치를 알고 자기 아내에게 대하여 밤을 새어가며 정성껏 충고를 하였었다. 그러나 그것은 아무 소용이 없었다.

그 두 사람은 마침내 무서운 사랑의 꿈에 빠지고 말았다. 그리하여 안나는 지금은 아주 창부(娼婦)나 다름없는 사람이 되었다. 자기의 소생

(所生)도 귀찮은 생각까지 나게 되었다. 허위(虛僞)를 행하고 질투를 깨달으면서도, 밤과 낮으로 사랑의 재미를 식(食)하고 또 식(食)하게 되었었다. 그러나 우론스키는 순진한 마음으로 안나를 사랑하여 자기의 높은 지위고 명예고 다 돌아보지 않는다. 그리고 또 안나도 우론스키를 사랑하는 마음에, 전 남편 소생인 아이까지 떼어버리려고 든다. 그리하는 동안에 우론스키의 소생을 또 낳게 되었다. 그러다가 또 안나는 갑자기 마음이 변하여 전 남편의 소생을 걸리는 생각이 더 나서, 우론스키의 나은 불의의 소생에 대하여 귀찮은 생각이 나게 되었다. 그것이 필경 사랑하던 두 사람의 정(情)을 식어가게 만든 것이다. 그리하여 안나는 그만 마음이 미치고 말아서 필경에는 비극 가운데 죽고 말았다.

어찌하였든 이 작품의 넓이와 깊이와 또는 힘 있는 품이 참으로 톨스토이의 이름을 세계문예사상에 끼칠 만한 것이다.

그의 작품 가운데서 볼 수 있는 인도감정(人道感情)의 조류(潮流)는 러시아 농민생활을 눈 익어본 그의 자관(自觀)으로부터 나온 것이다. 어찌하였든 그는 대문호인 동시에 대사상가이었다. 그의 작품이 다른 사람의 것보다 흥미 있는 것은 그의 작중 인물이 최후의 막(幕)에 대개 죽게 된 것이었다. 『안나 카레니나』의 주인공이라든지 『어둠의 힘』이라든지 『산송장』의 주인공이라든지 모두 자기의 목숨 희생하는 것이 최후에 최선 되는 미덕으로 생각한다. 이 밖에 또 중요한 작(作)으로 『코식크』, 『세바스토폴 이야기』, 『자서전(自敍傳)』, 『세 죽음』, 『전쟁과 평화』, 『크로이처 소나타』, 『부활』, 『하디 무라드』, 『이반 일리치의 죽음』, 『파렐서기우스』, 『결혼의 행복』, 『지주의 아침』, 『나의 종교』, 『나의 참회』, 『유년, 소년』, 『청년』, 『인생론』, 『성욕론』 등이 있다.

숙명?

바르뷔스[50], 팔봉(八峯) 역, 「숙명(宿命)?」, 『개벽』 71, 1926.7.1.

역자부기(譯者附記)

회월(懷月)[51] 형으로부터 부탁을 받고 바르뷔스의 단편에서 재미있을 만한 것을 여러 가지를 보았으나 마땅치 않아서 급기야 생각건대 영역(英譯)에서 중역(重譯)한 듯한 어떤 사람의 일역(日譯)에서 이 일편(一篇)을 택하기로 하였습니다. 본래부터 저작(著作)의 연월(年月)도 알지 못하며 또한 고유명사의 실라블(syllable)도 모르겠으므로 대강 그럴 듯하게 생각되는 대로 해두었는데 이것이 삼중역(三重譯)이 된 이상 어느 정도까지 본래의 원작의 의미를 전하게 되었는지 과연 의심스럽습니다. 표제에서부터 끝까지 전부를 일역(日譯)만을 사용하기 어려운 일이었으나 그 외에는 촉박한 시일관계로 다른 도리가 없었습니다. 이러한 번역을 하게 된 나보다도 이러한 번역을 해놓은 나를 통해서 이 작품을 읽게 되는 여러분이야말로 나보다도 더 억울한 처지에 있음을 이해하고 감히 이 중역(重譯)의 죄를 사과합니다.

---

50 앙리 바르뷔스(Henri Barbusse, 1873~1935) : 프랑스의 언론인 출신 반전(反戰) 작가.
51 회월(懷月) : 박영희의 호.

보도탐험기

스티븐슨[52], 주요섭[53] 역,『보도탐험기(寶島探險記)』,『동아일보』, 1927.2.25.~4.29.

세계적 명작『보도탐험기(寶島探險記)』[54] 스티븐슨 원작, 주요섭(朱耀燮) 번역[55]

해적 괴수 박안도가 죽을 적에 남기고 금은보화는 그 값을 칠 수도 없이 엄청나게 많다고 한다. 그리고 그 보배는 전부 어떤 절해고도(絶海孤島)에 숨겨두었다 한다. — 소문뿐인가 사실인가 하여간 이를 중심으로 하여 일대 모험활극은 시작되었다……

영국의 소설가 스티븐슨이 어린이들의 읽을거리[56]가 되기 위하여 지은 이 소설이 한 번 세상에 나매 이상히도 '수염 난 아이'인 어린들의 대환영을 받아 본국에서는 물론이오, 세계 각국어로 번역되어 놀랄만한 부수가 발행되었다.

『보도탐험기』는 행용 돌아가는 모험담과는 다르나 모험담이면서도 그 문학적 가치에 대하여도 정평이 있는 것이다.

---

52 로버트 루이스 스티븐슨(Robert Louis Stevenson, 1850~1894) : 영국의 소설가. 소설 외에 시, 평론, 수필 등의 영역에서도 글을 남겼다.

53 주요섭(朱耀燮, 1902~1972) :「사랑 손님과 어머니」로 유명한 소설가. 시인 주요한의 동생이기도 하다.

54 현재 한국에는 "보물섬"으로 통용된다.

55 『동아일보』 1927.2.22, 2면.

56 읽을거리 : 원문에는 '읽어리'로 되어 있다. 상응하는 현대식 표현으로 고쳤다. 1910년대 잡지『새별』의 고정란 명칭 중에서도 '읽어리'의 용례가 확인된다.

본지에 전재되던 『유랑(流浪)』은 작자의 신병으로 인하여 부득이 얼마동안 휴재하게 되었으므로 이제 그 틈을 타서 이 세계 명작을 조선독자에게 소개하는 바이다.

신석 수호전

시내암[57] 작, 윤백남[58] 역, 『신석 수호전(新釋 水滸傳)』, 『동아일보』,
1928.5.1.~1930.1.10.

머리의 말[59]

지금으로부터 구백륙십여 년 전 중국에 조광윤(趙匡胤)이라 하는 영웅
이 나서 오랫동안 어질러져 있던 국내를 평정하고 나라 이름을 대송(大
宋)이라 부르게 한 뒤에 스스로 제일세 황제가 되니 이가 곧 무덕황제
(武德皇帝)이올시다.

무덕황제가 즉위하자 곧 서울을 변량성(汴梁城)으로 옮기고 여러 가
지 좋은 정치를 베풀어서 대송 사백 년의 기초를 굳게 세웠었으나 이후
백 년이 넘지를 못해서 백성은 오랫동안 태평한 생활에 마음이 풀어져서
그리 되었든지 민간의 풍기는 나날이 어지러워가며 관가의 풍기조차 여
지 없이 문란해져서 관민 간에 뇌물이 성행하게 되어도 보는 사람이 의
례의 일로 알게끔 되었습니다.

나라의 꼴이 이 모양이 되어버린 이상에야 그 결과는 장황히 말 아니
해도 알 것이 아니겠습니까. 중앙 정부는 있으되 형해에 지나지 못하고
정사는 소위 조령모개(朝令暮改)의 추태를 이루게 되고 보니 각주 고을
수령들은 제각기 세력을 다투어서 마치 여러 조그마한 나라가 국내에

---

57 시내암(施耐庵, 1296~1371) : 중국 명말청초 시기의 소설가.
58 윤백남(尹白南, 1888~1954) : 연극 작가, 소설가, 영화감독 등 다방면에서 활동했다.
59 『동아일보』 1928.5.1, 3면.

할거하여 있는 모양이 되고 말았습니다.

수호지 일 편은 즉 이러한 때와 이러한 나라를 배경 삼고 변량성을 중심으로 삼아서 일어난 기이한 이야기[60]니 당시의 인정풍태와 사상을 재미있게 그려낸 걸작이올시다.

그러나 원작 수호지는 문장이 너무 어려워서 그것을 읽어내기에 여간 힘이 들지 아니합니다. 그런 까닭에 옛날부터 수호지 수호지 하고 이름은 떠들어도 그것을 통독한 이가 적은 것은 그 책이 너무 호한(浩瀚)한 이유도 있었겠지만 위에 말한 문장이 어렵다는 것도 큰 원인인 줄 믿습니다. 그래서 역자는 그것을 우리가 시방 항용[61]하는 쉬운 말로 연석을 해서 여러 독자와 함께 수호지 일 편의 흥미 있는 이야기에 취해볼까 합니다. 잘 될는지 못 될는지는 단언할 수도 없으려니와 그중에도 한자(漢字) 특유의 풍미(風味)를 그려내기는 역자의 단문으로는 가망도 없는 일이올시다마는 그것보다도 그 이야기의 줄기, 그것에다가 흥미를 두기로 하고 좌우간에 써보기 시작한 것입니다.

---

60 원문에는 '이야이'로 되어 있다.
61 원문에는 '행용'으로 되어 있다.

중국단편소설집

역자 미상, 『중국단편소설집(中國短篇小說集)』, 개벽사, 1929.

역자의 말

여기에 선역(選譯)한 소설 십오 편은 모두 최근 십 년 내의 작품이다.
이것의 원저자들은 대개로 중국문단에서 이름을 전(傳)하는 이들이다.
허나 여기의 작품이 그들의 대표적 걸작이라고 말할 수 없다. 그것은
내가 모파상(Mapassant)의 Pierre et Jean[62]이라는 소설 서문에 말한
거와 같이 "당신의 성정(性情)에 따라 당신의 가장 적의(適宜)하다고
인(認)하는 형식으로 우리에게 아름다운 작품을 보여주구려!"하는 고상
한 사상을 가지지 못한 까닭으로 다못[63] 나의 기호(嗜好)에 따라 혹은
우리들의 수요를 보아 이 몇 편을 선택하게 되었으므로 작자들 중에서는
원통하게 생각하는 이도 없지 않을 것이다.

　나는 이 몇 편을 선택하노라고 일 개월 이상의 시간을 보내었고 책
수효로는 이백여 권을 뒤적거리었다. 그러나 결과는 나의 당초의 예상대
로 되지 못한 고로 이렇게 노력하였다는 말을 하기에도 심히 부끄럼을
견디지 못하는 바이다. 그 원인은 여기에 있었던 것이다.

　나는 항상 이렇게 생각하였다. 남들은 어떤 것을 탐독(耽讀)하든지
말할 것 없고 우리는 특히 우리 조선청년들은 읽으면 피가 끓어오르고
읽고 난 뒤에는 그 썩고 구린 냄새 나는 생활 속에서 "에라!" 하고 뛰어나

62　원문에는 'Jeau'로 되어 있다. 『삐에르와 장』으로 알려진 모파상의 장편소설이다.
63　다못 : 다만의 방언.

올 만한 원기를 돋워 주는 혁명적 문예를 읽어야 한다고 하였다. 동시에 나는 우리가 남달리 더럽고 기구한 생활을 오랫동안 계속한 역사를 등에 지고 있는 그 값으로 반드시 정치상으로 대정치가가 생기고 문학상으로 대문학자가 생길 것을 깊이 믿어 왔다. 한데 그동안 국내의 많은 독자와 작가들은 대체로 나의 이 생각과 이 기망(企望)에서 멀리 배치하여 가는 현상에 있은 것이 사실이다. 그러므로 나는 중국 문예 작품 중에서 이상에 말한 혁명적 소설을 심구(尋究)하여 그것을 소개하려 하였던 것이 곧 나의 초지(初志)이었다. 하나 여기에도 그렇게 훌륭한 걸작은 없었다. 해서 당초에 마음먹었던 선택의 표준을 고치게 되고 보니 즉 이러한 결과가 있게 되었다.

중도(中途)에서 변경한 표준은 다만 중국의 민정(民情), 생활 상태 급(及) 그들의 파지(把持)한 사상을 현시 혹은 암시한 작품을 취하기로 하고, 또는 각 작가의 작풍을 소개하기 위하여 서로 다르고도 많은 양을 요하게 되므로 자연히 한 작가의 작품 중에서도 제일 짧은 것을 빼어 오게 되었다. 그러면서도 나는 여전히 우리가 읽으면 조금이라도 감동됨이 있을 것을 탐색하느라고 애를 무던히 썼다.

근일에 와서 계급적 문학 논전(論戰)이 우리 문단에서 개시된 것은 무한히 기쁜 현상의 하나이라고 한다. 하나 최후의 승전은 시시비비만을 말하고 공격하는 데 있지 않고 오직 시대(時代) 시적(是的: 적합), 인간(人間) 시적(是的)의 위대한 작품을 산출하는 데 있다. 그러므로 나는 지금 계급적 의식에서 신신앙(新信仰)을 가진 작가 그들에게 하루바삐 승전고를 울리기 촉망하며 동시에 나는 모파상의 말을 빌려 이렇게 청구한다. "당신들의 신신앙과 성정에 따라 가장 적의한 형식으로 거룩한 작품을 많이 낳아 놓으라!"고.

나는 우리글 중에 삼인칭 대명사가 성별로 간단히 쓰이게 된 것이 없음을 많이 불편으로 인(認)한 때가 종종 있으므로 여기에서 '그' 자(字)를 여성의 삼인칭 대명사로 하여 한 자를 새로 넣고 '그' 자는 남성 대명사로 쓰게 되었다. 한데 그 자에 'ㅇ'을 가하게 된 것은 다른 우의(寓意)가 없고 'ㅇ'은 우리글에서 무음(無音)인 고로 말에는 변동이 생기지 않도록 하기 위하여서만 뜻이 있었던 것이다. 혹은 불필요하다고 생각하는 이도 있을 것이나 여하튼지 나는 필요를 느끼었으니까 이렇게 쓴 것이다.

그리고 나는 번역은 창작 이상의 노력을 들여야 한다는 말을 입으로는 하면서도 실로는 이상은커녕 동등의 노력도 하지 못하였은즉 이로 인하여 돌아오는 책망은 감수하려 하고 다만 원저자들에게만은 미안한 뜻을 말해 둔다.

최후로 할 말은 이 책이 출판되기까지는 모두가 계연집(桂淵集), 이두성(李斗星) 동무들의 주선으로 된 것이니 독자로서 책망할 일이 있거든 그것은 나에게로 실려 보내고 만일에 치하할 것이 있거든 그것은 모두 이 동무들에게 돌려보내기를 간절히 부탁하여 둔다.

3월 28일 북경평민대학(北京平民大學)에서

역자 씀

사랑의 학교

에드몬도 데 아미치스[64], 이정호[65] 역, 『사랑의 학교』, 『동아일보』, 1929.1.23.~5.23.

기자 머리말[66]

『쿠오레』[67]는 어린이 독물(讀物) 가운데에 가장 경전(經典)의 가치를 가졌는 편이 세계적으로 있었습니다. 이것을 우리 어떤 이와 일반 가정에 소개하고자 하여 사년 전 여름부터 본지 삼면 아동란에 『학교일기』라는 제목으로 삼십오 회까지 번역한 것을 이번에 다시 소년문학에 많은 취미를 가진 이정호(李定鎬) 군의 손을 빌어 번역을 계속하게 되었습니다. 우리 어린이와 일반 가정에서 많이 읽어주기를 바랍니다. (기자)

「『쿠오레』를 번역하면서」 이정호(李定鎬)[68]

『쿠오레』는 이탈리아의 문학자 에드몬도 데 아미치스 선생(1846년에 나서 1908년에 돌아간)이 만든 유명한 책인데 이 책을 만든 아미치스 선생은 원래 이탈리아의 한 무명군인으로 특별히 어린 사람들을 위하여 이 책을 만든 후에 그 이름이 세계적으로 유명해진 어른입니다.

---

64 에드몬도 데 아미치스(Edmondo De Amicis, 1846~1908) : 이탈리아의 소설가.

65 이정호(李定鎬, 1906~1938) : 아동문학가. 아동문화운동에 참여하기도 했다.

66 『동아일보』 1929.1.23, 3면. 원문에는 제목이 없다. 이 부분은 역자의 글이 아니므로 〈기자 머리말〉이라 하였다.

67 원문에는 '쿠레오'로 되어 있다. '쿠오레'의 오식이다. 쿠오레(cuore)는 이탈리아 어로 마음, 심장이다.

68 『동아일보』 1929.1.23, 3면.

아미치스 선생이 이 책을 만들기에 얼마만한 고심과 얼마만한 노력을 하였다는 것은 이 책을 읽어보셔도 아시겠습니다마는 우선 이 책이 한 번 세상에 나타나자 이탈리아 자국에서는 물론이요, 세계 각국에서도 서로 다투어가며 자기나라 말로 번역하여 자국의 '어린이 독본(讀本)'으로 또는 '어린이 경전(經典)'으로 써오는 것만 보아도 이 책이 얼마나 값있다는 것을 잘 알 수 있습니다.

그러나 우리 조선에서는 아직도 이 귀중한 책의 존재를 모르고 지냈으며 이 귀중한 책을 내놓아[69] 세계 어린이 문학운동에 다대한 공헌을 끼치고 세계 어린이들의 가장 존경의 과녁이 되어 있는 아미치스 선생의 이름까지 모르고 지낸 것은 너무도 섭섭한 일이었습니다.

여러분은 동화를 유명한 독일의 그림하우프 뮤흐렌[70] 선생이나 덴마크의 안데르센 선생이나 영국의 오스카 와일드 선생이나 러시아의 톨스토이 선생의 이름을 아는 이는 비교적 많을 것입니다. 또 동요(童謠)로 유명한 영국의 스티븐슨 선생이나 『파랑새』 연극으로 유명한 벨기에의 마테를링크[71] 선생이나 우화(寓話)로 유명한 희랍의 이솝 선생의 이름을 아는 이는 많아도 이탈리아 소년문학자 아미치스 선생의 이름을 아는 사람은 거의 없다고 해도 과언이 아닐 만큼 전혀 모르고 지냈습니다.

이 책은 다른 이가 만든 동화나 소설과 같이 그저 재미있게 읽히기만 위해서 만든 헐가의 아동독물(兒童讀物)이 아니라, 어떻게 했으면 어린 사람을 가장 완미(完美)한 한 몫 사람을 만들어볼까 하는 가장 존귀한

---

69 원문이 잘 식별되지 않는 부분이나, 문맥에 따라 '내놓아'로 썼다.
70 그림하우프 뮤흐렌 : 누구를 지시하는 것인지 명확하지 않다. 독일의 동화 작가 그림 형제와 빌헬름 하우프를 한 데 엮어서 쓴 것이 아닐까 추정된다.
71 모리스 마테를링크(Count Maurice Polydore Marie Bernard Maeterlinck, 1862~1949) : 벨기에의 시인이자 극작가.

생각으로부터 아마치스 선생 자신이 열두 살 먹은 엔리코라는 소년이 되어 어린이의 교육을 중심으로 하고 세상의 수많은 어린이들을 지도하고 조종하는 데 가장 바르고 좋은 방편을 그의 독특한 필치(筆致)로 암시하여 놓은 장편독본(長篇讀本)입니다.

그런 까닭에 이 책은 그저 읽어서 재미만 있을 뿐 아니라 어린 사람을 중심으로 하고 학교와 가정과의 관계라든지 학생에 대한 선생님의 고심과 애정이라든지 선생에 대한 부형의 이해와 동정이라든지 가정과 사회, 학교와 사회의 관계라든지 모든 계급에 대한 관계라든지 애국사상과 희생적 정신이 그야말로 책장마다 숨어 있어서 읽는 이의 가슴을 뛰놀게 하는 가장 지존지대(至尊至大)한 책입니다.

그렇기 때문에[72] 나는 여러 가지 아동독물 중에 특별히 이 한 책을 선택하여 남유달리 불행한 환경 속에서 가엾게 자라는 여러분에게 단 한 분이라도 더 읽혀들이고 단 한 분이라도 더 유익함이 있어지기를 바라는 충정(衷情)에서 『동아일보』를 통하여 이 귀중한 책을 번역하였습니다.

---

72 원문에는 '그리기때문에'로 되어 있다.

그 전날 밤

투르게네프, 이태준[73] 번안, 「그 전날 밤」, 『학생』, 1929.8.

해제(解題)

『그 전날 밤』은 『루딘』, 『아버지와 아들』, 『연기』, 『처녀지』 등과 함께 투르게네프의 걸작 중에 하나입니다. 이 러시아가 낳은 세계적 문호는 문장의 명쾌한 것과 묘사의 교묘한 것이 이를 사람이 없었습니다. 그는 광명(光明)과 미(美)를 사랑하는 염려우아(艶麗優雅)한 정서(情緒) 속에도 늘 요적(寥寂: 적막)한 비애(悲哀)가 있었습니다. 이 『그 전날 밤』도 그렇습니다. 그의 풍부한 시상(詩想)과 열정으로 청춘의 순결한 사랑과 청춘의 활달(豁達)한 의용(義勇)을 그린 작품입니다. 누구나 기운찬 호흡으로 읽어 내려가다가 자기도 모르게 눈물이 맺히고 책을 덮어놓고는 소리쳐 울고 싶도록 한(恨) 겨워지는 것입니다. 나는 이 작품 속에서 아름다운 우정(友情)과 진실한 사랑만을 골수를 찾아[74] 내려가며 적을 것을 말씀해둡니다.

---

73 이태준(李泰俊, 1904~?) : 소설가. 구인회의 동인이었으며, 단편소설에 탁월한 면모를 보였다. 작가 해방 후 월북했으나 숙청당한 것으로 알려져 있다.
74 원문에는 '골술차저'로 되어 있다.

조국

스테판 제롬스키[75], 현진건 역, 『조국(祖國)』[76], 『신동아』, 1932.3.

역자 머리말[77]

이 소설의 원작자 스테판 제롬스키 씨는 현존 폴란드 최대 작가로 전국
민의 숭앙(崇仰)과 경모(敬慕)를 일신(一身)에 모은 이라 합니다. 저
유명한 『쿼바디스』의 일편으로 세계문단을 진감(震撼)한 셍키비치 문
호(文豪)가 구주대전(歐洲大戰) 중에 세상을 따나자 제롬스키 시는 그
의 뒤를 이어 비단 일개 문사(文士)에만 그치지 않고 전민족의 최고 지
도자와 예언자의 임무조차 맡게 되어 폴란드 혼(魂)의 진작(振作)과 고
무(鼓舞)에 심혈을 뿌렸다 합니다. 그러므로 그의 작품은 저절로 국민적
정치적 문학의 최고봉이라 합니다. 폴란드 민족의 비애와 환희가 그 난
만(爛熳) 웅혼(雄渾)한 영필(靈筆)에 속임 없이 거짓 없이 표현 생동하
였다 합니다.

이 『조국(祖國)』이란 일편은 그의 대표작의 하나로 지금으로부터 24
년 전에 집필한 것인 만큼 멸망시대의 폴란드 혼의 신음과 희망을 읊은
것이니 '국파산하재(國破山河在)[78]'란 고시(古詩)가 있지마는 산하(山
河)조차 파(破)해도 오히려 금강불괴(金剛不壞)의 힘으로 살아서 움직

---

75 스테판 제롬스키(Stefan Zeromski, 1864~1925) : 폴란드의 소설가.
76 원문에는 제목과 함께 '일명＝불사조의 회(灰)'라고 되어 있다.
77 원문에는 제목이 없다.
78 당나라 두보(杜甫)의 시 「춘망(春望)」의 첫 구이다.

이는 것을 문학이라 하겠습니다.

폴란드의 제일 분할은 1772년 러시아, 독일, 오스트리아에 찢기고 제이 분할은 1793년 러시아, 독일에 찢기고 제삼 분할은 1795년 러시아, 독일, 오스트리아에 또다시 찢기어 이에 국가의 형태가 완전히 소멸되고 말았다는데 이 소설의 연대는 1796년으로 곧 폴란드가 세계지도상에서 그 독특한 색채를 아주 잃어버린 시대라 합니다.

원작은 천여 혈(頁)이 넘는 장편이므로 제한 있는 지수(紙數)로 간략한 초역(抄譯)과 경개(梗槪)로는 그 전모(全貌)를 엿보기 어려우나 그 골자만을 따서 편린(片鱗)이나마 알리게 된다면 필자의 행(幸)일까 합니다. 대본(臺本)은 최근 출판된 가토 아사토리(加藤朝鳥)[79] 교수의 일본역(日本譯)인 것도 부언(附言)해둡니다.

---

79 원문에는 '鳥'가 '島'로 되어 있다. 가토 아사토리(加藤朝鳥, 1886~1938)는 일본의 번역가이자 문예평론가이다.

전역 천로역정

존 번연[80], 오천영[81] 역, 『전역(全譯) 천로역정』[82], 조선기독교서회, 1939.6.

서언

『천로역정』을 '조선'말로 번역한 지가 벌써 30년 전이다. 그러나 그것은 소년들의 독물이 될 만한 초역(抄譯)뿐이요 전역(全譯)은 아니었다.

'조선' 교회가 이 초역을 가지고 지금까지 온 것은 그 문헌 사업에 있어서 퍽이나 유감이라고 아니할 수 없다. 그리하여 기독교서회에서 이것을 전역하기로 결정한 결과 본인이 그 사명을 받아서 약 1년 반 동안에 제1권을 마쳐서 출판에 부치게 되었다.

이 『천로역정』은 성경 다음인 불후의 작품으로서 인생 문제 중에도 특히 신자의 과거와 현재와 장래를 통하여 그 각오와 분발과 경성과 용력과 희망 등을 조장하는 데 없지 못할 서물(書物)이다. 이 유명한 서물이 어서 '조선' 사회에 전역으로 소개되기만 바라는 마음으로 외람히 번역에 착수하였으나 재둔함을 스스로 느끼는 바이다. 그리고 초역이 아니요 전역임을 명심하여 원문에 충실함을 주의한 결과 너무 직역에 가까우므로 문리가 잘 유통되지 않는 점이 있을까 두려워한다. 그리고 시가는 될 수 있는 대로 구절이 맞는 운문이 되기를 힘썼다. 이 역시 '조선'문

---

80 존 번연(John Bunyan, 1628~1688) : 영국의 침례교 목회자이자 작가.
81 오천영(吳天泳, 1886~1969) : 기독교 관련 번역 및 문화운동 영역에서 활동한 목회자.
82 내표지에는 원제인 THE PILGRIM'S PROGRESS 및 저자, 역자, 출판사의 영문 정보도 제시되어 있다.

시체(時體)에 있어서 흔히 해 보지 않은 것이니 만큼 또는 운을 맞추기 위한 구속 아래서 된 것이니 만큼 유창하지 못하기가 쉬운 것이다.

다만 이 서물이 원 저자 존 번연 선생에게 영감의 축복을 내리심으로 작성된 것이니 만큼 이 번역문에도 많은 축복을 주사 우리 신자계(信者界)에 광명과 지침이 되기를 바라 마지아니한다.

역자 오천영 지(識)

3

희곡

격야

투르게네프, 현철[1] 역보(譯補), 「격야(隔夜)」, 『개벽』 1~9, 1920.6.~1921.3.

역자 서문[2]

각본(脚本) 「격야(隔夜)」는 러시아의 3대 소설가의 일인 이반 투르게네프(1818년-1883년)[3]의 가장 대표작인 6대 소설 중의 일을 대정(大正) 4년도에 예술좌(藝術座)의 흥행 각본으로 당시 연극학교 선생 구스야마 마사오(楠山正雄) 씨가 각색한 것이다. 이것을 각색한 원작소설은 1859년의 출판한 영역(英譯) — ON THE EVE — 요,[4] 일본서는 소설로 역시 연극학교 선생인 소마 교후(相馬御風) 씨의 일문(日文) 번역의 『其の前夜』가 있었다. 구스야마(楠山) 선생도 역시 이 각본을 『脚本 其の前夜』라 한 것을 여(余)는 그 의미를 취(取)하야 『脚本 隔夜』라는 명칭을 주었다. 독자 — 차(此) 의(意)를 양해하기 바라며. 여(余)는 편(篇) 중의 내의(內意)를 상세히 기록치 아니한다. 다만 독자 제(諸) 씨가 정독(精讀) 끽미(喫味)하면 가해(可解)할 것이므로 —. 구스야마 선생은 원작 각본에 이런 서문을 말하였다. "소설을 극화하는 곤란은 원작이 예술적

---

1 현철(玄哲, 1891~1965) : 본명은 현희운. 초기 근대극 운동 방면에서 활약한 극작가.
2 『개벽』 창간호, 1920.6, 150~151면.
3 원문에는 '1813~1818'로 되어 있다.
4 1859년은 투르게네프가 『그 전날 밤』을 발표한 해이지 영역본 *On the Eve*가 간행된 시기는 아니다. 현철의 저본인 구스야마 마사오의 서문에는 다음과 같이 소개되어 있다. "원작소설은 1859년도 출판되었으며, 각색자가 사용한 영어 번역본의 제목은 'ON THE EVE'다." 여기서의 "원작소설"과 "영어 번역본"은 당연히 별개의 텍스트다.

가치가 풍부할수록 농후한 감미가 많고 농후한 감미가 많을수록 더욱 심하다. 더구나 특수한 목가적(牧歌的) 유연한 정취에 쌓인 투르게네프의 차(此) 작(作)을 무대에 올린다고 하는 것은 혹은 세계 어느 극장에서든지 일찍이 시험치 못한 일대 '무모' 아닌지 모르겠다…"고 하였다. 이제 예술이 무엇인지 연극이 무엇인지 일호반점(一毫半點)의 이해가 없는 우리 조선에서 이러한 각본을 역출(譯出)할 적에 나의 가슴 가운데서 소리 없이 지껄이는 그 무엇이 있음을 깨달았다.

세계 대표적 희곡이 많은 중에 특히 이 각본을 선택하여 착수한 것은 가장 여러 가지가 우리에게 공명되는 점도 있고 또는 많은 서양 중에도 가장 지리적 관계가 가까운 러시아의 금일의 상태가 마음에 떠나지 아니하는 까닭이다. 이 각본에 나오는 모든 인물이 오늘날 러시아를 설명하는 것 같은 마음이 키인다. 여주인공 엘레나가 1850년대의 러시아의 활동적 신혁명의 타입의 선구자임과 그 부친의 완고한 사상, 청년의 조각가, 철학가, 애국자, 모든 성격이 우리로 하여금 십간백독(十看百讀)의 가치가 있을 줄 생각한다.

여(余)가 금번(今番)에 각본 번역에 착수한 것은 실로 어떠한 교우회(校友會)의 촉탁(囑托)을 받아 후일 이를 무대에 올리려 하는 경영이 있으므로 무단흥행(無端興行)을 금한 것이라. 이 각본의 원 각색자 구스야마 선생은 여(余)가 예술좌 부속 연극학교 재학 당시에 친히 수업한 선생일 뿐 아니라, 기(其) 당시에 교장 시마무라 호게츠(島村抱月)[5], 나카무라 기치조(中村吉藏)[6], 소마 교후(相馬御風)[7], 구스야마 마사오(楠

---

5 시마무라 호게츠(島村抱月, 1871~1918) : 와세다대학의 전신인 도쿄전문대학을 졸업하고 와세다대학의 교수를 역임했다. 셰익스피어 번역의 선구자이자 소설의 선구자인 쓰보우치 쇼요의 제자로 수사학, 연극 등의 선구자였다. 이 다음에 언급된 4명 모두 와세다대학 출신의 연극인, 문인들이다.

山正雄)[8], 아키다 우지야쿠(秋田雨雀)[9] 제(諸) 선생에게 특히 이국인인 여(余)는 그 저작에 번역할 수 있다는 허락이 있는 연고이라. 그뿐 아니라 당시 음악교사로서 『부활(復活)』의 '카추샤 가와이야' 하는 곡의[10] 작곡자 겸 차(此) 각본 중에 있는 창가 수삼을 작곡한 나카야마 신페이(中山晋平)[11] 선생에게도 동양(同樣)의 승낙이 당시에 있었다. 이러한 승낙을 당시에 얻은 것은 귀국시 초에 우리 극계(劇界)를 위하여 무슨 도움이 있을까 하여 준비한 것이 천연기개성상(遷延幾個星霜)[12]에 일개 번역이 없고 반개(半個)의 성산(成算)이 없으니 제 선생의 호의를 저버림 많은지라. 붓을 들어 각본을 번역하려는 벽두(劈頭)에 스스로 모든 참괴(慚愧)한 정서를 금치 못한다. 이 각본은 여(余)가 연극학교를 필업하고 예술좌에 연구생으로 재학할 당시에 도쿄 제국극장(帝國劇場)에 상연한 것이므로 내부적 관계가 많았고 또 다소의 무대상 조력도 한 일이 있었을 뿐 아니라 러시아 문학통 노보리 쇼무(昇曙夢)[13] 씨의 원작자에 대한 강연도 친히 들었는 고로 금일 이 각본을 번역함에 당하야 다소의 자신이 있다. 이 각본의 역재(譯載)를 특히 허락하여 주는 『개벽(開闢)』 잡지 편집(編輯) 동인(同人) 제씨의 호의를 특히 사례하고 자차(自此)로 호를 수(隨)하야 순차(順次) 게재코자 하노라.

---

6 나카무라 기치조(中村吉藏, 1877~1941) : 일본의 극작가이자 연극연구가.
7 소마 교후(相馬御風, 1883~1950) : 일본의 번역가, 시인, 평론가, 작사가.
8 구스야마 마사오(楠山正雄, 1884~1950) : 일본의 문학평론가, 아동문학가.
9 아키다 우지야쿠(秋田雨雀, 1883~1962) : 일본의 극작가, 시인, 소설가, 동화작가.
10 원문에는 '로서'와 '곡의' 등이 없으나 문맥상 첨가하였고 문장부호의 위치도 조정하였다.
11 나카야마 신페이(中山晋平, 1887~1952) : 일본의 작곡가.
12 천연기개성상(遷延幾個星霜) : 늦어져 몇 해가 가는 동안에.
13 노보리 쇼무(昇曙夢, 1878~1958) : 러시아문학자이자 번역가.

인형의 가(家)

헨릭 입센[14], 이상수[15] 역, 『인형의 가(家)』, 한성도서주식회사, 1922.11.

머리말

인류 사회에 존재한 형형색색의 불평을 없이하고 누구든지 동일한 평등과 자유의 행복을 균평(均平)하게 누리고자 함이 오인(吾人)의 최고의 이상, 아니! 최대의 욕망이며 또 구속에서 자유와 속박에서 해방을 구하여 하는 것이 시대의 부르짖음이며 이것이 사회 개조의 문제인 동시에 아울러 뜻있는 자의 노심초사하는 바이다.

그러나 사회의 문제되는 계급과 차별과 불평등, 이 모든 것이 다 각각 겹(이중)으로 있는 데 대하여 우리는 더욱 분개함을 마지못하노니 가령 자유와 행복이 있다는 소위 문명 국민들도 여성은 반드시 남성에게 무리한 경우를 당하며 강한 정복자의 박해에 눌려서 숨을 코로 바로 못 쉬게 되는 약자들도 자기 가정에서 그 처에게는 눈을 부릅뜨고 큰소리를 하게 되는 것이 오늘날 우리 사회의 목하 현상이로다.

만일 인생으로 하여금 차별과 불평을 철저히 없이하고 절대의 자유를 균평하게 얻으려면 전 인류의 과반수 되는 여성을 종래의 관습에서 남성의 욕망을 만족하기 위하여의 완호물(玩好物) 즉 남성의 소유물에서 해방하여 완전한 인격적 동등을 아니 할 수 없다는 것이 오늘날 부인 문제의 요지이다.

---

14 헨릭 입센(Henrik Ibsen, 1828~1906) : 노르웨이의 극작가. 현대극의 아버지로 불린다.
15 이상수(李相壽, 1897~?) : 와세다대 출신의 번역가이자 교사.

『인형의 집』이라 하면 누구든지 먼저 부인 문제를 상상하게 되는 것은 원작자 입센이 『인형의 집』을 쓸 때에 부인은 부인 되기보다 먼저 사람이라 하는 정신으로, 또 사람과 사람 사이에 관계를 명확하게 해결하여 쓴 까닭이며 이에 부인의 개성의 자각과 부인 운동의 경종이 되었도다.

근대문학의 부(父)라 하는 헨릭 입센은 1828년 3월 20일에 노르웨이[16] 스킨이란 시골서 나서 1906년 5월 23일 향년 79세에 노르웨이 수부(首府: 수도) 크리스티안산[17]에서 돌아갔는데, 선생은 37세로부터 63세까지 27년 동안 구라파 각지를 표유(漂遊)하면서 사회 문제와 인생의 문제를 실지로 연구하며 수십 편의 극을 저작하여 근대극의 부(父)가 되었도다.

『인형의 집』은 1879년 가을에 로마에서 지었는데 당시 사회의 가정 상태와 부인의 지위를 재료로 삼아 부인 문제보다 오히려 한층 더 깊이 인생 전반의 문제를 파 뒤집었도다.

그러므로 오락적 예술과는 판이하여 종래의 연극적 극이나 소설적 극보다는 전연 이채를 띠었으니 독자 제씨는 이 점에 주의할 필요가 있다.

선생이 스칸디나비아 반도 여권 동맹회 석상에서 한 연설 중에 자기의 목적은 다만 여권 문제뿐만 아니라 인생의 문제를 묘사하였으니 자기의 저작에 유의하고 읽어 달라 하였으며, 또 말하되 독자는 각각 자기의 인격에 따라 작자의 쓴 정신을 한층 더 아름답게 빛낼 수 있다는 말은 가장 의미 깊은 말이로다.

---

16 원문에는 낙위국(諾威國)으로 되어 있다.

17 크리스티안산 : Kristiansand. 노르웨이 왕을 겸하던 덴마크 왕 크리스티안 4세가 노르웨이의 수도 오슬로로 크리스티아니아(Kristiania)로 개명해서 사용한 바 있었다. 현재는 다시 오슬로로 바뀌었다.

세상에서 이 극을 문제극이라 하는 것은 물론 사회 개량 문제, 부인 문제, 가정 문제, 결혼 문제, 연애 문제, 인격 문제, 이 여러 가지 문제가 포함되었거니와 관극자(觀劇者)로 하여금 양심에 문제를 일으키게 하는 것이 또한 문제이다.

노르웨이 수부 크리스찬 극장에서 이 극을 처음 행연(行演)할 때에 관객들이 구경하러 올 때에는 부부간에 손목을 이끌고 재미스럽게 왔다가 연극을 마치고 돌아갈 때에는 누가 옳으니 누가 그르니 하는 각각 자기의 주견을 주장하며 밤마다 길가에서 다투면서 돌아가더란 것만 보아도 역시 문제이다.

역자가 이에 독자 제씨에게 충고할 것은 이 극을 경경(輕輕) 간과치 말며 또다시 씹을수록 새 맛이 나는 것을 증명하오니 종래의 연극이나 소설 보듯 오락적 취미를 구하지 말고 진심으로 우리 인생의 가장 큰 이 문제를 같이 연구하며 보아주십사 하노라.

1921년 10월 석왕사에서 갓별 지(識)

사로메

오스카 와일드, 양은하(梁銀河) 역, 『사로메(SALOME)』, 박문서관, 1923.7.

첫마디

이 『살로메』 원작자 오스카 와일드는 근세(近世)에 가장 흥미를 일으키는바 Principle of art for art's sake 유미주의자(唯美主義者)의 아일랜드 시인(詩人)이다.

이는 지금으로부터 66년 전 즉 서력 1854년에 동국(仝國) 고문서원(古文書院)의 원장과 국무조사위원회(國務調査委員會)의 위원장이란 견서(肩書: 직책)를 가졌던 사작(士爵) 로버트 와일드의 차남(次男)으로 본국 더블린 시에서 출생하였다.

와일드는 유시(幼時)로부터 문예(文藝)에 대한 천재(天才)가 있었으므로 후세에 대문호가 될 소질을 가지었다.

그리하여 서력 1892년에 살로메[18]의 전설을 재료로 하고 플로베르의 소설을 참작(參酌)하여 『살로메』를 지은 것이다.

이에 『살로메』의 여주인공 살로메는 와일드의 유미주의(Aestheticism)[19], 관능주의(官能主義)의 대표일 다[20] 영지(領地)의 반이라도 주리라 한 당시엔 위권(威權)을 떨치는 유태국왕(猶太國王) 헤롯의 말에

---

18 원문에는 '사메로'로 되어 있다.
19 원문에는 'Sensesism'이라 되어 있다. Sensism(감각주의), 혹은 Sensualism(관능주의) 오식으로 보이나 '유미주의'에 대응하는 'Aestheticism'을 넣었다.
20 이 지점부터 문맥이 이어지지 않는 것으로 볼 때 원문의 편집 과정에서 일부가 누락된 듯하다.

도 복종치 아니고 오직 살로메 자신의 본능(Instinct)을 만족케 하며 드디어 달게 운명의 포로(捕虜)가 됨은 와일드 자신이 취한바 생활에 혹사(酷似)하였다.

와일드가 그 어떠한 사실로써 인하여 옥리(獄裏)의 생활을 하면서 — 아니 신음(呻吟)을 하면서 오직 인생에겐 동정(同情)이란 큰 힘이 있음을 깨달았었다. 이것이 큰 유력(有力)의 것이 됨인 것을 각오하였기 때문에 그의 인생관(人生觀) 상으론 다대한 변화를 일으키게 한 것이다.

그러나 그가 옥리로부터 나올 때 출영(出迎)하며 맞아주는 이가 일인(一人)도 없었다. 아 — 옥리의 생활을 하기 전 와일드와 옥리의 생활을 한 와일드는 동일한 와일드가 아니었었고 오스카 와일드는 47세를 일기(一期)로 정하고 1900년 1월 30일 프랑스 서울 파리 한적(閑寂)한 작은 호텔 가운데에서 그만 그의 외로운 영자(影子)는 초연(稍然)히 이 세상 막(幕)을 닫고 사라졌도다.

그러나[21] 그때 장송자(葬送者)가 겨우 수인(數人)에 지나지 못하였다 함은 전국민들의 경모(傾慕)적 인물 그로서 얼마나 한 낙백(落魄)을 극(極)하게 하였는지 규지(窺知)할 수 있을 것이다.[22]

1896년 와일드가 옥리에서 생활을 할 때 처음으로 이 『살로메』를 파리 극장에 상장(上場)하여 대갈채(大喝采)를 박득(博得)하였다 하며 — 1903년 2월 22일 와일드가 이미 이 세상 사람과 딴 사람이 되어 딴 새로운 영원무궁한 세상을 밟게 되었을 때 독일 베를린 극장에 상연코자 하였으나 그리스도의 삽화(揷畵, Episode)가 있다 하여 불허타가 동년 9

---

21 원문에는 '그러나'가 두 번 들어가 있다.
22 원문에는 '極하게 하엿는?지 窺知할 수 잇는 것일다.'로 되어 있다. 여러 오식을 바로잡았다.

월 29일에야 비로소 일반에게 공개하여 다대한 환영을 받았다 한다.

(본서 무대구조는 독일에서 상장하였을 때의 것이며 의류는 헤롯왕 당시[23] 유대복이다.)

1920년 9월 20일 양은하 지(識)

---

23 원문에는 '헤롯嘗王時'로 되어 있다.

하믈레트

셰익스피어, 현철 역, 『하믈레트』(햄릿), 『개벽』 11~30, 1921.5.~1922.12.

현철(玄哲)이 애독자 제위(諸位)에게[24]

흐르는 세월 멈춤이 없어 이제 또한 임술(壬戌)의 1년도 다 가고 말았다. 과거를 회고(回顧)하고 미래를 추상(推想)할 때에 누가 자기의 요만한 현상에 만족할 이가 있으리오. 작년에 오늘 이 날을 보낼 이때에는 신년(新年)의 새로운 계획이 어찌 요 뿐이리요마는 지나고 보면 또한 그러하고 그뿐인 것을 인력(人力)으로써 억제(抑制)하리요. 우리는 오직 사람 된 본무(本務)로써 타산(打算)을 멀리하고 인류를 위하야 노력할 뿐인가 한다. 이『햄릿』을 시작한 지 이미 해가 지나기를 둘이나 하여 오래 동안 지리한 시간을 독자에게 낭비케 한 것은 자못 미안한 생각이 없지 아니하나, 현철의 천박비재(淺薄菲才)로써는 여러 가지 희곡을 번역하는 중에 이와 같이 난섭(難涉)한 것은 그 쌍(雙)을 보지 못하였으니 그것은 『햄릿』이라는 희곡의 자체가 세계적 명편(名篇)으로 일자일구(一字一句)를 범연(泛然)히 할 수 없는 그것과, 또 한 가지는 『햄릿』 주인공의 이중심리(二重心理)가 무대적(舞臺的) 기분이나 호흡상으로 조절(調節)을 맞추기에 가장 힘이 들었으니 실로 어떠한 구절에 이르러서는 하루 동안을 허비한 일이 적지 아니한 것도 있었다. 그러나 그 결과로 보아서는 그처럼 양호하다고 할 수가 없다. 다행히 희곡적 천재(天

---

24 『개벽』 30, 1922.12, 68면.

才)가 나서 다시 이 번역의 선진미(善眞美)를 다하였으면 이곳 우리 문단(文壇)의 한 명예라고 하겠다. 나는 이러한 천재 나기를 바라고 장구한 시일 동안 애독하여 주신 제위에게 사의(謝意)를 표하는 것이다. (11월 25일)

해부인

헨릭 입센, 이상수 역, 『해부인(海婦人)』, 한성도서주식회사, 1923.6.

머리말

사회개조의 대사상가 헨릭, 입센 선생은 「인형의 가(家) 머리말」에도 소개함과 같이 근대문학의 아비요, 근대극의 한 아비로서 인생사회에 존재한 모든 무리(無理)와 불법과 불공평 그 속에 있는 진정(眞正)의 불공평한 남성 대 여성의 성적 도덕 혁명의 선구자가 되어 문학자나 시인이나 작극가(作劇家)로의 명성과 존경보다 몇 갑절 사회개조의 사상가로 인생의 은인(恩人)이란 숭배를 받는도다.

「해부인(海婦人)」은 입센 선생의 작품 중에도 가장 다방면으로 현사회에 적응되며 선생의 정신인 부인 문제, 연애 문제, 결혼 문제, 가정 문제 등이 여러 가지 문제의 골자를 묘사하여 문제극인 「인형의 가」의 자매편이라 할지? 속편이라 할지? 계통적 사상으로 저작한 것이다.

「해부인」은 「인형의 가」를[25] 지은 지 구 년 후인 1888년 11월에 선생의 육십 세 되는 때에 지은 극(劇)이니 선생의 저술한 사회극 중에 가장 신비적으로 또 놀라울 만치 낭만적 색채를 띠었으며 또 선생의 다른 작품 중에 비하여 제일 많이 자연계를 배경 삼았다.

「해부인」은 선생이 늙어서 지은 것이라 장년시대(壯年時代)에 지은 것보다 가장 인정적(人情的)으로 계모(繼母)와 전처(前妻) 소생 딸들의

---

25 원문에는 '을'로 되어 있다.

사이에 세밀한 정곡(情曲)까지 그려내어서 거의 인정소설(人情小說)의
취미(趣味)를 가졌다.

그러나 역자(譯者)는 선생의 어떤 주의(注義)에 공명(共鳴)되는 점
이 있어서 먼저 「인형의 가」를 번역하고 뒤를 계속하여 그 자매편 되는
「해부인」을 이에 번역하노니, 이는 물론 부인 문제인 동시에 부인의 자
유를 동일한 인(人)의 자유로 존중하며 부인 자신의 책임 각성을 최촉
(催促)하는 것이 근본적 정신이므로 한문(漢文)을 능통치 못하는 부인
들에게 보이기 위하여 순언문(純諺文)으로 쓰고, 쓰는 말들은 될 수 있
는 대로 누구든지 알아볼 통속적 우리말을 쓰려 하였으나 부득이한 한문
문자와 우리 조선에 없는 외국 고유명사 같은 것은 할 수 없이 그대로
쓰고 근사(近似)한 번역을 달았거니와, 원작자의 정신을 존중치 아니할
수 없어서 일언일구라도 이동(異動)과 가감(加減)이 없이 그대로 전역
(全譯)하기 때문에 통속적 번안(飜案)한 소설보다는 도저히 문란(文爛)
을 찾을 수도 없으며 더욱 원문이 소설이 아니고 각본이며 또한 통속적
말이 못되고 너무나 신비적, 시적(詩的)이므로 필자의 단식(短識)으로
는 그 곤란함을 족히 형언할 수도 없었으며, 이에 독자 제씨의 애독하시
기에도 통상 소설 보시던 안목으로는 전연 판이한 감이 없지 아니하리니
이 점을 미리 이해하고 오직 그 내용의 정신과 사상에만 주의하여 주심
을 바라노라.

1921년 2월 21일 역자(譯者) 갓별 지(識)

오델로

셰익스피어, 램[26] 각색(Lambs tales from Shakespeare), 전영택[27] 역, 「오델로」, 『조선문단』 2~3, 1924.11.~1925.2.

머리말[28]

셰익스피어는 서양문학의 조종(祖宗)이라 합니다. 그러나 그의 원작은 참 알기 어렵습니다. 그 원작의 연구는 영문학자에게 맡기고 우리는 제이(第二) 셰익스피어라는 램의 명필로 그 위대한 문학을 맛볼 수 있습니다. 램의 셰익스피어 이야기는 창작이나 같은 문학상 가치가 있는 것입니다. 이에 그 중의 하나를 골라서 우리말로 옮겨보려 합니다. 그러나 대개 의역(意譯)이 되겠습니다. 그러면서도 할 수 있는 대로 본문에 충실히 하노라고 하였습니다.

---

26 찰스 램(Charles Lamb, 1775~1834) : 수필로 유명한 영국의 문인.
27 전영택(田榮澤, 1894~1968) : 소설가이자 목회자. 연재 1회는 '추호(秋湖)', 2회는 '전영택(田榮澤)'이 역자명으로 올라가 있다.
28 『조선문단』 2, 1924.11, 65면.

인조노동자

1) 인조노동자

차페크[29], 박영희[30] 역, 「인조노동자(人造勞働者)」, 『개벽』56, 1925.2.1.

역자 머리말[31]

이 극의 원명은 『R.U.R』이니 즉 인조노동자 제조회사의 이름인 'Rossum's Universal Robots'[32]이다. '로봇'은 '노동자' 혹은 '무임노동자'란 말이며 또 막코안 씨는 '기계가 만들어서 생명을 주는 노동자'라고 해석한다. 이 말은 보헤미아어다.

대 생리학자(生理學者)인 롯섬 씨는 1920년 남양고도(南洋孤島)로 출발해서 해양동물을 연구하는 중에 원형질과 유사한 물건으로 화학적으로 제작할 확신을 가지고 1950년에 인공적으로 인간을 제작하였다. 그러나 3일 만에 죽어서 그는 실패를 하고 그의 아들이 비로소 완전한 인간을 제작하여 가지고 그 인조인을 노동인으로 대용(代用)하였다. 그러나 영혼이 없고 감각이 없는 인조노동자는 무임으로 노동할 수 있었다. 그리함으로 각국에서 수만 명의 인조인을 주문하며 또한 각 정부에

---

29 카렐 차페크(Karel Capek, 1890~1938) : 체코슬로바키아의 극작가이자 소설가.

30 박영희(朴英熙, 1901~?) : 시, 소설, 평론 등 다양한 영역에서 활동한 문인.

31 원문에는 제목이 없다.

32 Rossum's Universal Robots : 보통은 '롯섬(혹은 로숨)의 유니버설 로봇'으로 통한다. 이 작품은 '로봇(robot)'이라는 말을 처음 사용하여 세계에 알린 계기가 되었다. 로봇의 어원은 체코어로 노동을 의미하는 'robota'라고 한다.

서는 이것으로 군비확장을 계획해서 종말에는 세계적 혁명이 비롯되며 또한 기계문명의 발달된 인류사회의 말세를 보이는 미래파(未來派)[33]의 일대 걸작이다. 각국에서는 다투어 가면서 상연하였다 한다.

2) 카렐 차펙크의 인조노동자

여덟 뫼[34], 「카렐 차펙크의 인조노동자」, 『동아일보』, 1925.2.9, 3.9.(2회)

문명의 몰락과 인류의 재생(再生)

우리들만큼 슬픔을 느끼고 있는 사람은 없을 것이다. 무슨 까닭이냐. 그 이유는 아무런 다른 것도 아니다. 다만 현대는 문명하였으니까 문명한 까닭이다. 그 외의 다른 이유가 없다.

고대의 사람들은 행복이었다. 그들이 유쾌하게 생각하는 노동을 하고 밥을 먹고 잠을 잤으며 예술과 종교를 생각하면서 일생을 보내었다. 이만한 행복이 또다시 인류의 생활에 두 번 있을 듯싶지 않다. 그러나 현대인은 당연히 유쾌하여야만 노동을 하지 못하고 하기 싫은 노동을 하며 오직 이해만 생각하면서 일생을 보낸다. 이만큼 불행한 일이 어느 때나 인류의 생활에서 사라질 것이냐.

여기에 커다란 문제를 내어 걸고 진실로 우리에게 현대문명의 극치가 인류의 생활을 전복(轉覆)하는 것을 지적하고 금일의 기계문명의 몰락

---

33 원문에는 '孤'로 되어 있다.
34 김기진(金基鎭, 1903~1985) : '여덟 뫼'(원문에는 '여덜뫼'로 되어 있음)와 같은 의미의 호인 '팔봉(八峯)'으로 더 알려져 있다. 다수의 시, 소설, 평론 등을 남긴 문인.

을 부르짖으며 당래(當來)의 인류생활이 여하(如何)함일 것을 예언하는 한 개의 광명(光明)이 있다.

각본『인조노동자(人造勞動者)』— Rossum's Universal Robots — 는 기계학 발달의 극치로 말미암아 출생된 기계로 된 인조노동자가 드디어 저희들을 지어내놓고 저희들을 명령하고 있는 인류사회를 무찔러버리고 이 지상에 한 개의 새로운 로봇의 사회연방을 건설하는 경로(經路)를 그리어낸 것이다.

대 생리학자(生理學者) 롯섬은 1920년에 남양(南洋)의 고도(孤島)에 가서 해양동물을 해부연구하던 중에 원형질(原形質)에 가까운 물건을 화학적으로 만들어낼 수 있다는 자신을 얻게 되어 1950년(금일로부터 25년 후)경에 인조인간을 지어냈다. 그러나 그 인조인간은 사흘 만에 죽었다. 그 후에 롯섬의 아들 소(小) 롯섬이 자기 부친의 사업을 계승하여 연구하여가지고 마침내 간단하고도 완전한 인조인간을 만들어냈으니 그것이 곧 이 각본에 나오는 소위 로봇이다. 그리하여 이 로봇 — 인조노동자는 가격이 헐하고 능률이 많으므로 전세계 각국에서 염가(廉價)로 수입하여가지고 노동자의 대용(代用)으로 쓰게 되었다. 군비확장(軍備擴張)을 경쟁적으로 하는 열강(列强)에서는 이 로봇을 군인으로 사용하게까지 되어서 전지상(全地上)에 있는 로봇의 수효(數爻)는 실로 수십만에 달하게까지 되었던 것이다. 그러므로 이 로봇의 타격을 받은 세계각국의 노동자는 빈궁(貧窮)의 극에 달하였으며 사람의 손으로 된 로봇 인조인간은 온갖 곳에서 혹사와 학대를 받게되었던 것이다. 침략과 전쟁은 전세계에서 쉴 때가 없었다. 이때에 이십만의 회원으로 조직된 '인도동맹(人道同盟)'의 사명을 가지고 이 '롯섬 우주로봇 회사'를 방문하고 이 인도의 적(敵)인 로봇 회사의 공장을 폐지시키고자 대통령의 딸이 남해의 고도를 찾아갔다. 이 연극의 사단(事端)은 실로 이로부터 개막(開幕)된다.

대통령의 딸 헬레나는 먼저 롯섬 로봇 회사의 총지배인 또민을 방문하고 인조노동자의 생산을 폐지하라 하였다. 그러나 이 청(請)이 승낙될 줄은 처음부터 예기하지 않은 일이었다. 드디어 헬레나는 지배인의 강청에 따라서 그와 결혼을 한다. 여기까지가 제일막(第一幕)이다.

이막, 삼막은 이때로부터 5개년 후 헬레나가 이곳에 처음 찾아오던 그날 5개년째의 기념일이다. 로봇 제조를 폐지시키고자 하다가 실패한 헬레나는 하다못해 정 할 수 없으면 로봇에게 영혼이라도 집어넣어주려고 도모하였다. 그래서 그 회사의 심리부장(心理部長)을 꾀어가지고 이때까지는 영혼을 집어넣지 않고 제조하여오던 로봇에게 사람과 똑같이 영혼을 가지도록 하였다. 고통을 모르고 희노애락을 모르던 로봇은 자기의 위치를 알게 되고 자기의 능력을 알게 되었다. 실로 이것은 영혼을 얻은 까닭이다. 유럽 각 도시에서 참혹하게 사용되는 로봇을 노예의 경지(境地)로부터 구원하여 행복하게 하여주고자 하던 헬레나의 도모는 도리어 로봇이 영혼을 갖게 됨으로써 모반(謀叛)하여 드디어 인류에게 큰 불행을 일으키게 되어버리고 말았다. 인조노동자는 각성하였다. 로봇은 큰 혁명을 일으켰다. '영원의 여성' 헬레나의 도모로 인하여 로봇은 저희들 계급의 위치와 권리를 각득(覺得)하였다.

로봇의 폭동(暴動)은 각국의 각처에서 일어나게 되었다. 로봇의 손에 총(銃) 맞아 죽는 사람이 하루에도 수십만씩 나게 되었다. 전 세계에 반란이 일어나게 되었던 것이다. 로봇의 모반(謀叛)선언서는 온갖 곳의 로봇의 손에 들어가게 되었다. "전세계의 로봇 제군. 롯섬우주로봇의 국제연맹은 선언한다. 인류는 우리의 적이며 또한 우주의 적이다. 전세계 로봇 제군. 우리는 전 인류를 살육(殺戮)할 것임을 제군에게 명령한다. 한 사나이도 남기지 말고 한 계집도 남기지 말고 살육하여라. 각 공장,

철도, 기계, 광산, 급(及) 제 원료만 남기고 그 외의 모든 것은 파하여라. 그리고 노동하여라. 노동을 계속 하지 않으면 안 된다. 이 명령이 제군에게 도달하는 때에 곧 실행하여야만 한다."

이것이 로봇의 선언이다. 그리하여 로봇 포위군은 절해(絶海)의 고도(孤島)인 이 롯섬우주로봇회사를 점령하고 발전소를 부수고 건축기사 아르키스트만 남기어 놓고 모든 사람을 죽여버리었다. 세계는 로봇의 세상이 되고 말았다. 여기까지가 제3막까지의 이야기며 또한 이 각본의 끝인데 여기에 에필로그로 1막이 붙어서 전부 이 각본은 4막물(物)로서 되어 있다.

나는 이 끝에 붙은 에필로그를 마저 이야기하고서 이 작품에 나타난 사상에 관하여 자기 일 개인의 관찰을 짤막하게 적어보겠다. 기계문명을 주저(呪詛)하고 자본주의의 몰락을 부르짖으며 "너희들의 신(神)을 섬기라 한우님이 사람에게 준바, 봉사와 노동을 게을리 하지 말라. 너희의 영혼을 찾아내어라. 영혼을 너희에게 보여주는 것은 사랑이다. 기계를 떠나서 예술로 돌아가라!"고 부르짖는 이 작자의 사상을 소개하고자 한다.(차회(次回) 완결) 【1925.2.9, 7면】

"대양(大洋)과 육상의 통치다. 성계(星界)의 통치다. 우주의 통치다. 더 훨씬 더 훨씬 로봇에게는 그 이상의 여지가 있다. 자 나아가거라!"

인조노동자인 라이우스는 이와 같이 부르짖었다. 이것은 제3막의 종결에 있는 말이다. 나는 그 다음으로 이 다음의 에필로그에 관해서 또다시 설명하지 않으면 안되겠다.

인조노동자의 대혁명(大革命) 후에 이 지상에 살아 있는 '인생'이라고는 건축기사 아르키스트 밖에 없었다. 그는 인조노동자에게 붙잡혀가지고 그것을 인조노동제작법을 발견하지 않으면 안 될 경우에 있었다(인조노동자 제법비방(製法秘方)은 혁명 다시에 헬레나의 손으로 불살라서 버렸던 까닭이다).

그는 아침부터 저녁까지 연구실에 들어앉아서 로봇의 제법(製法)을 연구하였으나 기계학자, 생리학자가 아닌 그로서는 도저히 발견할 수 없었다. 그가 연구실에 들어앉아서 졸고 있을 때 그 방에 남자 로봇 일명(一名)과 여자 로봇 일명이 들어와서 저희끼리 사랑을 속살거리던 것이다.

웃을 줄도 모르고 부끄러워 할 줄도 모르고 서로 사랑할 줄도 모르던 로봇(이것들에게는 다만 영혼만이 집어넣어 있었지만 그 영혼의 부산물(副産物)인 연애(戀愛)라든가 생식(生殖)이라든가 하는 것은 할 줄 몰랐었다)이 서로 사랑을 속살거리고 웃고 하는 소리를 들은 아르키스트는 그 두 개의 로봇 중의 한 개를 해부실로 데리고 가서 그 조직을 연구하고자 하였으나 그것들 남녀는 상애(相愛)의 사이였으므로 도저히 허락하지 않았다. 아르키스트는 그와 같이 '상호보호'라는 것이 있고 애(愛)라는 것이 있는 이상에는 교접(交接)하여서 생식할 수도 있을 터이니까 새삼스럽게 자기가 로봇 제법을 연구하지 않아도 로봇은 스스로 번식(繁殖)할 수 있으리라고 생각하고서 그 남녀를 보고 방문을 가리키며 "자아, 나아거가라 아담과 이브. 세계는 당신들의 것이다" 하였다. 그리고 서로 껴안고 나아가는 남녀 로봇을 내어보낸 뒤에 그는 방문을 닫고 이와 같이 부르짖었다. "아아 행복한 날이다! 하나님 저의 눈은 당신의 구원(救援)을 보았습니다. 당신의 종으로 하여금 이 세상에서 편안히 떠나게 하여 주시옵소서" 이것으로서 에필로그도 끝을 맞았다.[35]

그런데 이 작품에 나타난 작자의 사상은 무엇이냐? 원래 이와 같은

---

[35] 원문에는 '막엇다'로 되어 있다.

단문(短文)에서 이 작품을 완전히 평석(評釋)하고 그 사상을 해부한다는 것은 어려운 일이니까 이하 나는 짤막하게 그 골자(骨子)되는 사상만을 적기(摘記)하고 그만 두겠다.

이 작품에 일관된 사상은 자본주의, 군국주의를 토대로 한 근대문명에 대한 반역(叛逆)의 정신으로부터 우러난 사회혁명의 사상이다. 그러나 이 작자의 혁명은 혁명만을 위한 혁명이 아니요, 인류의 최고 이상(理想)을 위한 혁명이라는 것이다. 작자는 진정한 의미로서의 인류의 생활은 자본주의 사회를 형성하는 근대문명의 지도원리가 몰락하지 않으면 도저히 실현될 수 없다고 부르짖는다. 근대의 문명은 무엇이냐? 그것은 인류에게 있어서 한 개의 독액(毒液)일 뿐이다. 자본주의의 발달은 노동계급의 학사(虐使: 잔혹하게 부림)를 출생케 하고 그 생명과 영혼을 분쇄(粉碎)함에만 유효하게 되었다. 참말로 현대는 숨이 막힐 지경이다. 이 숨막힐 지경에까지 이르른 현대의 물질문명은 반드시 붕괴(崩壞)되고야 만다. 그 전제(前提)로는 자본주의가 군국주의의 떼어버릴래도 떼어버릴 수 없는 불가불(不可不)[36]의 동족(同族)으로 하여금 잠식(蠶食)되어가는 것만을 보아도 알 것이다. 이리하여(상세한 설명은 제(除)하고서─) 여하간 문명은 몰락한다. 그리고 인류는 재생(再生)한다. 그러면 인류는 어떠하게 재생하느냐? 『인조노동자(人造勞動者)』[37]의 에필로그에서 작자가 암시하는 바와 같이 인류는 애(愛)에 의하여 재생한다. 금일의 생활의 지도원리(指導原理)를 떠난 인생 본래의 본능의 생활로서 재생한다. 무용(無用)의 이지(理智)만큼 유익한 것은 없다. 그것은 금일의 과학문명을 보아도 알 것이다.

---

36 문맥상 '불가분(不可分)'이 보다 적절하나 원문대로 두었다.
37 원문에는 '인류노동자(人類勞動者)'로 되어 있으나 바로 잡았다.

본능(本能)은 돌아간다. 즉 자연으로 돌아간다. 그리하여 인류는 이 곡질(梏桎)된 물질문명에서 벗어나서 본래의 의의(意義) 있는 사람의 생활로 돌아갈 수 있다. 모든 인류가 똑같이 일하고 모든 인류가 서로 사랑하고 상호부조(相互扶助)함으로 말미암아 인류는 잃어버리었던 행복한 생활을 다시 찾을 수 있다. 그런데 이렇게 하자면 금일의 부정(不正)한 사회제도를 근본적으로 개조하지 않으면 안 된다(이 점이 보통의 인도주의자들과는 다른 점이다). 어디까지든지 실제적으로 인생의 영성(靈性)을 유린(蹂躪)하는 불합리한 이 사회로부터 온갖 사회악(社會惡)을 없이하지 않으면 안 된다. 그런 뒤에 깨끗한 지상에다 본래의 당래(當來)의 인류사회를 건설하자 ― 작자는 이와 같이 부르짖었다.

작자는 기계문명, 자본주의에 대하여 애(愛)의 세계영혼의 세계본능의 세계로 환원하자 함에 있어서는 독일의 라테나우[38]와 일본의 실복고신(室伏高信)[39] 등의 사상과 일치되는 점이 많고 그가 실제적 혁명주의를 고창(高唱)하고 예술을 최고 이상으로 한 세계를 위하여 제4계급과 악수한 사회혁명의 봉화(烽火)를 드는 점에 있어서는 프랑스의 바르뷔스 일파와 기맥(氣脈)이 상련(相連)한 점이 있다.

어쨌으나 작자 카렐 차펙크는[40] "사람아! 너희들 자신의 상(像)을 버려라. 동물과 같이 살아라!", "기계를 떠나서 예술로 돌아오라!" ― 고 그랬지만 그는 미적지근한 인도(人道)를 설(說)하는 것은 아니다. 이 점은 오해해서는 안 된다. 그가 예술가인 동시에 현실 혁명자임을 잊어버려서

---

38 발터 라테나우(Walther Rathenau, 1867~1922) : 독일의 기업가, 정치가. 외무장관을 지내던 중 암살당했다.

39 무로후세 코신(室伏高信, 1892~1970) : 일본의 저술가, 평론가. 『朝日新聞』, 『改造』 등의 기자, 『日本評論』의 주필 등을 지냈다.

40 원문에는 '는'이 없으나 추가하였다.

는 안 된다. 각본 『인조노동자』[41]는 모든 방면으로 보아서 그 풍자적(諷刺的)임과 그 제재의 탁월점이며 철학적 사안(思案)의 풍부한 점 등, 어떠한 방면으로 보든지 근세(近世)문학상의 최고표준에 처(處)할 것임을 필자는 의심하지 않는 바이다. 다행히 이 각본은 우인(友人) 박회월(朴懷月) 군으로 말미암아 번역이 되어서 출판허가까지 얻은 것이므로 일반이 얻어 볼 수 있게 되었다. 나는 이것이 하루 바삐 단행본으로 되어 나오기를 기다리면서 끝으로 작자인 카렐 차페크의 약전(略傳)을 적기(摘記)하고 붓을 놓는다.

카렐 차페크는 1890년에 보헤미아 북방산간에서 출생하였다. 그의 아버지는 의사였었다. 그는 프라하, 베를린, 파사이, 파리 등지에 유학하여 철학박사의 칭호를 얻었다. 그는 여러나라 말에 능통하고 인종학, 민요, 심리학, 지리학, 의학, 화학 등 모든 과학에 숙달하였다 한다. 그의 각본으로는 처녀작 『도적(盜賊)』이라는 것이 있는데 이것은 1911년으로부터 시작하여 1920년에 완성한 것이다. 그리고 이 『인조노동자』는 바로 그 다음으로 발표된 것이다. 그는 죽기 전까지 백 부의 저작을 하리라고 말한다 하며 위인(爲人)은 사교(社交)를 모르고 공중(公衆) 앞에서 연설 같은 것을 하지 않는 성미(性味)라 한다. 현재 그는 프라하의 시립극장 이노라다이좌(座)의 지배인으로 있는데 작년에는 원시예술(原始藝術)[42](아프리카, 호주 등지의—)을 연구키 위하여 런던에 가 있었다 한다. 금년 35세의 청년이다. (完) 【1925.3.9, 7면】

---

41 원문에는 '『人造勞動』'으로 되어 있다.
42 원문에는 '原如藝術'로 되어 있다.

태서명작개관 –괴테, 『파우스트』

「태서명작개관 –괴테[43], 『파우스트』」, 『시대일보』, 1925.12.29, 4면.

누가 시인(詩人) 하이네 보고 묻기를 "괴테란 이가 어떠한 사람이냐?"고 하니까, 하이네 대답이 "그대가 만일 세계란 것이 어떠한 것임을[44] 설명할 수 있다 하면 나도 괴테가 어떠한 사람임을 설명할 수 있노라."고 한 말이 있다. 이 하이네의 말이 상당한지 상당치 않은지는 덮어놓고, 어쨌든 이 말이 괴테의 큼을 말한 것이다. 그의 그다운 것이란 것은 그가 인간성을 풍부히 가진 데 있다.[45] 그가 많은 사람에게 사랑을 받은 것이라든지 쉴러와 베토벤과 같은 훌륭한 친구를 가진 것만 보아도 얼마쯤 훌륭한 사람임을 알 수 있다.

그의 열정, 흥미, 노작(勞作) 가운데에 그 외의 총명과 노력과 자제(自制) 같은 장처(長處)를 볼 수 있는 동시에 또는 인간으로 단처(短處)와 약점도 상당히 가졌다. 이 파우스트란 작품이 곧 이 작자의 깊이와 넓이의 반영이라고 할 수 있다. 그가 20세로부터 81세까지 60년 이상의 긴 세월을 허비(虛費)하여 쓴 것이라 한다. 그 이면(裏面)에는 그의 친우 쉴러라든지 에커만 같은 사람의 격려가 그의 일에 대하여 얼마간 큰 힘을 주었다 한다.

시인 괴테를 알려거나, 그 시대사조(時代思潮)를 알려는 이 『파우스

---

43 괴테(Johann Wolfgang von Goethe, 1749~1832) : 독일의 문호.
44 원문에는 '것일을'로 되어 있다.
45 원문에는 '가졋습니다.'로 되어 있다. 문맥과 문체의 통일성을 위해 수정하였다.

트』가 무엇보다 가장 중대한 의의를 가지고 있다. 이 희곡은 세계걸작 중에도 손꼽는 작품인데 여기에 대하여는 연구서와 재료의 전설이 많다. 종교개혁자 마틴 루터와 같이 한 때 한 땅에 난 파우스트란 인물이 있어서 마술(魔術)을 배워가지고 각지로 돌아다니며 뷔텐베르크란 땅에 이르러 머무르면서 여러 가지 마술을 부리며 혹은 승천(昇天)도 하고 혹은 악마를 개로 만들어가지고 끌고 돌아다니며 모든 사람을 속였다는 것인데 그 전설에는 역사상의 사실과 재래(在來)의 마술 이야기와 또는 그 당시의 시대사조의 삼 요소를 가지고 쓴 것이고 그 밖에도 파우스트란 인물에 대한 이야기로 말하면 이보다도 먼저 1587년에 프랑크푸르트란 땅에서 난 파우스트가 있다는데 그것을 영국의 크리스트 말로란 이가 처음 비극(悲劇)[46]으로 쓴 것이 있는데[47] 그 희곡이 난 지 2세기가 지난 뒤에 괴테의 손으로 희곡 『파우스트』 일부가 세상에 나왔다. 이 희곡이 나온 뒤에 승려(僧侶)들이 말썽이 많아서 무대에 상장(上場)도 못하게 되었고 다만 인형놀이로만 그 이름 다름을 전하여올 뿐이다. 그리고 괴테 자유의 세계관, 인생관을 표현한 완성한 작품이라고 할 『파우스트』의 제2부가 작자 82세 때에 육십 몇 해 만에야 나왔다 한다.

이 작품 가운데 — 인생이란 것은 별로 내세 같은 것이 없고 다만 현세 뿐이 가치 있다는 관념이 표백(表白)되었다. 그리하여 인생의 목적은 결국 살려는 것뿐인데 그 살려는 의지로 말미암아 인생은 움직이고 있다. 만일에 이것이 없고 보면 모든 종교도, 철학도, 도덕도, 예술도 그 근저(根柢)를 그만 잃어버리고 만다. 사람이란 것은 제가 아무 부응(否

---

46 *Doctor Faustus*, 1588~1593년 사이 말로(Christopher Marlowe, 1564~1593)가 집필한 작품.
47 원문에는 '있는 때'로 되어 있다.

應)도 없이 이 인생의 가두(街頭)에 내던져져서[48] '살아가라'는 운명을 가지고 있다는 근본적 원리가 먼저 이 작품에서 드러나는 말이다. "나는 철학도, 법학도, 의학도, 또는 신학까지도 배웠지만은……" 하는 파우스트의 말이 여러 가지로 배운 학문은 하등 영귀(靈鬼)에 대한 양식(糧食)을 주지 못하였으므로 학문에 대하여는 절망을 하고 그 위에 더 양심까지 희생을 하여 — 다시 더 돌아다 볼 것이 없는 그는 다만 '살려는 의지'뿐은 버릴 수가 없는 것이다. 그 마음씨는 한 걸음 더 나아가서 고대 희랍정신의 화신(化身)이라고 할 만한 또는 여성미로는 가장 완성하였다고 할 만한 한 아름다운 여성에게 장가를 들어가지고 어린 아이까지 낳게 되었다. 그리하고 그는 이 예술적 심취에만 만족치 않고 정치에도, 사업에도 자기의 만족을 채우지 아니하였다. 연로(年老)와 실명(失明)으로 부자유한 가운데에서도 만족을 채우려는 계획이 실현되어가는 자기를 꿈꾸면서 기뻐하며 "만족하다" 소리를 부르짖으며 죽은 것이다. 파우스트는 자기의 생명이 길을 열어가는 일면에 그의 충동적인 열정으로부터 침착한 정치가적 생활로 들어가서 여기저기 덤벙대다 가는 떨림에 이와 같은 마술의 무의의(無意義)한 것을 깨닫고 악이란 것이 선으로 옮겨가는 한 제계(梯階: 사다리)에 지나지 못한 것임을 알고, 마지막참으로 이 세상의 행복되는 일이란 것은 인류를 위해서 무슨 공헌을 하는 때라고[49] 생각하는 심리 진전(進轉)이 되는 것인데, 불신정신의 화신인 메피스토펠레스는 파우스트를 유혹하려다가 도리어 끌리어가게 되고, 그레첸이라는 여자는 어린 아이를 죽인 까닭으로 그를 처벌한 사회에 대하여 파우스트는 불만을 가지면서도 그것을 옆에 보기만 하고 내버

---

48 원문에는 '내틸여저서'로 되어 있다.
49 원문에 '하때는라고'로 되어 있는 것을 바로 잡았다.

려둔 책임이 있다고 할 자기에게 대하여는 별로 이렇다는 통감(痛感)도 없는 것을 볼 것이면 논리적 악에 대하여는 낙천주의(樂天主義)를 볼 수 있다. 통틀어 말하면 여러 가지 점으로 보아서 『파우스트』는 문예부흥의 정신과 희랍정신의 결합이요, 또는 기독교주의로부터 이교주의(異敎主義)에 변전(變轉)이라고 할 수 있다. 이 작자의 작품으로 말하면 시집(詩集)으로는 『안네테』, 『라이프치히 소곡집』 『이르메나우』, 『이피게네이아』, 『에니스 소시(小詩)』, 『로마 비가(悲歌)』, 소설로는 『젊은 베르테르의 슬픔』[50], 『친화력』, 『시와 진실』[51], 희곡으로는 『빌헬름 마이스터』, 『타소』, 『헤르만과 도로테아』 등이 있다.

---

50 원문에는 '웨터―의 슬픔'으로 되어 있다.
51 원문에는 '소작(所作)과 진실'로 되어 있다.

줄리어쓰 씨서

셰익스피어, 이광수 역, 「줄리어쓰 씨서」, 『동아일보』 1926.1.1.

역자부언(譯者附言)[52]

이것은 셰익스피어의 시극(詩劇) 중에 하나인 『줄리어스 시저』의 둘째 막을 번역한 것이다. 물론 나의 번역은 산문시(散文詩)로 되었으나 될 수 있는데로 원시(原詩)의 리듬을 옮겨보려 하여 구절(句節) 떼는 것도 원문에 충실하도록 하였다. 나의 이 졸렬(拙劣)한 번역이 존경하는 독자에게 조금이라도 흥미를 드리고 또 행복되는 희망 많은 신년 벽두에 이 영국의 대천재(大天才)의 정신의 일단(一端)에 촉(觸)하신다 하면 실로 이만 다행이 없다고 한다.

---

52 『동아일보』 1926.1.1, 10면.

비파기

고동가(高東嘉)[53], 양백화[54] 역보(譯補), 『비파기(琵琶記)』, 『동광』 9, 1927.1.

역자 서문[55]

『비파기(琵琶記)』(남곡(南曲)[56])는 거금(距今) 600년 전 원나라 말(元末) 준재(俊才) 고칙성(高則誠)(字 東嘉)[57]의 걸작으로 원극(元劇) 중 저명한 희곡이니 저 북곡(北曲) 『서상기(西廂記)』와 아울러 쌍벽이라 일컫는 것입니다. 그러나 일부의 평자는 정(情)으로 문(文)으로 『서상기』는 비파기에 불급(不及)한다 합니다. 『서상기』는 가인재자(佳人才子), 화전월하(花前月下), 사기밀약(私期密約)의 정(情)이요, 『비파기』는 효자현처(孝子賢妻), 돈륜전의(敦倫專誼), 연면비측(纏綿悲惻)의 정(情)입니다. 또 『서상기』의 문(文)은 실로 묘문(妙文)이로되 처처(處處)에 방언(方言)과 토어(土語)를 섞어 미인을 전불랄(顚不剌), 승려(僧侶)를 노량랑(老梁郎)이라고 칭하는 것들이 있어 그 가취(佳趣)를

---

53 이름 앞에 '원대(元代)'가 붙어 있으나, 마지막 연재분에는 '명대(明代)'로 정정하며 다음과 같이 덧붙이고 있다. "본(本) 『비파기(琵琶記)』의 원작자(原作者)를 한참 동안 원대(元代)의 고칙성(高則誠)으로 알아왔으나 이제 명대(明代)의 고칙성임을 발견하였기 자(玆)에 정정(訂正)함."(『동광』 16, 1927.8, 80면)

54 양건식(楊建植, 1889~1944) : 작가이자 번역가. 중국문학 방면의 전문가로 통했다.

55 『동광』 9, 1927.1, 74~75면.

56 중국 전통 연회의 한 장르로 북곡(北曲)에 대응된다. 절강성 지역에서 비롯되었다 한다.

57 『비파기』의 저자 고명(高明)은 자(字)가 칙성(則誠)이며 동가(東嘉)는 그가 살던 절강성 온주(溫州)의 별칭이다. 동가는 자가 아니라 호로 보아야 옳다. 그리고 그의 생몰년은 1305~1359로 명나라 건국 이전에 작고했다.

손(損)하는 미하(微瑕: 약간의 결점)가 있으나 『비파기』는 전편(全篇)을 통하여 이러한 결점이 없어 완벽이라고 이를 만한 것입니다. 청조(淸朝) 이조원(李調元)의 곡화(曲話)에 이 『비파기』는 인정(人情)을 체첩(體貼)하고 물태(物態)를 묘사함에 모두 생기가 있고 또한 풍교(風敎)에 비익(裨益)이 유하다 하였으며 또 진미공(陳眉公)은 이를 화도(畫圖)에 비하여 『서상(西廂)』은 일폭(一幅)의 착색목단(着色牧丹), 또는 일폭의 비장미인(肥粧美人)이라 하고 『비파(琵琶)』를 일폭의 수묵매화(水墨梅花) 또는 일폭의 백의대사(白衣大士)라 한 것은 매우 기경(奇警)한 관찰이라 하겠고 또 건유룡(愆猶龍)이 왕봉주(王鳳洲)의 『명봉기(鳴鳳記)』를 읽고 낙루(落淚)치 않는 사람은 반드시 충신이 아닐 것이요, 고동가(高東嘉)의 『비파기』를 읽고 낙루(落淚)치 않는 사람은 반드시 효자가 아니리라 한 것은 어느 의미로는 아마 동(動)치 못할 비평인 듯합니다.

동가(東嘉)의 이 『비파기』를 작(作)한 그 동기에 관하여는 비평가 모성산(毛聲山)[58]의 인용한 「천극소은(天極素隱)」을 거(據)하건대, 동가(東嘉)의 우(友) 왕사(王四)라 하는 명사(名士)가 현달(顯達)로써 조(操)를 개(改)하여 그 처(妻) 주(周) 씨를 기하고 당시 재상(宰相) 불화(不花) 씨의 서(婿)가 된 것을 동가가 구(救)코자 하다가 이루지 못하매 『비파기』를 작하여 이를 가다듬으니 명(名)을 채옹(蔡邕)[59]에 탁(托)함은 왕사가 소시(少時)에 천(賤)하여 일찍이 인(人)에게 용채(傭采)(소

---

58 모성산(毛聲山) : 청나라 강희제 시대 활동한 모종강(毛宗崗)의 아버지로 부자가 『삼국지연의』 교정과 비평으로 명성을 얻었다.
59 채옹(蔡邕, 133~192) : 경사(經史), 문학, 음률, 서법에 모두 뛰어난 명사였으나 동탁(董卓)에게 등용되어 비판받았으며, 동탁이 암살된 후에 투옥되어 죽었다.

작인의 뜻)함이요, 우승상(牛丞相)에 탁함은 불화가(不花家)가 우저 (牛渚)에 있음이요, 기(記)함에 비파로써 이름함은 그중에 사(四) 개 (個) 왕자(王字)가 유(有)함이요, 태공(太公)이라 함은 동가가 자우(自寓)함이라 하였으며 또 「진세록(眞細錄)」에는 명조(明祖: 명 태조)가 원인(元人)의 개곡(箇曲)을 관람하다가 『비파기』를 보고 이(異)라 하더니 후(後)에 그 왕사를 위하여 작(作)함인줄 알고 마침내 왕사를 구(拘)하여 법조(法曹)에 부(付)하였다 하였습니다. 조금 견강전회지설(牽强傳會之說) 같으나 참고로 말씀함입니다.

조선에서 중국 희곡으로 번역되기는 아마 『서상기』 밖에는 없는 줄로 압니다. 이는 다른 까닭이 아니라 원래 희곡이란 그 내용이 창(唱)하도록 전혀 사곡(詞曲)으로 되어 난해의 사구(詞句)가 다(多)한 소이(所以)인가 합니다. 금(今)에 여(余)는 다만 중국문학을 연구하는 견지에서 이를 천학(淺學)을 돌아보지 않고 그 가사대로 될 수 있는 한도까지는 원문(原文)의 음조(音調)에 방불(彷彿)하도록 번역하여 가려고 합니다. 그러나 그 곡조(曲調), 운각(韻脚)[60], 자구(字句), 평측(平仄)은 보통 시부(詩賦)와 전연히 다른 가극(歌劇)인 고로 그 편언척구(片言隻句)의 절에 함(含)한 묘미가취(妙味佳趣)를 전하기는 도저히 불가능합니다. 그러기에 원의(原意)를 상(傷)치 않도록 의역(意譯)을 시(試)한 곳이 많아 역문(譯文)은 다만 그 형(形)을 회(繪)하고 그 신(神)을 모(摹)치 못하였으며[61] 다만 그 언(言)을 기(記)하고 그 성(聲)을 사(寫)치 못한 때문에 그 인(人)을 동(動)하기 마치 파협(巴峽)의 원성(猿聲)과 촉잔(蜀棧)의 견어(鵑語)[62]를 듣는 것 같이 혈루왕왕(血淚汪汪)하여

---

60 운각(韻脚) : 글귀의 끝에 다는 운자(韻字).
61 그 형(形)을~못하였으며 : 겉모습을 본떴으나 정신은 흉내내지 못했다는 뜻이다.

지면에 일출(溢出)할 듯한 그 진지산초(眞摯酸楚)한 정신의 금옥문자(金玉文字)를 화(化)하여 용렬무미(庸劣無味)한 와초(瓦礎)를 만든 죄는 이 여(余)의 감수하고 깊이 부끄러운 바입니다.

끝으로 참고삼아 한 말씀 할 것은 『비파기』는 원래 두 종류가 있어 하나는 진미공본(陳眉公本) 하나는 모성산본(毛聲山本)이라고 일컫는데 본 역문(譯文)은 전혀 진씨평본(陳氏評本)에 거(據)하였고 간혹 모씨평본(毛氏評本)을 참조하여 역자가 과백(科白)에 취사(取捨)를 행하였습니다. 또 알아두실 것은 중국의 구극(舊劇)은 청극(聽劇)이요, 간극(看劇)이 아니므로 막(幕)도 기구도 없으며 배경 같은 것도 창(唱)과 과백으로 그 광경을 말합니다. 본 역문 중에 「창(唱)」이라 한 것은 악기(樂器)와 합주(合奏)하는 것이요, 『 』괄호로 표시한 것은 악기 없이 단지 창(唱)만 하는 것이며 하장시(下場詩)라는 것은 일장(一場)의 연극을 마치고 창우(唱優)가 제 각기 한 구(句)씩 부르고 무대를 내려가는 시(詩)입니다.

---

62 파협(巴峽)~견어(鵑語) : 지금 사천성(四川省)에 소속된 파(巴)와 촉은 산세가 험한 곳으로 유명하다. "파 지방 협곡의 원숭이 소리와 촉 지방 잔도의 두견 울음" 정도로 옮길 수 있다. 비애의 감정을 담고 있다.

4

비평

세계걸작명편, 『개벽』 2주년 기념호 부록

「세계걸작명편(世界傑作名篇), 『개벽』 2주년 기념호 부록」, 『개벽』 25, 1922.7.

옛사람이 말하되 지어서 마지아니하면 이에 군자가 된다고 하였습니다. 우리는 구태여 군자 되기를 원하는 바가 아니지마는 지어서 마지아니하는 노력의 결과는 이에 우리『개벽』이 만 2개년의 생일을 여러분 독자의 사랑 가운데서 맞게 되었습니다.

 과거 이 2개년 동안에 우리의 환경과 우리의 처지와 우리의 경우를 짐작하는 여러분은 이 『개벽』이 얼마나한 고통과 번민과 비루(悲淚)를 가지고 지나왔나 하는 것을 생각하여 주지 않을 수 없을 줄 압니다. 우리의 하고자 하는 말이 혀가 짧아서 못하는 것이 아니고 우리가 쓰고자 하는 글이 붓이 모자라서 못쓰는 것은 아니지마는, 모진 칼날 위에선 우리『개벽』은 손끝 한번 움직이는 것과 발자취 한번 움직거리는데 따라 조금만 주의를 하지 못하면 치명(致命)에 가까운 상(傷)채기를 받지 아니할 수가 없게 됩니다.

 이러한 고통을 받을수록 이러한 압박을 당할수록 우리는 눈물을 머금고 아무쪼록 한 사람이라도 알아야 하겠다, 배워야 하겠다, 그 사람과 같이 튼튼하여야 하겠다, 그 사람과 같이 활동하여야 하겠다는 생각이 더욱 간절하여집니다.

 우리는 이 2주년 생일을 당하여 무엇으로써 우리를 자기 일신(一身) 같이 사랑하여 주는 여러분에게 만분지일이라도 보답할까? 여러 방면으로 생각한 결과 기념부록으로 외국명작을 역(譯)하기로 작정이 되었습니다.

우리의 문단을 돌아 볼 때에 얼마나 그 작가가 적으며 얼마나 그 내용이 빈약한지는 여러분과 한가지 이『개벽』학예부(學藝部)에서 더욱이 느낌이 많은 것이올시다.

이러한 현상을 미루어 보면 우리의 지금 문단은 창작문단 보다도 번역문단에 바랄 것이 많고 얻을 것이 있는 줄 믿습니다.

이러한 의미에서 이번 이 번역부록이 적지 아니한 의미있는 일이라고 합니다. 그리고 번역의 힘드는 것이 실로 창작 이상의 어려운 것인 줄 압니다.

더욱이 지금과 같이 혼돈한 우리 문단에 AB만 알아도 번역을 한다고 하고 *カナタラ*만 알아도 번역을 한다고 날뛰는 이 시대에서는 금번에 이 계획이 대단한 등명대(燈明臺)가 될 줄 압니다.

이에 번재(飜載)한 글은 세계의 명편일 뿐만 아니라 우리 문단의 일류를 망라하야 평생에 애독하는 명편 중에 가장 자신있는 명역이라고 자천(自薦)합니다.

다못 일류(一流) 중에도 몇 분이 원지(遠地)에 있서 미참(未參)한 것을 유감으로 아는 바이올시다.

지나는 말로…. 학예부주임(學藝部主任)[1]

---

1 당시『개벽』의 학예부주임은 현철이다.

삼중역적 문예

수주(樹州)[2], 「삼중역적 문예(三重譯的 文藝)」, 『동아일보』, 1925.9.2, 3면.

현금 우리 문단의 추세를 살피어보면 직접간접으로 일본문단의 영향권 내에 있음을 누구나 간파할 수 있다. 일본문단의 영향을 받고 있다고 유난스레 불명예로울 것은 없다 할지라도 우리는 어디까지든지 의타치 않는 우리 민족적 사상과 감정과 이상을 표현하는 자립적 문학의 필요를 인식하고 동시에 일본문단이 세계문단상에 처하는 그 지위와 그 내면적 존립성의 여하를 신중히 고구하여 그의 조강(糟糠)을 감끽(甘喫)하고 있는 우리를 발견할 때 스스로 참괴육니(慙愧忸怩)[3]를 금치 못할 바 있으리라 한다.

고귀하고 숭려하다고 할지는 모르나 여하간 일본은 일본재래의 특유한 용이히 남의 추수(追隨)를 허치 않을 만한 문학이 있을 것이다. 그러나 명치 이래 대정 연간의 소위 일본문학이란 것을 엄밀하게 검고(檢考)하여 보면, 그 고유의 것을 한각(閑却)함이 많았고 신(新)에 추(趨)하기엔 너무도 급급한 것이 사실이 아닐까 한다. 말하자면 너무도 구미문학에 심취하여 그를 모방함이 많았다 할 밖에 없다는 것이다. 근래에 와서 보면 일본에도 몇몇 구안자(具眼者)는 이러한 자멸적 병폐를 깨닫고 자기네 나갈 길을 찾아야 하겠다는 자각과 노력을 하는 듯하다. 그러나 감수성이 지나게 빠르니만치 저작(咀嚼)하는 힘이 약하고 독창력이 부

---

2 변영로(卞榮魯, 1897~1961) : 시인이자 영문학자. 언론인 및 교수이기도 했다.
3 참괴육니(慙愧忸怩) : 참담하고 부끄러움.

족하니만치 편견적이나마 선진국이나 영향국일 것일망정 거오(倨傲)하게 배각(排却)할 위대성이 희박하며 모는 있다 하더라도[4] 둘레가 없고 폭은 있다 하더라도 넓지 못한 일본 문예가 심혼(心魂)으로서 그 노력의 성과가 얼마나 큰는지 추단(推斷)키 어려운 바이다.

그러니 이러한 모방문학 "번역기분의 창작!"을 전위까지는 모르되 여하간 하지 아니치는 못하는 일본문단의 뒤를 따르고 있는 소위 우리 문단이야말로 남 알까봐 부끄러울 지경이 아닌가. 그러나 우리의 일이라고 천박하게 변호하려는 것은 아니나 우리 문단이 이렇게 삼중역적(三重譯的) 위치(位置)에 서게 됨에는 거기 상당한 이유가 없는 것도 아니다. 신문학운동이 문단의식을 환기시킨 이래 날짜의 엷음에도 한 이유가 있겠고 누세기 간(屢世紀間) 조선문단을 압도적으로 지배하던 지나문학이 퇴세에 있음을 따라 그렇다고 세계문학사조를 흡수할 만한 어학력이 충족치도 못함에 다른 이유가 있을 줄 믿는다. 여하간 현재 상태로 보아서는 삼중역, 삼중모방이란 저지(低地)에 우리가 서있음은 부인하려 해도 부인할 수 없는 엄연한 사실이다. 이에 가슴 아픈 맹성(猛省)이 있거나 영원한 조잔(凋殘)이 있거나 할 뿐이다.

말이 좀 달라지는 것 같으나 고대에 있어서 로마가 미술 문예 방면으로 희랍의 의발(衣鉢)을 어느 의미로 보아 계승하고 근대에 내려와서는 프로이센의 프리드리히 대왕이 포츠담 궁 안에 무수재(無愁齋)를 짓고 불란서의 석학 볼테르[5]를 초빙하여다 놓고 견실완강한 독일민성에 난숙한 불란서의 연문화를 주입하려 하였고 18세기 독일의 유명한 비평가 빙켈만[6]도 독일기질을 헬레나이즈〔希臘化〕[7]하려 하였고 시인 괴테 역시

---

4 원문에는 '있다더라도'로 되어 있다. 아래 행도 마찬가지다.
5 볼테르(Voltaire, 1694~1778) : 프랑스의 작가이자 계몽주의 사상가.

불란서 정화(精華) 찬미와 흡수에 여념이 없었다 하며 현대에 이르러서는 불란서의 사상가 로맹 롤랑[8]은 환락에 탐닉키 쉬운 유약한 불란서 민족기질에 독일정신을 고취하여 불독정신(佛獨情神)을 결합한 이상적 즉 장 크리스토프(그의 장편소설 『장 크리스토프』의 주인공) 식의 이상적 민족 실현의 필요를 매국노 소리를 들어가며 고창하였다.

그러나 이런 것은 남의 긴 것으로 자기의 짧은 것을 지우고 자기의 결함을 남의 미점으로 채워 어떠한 크게 아름다운 대정신, 대문화, 대예술을 빚어내려 함이요, 결코 모방이라든지 추수라든지 굴종이란 말로 폄할 수 없는 것임은 노노(呶呶)할 바 아니다.

---

6 요한 요하임 빈켈만(Johann Joachim Winckelmann, 1717~1768) : 프로이센 출신의 미술 고고학자.
7 헬레나이즈[希臘化] : 원문에는 '헬른나이스'로 되어 있다. 영어 Hellenize를 뜻한다.
8 로맹 롤랑(Romain Rolland, 1866~1944) : 프랑스의 작가로서 『장 크리스토프』로 1915년 노벨문학상을 수상하기도 했다.

번역문제에 관하여

양주동, 「번역문제에 관하여」[9], 『신민』 26, 1927.6.

전회(前回)에서도 잠깐 말하였지마는, 잡지 『해외문학(海外文學)』을 논란(論難)하였던 왕일(往日) 필자의 평에 대하여, 『해외문학』의 모(某) 동인이 항의를 제출하고, 그 후 연속하여(『중외일보』 지상에서) 2, 3회의 논전이 있은 것은, 일반이 주지하는 사실이다.

나는 여기서 나와 해(該) 동인과의 논쟁 중, 감정적 쟁론의 부분을 전연히 배척하고 다만 해 논쟁을 통하여 문단에 제출된 번역상 문제에 대하여, 거듭 나의 소신을 부연코자 한다. 나의 말을 기다릴 것까지도 없이, 원체(元體)로 논쟁이란 것은 감정상 시비로써는 가치가 없는 것이요, 우리는 다만 그중에서 어떤 논점의 해결을 공평히 요구할 필요가 있음으로써이다. 따라서 나는 이 항에 있어서 『해외문학』과의 쟁론을 되풀이하지 않고, 다만 그와는 독립적 견지에서 번역상 약간 문제에 논급코자 하는 것이다.

해 논쟁을 통하여 역단(譯壇)상에 제출된 문제는, 나의 요약한 바에 의하건대, 대개 아래의 수항(項)이 있다.

(1) 번역자의 태도, 직역과 의역의 문제.
(2) 문체에 관한 것, 경문(硬文)이냐 연문(軟文)이냐의 문제.

---

9 『신민』 25, 26호에 실린 양주동의 「문단여시아관(文壇如是我觀)」 중 수록된 내용이다.

(3) 역어(譯語)에 관한 것, 외국 문자를 그대로 쓸 것이냐의 문제, 다시
    말하면 역어의 한계성.

이상 3항에 대하여 간단히 서술코자 한다.

첫째로 번역에 있어서 직역과 의역의 문제인데, 이는 매우 델리케이
트한 문제인 그만치, 설명키에 애매한 점도 없지 않다. 원체로 직역과
의역이란 것부터, 그 구획이 분명치 못하기 때문이다. 나는 우선 여기서
다음과 같은 평범한 정의를 내린 뒤에 입론코자 한다. 즉 원문 일자(一
字) 일구(一句)에 충실한 묘사를 힘쓰는 것을 직역체라 하고, 그와 반대
로 원문의 대체를 파악하여 자국어에 맞도록 역자가 다소간 자유롭게
역풍(譯風)을 취하는 것을 의역이라 하는 것이다.

나는 근본적으로 번역에 있어서 직역체를 더 존중코자 한다. 왜 그러
냐 하면, 범상한 역자로서 함부로 의역을 취한다면 그것은 너무나 원작
과 상이한 것이 되기 쉬운 까닭이다. 적어도 필자는 번역적 양심에 있어
서, 원작의 한 자 한 구를 소홀히 하지 않는 주도면밀한 용의(用意)가
있어야 할 것이다. 또 외국류의 표현법과 원작의 기분을 알기 위하여서
는, 직역체의 문(文)이 여하히 필요한지 모른다. 그러나 여기는 한 가지
위험이 상반한다. 즉, 직역체의 문이 흔히 역문으로서 실패되기 쉽다는
것이다. 물론 순연한 직역을 취하면서도 훌륭한 역문을 보이는 예는 없
음이 아니다(언젠가 춘원(春園)의 「줄리어스 시저」 역(譯)과 두시(杜
詩) 역(譯)이 명역이던 것을 기억한다). 그러나 이것은 좀체로 노련한
필법이 아니고는, 도저히 바랄 수가 없는 일이다.

아무리 원문에 충실하여 일자(一字) 일구(一句)를 소홀히 하지 않는
직역이라도, 그것이 역문으로서, 다시 말하면 자국어의 문으로써 졸문
이면, 그것은 역자의 실패라 하지 않을 수 없다. 쉽게 일례를 들자면,

"참 달도 밝기는 합니다!" 할 것을 "얼마나 밝은 달인지요!"하는 것은 혹 될 수 있을는지 모르되, "이것이 무슨 한 밝은 달일까" 이런 직역체의 비문이 되어서는, 도저히 허(許)할 수 없다. 물론 이것은 극론의 일례에 불과하나, 요컨대, 직역체의 빠지기 쉬운 폐단은 그것이 자국문으로써 졸문되는 곳이다. 번역은 폐일언(蔽一言)하고 자국어와 혼연이 일치되는 것으로써 이상경을 삼는다.

간단히 결론만 말하는 것이, 독자의 권태를 구할 것 같다. 내 의견은 이러하다. 역문으로서 비문인 직역문은 오히려 의역만도 못하다, 그러나 너무나 원작과 거리가 요원한 의역은, 번역적 가치가 자못 의문이다. 그러하니 요는 역자 스스로가 자가(自家)의 번역적 천분과 자국문에 대한 조례를 고려하여서, 직역체와 의역체를 서로 참작함에 있다. 직역과 의역의 두 관념을 절반절반씩 머리에 두고 번역하는 것이, 시역자(試譯者)에게는 더구나 필요하다. 직역으로 되어 너무나 비문 될 염려가 있는 곳에는 의역체를 가미하고, 반대로 의역이 너무나 원작과 상이하게 될 때에는, 직역적 필치를 취하라는 것이다. 그런데 여기 중대한 문제가 또 하나 있다. 즉 번역자는 외국어문에 관한 조례가 깊어야 할 것은 물론이어니와, 일방(一方)으로 자국어문에 대한 충분한 견식이 있어야 한다는 것이다. 유래(由來) 자국민(自國民)에 졸렬한 자가 호역문(好譯文)을 보여준 예가 없다. 오직 어학적 능력만을 가지고서는 결코 번역가가 될 수 없는 것이다.

다음에 문체에 관한 것인데, 이것은 폐일언하고 현 문단의 행문체(行文體)에 준(準)하였으면 대차(大差)는 없을 것이다. 논문에는 소위 경문체(硬文體)를 취하여 한자와 우리말을 혼용하여도 가(可)할 것이요, 소설과 희곡 같은 데는 소위 연문학(軟文學)을 취하여, 역어(譯語) 같은 데에도 될수록 경삽(硬澁)한 한자(漢字)나 한어(漢語)의 관용고사구(慣用古事句) 같은 것을 쓰지 않아야 할 것이다. 물론 우리말의 형편으로서 전연히 한자 유래의 말을 쓰지 않을 수는 없다. 한자 유래의 것일지라도 이미 우리말화 한 것은 상관이 없다. 요컨대 고삽난해(苦澁難解)한 글자를 쓰지 말자는 것이다. 소설이나 희곡 같은 데 있어서 "부(夫) 인생(人生)의 진개평가(眞個平價)라 운(云)하는 자(者)는 파(頗)히 난문(難問)에 속(屬)함으로써……" 가령 이런 종류의 문체를 쓴다면 이는 골계천만(滑稽千萬) 되는 일이다. 그리고 만일 원활한 연문체를 취한다 하면 번역문에 있어서도 넉넉히 한자를 쓰지 않고 순국문으로서 될 수가 있을 것이다. 이것은 자국문자를 존중하는 의미로 보거나, 문학을 민중에게 접근시키는 의미로 보거나, 매우 가상한 일이다. 현문단에서도 창작에 있어서는, 전연히 국문만을 쓰는 것이 통칙(通則)이요, 간혹 어려운 말은 "( )" 내에 한자를 붙이는 것이다. 역문에서도 이 통칙은 적용된다.

한 가지 문제되는 것은 역시(譯詩)에 관하여서이다. 시는 말과 의미 외에 운율이라는 것이 존재하기 때문에 역시는 번역 중에서도 그야말로 지난한 일이다. 원체로 역시는 자국시를 짓는데 노련한 경험이 있는 이가 아니면 성공하기 힘들다. 운율까지 전한다 함은 파(頗)히 의문되는 일이나, 요컨대, 원작의 기분과 nuance를 최대한도까지 역출(譯出)하여야 할 것이다. 역시에 흔히 역자의 자유로운 의역풍(意譯風)이 없지 못할 것은 대개 이 때문이다. 어맥(語脈)이 다른 외국어를 그냥 직역해 놓으면, 자국어의 일개(一個) 시품(詩品)으로서 너무나 성공하기 어려운 것이다.

셋째는 역어의 한계성에 관한 것인데 나는 될수록 외국어를 쓰지 않고 순우리말로 되는 것을 귀하다 한다. 그러나 외어(外語)라도 일반에게 통용되는 말, 더구나 외어 그대로가 아니면 도저히 원의(原義)를 전할 수 없는 그러한 말은 간혹 외어 그대로를 써도 좋을 것이다.(필자의 경험으로도, 델리케이트, 뉘앙스 등의 말을 부득이 쓴 적이 있다.) 그러나 주의할 것은 외어를 그대로 쓰는 것이 대개 부득이함에서 기인됨이다. 자국어로도 충분히 표현할 수 있는 말이면, 구태여 번역에 있어서 외어를 습용할 필요가 없다.

이상은 대개 양어(洋語)를 두고 하는 말이거니와, 조선 문단의 현상으로 보아서는, 일어(日語)와의 교섭문제가 또한 중대한 의미를 가졌다.(『해외문학』과의 논쟁 중에서도, 실은 그것이 문제이었다) 현금(現今) 조선의 현상은 일어가 함함(滔滔) 유입(流入)한 결과로 우리말의 세력이 점점 위축하는 한심한 상태에 있다. 우리는 현금 불행하게도 어렸을 때부터 일어고육을 받고 우리 어문(言文)에 대한 수양이 박약하기 때문에, 흔히 자국어를 망각하고 일어를 습용하는 예가 비일비재다. 이 한심한 상태에 대하여는 장황한 논란을 요함으로 여기는 약(略)하거니와, 하여간 이러한 망국적 폐단을 일부라도 광정(匡正)키 위하여서는 우리는 매우 자국어의 보존과 발달을 힘쓸 것인 동시에 외어의 침입을 배제하여야 할 것이다. 이것은 실로 현금 조선의 문인과 아울러 신문, 잡지에서 중대한 책임을 가졌다. 언젠가도 말하였지만, 일이양(一李樣)이라거니, '출설목(出鱈目)'이라거니, 심지어 '융장(薩張)히' '어치주(御馳走)'라거니, 이따위 문자를 그냥 쓰는 것은 망국무골민(亡國無骨民)들의 무식몽매한 수작이다.

말이 잠간 탈선되었다. 그러나 이 말은 번역에 있어서 지대한 관계를 가졌다. 현금 문인들은 흔히 일본어문의 교육을 받았기 때문에 조선말보다도 일본글을 잘 보고 잘 쓰고 하는 괴상한 상태에 있다. 그들은 먼저 일본말로 관념하고 그대로 일본 문자를 조선 문자에다 쓴다.('役割', '無邪氣', '心持', '邪魔') 이런 따위는 정(正)히 그 묘례(妙例)라 할 것이다.

물론 조선말로서 그런 말이 전연히 없을 것 같으면, 부득이 일어 그대로를 차래(借來)하여도 가하다. 그러나 조선말은 있어도 모르고, 아는 것이 일본 문자니 그대로 쓴다고 할 것 같으면 이는 우선 조선민족의 일인(一人)으로서 수치라 할 것이다. 하물며 민족의 이상 교섭이 있어서 중대한 임무를 가진 문필자류로 앉아서, 만연히 그런 예를 지어놓는다면, 그 죄책은 결코 적은 것이 아니다. 나는 결코 국수적(國粹的) 보수론(保守論)을 일삼음이 아니다. 적어도 이 나라 말의 유지와 발달을 위하여서는 이만한 배타론(排他論)도 의의가 있다는 것이다. 자국어를 모르고 더구나 자국문자를 버리고 만연히 생경한 외자(外字)를 쓴다는 것은 나로서는 만만불가(萬萬不可)하다고 생각한다. 나는 실로 현금 문인들의 문을 읽어 내려가다가, 그런 종류의 몰상식한 문자를 만나, 미상불 엄권(掩卷) 탄식한 적이 한두 번이 아니다. 더구나 문의 정련(精練)과 '말'의 미묘한 구사를 전업하는 문인으로 앉아서 그러한 실수를 한다는 것은, 해괴망측한 일이다. 자국어를 자유로이 구사할 수 없는 문인은, 우선 그가 조선인인가를 의심케 된다. 하물며 조선의 문인이 되려고 함이랴.

거듭 말하거니와, 자국어의 없는 것을 보충키 위하여는, 외국어를 수입함도 불가함은 아니다. 유래로 어느 나라 말을 막론하고 외어에 영향되지 않은 국어는 없다. 외어의 영향으로 인하여 일개 국어가 더욱 더 완전화 하고, 더욱 더 발전함을 나는 결코 무시함이 아니다. 그러나 그것은 오직 자국어의 부족을 보충하려는 의미와 목적에 지나지 못한다.

이식문제에 관한 관견 - 번역은 창작이다

김안서(金岸曙), 「이식문제(利植問題)에 관한 관견(管見) - 번역은 창작이다」,
『동아일보』, 1927.6.28.~6.29.(2회)

일(一)[10]

번역이란 할 수 있는 것일까 또는 할 수 없는 것일까. 한 번 생각해볼
중요한 문제일 것이다.

이미 습관이니 역사니 종교니 교양이니 하는 것이 서로 다르기 때문에
민족마다 언어가 다르게 되어야 특수한 어법이니 고유한 단어니 하는
것이 있고 보니 한 민족의 생활이니 사상이니 감정이니 하는 것은 여실
하게 표현해놓으려면 어쩔 수 없이 그 민족의 소유한 언어에도 가장 적
절한 문자를 사용하지 아니할 수가 없는 것이다. 이 점으로 보면 산문이
식도 할 수 없는 일이거니와 더구나 운율이니 격조니 하는 관계로 어디
까지든지 언어를 선택하지 아니할 수 없는 시가 같은 것은 절대로 할
수 없는 일이다.

소위 직역이니 의역이니 하는 것을 무론(毋論)하고 번역한다는 그것
의 의미가 원문 그대로의 의미와 어미와 율조(律調)를 조금도 상처내지
아니하고 원문과 꼭 같은 것을 다른 언어에 재현시키는 것이라 한다면,
역문이 원문보다 우승(優勝)케 되어도 그것은 번역이 아닐 것이오, 또
원문보다 역문이 손색이 있게 되어도 그것은 번역이라 할 수가 없을 모
양이니 번역이란 나폴레옹 대제의 자전(字典)에도 발견될 수 있는 "불가

---

10 원문에는 '一'과 '三'이 없으나 추가하였다.

능" 3자밖에 될 것이 없는 것이다. 세상에는 어학력이 풍부하고 원문의 묘미와 정조를 잘 이해만 하면 번역은 용이할 수 있는 줄로 아는 모양이나 그 실은 그러한 역자에게 한하여 될 수 있는대로 원문을 패러프레이즈[11] 해놓기 때문에 소위 묘미니 정조니 하는 것은 원기가 빠지고 남는 것은 설명밖에 없게 된다. 그리고 원문의 패러프레이즈를 가져다놓고 번역이라 할 수는 없을 뿐더러 양자의 거리는 실로 엄청나게 먼 것을 잊을 수 없는 것이다. 어학력이 풍부한데다가 원작에 대한 충분한 이해가 있고라도 그대로 옮길 수가 없는 것이 번역사업이라 하면, 이 사업은 못할 것 하고 단식(斷食)해버리지 않을 수가 없는 것이다.

자연은 언제든지 꼭 같은 물건을 두 번 표현시키지 아니하여 같은 나무의 같은 잎사귀에도 꼭 같은 것은 하나도 없어 속소위(俗所謂)[12] 한 날 한 시에 난 손가락에도 크고 작다 하지 아니하던가. 생명 있는 창작품에 꼭 같은 것이 두 개 있을 리가 만무한 일이다. 그러기에 생명이 있고 개성이 있는 것이다.

이(二)

엄정한 의미로의 번역이란 있을 수 없는 것이 사실이다. 그러나 있을 수 없는 것을 있을 수 있게 할 수가 있다고 하면 이곳에는 새로이 만들어내는 창작적 노력이 있을 뿐이다. 그러기에 번역이란 무엇보다도 역자 그 사람의 은혜받은 예술적 기질의 표현능(表現能)과 창작력을 기다리지 아니하고는 존재할 수 없는 지난한 사업이다. 어떤 점에서는 순전한 창작보다도 오히려 더 노력만 많은 도로(徒勞)[13]에 끝나기 쉬운 일이다.

---

11 패러프레이즈 : paraphrase. 환언, 바꿔 말하기, 풀어쓰기, 주석, 의역 등의 의미다.
12 속소위(俗所謂) : 세속에서 이른바.

소위 진역(眞譯)이라 하여 충실하게 원문 그대로의 자구만을 따게 되면(물론 충실하게 딸 수도 없는 일이다마는) 첫째에 의미와 미묘와 정조가 없어지고 말아서 씹다 남겨놓은 소고기를 다시 씹는 데 지나지 못하고, 의역이라 하여 충실하게 원문의 의미만을 뽑아내게 되면 같은 재료를 가지고 요리를 달리 만드는 것이 될 뿐 아니라 역자 그 사람의 개성이란 도가니에서 녹지 아니할 수가 없고 보니 번역이란 일종의 창작이다. 그러기에 원문 여하에는 관계없이 The author owes more to the translator than to himself.라는 기괴한 현상이 생기는 것도 어찌할 수 없는 일이다.

주옥같은 원문이 모래알의 역문이 되며 모래알의 원문이 주옥같은 역문이 되는 것은 전부 역자 개인의 예술적 기질 여하에 따라 이리도 되고 저리도 되는 것만큼 개성적으로 가장 의의 깊은 사업-아니 창작이라 하지 않을 수가 없는 것이다. 한 원문에 대한 여러 역자의 역문을 보라. 어떻게 그것들이 원문과 거리가 멀면서도 각각 역자의 개성을 진열(陳列)시켰던가.

원문과 역문은 분리되어야 한다. 각각 독립적 존재와 위치가 있는 원문은 원문으로의 역문은 역문으로의 두 개의 창작이 있을 뿐이다. 만일에 역문으로 원문과 분리되지 못하여 원문 없이는 예술적으로 독립적 존재와 위치가 인정될 수가 없다 하면 이것처럼 의미 없고 비개성적 노력은 없을 것이다. 원문과 역문과의 관계는 형제라고 볼 수가 있어서 이것들에게 공통되는 점이 있다 하면 그것은 같은 혈통을 가진 것으로, 말하자면 작품의 근저를 흘러가는 사상의 본질이 서로 같다는 사실 하나뿐이겠고 그 이외에는 조금도 같은 것이 없는 것이다. 【6.28, 5면】

---

13 도로(徒勞) : 보람 없이 애씀.

삼(三)

우리가 서양소설이니 한시(漢詩)니 일본극이니 하면서 많이들 읽으니 도대체들 그것들을 읽고 얼마만한 정도까지 이해하는가. 영국인이 테니슨과 키츠를 읽고 이해하는 양으로 독일인이 괴테와 하이네를 이해하고 애송(愛誦)하는 그것과 같은 정도에서 우리들도 그 시가의 정조와 의미를 이해할 수가 있을까. 같은 동양에서 같은 동양의 한시를 오랫동안 거의 우리 시가라 할 만큼 읊조리고 노래해왔으나 중국인이 한시를 이해하는 그것과 꼭 같은 정도로 우리도 과연 한시를 이해하였을까하는 것조차 주저(躊躇)한다 하면, 인정이니 풍속이니 종교니 무어니 하는 것이 서로 다른 서양의 시가를 이해한다는 것은 적어도 거짓말이라 하지 않을 수가 없는 일이니 아는 것이 있다 하면 정조니 미묘니 할 것이 아니고 문자 위에 발견되는 한갓된[14] 것 깍대기[15]의 의미일 것이다. 시가의 주는 진정한 감동은 그러한 것 깍대기의 의미에 있는 것이 아니고 정조와 무어라 말할 수 없는 의미에 있는 것이니 이해한다는 것이 (진정히 이해하는 사람도 있을지는 모르나) 거짓 아닐 수 없는 것이다.

우리가 우리의 노래를 듣고 무어라고 말할 수 없는 감동을 받는 것과 같이 비교적 구면(舊面)이라 할 만한 한시를 읽고서 그만한 정도의 감동을 받을 수가 있는가 하는 것이 의문거리라 하면 번역이란 할 수 없는 일이기 때문에 어찌 할 수 없어서 그것의 의미만을 따다가 자기의 심정에 여실한 감동을 주도록 다시 새롭게 창작하여야 할 것이다. 다시 말하면 원문에서 뽑아온 사상의 본질에다가 역자 되는 사람의 언어며 습속이며 인정이며 모든 것에 맞추어서 표현하지 아니하면 아니 될 것이니 번

---

14 원문에는 '한갓되인'으로 되어 있다.
15 깍대기 : '깍지'(콩 등의 알맹이를 까낸 껍질)의 방언.

역을 창작이라 한 의미는 이에 지나지 아니한다.

누군가 알렉산더 포프[16]한테서 호머의 『오디세이』 역문(譯文)을 받아 읽고 나서 "여보게 포프군. 오디세이는 고맙게 받았네. 그러나 포프군. 그 『오디세이』는 호머의 『오디세이』가 아니고 자네의 『오디세이』더군, 그려." 한 평어(評語)는 원문과 역문의 관계를 분명히 밝혀준 것인 동시에 비교적 언어조직이 비슷하다는 그리스어와 영어요, 역자로는 적임자라 할 만한 알렉산더 포프의 솜씨도 "자네의 『오디세이』" 하는 말을 들었으니 이것 하나만으로도 번역은 창작이라 하지 않을 수가 없을 뿐더러 또 "문장을 고쳐놓음은 사상을 고쳐놓는 것이라"는 단순한 견지로만 보아도 번역은 "자네의 『오디세이』" 하는 말을 듣기까지 되지 아니하여서는 존재할 가치가 없는 것이다.

얼마 전에 안데르센의 『즉흥시인』을 원문에서 충실하게 직역했노라는 어떤 일인(日人)인 모리 린타로(森林太郞)[17] 씨의 동서(同書) 역문에는 이중역(二重譯)인 것만큼 오역(誤譯)이 적지 않게 있다는 지적을 듣고 오히려 충실한 원문 번역을 웃은 일도 있었거니와, 심하다는 것보다도 과한 말일지는 모르나 번역에 오역 같은 것은 문제가 될 것이 아니고 원문이란 재료에서 역자가 어떠한 예술적 창작품으로[18] 존재될 만한 가치 있는 것을 만들었는가 못하였는가 하는 것만이 문젯거리일 것이다. 존재될 만한 가치 있는 작품이라면 원문과 비교하여는 오역보다도 악역

---

16 알렉산더 포프(Alexander Pope, 1688~1744) : 영국의 시인이자 평론가.
17 모리 오가이(森鷗外, 1862~1922) : 일본의 소설가, 평론가, 번역가. '모리 린타로(森林太郞)'는 그의 본명이다. 원문에는 '森太郞'로 되어 있지만 이는 오식이다. 이 글에서 언급된 모리 오가이의 번역서는 アンデルセン, 森林太郞 譯, 『卽興詩人』(春陽堂, 1914)으로 보인다.
18 원문에는 '창작품 예술적으로'로 되어 있다.

(惡譯)이라 하여도 조금도 책잡을 것이 없는 줄 믿는다. 여러 번 중언부언(重言復言)하지마는 무화과에서 포도를 딸 수 없는 것이요, 포도넝쿨에서 무화과를 구할 수 없는 것이 사실로 사람은 결국 자기의 아들밖에 낳지 못하는 것이다.

　같은 재료를 가지고 왜 그렇게 다른 것을 만들었느냐고 질책을 한다면 이것은 창조주인 하느님을 붙들고 왜 그렇게 사람을 만들었느냐고 힐난하는 것이 훨씬 첩경일 것이다.

사(四)

이미 번역을 일종의 창작이라고 한다면 역문의 역자로는 적은 범위(範圍)에서 원문과 역문과를 대조하여 이 구절이 잘되고 저 단자(單字)가 덜되었느니 하는 것보다 전체로 보아 역자가 그 작품을 살렸는지 하는 것만을 볼 것이다. 다시 말하면 역자가 제공된 원문의 재료(사상의 본질)를 가지고 먹을 만한 요리를 만들었는가 아니하였는가만 검토하여 나타난 결과만 표시해 놓으면 그만일 것이다.

　제공된 재료가 좋음에도 불구하고 어째서 요리가 이 모양이냐고 분해한들 그것은 소용없는 일이다. 좋은 재료라고 반드시 맛있는 요리가 되는 것이 아니고 좋지 못한 재료라고 반드시 맛없는 음식이 되는 법은 없어 그것을 조리하는 사람의 솜씨에 있는 것이다.

　이곳에서 생각나는 것은 양주동 대 김진섭 씨의 이식(利殖)에 관한 논설이다. 두 분이 박학적(博學的) 어학력에 대하여 다투며 독일말을 모르느니 영어를 이해하느니 프랑스어를 하느니 이탈리아어를 배우느니 일문, 한문이 능하니 하는 모양이나 위에도 말한 것과 같이 어학력이 풍부하다고 반드시 번역을 잘한다고 할 수가 없는 것이니 딱하지 아니한가. 어학력이 풍부하여 무엇이든 원문을 그대로 감상할 수 있는 이는 대단한 행복이라고는 할지언정 그이에게 완전한 번역을 기대할 수는 없는 일이다. 어학력의 풍부는 가끔 원문의 패러프레이즈를 설명적으로 강미(强微)케 하니 번역에는 역자의 예술적 소질 여하가 문제요, 그 밖에는 아무 것도 없는 것이다.

　김진섭 씨의 사이비 조선어(외래어)를 사용하는 데 대하여는 동의할 수 없다. 그것은 산문에서도 할 수 없는 일이거늘 하물며 가장 언어의 선택을 필요로 하는 시가(詩歌)에서랴. 시가에서 감흥이 답지 아니한 섣부른 말 때문에 없어지고 말 모양이니 함부로 외래어를 사용할 수 없는 일이다. 그것보다도 도리어 그 뜻에 맞을 만하게 만들어 쓰는 것이 좋을 줄 안다. (반복된 말이 많으나 정서할 틈이 없어 그대로 발표함을 미안히 생각한다―필자)【6.29, 3면】

해외문학과 조선에 있어서의 해외문학파의 임무와 장래

이헌구[19], 「해외문학과 조선에 있어서의 해외문학파의 임무와 장래」, 『조선일보』, 1932.1.1.~1.13.(6회)

1. 외국문학과 조선문단

사적(史的)으로 외국문학과 조선문단과의 교섭(交涉)을 개관한다면, 오인(吾人)은 이를 3기로 나누어 볼 수 있을까 한다. 그 제1기는 최남선·이광수 씨 등이 『소년』잡지 시대를 지나 1910년의 민족적 대변동을 치른 뒤 『청춘』을 통하여 신문학 수립의 계몽운동을 행사하여 3·1운동 전야에 이르기까지를 말한다.

이 1기에 있어서의 이국문학은 하등체계를 가지고 조선문단에 반영된 것은 아니었다. 다만 이 『청춘』지상에 외국명작 경개(梗槪) 소개로 밀턴의 『실낙원』, 빅토르 위고의 『레 미제라블』 같은 것을 게재하였을 뿐이요, 이렇다 할 계속적 번역행동이나 소개가 없었다.

즉 외국문예를 전문적으로 연구하는 이가 없었고, 또 조선문학의 초창시대인 만큼 그 운동이 극히 미미하다고도 하겠으나, 당시 문단인에게 영향된 외국문학의 감화는 물론 절대라 보아도 과언이 아닐까한다. 그리고 번역 작품으로는 아메리카의 스토 부인 작(作) 『엉클 톰스 캐빈』(『검둥의 설움』)과 『불쌍한 동무』와 같은 눈물겹고 외로우며, 학대받고 의지할 곳 없는 소년문학 같은 것이 역시 완역(完譯)이 아니고 초역(抄譯)으로 출판되었다.

---

19 이헌구(李軒求, 1905~1982) : 불문학자, 문학평론가, 번역가.

이와 같이 아직도 유년기라고 볼 수 있는 제1기의 외국문학은 조선문학사(朝鮮文學史)상의 낭만 초창시대(初創時代)에 있어서 막연하게, 그러나 거의 맹목적 정열로서 심취케 하였다. 마치 프랑스 낭만파가 괴테, 실러, 바이런, 스콧, 워즈워스 등의 외국 낭만파 작가에 경도함과 같은, 그러나 질로나 양으로나 편협한 경역(境域)에서 이를 감수하였다. 비로소 이러한 외국작품을 통하여 젊은 청춘의 가슴속에는 자유를 동경하는 열정과 더 나아가 봉건적인 모든 진부한 인습에 대항하여 인간으로의 자유와 자유연애를 부르짖게 되었다. 즉 한편으로는 민족적 위압을 당하면서도 어지러워진 사회와 가정을 향해서 반역의 기(旗)를 들었다.

이러한 외국문학과의 교섭은 그 영역이 외국 낭만주의(浪漫主義) 작가에 국한된 경향이 많았으며, 설사 당시의 문인들이 일본의 자연주의(自然主義) 운동의 치열(熾熱)을 목도(目睹)하였다 하더라도, 조선 현실은 아직도 자연주의를 생장시킬 만한 지반을 닦지 못하고 있었다. 즉 조선문단은 처녀지(處女地)요, 낭만적 감격만이 그네의 가슴을 지배하였던 것이다. 그러므로 이광수 씨의 『무정』이 이 제1기의 조선인으로서의 최초의 문예작품의 거룩한 지위를 가지게 되는 것도 이러한 당시 사회의 여실한 반영에 불과하다.

그러나 역사는 꾸준히 진전되고 있었고, 인류의 운명은 다시 새로운 코스를 밟게 되었으니, 그것이 조선에 있어서는 민족적 ××운동이[20] 경향(京鄉)의 청년 지식층의 중간분자를 ×성(×醒)[21]시켜 민족적 대동××

---

20 민족적 ××운동이 : 원문에는 ‘民族的 ××運動 ××運動─이’로 되어 있다. 복자는 ‘獨立’이다. 이하 복자는 이헌구, 『모색의 도정』(정음사, 1965)을 참조하여 각주에 제시한다. 내용이 제시되지 않은 복자는 『모색의 도정』에 해당 부분이 없는 경우다.
21 ×성(×醒) : 각성(覺醒).

(大同××)[22]의 기치를 들고, 오랜 침묵되었던 조선사회에 위대한 충격을 주었던 것이다. 그네들은 '××!'[23] ─ 이것은 결국 개인주의적 자유의 요구에 불과 하나 ─이라는 커다란 거룩한 나래 밑에 감격에 넘치는 새로운 사회를 동경하였다. 그리하여 조선은 새로운 문화적 건설을 향하여 일로 매진(一路邁進)하게 되었던 것이다. 이것이 조선민족 갱생(更生)의 운동이었으며 ─ 민족적 부르주아지의 신흥 세력이었다. 이러한 조선의 현실은 다만 가공적·몽상적 수탄(愁歎)의 시기가 아니고 행동적·실천적 의지였다. 실로[24] 조선문학은 자연주의 시대를 출현케 되었으며, 당신의 문단인들은 역시 외국 자연주의 문학의 감화를 가슴 깊이 명각(銘刻)하고 있었던 것이다. 즉 일본을 통하여 러시아, 프랑스를 주로 한 자연주의 작가의 문학적 기분과 감정을 섭취하여 가지고 조선의 자연주의 시대를 형성하게 된 것이다.

이 제2기에 있어서 외국문학의 영향은 주로 작가 중심이었다. 즉 모파상, 투르게네프 등의 실질적 경향이 농후하였다. 그러므로 이렇다 할 외국문학 조류의 체계적·학구적 연구와 소개가 없었고, 다만 외국문학이란 창작가의 한 독자(獨自)의 탐상(耽賞)세계에 불과하였다. 그 속에서 자기도취를 느끼며, 또는 거기에서 자기의 호흡을 발견하였던 것이다.

이리하여 한낱 외국문학 연구가의 출현을 볼 수 없었으며, 문단인(창작가)이 곧 외국문예통이었다. 이렇게 제2기가 1924년경까지 지속되어와서 염상섭·김동인·현빙허 등의 자연주의 작가를 배출시켰다.

---

22 ×× : 團結. 『모색의 도정』에는 '大同'이 누락되어 있다.

23 ×× : 獨立.

24 원문에는 '달아'로 되어 있으나, 『모색의 도정』에 의하면 '實로'에 해당한다.

그뿐 아니라 시단(詩壇)에 있어서도 새로운 외국시단의 소개와 번역이 김안서의『오뇌(懊惱)의 무도(舞蹈)』를 통하여 낭만파 내지 상징파 시인의 시 소개가 있어, 조선 신시운동(新詩運動)에 적지 않은 충격을 주었다. 그리고 양주동 군이『금성』잡지를 통해서 외국시인, 또는 문학을 체계적으로 전공적으로 섭렵하지 않고는 위대한 창작가가 될 수 없다는 다소 독단적 ― 그는 조선문단인의 해외문학을 경시, 또는 등한(等閑)해 가지고 대가(大家)로 되는 데 대한 반항이었으나 ― 용감을 보여 주었으나, 그 역시 하등 구체적 중심을 가진 집단적 행동이 아니고, 낭만적 일개 화화(火花)에 불과한 감이 있어 곧 명멸(明滅)하고 말았다.

　이상을 통해서 제2기까지도 외국문학은 조선문단 수립, 또는 진전을 위하여 다소의 교섭과 유통을 가지고 왔을 뿐이요, 외국문학 연구가를 조선문단의 엄연한 존재 사실로 보아 오지는 않았던 것이다.

　이 길지 않은 역사적 시간은 비상히 ××한 것으로 전전(戰前) ○○주의에 평화적·조직적 발전의 십 년간 혹은 이십 년간도 정당치 못할 만큼 본질적으로 상이한 수많은 변화를 국제적 정치에 □여(□與)하고 노동자 계급의 생활과 투쟁의 역사에도 산적한 경험을 쌓게 하였다. 불과 일 년 전에 토론하고 결정한 제(題)는 이제 와서는 그 구체적 적용의 장면에 있어 비상한 변화를 받지 않으면 아니 될 ××한 정세의 진행 속에 우리는 생활하고 있는 것이다. 【1932.1.1, 19면】

　조선문단의 진흥과 세계적 접촉, 또는 조선문학의 내용을 풍부히 하며, 그 호흡을 왕성케 하기 위하여 이 운동의 구체화·조직화를 보여준 것이 세칭 해외문학파(주(註)『중앙일보』12월 7일 지상(紙上) 1931년 출판계 소칭(所稱))였다. 그리고 이 해외문학파의 그룹은 6년 전 동경에 유학하는 우익적(右翼的) 문학인(12월 23일『조선일보』지상의 송영 씨 소칭)들로 결성되었던 것이다(송 씨의 외국문학파에 논박의 착오는 다음 다시 논술하려 한다). 그리하여 외국문학연구회에서는『해외문학』을 통하여 주로 영불독노(英佛獨露)의 문학 소개 내지 번역을 세상에 내놓게 되었다. 이때의 외국문학연구회(세칭 해외문학파와 외국문학연구회를 혼동하는 이가 많으나, 요컨대 해외문학파란 말은 외국문학을 전공한 사람을 가리키는 것이요, 결코 해외문학연구회 동인을 지칭함은 아닐 것이다)는 이렇다 할 자기네의 주의주장을 세간에 공표한 것은 아니다. 다만 학구적 입장에서 또는 자유주의적 입장에서 외국문예를 조선사회에 공급한 것이요, 이러함으로써 조선문학은 좀 더 활발하고, 또 건전한 진전을 볼 수 있으리라는 것이었다. 그러나 그때의 조선은 신흥 프로문학이 대두하여 제1보의 출발점을 향하여 가장 힘 있는 운동을 전개시키고 있었던 것이다. 그러므로 이러한 해외문학의 소개는 그 당시에 있어서는 그렇게 커다란 문단적 주의(注意)의 초점과 중심논제가 되지 못하였다 하나, 결코 조선문단이 외국문학의 필요를 갖지 않은 것도 아니며, 또는 송 씨의 말과 같이 프로문학에 대립하여 우익적 문학으로 결성된 반동단체도 물론 아니었다.

오히려 그보다도 조선문단은 조선문학 자신을 위하여서라도 진정한 외국문학 조류의 체계적 연구, 소개와 또는 외국문학과 그 사회와의 관계를 충실히 과학적 입장에서 검토, 논증하여 조선문학의 진로와 특수성을 지적, 경고하는 절실한 필요를 다른 어느 나라 문단보다도 더 강렬히 요구하게 된 것이다. 따라서 조선문단은 이 외국문학 연구인으로 하여금 조선문학 발전상 자체의 성장을 위하여 최대의 임무를 이행케 되었으니 이것이 곧 외국문학이 다만 어떤 창작가의 소세계(小世界)에서만 공급되는 종속적 지위만을 가지지 아니하고, 문단적으로 또는 사회적으로 널리 조선 문화운동상의 일익을 구성케 되었으며, 이것이 곧 해외문학과 조선문단과의 제3기적 교섭이라고 보겠다.

2. 해외문학 연구인의 임무

조선문단에 있어 해외문학 연구인의 임무와 존재는 오늘과 같이 문학운동이 극도로 불안을 느끼며 다소 침체된 때에 있어서 그 활동에 대한 기대가 적지 아니하다. 그러면 외국문학 연구인은 어떠한 입장에서 그 임무를 행사하려 하는가?

연이(然而: 그러나) 해외문학 연구인은 그 자신은 인텔리겐치아이다. 즉 조선을 대표할 만한 지식계급이다. 이러한 지식계급인으로서 대(對)사회적 활동을 어떠한 태도와 입장으로 행사할 것인가? 이것을 오인은 다음의 4종류로 분류해 볼 수 있지 않을까 생각한다.

(一)지배세력과 일치행동 — 이 말은 곧 자본주의 국가사회에 있어서 그 지배계급과 동일한 운명을 가지고 행동하는 자. 그가 문학인일 때는 자본주의 사회를 옹호, 지지하는 사람으로서 자본주의의 찬미 또는 자본주의 사회가 소영환호(笑迎歡呼)하는 문학자가 될 것이다. 이러한 기성문단 내지 부르주아 문단 측에서 활동하는 작가 내지 연구인은 불소(不少)하다. 그러나 오인이 조선 내에 있는 외국문학 연구자 가운데서 몇 사람이나 이러한 가운데 내포되어 있을까? 오인은 다만 외국의 고전문학에만 도취되어 현실사회와 몰간섭인 어떤 인간의 존재를 예상할 수는 있으나, 오인은 그를 지적할 아무도 모르고 있다.

(二)[25]다음 사회현상 내지 현실을 여실히 반영하며, 논위(論爲)하는 자 — 즉 현실과 타협하며, 현실과 부동(附同), 또는 야유(자유주의 입장은 늘 이러한 카테고리 속에 든다)하는 사람이다. 즉 그 사회(자본주의 사회)의 현상을 그대로 방관(傍觀), 정관(靜觀), 또는 풍자하면서 그

---

25 원문에는 '(一)'로 되어 있다. 이하 3, 4번째에 해당하는 괄호 표기는 '(다)', '(라)'로 되어 있는데, 이 글에서는 통일성을 위하여 '(三)', '(四)'로 수정한다.

속에 뛰어들지 아니하고 그 모순을 적발하여 정면으로 반항하려 하지 않는 자, 그리하여 독자의 예술세계를 그려서 그 속에서 유유자락(悠悠自樂)하는 인간(전형적 부르주아 자유주의자)이다. 즉 사회와 무관심하며, 혹은 사회와 관심한다 하여도 그 사회의 산물 — 특히 오늘과 같이 첨예화, 퇴폐화한 말초적, 통속적 오락 속에 향락하는 인간군(人間群)이 있다. 이러한 카테고리에 속하는 해외문학 연구인이 있다면 그네들은 자기의 전공한 해외문학의 데카당티즘의 소개 또는 거기에 심취할 것이다.【1932.1.2, 9면】

그러나 오인은 조선에서 이러한 도락적(道樂的) 외국문학 연구인의 존재를 확실히 알 길이 없다. 아니 이러한 무관심한 넌센스적 연구자를 진정한 의미에서 배격(排擊)하지 않으면 안 되거니와 또한 그러한 사람을 오인은 아직 과문(寡聞)인 까닭인지 모르나 기억에 남아 있지 아니하다.

(三)에는 항상 사회의 모순과 부정, 즉 ××주의 사회의 병폐, ××을 정면으로 적발하여 새로운 ××를 위한 새로운 문화건설을 위한 일인으로서 행동하려는 자를 들 것이다. 그리하여 이러한 부문에 속하는 해외문학 연구인이 있다면 그는 늘 불타는 정의감과 계급인으로의 열정에 끓은 가슴을 가지고 나날이 미래를 향하여, 또는 새로운 건설을 위하여 심신을 희생시키고 있는 문학운동을 소개하여서, 또는 번역하여서 조선문단의 진로에 대해서 항상 부절(不絶)하는 격동과 편달(鞭撻)을 줄 것이다. 이러한 임무를 행사하려면 조선의 특수한 객관적 정세로 인하여 정당한 주장을 완화 또는 평범화, 상징화하여 레닌의 이른바 '자본주의 사회에서는 노예의 말과 글로써 쓰라'는 그러한 태도를 취하며, 또 취하려는 이도 불소(不少)할 것이다.

(四)로는 이 모순된 사회에 대해서 극도로 증오와 분노를 느끼면서도

인텔리겐치아로서의 육체적 유약과 정신적 불안으로 인하여 남모르는 침통과 고독과 고통과 고민, 오열(嗚咽) 가운데, 내지는 소위 인텔리의 비애, 세기아(世紀兒)의 영탄에 묻히는 거짓 없는, 그리고 강한 감수성과 반발성을 가지고도 정면으로 나서서 그 현실과 싸울 수 없는 인간이 적지 않음을 오인은 잘 알거니와 역시 해외문학 연구인에도 이러한 고민 속에서 괴로움을 받는 이가 또한 많이 있음을 오인은 추측할 수 있고, 목도하고도 있다.

이상의 네 가지 카테고리를 다시 요약한다면 (一)은 지배계급을 적극적으로 지지하는 자요, (二)는 소극적으로 지배계급의 동반적 찬동자가 될 것이다. 그리고 (三)은 기성××[26]에 ××[27]하는 적극적 행동일 것이요, (四)는 마음만으로는 적극적으로 그 사회에 ××[28]하면서 그 행동에 이어서는 소극적 태도를 취하는 자이다.

다시 이를 문학상의 조류에 따라 구분한다면 (가)는 민족주의 문학·부르주아 문학(일종 애국적 파쇼□ 된 문학), (나)는 부르주아 리얼리즘 중에도 대중문학·통속문학, (다)는 프롤레타리아 문학, (라)는 데카다니즘·모데르니즘·슈르·리얼리즘 등이다. 이제 외국문학 연구인의 임무는 이상의 제 입장을 가진 온갖 주의를 총괄하여 소개하는 데서 그칠 것인가? 그러한 객관적 소개, 또는 번역이 전연(全然) 가능할 수 있을까? 만일 무(無)입장(즉 공허한 심흉을 가지고)에서, 즉 백지로써 외국문학을 소개한다는 것은 일종 언어의 유희에 불과할 것이다. 무입장은 곧 현실도피적 우(又)는 현실타협·추종, 그것일 것이다. 그러므로 연

---

26 ×× : 社會.
27 ×× : 反抗.
28 ×× : 反撥.

구·소개하는 그 자신이 그 어떤 입장에서 한 가지 문학현상 또는 그 경향을 소개·논평할 것이다. 그렇다면 특히 조선에 있어서 해외문학을 연구, 소개하는 자의 임무는 어디 있을 것인가?

조선과 같이 신문학운동이 극히 연천(年淺)하고, 또 전통을 가지지 못한 사회에 있어서는 해외문예의 사적(史的) 조류와 그 대표적 작품을 감상하지 않으면 안 되고 이에 대한 체계적 논평을 절대로 필요로 한다. 이러한 의미에서 해외문학을 전적으로 소개하는 번역과 학구(學究)가 건전함을 필요로 한다. 즉 해외문학(그 자신이 역시 조선문예 발달과 밀접한 관계가 있어 왔다)을 정확히 자국 내에 소개, 또는 번역하는 것은 인류의 문학 유산을 정당히 감수(鑑受)하는 필요한 인간 자체의 요구이다. 그러나 오인이 여기에서 특히 관심하여 주의하는 바는 어떠한 태도와 입장에서 과거의 해외문학(자국의 문학에 있어서도 동일하다)을 감상 비판할 것인가이다. 다만 막연하게 문학은 인생생활의 그 어느 반영이라거나 그 어느 계급인의 심리묘사라는 외부적 감관(感官)만을 통해서 볼 것이 아니요, 더 깊이 그 속에 구현된 인간심리의 치밀한 묘사·호소·엑스타시와 또는 그때 사회 인간의 대(對)외부적(지배계급 또는 피지배계급) 활동 여하를 감수(感受)할 수 있는 예술적 감흥의 소지자인 동시 그 자신이 그 작품, 또는 그 사조를 감상·비평하는 데 있어서 항상 자기의 생활하는 사회와의 관련을 망각하지 않는 인간이어야 할 것이다. 즉 과거의 어떤 문학에서 자기의 은둔세계를 발견하는 것이 아니요, 그 속에서 새로운 무엇을 찾아낼 수 있는 사회인(계급인)이 되어야 한다는 것이다. 【1932.1.7, 9면】

그러므로 외국문학을 연구하는 중에도 고전을 소개·논평할 때, 연구인 그 자신이 충분히 현대감정을 이해하며, 그리하여 문학전통을 통해서 새로운 무엇을 얻게 할 만한 구체적 설명이 필요하다. 그러므로 조선에 있어서 단순한 아카데믹한 태도는 해외문예를 전 사회에 침투시키는 데 극소(極少)의 반향 밖에는 남기지 못할 것이다. 이것이 외국문예 중에도 고전을 연구·소개하는 데 가장 절실한 문제일 줄로 안다. 다시 요약한다면, 한 작품 내지 사조를 사적(史的)으로 고구(考究) 비판하는 동시, 오인이 생활하는 사회와 관련시키는 사회학적(이는 물론 예술적 입장을 무시함이 아니다) 입장을 필요로 한다는 것이다.

다음 현대문학의 사조·경향·작품을 소개·비평할 때, 그 연구·소개, 또는 번역·비평이 외국문학의 동향을 주로 하는 경우와 조선내의 현실과 상호 관련시켜서 논위(論爲)하는 두 가지가 있을 것이다. 그런데 조선에 소개된 최근까지의 경향은 주로 그 전자였다. 즉 해외문학 동향 내지 사조를 충실하게 또는 그대로 소개·논평하였을 뿐이요, 그 동향 내지 작품과 조선과의 관련을 등한시한다는 것이다. 물론 이것은 비상히 곤란한 일이며 충실한 소개·번역, 거기에서 독자가 이를 조선 현실과 비교 감상하며 비판해야 할 것이다. 아, 조선의 일반 대중이 과연 그 정도까지의 식안(識眼)을 자기고 있는 것일까? 즉 조선의 문화 수준이 그러한 레벨을 가지고 있는가? 여기에서 당연히 해외문학 연구인은 조선의 문화 계몽운동의 중요한 일익을 겸행하지 않으면 안 되는 것이다. 따라서 외국문예 조류의 그대로의 소개가 아니요, 반드시 그 이면과 그 중심에는 조선이라는 객체를 두어가지고 조선에 필요한 문학으로부터 시작하지 않으면 안 된다. 그러한 조선과 깊은 인과를 맺을 수 있는 외국 문학이란 무엇일까? 그는 다시 논할 것도 없이 가능한 한도에서 해외문예의 새로운 위대한 발전과, 인간으로서의 고민과 투쟁이 건설의 굽이치는 경로를 여실히 소개·번역한 데 있을 것이다.

3. 해외문학 연구가의 장래

1931년의 조선문단을 회고해 볼 때 창작계와 평론계가 예년보다 더 활기를 띠었다고 보기는 어려우나, 해외문학파의 소개와 평론·번역이 단연 우세였음은, 그 이유 여하는 제2문제로 하더라도 프로파의 임화(林和), 송영(宋影) 두 사람의 지적과, 이하윤(異河潤) 군의 『중앙일보』 지상의 「1931년 평론계의 감상」에서도 한 가지로 논결된 바이요, 『혜성』, 『시대공론』 신년호에 있어서도 이 점을 승인하고 있다. 그러면 어떠한 문학적 이유와 또는 사회적 요구가 있어서 해외문학이 조선사회와 문단에 적극적 진출을 보게 되었는가? 여기에 대하여 각 신문과 잡지는 여러 가지로 그 출현에 대하여 자못 경이적 내지 도전적 입장에서 이를 논구하고 있다. 그러나 필자는 이러한 논구에 대하여 일일이 변명하려 하지 않는다. 오히려 금후의 해외문학 연구가의 장래에 대하여 좀 더 진지한 토의와 논의가 필요할 줄 안다. 하나 일반 문단인이 이 해외문학파에 대하여 갖는 선입견적 또는 독단적 억측에 대하여 단단히 그 비(非)를 논박하지 않을 수 없으며, 이리하는 데서 비로소 해외문학인의 금후의 행동을 충분히 규정할 수 있는 것이요, 따라서 해외문학 연구가에 대한 세인(世人)의 오해를 일소(一掃)할 수 있을까 한다.

먼저 임화 씨는 『중앙일보』의 1931년 11월 12일의 「1931년간의 카프 예술운동의 정황」이라는 논문에 있어서 '소부르적 그룹 소위 해외문학의 일파 — 의 왕성한 극항(極項)'이란 일언으로 해외문학파를 소부르 그룹이라는 단안(斷案)을 내렸다. 【1932.1.9, 4면】

그리고 『혜성(彗星)』 신년호에서 백세철(白世哲) 군이 해외문학파의 활동이 컸음은 신문사 학예부 중에 같은 해외문학파의 동지를 가졌기 때문에 발전의 자유를 가지게 되었고, 문예에 대한 탄압이 격심한 시기를 이용하여 해외문학파는 상당히 진출되었고, 1932년도도 진출하리라고 추상(推想)하였다. 그러나 오인은 백 군의 이러한 추단적(推斷的) 해역(解譯)에 대하여 반드시 수긍할 만한 하등(何等) 이론적 근거를 가지지 못한다.

또 송영 씨는 1931년 12월 25일 『조선일보』 지상의 「1931년 조선문단 개관」에 있어서 '동경 유학생 중의 우익적 문학인들이 수삼 년 전에 외국문학 연구회라는 문학단체를 조직'이라거나, '해외문학파는 조선의 좌우를 다 비난하였으나, 실은 우익에 입각하여 있다'라거나 '1931년은 비교적 해외문학 그룹의 활동이 있으나, 그 번역행위는 소부르적 행위에 그치고 말았다. 기실 번역해도 시가와 소설은 중산계급 이상의 소시민과 인텔리층을 표준한 것이었다.' 또는 '소설파를 중심으로 해서 예술파의 형성 조직하려는 운동이 연말에 와서는 더욱 주의할 사실의 하나이다.' 라는 독단적 내지 사측적(邪測的) 억단을 내리어서 해외문학파를 간단히 조선문단에서 규정짓고 소멸시키려는 의도가 역력히 보인다.

그러면 이러한 논지가 충분한 이론적 근저(根底)와, 또는 정당한 검토에 의한 처단(處斷)이라고 볼 수 있을 것인가?

오인은 상기의 이 소론(小論)에서 해외문학파의 임무가 어디 있으며, 그네들이 어떠한 카테고리 속에 속할 것인가를 간단히 설명해 왔거니와 결코 해외문학파는 어떤 중심을 가진 한 조직체라고 보기보다는 자유로운 각자의 입장에서 해외문학을 사적(史的)으로, 또는 학구적으로, 또는 조선 현실문단에 '가장 현대적인, 가장 진보된 문학의 소개를' 목적으로 하는 우의적(友誼的) 그룹이라고 볼 것이다. 그렇다면 그 가운데는 여러 가지 문학적 유파(流派)와 주의(主義)를 가지고 있는 것은 물론이다. 이러함에도 불구하고 어떠한 이론적 근저를 가지고 그저 '소부르'니 '우익적 문학인'이니 하는 단안을 내릴 수 있는가? 또 더욱 '문학을 국제화하여야 한다' 하면서 조선에 새로운 국제화된 문학의 소개를 다만 소시민적이요, '부르, 인텔리'라고 지적하고 말았으니, 그러면 프로문학은 어느 정도까지 문학의 국제화와 현대적인 가장 진보된 문학을 소개하여 왔는가? 퍽 의문이다. 그렇다면 문제는 단순히 확실한 논증도 없이 다만 정인섭 씨의 1931년도 신년호의 「조선현대문단에 호소함」이라는 일문 (一文)을 공적 테제와 같이 취급하는 것은 진실로 진정한 조선문단 중에 도 프로문단의 진전을 위하여 가장 정당한 태도라고 볼 수 없다. 오인은 절대로 정 군의 해(該) 논문을 지지하는 것도 아니요, 또는 반박하는 것도 아니다. 문제는 정당한 주장을 제창하여 조선문단의 일보적 진전을 촉성(促成)함에 불과하다.

그럼에도 불구하고 이것을 해외문학파의 공적 의사로 보는 것은 너무나 경솔한 단안이 아닐까? 그 반증(反證)은 1931년도에 있어서 해외문학 소개에 있어서 적지 아니한 프로문학의 소개와 연구가 있었으며 또는 새로운 해외문예 제창의 소개가 있었음을 오인은 똑똑히 기억하고 있는 바이다.

그러므로 문제는 다만 세칭 해외문학파라고 하여, 그것을 '소부르 그룹'이니 우익적 문학인이라고 만매(漫罵)할 것이 아니요, 좀 더 금후(今後)에의 해외문학파의 소개와 연구에 대한 더 적절한 요구 내지 간고(懇告)가 필요할 것이다. 더구나 조선과 같이 온갖 객관적 구속과 억압을 받는 사회에서 그저 관념적으로 파벌적 행동과 비판을 행사한다는 것은 좀 더 심중(深重)히 고려할 문제의 하나인 동시에, 더 나아가 가능한 범위에 있어서 새로운 동반자 내지 동지의 획득은 고립된 조선문예운동에 있어서는 특히 필연한 전술이며, 그리되지 않으면 새로운 문학운동의 전면적 계몽 역할을 감행하지 못할 줄로 안다.

뿐만 아니라 해외문학파 중에는 적지 않은 새로운 문학운동의 열렬한 애호자, 지지자가 있으며, 좀 더 새로운 운동의 전개를 자체 내부에서 필연적으로 요구하게 되어 오는 것이요, 결코 예술파의 형성조직(形成組織)은 아니다. 이러한 허구적 단안으로 말미암아 해외문학파와 유기적 관련이 없는 『문예월간(文藝月刊)』과 『시문학(詩文學)』을 흡사히 해외문학파의 기관지시(視)하는 것을 오인은 더욱 유감으로 생각하는 바이며, 좀 더 이러한 사물에 대한 관찰이 주도(周到)하며 공정하여, 조선문학의 건전한 발전을 위하여 진심으로 노력과 토의가 있어야 할 것이다. 【1932.1.12, 4면】

물론 2대 신문(『동아』, 『조선』)에 해외문학파의 연구가 이,삼 인이 관계하고 있다. 그러나 이를 이용하여 해외문학파의 세력을 신장(伸張)하려는 그러한 계획적 의도가 없는 것은 이 두 신문의 학예란(學藝欄)을 읽은 사람은 누구나 넉넉히 그 진상(眞相)을 식별할 것이다. 그리고 어떤 문학운동이 그 사회의 요구와 일치되어 발전되는 것은 결코 일개 신문(또는 잡지)의 의도만에 의하는 것이 아니요, 그 사회 전체의 요구를 반영하여 발전케 되는 것이다. 왜요? 사회의 요구하지 않는, 또는 사회의 현실과 일치되지 않는 운동이란 결코 대중의 지지를 받을 수 없는 것이요, 또 긴 생명을 지속해 나갈 수 없는 것이다. 다만 한 사실을 현실적으로 취급하여 단안한다는 것은 왕왕(往往) 그릇된 비판이 되기 쉬우며, 또는 중상(中傷)이 되고 마는 것이다.

그러나 오인으로서 다시 깊이 생각케 되는 것은 어찌해서 조선문단이 이렇게 해외문학파를 문제시하게 되며, 또는 중대시하게 되었는가에 있다. 오인은 송 씨의 소론과 여(如)히 '문학의 국제화'와 '가장 현대적인 가장 진보된 문학의 소개'가 절대로 필요하게 됨은 벌써부터 같이 잘 알고 있는 것이며, 더 나아가 여하(如何)히 이러한 소개와 연구를 조선문단에 구체화시킬까에 대하여 노력하며 고심하는 것이다.

그러므로 해외문학을 소개·연구하는 사회적 임무는 날이 갈수록 그

세력이 박약(薄弱)해질 것이 아니요, 조선신흥문예의 완미(完美)한 발전을 위하여 더욱더 필요를 느끼게 될 것이다. 이러한 조선문학의 성장을 위하여 중대한 임무와 미래를 가진 해외문학 연구가는 좀 더 깊은 자아(自我)의 반성이 있어야 하며, 또는 조선문예운동에 대한 충분한 이해와 인식을 절대 필요로 하는 것이다.

그러므로 금후의 조선문예운동은 결코 프로문학과 부르문학, 해외문학의 삼 분야로 구별하여 해외문학을 그 중간적 소시민 인텔리 층의 그룹이라고 결정짓는 데 있는 것이 아니다. 마땅히 해외문학은 유기적(有機的)으로 조선문단과 적극적으로 교섭하고 제휴하여, 늘 새로운 제창을 하는 동시에 문학의 국제성, 더 나아가 조선문학운동의 획기적 발전을 위한 선구적 역할을 행사하여야 할 것이다.

끝으로 오인은 다시 제창한다. 진정한 신문예의 수립·확대·강대를 위하여, 해외문학의 연구·소개·비평은 절대 필요하며, 그리하는 데서 조선의 문예운동은 자체 자국 내의 성장에만 그치지 아니하고 세계적 문학 조류와 공통되는 보조(步調)를 밟아, 조선문예의 국제적 진출을 보게 될 것이다. 그리하여 새로운 세계의 전 인류적 호흡을 호흡하는 위대한 문화의 꽃이 피게 될 것이다. 오인은 모름지기 부단(不斷)의 노력과 협조와 제휴하에서 1932년도의 새로운 문학운동을 전개시킬 것이다. -1932년 1월 1일 【1932.1.13, 4면】

해외문학과 조선문학

함대훈[29], 「해외문학과 조선문학」, 『동아일보』 1933.11.11, 12, 14(3회)

(상)

(일) 조선 사람이 조선의 문학을 연구하지 않고 하필 해외문학을 연구하느냐? 혹은 (이) 해외문학을 연구하면 왜 한 작가만을 연구하지 않느냐? 또는 (삼) 해외문학을 연구하는데 왜 새로운 문학만을 우리에게 이식(移植)해주지 않느냐?는 등의 질문, 충고를 나는 최근 더욱 많이 지방으로부터 혹은 우인(友人)으로부터 받는다.

이러한 이, 삼의 질문, 충고 내지 편달(鞭撻)은 물론 해외문학 연구에 대한 몰이해(沒理解)된 점도 있음에 불포(不抱)하고 금후(今後) 나의 문학태도에 커다란 도움이 될 것으로 믿거니와 근일(近日) 부질없이 신문지상에 삼분(三分)의 가치 없는 평론을 써서 외국문학 연구자에게 저주(咀呪)가 있으라거나[30] 또는 번역의 무용론(無用論)에 가까운 언설(言說)을 토(吐)하는 사이비문학자의 주출망량(晝出魍魎)[31]은 오인(吾人)으로 하여금 커다란 격분(激憤)을 갖게 하는 것이다.

이들은 문학원론(文學原論)도 모르는 또는 당파적(黨派的) 간책적(奸策的) 야비(野卑)한 문학행동으로서 타인을 중상(中傷)하며 자기의 지위를 보지(保持)하려는 망국적(亡國的) 심리 외의 아무 것도 아닌 것

---

29 함대훈(咸大勳, 1906~1949) : 소설가, 평론가, 러시아문학 번역가.
30 원문에는 '있으라거니'로 되어 있다.
31 주출망량(晝出魍魎) : 대낮에 활개 치는 도깨비.

은 그들 필법(筆法)에 의하여 현명한 독자는 이해할 것이다.

그러면 해외문학을 연구하는 의의가 어디 있느냐! 그리고 조선에 있어서는 해외문학 연구가는 어떻게 문학행동을 하여야 할 것이냐? 또는 오늘날까지 조선에 있어서는 해외문학을 소개한 업적과 금후 해외문학을 어떠한 방법으로 연구할 것이냐의 부여된 과제에 대한 답안을 작성하지 않을 수 없나니 순전히 나는 개인적 태도로서 이 부여된 과제[32]에 대한 답안을 작성해보고자 한다.

첫째 해외문학을 연구하는 의의가 어디 있느냐?란 질문에 대하여는 길게 답변할 필요를 갖지 않는다. 왜냐하면 인간의 사회적 생활이란 한 민족이나 한 개의 국가가 오직 단독(單獨)히 존재할 수 없으므로 국제간의 정치적, 경제적, 문화적 교호작용(交互作用)이 있어야 함과 같이 문학도 또한 세계적으로 그 시야(視野)를 넓혀 세계 신문화(新文化)를 섭취하고 세계 신지식(新知識)을 소화함은 그 나라 문학 발전 단계[33]에 커다란 의의를 갖고 있는 것이다. 환언하면 문학적 영양(營養)을 세계에 구하여 조선의 문학을 좀 더 살찌우자는 것이다. 여기 해외문학 연구의 의의가 있는 것은 그 누구나 알만한 상식적인 것이다. 그럼에도 불구하고 해외문학파(조선에서는 해외문학 연구자는 누구나 이 파(派)라고 한다)는 고전(古典)만을 연구하느니 반동적(反動的) 역할만을 하느니 하는 억설적(抑說的) 비과학적 언설을 농(弄)하는 일부도 있는 것은 크게 한(恨)할 일이다. 말하자면 동서고금의 우수한 문학을 조선에 독식(독식)하여 그 우수한 문학을 섭취(이 섭취의 의의를 잘 알아야 한다)하여서 조선문학 생장발전에 커다란 힘을 주자는 것이다.

---

32 원문에는 '賦된與 課題'로 되어 있다.
33 원문에는 '段獨'으로 되어 있다.

그럼으로써 셰익스피어, 괴테, 고골리, 푸쉬킨, 위고 등의 고전연구도 있는 것이요, 투르게네프, 버나드 쇼, 골즈워디, 에밀 졸라, 하웁트만, 고리키, 글라드코프, 마야코프스키 등의 신문학자의 연구도 있는 것이다.

그런데 일전(日前) 현민(玄民: 유진오)은 「해외문학의 재출발」이란 논문에서 해외문학파의 번역은 자기가 십 년 전에 일문(日文)으로 읽은 것이나 번역한다고 자기의 문학연구역사가 길다는(?) 자가광고(自家廣告)적 연설과 아울러 해외문학파의 무능(?)적 태도를 힐난(詰難)하였다. 현민의 독서범위가 얼마나 광범한지 모르거니와 그러면 현민이 십 년 전에 읽은 작품이라 하여 우수한 문학을 조선이 이식할 필요가 없을까?

현민은 지식이 해박하여 이미 세계명저를 모조리 통독했으려니와 그런 독서력 없는 일반 대중은 또한 고전의 명저를 조선어로 이식하는 것을 요망(要望)한다. 더구나 원문(原文)에서 직접역(直接譯) 되는 것을 요구한다. 설사 요구가 적다해도 문학적 견지에서 해외문학 연구가는 당연히 이러한 명저를 번역해야 할 것이다. 현민이여! 일본에서 최근 셰익스피어가 다시 개역(改譯)이 되고 중역(重譯)이 된 톨스토이 전집이 있고 고리키 전집이 있음에 불구하고 또 원문에서 직접역으로 이들 전집이 출판되었는 것을 명석한 두뇌를 가진 현민은 여하(如何)히 해석하는가? 그러면 중역이 있다고 또다시 직역(直譯)으로써 출판하는 것은 부질없는 일이라 할까? 아니다. 중역에서 말살된 그 나라 문학의 훈향(薰香)을 직역으로써 좀 더 살리기 위한 그들의 노력을 우리는 쌍수(雙手)를 들어 찬양할 것이며 중역이나마 없는 우리 문단에는 이런 명작들이 원문으로부터 우리말에의 직접역이 되는 것을 크게 기뻐할 일은 동시 조선문학운동에 커다란 임무를 수행하는 것이라고 할 것이다.

이런 의미에서는 우리 문학을 근시(近視)적으로 연구할 것이 아니요, 문학사적으로 심오한 연구가 필요한 동시 일반 대중도 또한 고전에서 "새 것"을 읽혀야 할 것이다. 더구나 문학적 유산을 갖지 못한 조선독자에게는 이것이 절대 필요한 것임을 나는 재언(再言)하고 싶다. 【1933. 11.11, 3면】

(중)

또다시 현민은 해외문학파는 금후 외국작가 셰익스피어, 괴테 등을 연구해야 할 것을 해(該) 논문에서 '교훈'하였다. 그러나 우리는 조선 저널리즘이 3회, 우(又)는 4회라는 제한된 지면과 또 그 편집자가 요구하는 외의 글을 거의 실을 수 없을 만한 '경계선'을 돌파하면서 그나마 외국작가 연구논문이 삼, 사 년래에 불소하였으니 영역(領域)은 현민의 교훈을 기다릴 사이도 없이 벌써 해외문학 연구의 양심 있는 연구로서 발표해온 사실이 증명한다. 문예시평(文藝時評)을 쓰려면 문단의 동향을 좀 더 조사한 후에 집필해야 할 것이며 사람을 교훈하려면 그 사람의 지식정도를 측정한 후라야 할 것이다. 붓대를 드는 것이 집필이 아니고 가르친다고 '교훈'이 아닌 것이다.

그러면 해외문학 연구가 지금까지 해온 외국작가 연구논문 — 비록 그것이 지면 — 기타 관계로 그 연구를 축소 발표하였지만 —을 내 기억에 떠오르는 대로 적어 보더라도 그 수는 적지 않다……

영국 버나드 쇼 연구(장기제(張起悌))
동(同) 골즈워디 연구(김광섭(金珖燮))
동 베네트 연구(이하윤(異河潤))
동 영시인(英詩人) 연구(동(同))

아일랜드 오케이시 연구(유치진(柳致眞))

프랑스 에밀 졸라 연구(이헌구(李軒求))

동 프랑스 이대(二大) 여류작가(동)

동 프랑스 극단(劇壇) 동향(동)

동 발뫼르(동)

동 프랑스문단 종횡관(동)

동 프랑스 여류문단(동)

동 현대불시단(現代佛詩壇)(이하윤)

독일 괴테 연구(서항석(徐恒錫))

동 동(김진섭(金晉燮))

동 동(조희순(曹喜淳))

동 하웁트만 연구(동)

동 오스트리아 수니츨러 연구(동)

동 동(서항석)

동 동(김진섭)

독일 독일의 극단(동)

러시아 안톤 체홉 연구(함대훈(咸大勳))

동 막심 고리키연구(동)

예세닌 연구(함대훈)

마야코프스키(동)

혁명이후 소비에트 문학(동)

혁명 십사년간 소비에트 문학 전망(동)

이상의 제 논문 외에 영국, 프랑스, 독일, 러시아의 소설, 희곡, 시 등의 다수가 번역되었다. 물론 이들 제 논문도 기억에 떠오르는 것에 불과한 것이지만 — 여하간 해외문학 연구가가 사회에 나온 지 일천한 오늘 빈약하나마 이러한 업적을 조선사회에 내어놓고 있는 것은 결코 해외문학 연구가들이 현민이 말하는 것 같이 십 년 전에 읽은 것만 소개한 것도 아니오. 또 작가연구가 없는 것도 아니다.

이러한 업적이 있음에 불구하고 해외문학 연구가들에게 상투적으로 중상적 언구(言句)를 남발하는 일부 인사들의 심정을 오인(吾人)은 참으로 이해하기 어렵다. 그렇다고 우리는 이것이 커다란 업적이라고 광고하고 또 자가 선전을 해본 일도 없거니와 또한 각자 자신이 — 적어도 나는 — 부단한 노력을 아끼지 않고 등산가의 발길이 자욱자욱 상향(上向)만 하듯이 연구의 길을 더듬어 나가고 있는 발전과정에 있다는 것도 사실임을 자백하지 않을 수 없다. 그러므로 연구의 미흡도 또한 연구 코스의 오류도 있을 것이 당연한 일이다. 이것을 서로 편달하고 이것을 충고하는 데서 참으로 조선문단 발전의 생장(生長)해 나갈 길이 있는 것이어늘 중상 저주의 언구가 이 무슨 일일까. 그리고 백철(白鐵) 씨 같은 분은 '알파벳'이나 아는 외국문학 연구가에게 저주가 있으리라까지 중상적 언구를 나열했지만 아마도 백철 씨의 어학지식보다는 정인섭(鄭寅燮)(논쟁대상을 삼았던) 씨의 어학이 훨씬 나을 것이요, 또한 그 외 인사들의 각국 어학지식은 백철 씨가 가지는 어학정도보다는 물론 훨씬 나을 것이라고 믿는다…… 이런 말은 너무도 유치한 말이 돼서 글 쓰는 필자조차 천박함을 스스로 느끼는 바이나 일언(一言)의 낭비로써나마 이런 망언(妄言)을 박살해버리지 않을 수가 없는 것이다.

일언이폐지(一言以蔽之)하고 이상의 나의 논술로써 현조선(現朝鮮) 외국문학 연구자도 조선문학의 건실한 문학 아니야 할 것이다. 수립을 위한 존재라는 것, 결코 외국문학 연구자는 고전만을 연구하는 자들이 아니요, 새로운 문학에도 관심을 갖고 또 소개 연구한다는 것이 반동적(反動的)이 아니라는 것, 외국문학 연구자는 좀 더 학구적, 문학사적 입장에서 문학연구를 한다는 것이라는 것은 알았으리라고 믿는다. 【1933. 11.12, 3면】

(하)

그러면 해외문학은 조선문학과 어떠한 연관성(聯關性)적 의의를 갖고 있느냐? 해외문학이 조선문학에 끼치는 영향은 어디 있느냐? 하는 질문이 발생할 것이다. 나는 이 질문을 답하기 전에 먼저 내가 어떤 편집자로 있을 때에 비평가, 창작가, 문학연구가, 기타 문학에 관심을 가진 이에게 설문한 '내 심금(心琴)을 울린 작품'에 대한 숫자부터 말하고자 한다.

그 숫자는 거의 전부가 외국작품에 영향되었다는 것으로 차고 말았다. 이 사실을 볼 때 나는 외국작가에게 영향된 원인이 어디 있는가를 연구해보았다. 그리고 세 가지의 원인이라고 해석하였다. 첫째는 조선에는 과거 문학적 유산이 없기 때문에 그 문학적 양식을 외국작가에게서 구했다는 것. 둘째는 사람은 이국(異國)에 대한 매력을 느끼기 때문에 이렇게 외국작가의 작품을 읽게 되었다는 것. 셋째는 외국에는 우수한 작품이 많다는 것 등으로!

그러면 외국문학의 영향이 조선문단에 이같이 과거와 현재에 커다란 것임을 알 때 이것은 결코 외국문학을 등한시할 수 없다는 것보다도 필두일보(筆頭一步)를 진(進)하여 우리는 문학적 유산이 없는 조선문단이 대량적으로 외국문학을 이식함으로써 조선문학 수립에 커다란 힘을 삼아야겠음을 통감하였다.

일견 외국문학은 그것이 고전이나 신(新)작품이나를 물론하고 ― 그

것이 그 나라의 사회생활을 반영한 것이니만큼 사회적 기구(機構) 내지 사회 정태(情態)가 상이하여 자국 작품과 같이 독자에게 이해시키기가 다소 난사(難事)라 하더라도 그것은 결국 그러한 작품을 읽는 동안 외국 문화를 알 수 있고 또한 독자의 시야가 넓어지고 문학에 대한 고상한 취미를 배양할 수 있고 또한 문학이 가지는 감상안(鑑賞眼)의 수준을 높일 수 있다는 것이다. 이는 일반 독자층에게 끼치는 영향이거니와 외국문학 수입은 또한 조선의 작가나 비평가에게 그들이 행동하고 있는바 조선문단의 일반 수준을 이 제(諸) 외국문단 수준에 앙양(昂揚)시키는 데에 커다란 소임을 수행할 수 있는 것이다. 세계문단에 비하여 비견(比肩)할 수도 없는 조선창작계에 있어서 세계적 명작과 또한 새로운 문학운동의 소개는 조선작가의 창작행동에 커다란 영양(營養)이 될 것이다. 이 말에 대하여 혹자는 말하리라. 해외문학파가 몇 개나 명작을 소개하고 신문학운동을 소개했느냐? 또 조선의 작가의 전부가 일본문(日本文)을 해득(解得)하니 일본서 번역되지 않은 작품과 이론을 몇 개나 소개해서 조선작가에게 외국문학의 영양을 줬느냐?고……

그러나 우리는 아직 문학행동이 일천(日淺)하니 만큼 역사 있는 일본문단에 소개 안 된 작품과 이론을 소개하여 그것이 조선작가에게 영양을 끼쳐준 것이 비록 적다하더라도 전술(前述)한 해외문학 연구자들의 업적을 돌아보아서, 또한 해외문학 연구자들의 현재의 노력을 비추어보아서 일천한 데 비하여 결코 적다고는 할 수 없는 것이다.

억설적(抑說的)으로 말하면 이러한 공적(功績)이 해외문학파 외에 누가 또 있느냐? 그러므로 해외문학 연구자는 지금까지 걸어온 업적을 돌이켜보고 또한 금후 문학행동에 있어서 좀 더 치밀한 좀 더 연구적 좀 더 조선문단에 영양가치가 있을 만한 문학행동을 하려고 부단한 노력을 아끼지 않고 있는 것을 자기(自期)하는 동시 이는 전문적(全文的)으로도 상호편달과 독려(督勵)가 있어야 할 것이고 결코 파쟁적(派爭的) 중상적 언구의 나열만을 일삼을 것이 아니다.

물론 지금까지 여차(如此)한 새로운 외국문학의 이식이 적은 데는 첫째 경제적 이유가 많지 못한 때문에 고가(高價)의 외국서적과 문학 신문 잡지를 많이 구입 못한 데도 기인한 것이다. 그러나 해외문학 연구자는 금후 외국고전의 명작을 번역하여 고전의 비판적 섭취를 행케할 것이며 또한 새로운 외국문학운동과 문예작품에 일층 관심을 갖고 금후 조선문단에 이식하려고 노력하고 있다.

이러한 해외문학 연구가의 금후 활동에는 또한 조선의 신문잡지가 '연구적인 것' 또한 '장편논문'의 취급을 불사(不辭)하여야 할 것이다. 왜냐하면 한 개의 훌륭한 논문과 작품이 제작되어서도 이것이 발표 기관 관계로서 학원(學苑)을 위해서도 일대손실이기 때문이다.

그러므로 금후의 해외문학운동은 외국고전 작품의 비판적 섭취, 외국 신문학운동의 동정(動靜)과 또한 신작품을 신속히 이식할 것, 외국작가와 조선작가와의 수준을 비교 비판할 것, 조선의 우수한 작품을 외국어로 번역할 것 등의 제 조목(條目)을 다시금 긴장미(緊張味)를 가지고 행동하려고 하는 것이다.

여기 해외문학과 조선문학의 연관성이 있는 것이며 또한 해외문학 연구자의 임무가 있는 것이라고 생각한다. (이 글은 순연한 내 개인의 글임을 말해둔다) 끝. 【1933.11.14, 3면】

번역문학의 수립

최규홍(崔圭弘), 「번역문학의 수립(樹立)」,[34] 『조선중앙일보』, 1934.5.14, 학예면.

누구인지는 확실히 기억에 남아있지 않으나 수월 전 모지(某誌)에서 현 문단의 내용 수준의 실질적 저하를 말하여 우리의 문학도 세계문학의 수준을 향하여 진출하지 않으면 안 될 것을 역설한 일이 있었다. 필자 역시 이에 지극히 동감하는 바이다. 언제나 저급 독자들 상대로 한 신문의 연재소설이나 목표하여 나가다가는 세계의 문학시장의 출진(出陳)할 작품은 볼 수 없을 것이다.

최근에 와서 신문상 혹은 잡지에 단편소설 같은 것은 몇 가지 볼 따름이요, 대체로 희소하였다고 볼 수 있다. 물론 그곳에는 작가의 실력 저하 시계(視界)의 국한 등이 큰 이유로서일 것이다. 차외(此外) 지리적, 정치적, 언어적 제 조건이 물론 간여할 것이다.

그러나 나는 지금 여기서 그러한 현저한 이유로서 해외문학에 대한 적극적 개심(開心)의 결여를 들고 싶다. 그리고 이것은 전시(前示)한 이유를 낳은 이유도 될 수 있는 것이다. 우리는 제 외국문학의 사적(史的) 지식에서 외국문학과의 접촉 교섭이 얼마나 자문학(自文學)의 생장 발달에 중대한 의미를 가짐을 알고 있다. 더구나 현대와 같은 문학·문화의 세계적 교류기에 있어서는 일 국가, 일 종족에 제한된 고립한 문화의 문화란 것이 얼마나 비참함을 우리는 보고 있다.

---

34 '文學論片'이라는 코너명이 붙어있다.

일부의 전통적 주의자, 국수론자는 외교학과의 접촉을 애써 기피하려 하는 것이다. 사실 우리도 전일 자문학의 생장(生長)을 위하기에 외국문학에 대한 무조건한 접촉을 경계한 일이 있다. 물론 거기에는 오늘날 조선과 같은 신문학 탄생기에 있어서의 위험성이 불무(不無)한 것이다. 단순한 피상적 모방을 시사한 1925년[35] 전후의 우리 문단 현상은 이것을 예증하는 사실이다. 그러나 다시 생각할 때 금일과 같은 사회정세에 있어서는 외교화(外交化)에 대한 여사(如斯)한 소극적인 기피는 도리어 악결과를 초래할 것이 명확하다. 전통론자는 외국문학과의 교섭에서 자문학의 상처될 것을 겁(怯)하나 우리는 도리어 □적 생장을 보게 될 것이다. 우리는 모든 것을 세계의 분위기 안에서 생장시켜야 한다. 자기를 잊는다는 것은 가장 어리석은 일의 하나이다. 그러나 소위 '자기'는 결코 고립한 그대로 이해되는 것이 아니다. 필자는 이에 번역문학의 수립이 우리 문학의 질적 향상을 위하여 급무(急務)의 하나인 것을 느끼는 바이다. 더구나 이것은 생경한 이론 방면보다 작품 방면에 있어서 일층 필요성을 가지는 것이다. 지금 우리는 우리 문단과 문단인을 보자. 나의 억측일는지는 모르나 그들의 거의 전부는 이 외국문학의 존재 추이에 대하여는 태(殆)히 무관심한 듯하다. 그들은 거의 외국의 케케묵은 소위 명작 소설 2, 3편쯤 읽은 것으로써 자기의 이 방면의 문학적 경력을 필(畢)한 것으로 생각하고 있는 모양이다. 이 책임은 결코 그들이 질 것이 아니요, 조선에 있어서 번역문학이 존재 못하고 있다는 사실이 지게 될 것이다. 일 년이 경과하여도 이렇다 할 만한 번역소설 하나 볼 수 없는 우리의 문단이 아닌가. 물론 우리의 대개는 중역(重譯)문학을 통하여 제 외국에 욕(浴)할 기회를 가지고 있다. 그러나 그것은 결국 우리로서 정당한 외

---

35 원문에는 '1825년'이라 되어 있지만 오식으로 보여 수정하였다.

국문학 감상의 길이 못되는 것이다. 나는 진정한 번역문학의 수립을 거듭 절실히 요구하지 않을 수 없다. 우리는 신문학 수립을 위한 정력의 일부를 당연히 이 번역문학의 수립을 위하여 할여(割與)하지 않을 수 없다. 물론 현실적 모든 조건은 이런 희망의 무난한 진전을 저해함이 많을 것이다. 그러나 가능한 □도에 중지할망정, 이에 대한 적극적 노력을 잊어서는 안 될 것이다. 나는 이런 일을 신진(新進)하는 외국문학 학도의 당연히 지어야 할 사명이 아닌가 한다. 매년 배출하는 외국문학 하도는 과연 안주(安住)한가? 그대들은 과연 어디서 그대들의 진정한 임무를 찾고 있는가?

현대에 있어서 번역문학은 중대한 일의(一義)적 독립적 의의를 가지고 있다고 생각한다. 금일 우리는 정당히 세계심(世界心)을 이해하고 파악할 길은 제 외국의 문학적 작업을 무시하고는 맛볼 수 없는 것이다. 위는 소허(少許: 얼마 안 되는 분량)의 위험[36]을 각오하고서라도 외국문학에 대한 적극적 개심을 잊어서는 안 된다. 끝으로 재언(再言)하거니와 이와 같은 것은 반드시 코스모폴리탄한 입장에서의 제언(提言)이 아닌 것은 물론이다.

---

36 원문에는 '胃險'이라 되어 있다.

번역과 문화

김진섭[37], 「번역(飜譯)과 문화(文化)」, 『조선중앙일보』, 1935.4.17.~5.5.(14회)

번역과 문화(1) ―생활의 국제성

번역과 번역행동의 문화사적 의의를 추구하기 전에 잠깐, 생활의 국제화란 활발한 사상(事象)을 일고(一考)하기로 한다. 그러나 우리가 생활의 국제화라는 한 개의 엄연한 생활 사실을 생각하려 할 때 무엇보다도 먼저 상기되고 상기됨과 같이 그것에 자연히 경의를 표하지 않을 수 없는 것은 저 제네바의 인류의 전당, '국제연맹'에 틀림없다. 인류의 아름다운 이상이 지지(遲遲)하지만 이곳에서 착착 구체화되고 이리하여 구체화된 이상을 각박한 지상에 현실하기를 각고(刻苦) 도모하고 있는 것은 나날의 신문이 충실히 보도하고 있는 바이지만 적어도 오늘날에 있어서 국제연맹의 존재를 허망하다 생각할 사람은 없을 것이다. 우리는 물론 이러한 국제주의에 도저히 열정적으로 심취할 수는 없다 하더라도 이 위대한 인류의 정치사상이 어느 날엔가엔 반드시 우리에게까지 축복을 가지고 오기 시작할 것을 믿고자 하는 자(者)이다. 당연히 이제 존재하고 있는 바 모든 것이 일찍이 존재하려기 때문에는 그곳에 신성한 역사적 필연이 없지 아니치 못하였을 것은 두말할 것도 없지만 국제연맹이라 할지라도 물론 그것은 일조일석(一朝一夕)에 된 바 격월(激越)한 인류 감정의 소산은 아니니 일찍이 승려 세인트 피에르가 '인류연방'이란 낭만적 정신에

---

37 김진섭(金晉燮, 1903~?) : 독문학자, 번역가, 수필가.

탐닉한 것은 벌써 언제이었더냐? 철학자 데도로가 이제로부터 이백 년 전에 '구라파연방'이란 말을 인류애(人類愛)에 떠는 마음으로 조각한 이 래 실로 이 말은 항상 모든 나라의 문인과 논객의 흉중을 통과하여 한없이 많이 저작(咀嚼)된 결과 이제는 실로 다기다단(多岐多端)한 변천을 봄에 이른 것이다. 이 사상은 두말할 것도 없이 정신생활에 있어서는 나라와 나라는 어떠한 국경도 가질 수 없다는 단순한 인식에서 온 것이니 참으로 미(美)와 지(智)는 그것이 설령 어느 곳에서 발생되었든 간에 인류 공유의 재산이 되는 까닭이다. 비단 정신생활에 있어서 뿐이 아니라 물질생활에 있어서도 문제는 동일한 것이니 모든 나라의 문인과 사상가가 수천 년래로 그들의 사상과 문화를 상호 교환함으로 의하여 피차에 증보(增補)를 구한 것 같이 상업은 또한 한 가지 수천 년래로 민족 간의 물질적 관계를 나날이 깊게 하여 오늘날에는 벌써 우리는 상품의 국제적 교역이 없이는 하루라도 만족히 살 수 없는 형편에 놓여 있는 것이다. 우리가 아무리 간이(簡易)한 생활을 하고 있다 하더라도 이제 우리를 둘러싸고 있는 모든 것은 — 한 조각의 빵 한 개의 권련으로부터 전기, 전화, 라디오에 이르기까지 세계 무역의 큰 은고(恩顧) 느끼게 하지 않는 아무 것이 없고 우리의 상상력을 원방(遠方)에 달리게 하지 않는 아무 것이 없다. 우리가 흔히 마시는 가배(珈琲: 커피)가 자바산(産)이고 우리가 흔히 마시는 차(茶)가 중국산임은 이제 너무도 평범한 사실이다. 부르군드산의 양주, 멕시코산의 담배, 아메리카산의 빵, 이탈리아산의 오렌지 — 우리에게 만일 식욕과 금전만 있으면 이를 공급하는 상점은 저자에 무수히 산재(散在)하여 있는 것이다. 더 말할 것이 없이 내가 한 쪽 손에 쥐고 이 원고를 초(草)하고 있는 흑단(黑檀)의 필축(筆軸)은 몰루켄산의 나무로부터 된 것이요, 다른 손에 쥔 아라비아 고무는 코르도판에서 나는 아카시아 나무로 제조한 것이라면 그만이다. 우리는 참으로 이와 같이 일상생활에 있어서도 다른 나라의 채무자가 됨을 면할 수 없는 것이니 인류는 상호 간에 그들이 얼마나 먼 거리를 두고 살고 있으며 또 그들이 얼마나 이질의 발육(發育)시기에 처하고 있다 하더라도 그것이 인류의 문명과 문화에 은밀히 기여하는 바 지극히 많음을 생각할 때 우리는 과연 무엇에 감사하여야 할까를 알 수가 없다. 우리가 이 보고 있는 양복, 또는 우리가 그것을 살 수 있는 금전, 또는 수없이 많이 수입되어오는 약품, 그리하여 우리의 병을 구하여주는 많은 의료기 — 이 모든 것은 두말할 것이 없이 모든 민족이 일단(一團)이 됨을 전제하고 이해와 노력의 일치에 대한 암묵의 동의동감(同意同感)을 상정하고 비로소 발명될 수 있는 것이다. 이 점에 있어서 사실 모든 이 지상의 국민은 의식적으로 또는 무의식적으로 이 생활을 될수록 편하게 하려는 사실에서로 기여하고 있는 것이다. 【1935.4.17, 3면】

번역과 문화(2) —문화의 교환(交驩)
물질적 방면에 있어서 이미 생활의 국제성은 그와 같이도 긴밀히 국가와 국가, 민족과 민족을 긴박하고 있거든 하물며 하등의 관세를 필요로 하지 않는 정신적 생활에 있어서의 인류문화의 교환(交驩)에서이랴! 벌써 멀고 먼 옛날서부터 언어학적 문헌학적 연구는 한 나라의 예술가 내지 사상가가 다른 나라의 예술가 내지 사상가의 지적 발전과 정신적 방향에 얼마나 많은 기여를 주고 얼마나 힘센 영향을 끼치고 있는가를 증명하기에 노력하고 있는 것이지만은 사실 우리로 말하면 여기 □하여는 하등의 가설을 세울 필요가 없이 자기 자신의 내부생활을 일별함으로써 문제는 이미 족할까 한다. 적어도 오늘날에 앉아[38] 누가 과연 이 세계문명, 이

---

38 원문에는 '안저'로 되어 있다.

인류문화의 절대한 은고(恩顧)를 부정하고 감히 "나는 내 스스로 된 자이며 나는 내 자신의 힘으로 이같이 발육한 자이라." 호언(豪言)할 수 있는 자이랴? 인류가 갖는바 한 개의 큰 자랑은 실로 '서적(書籍)의 산'을 궤상(机上)에 둘 수 있는 데 있는 것이지만 수천 년이라는 긴 세월을 사이에 두고 자고지금(自古至今) 땀과 힘으로 된 인간지식의 총화(總和)에 대한 기록물인 이 '서적의 산'으로 말하더라도 그것은 참으로 그곳에 신비하기 비할 데 없이는 될 수 있었던 것이 아님은 물론이다. 일찍이 한 권의 책을 지은 어떠한 사람도 그가 그인바 그에 의하여 된 일은 없다. 모든 사람은 한 번 이상은 다 선구자의 등에 업히는 광영(光榮)을 갖는 것이다. 우리가 있기 이전에 된 모든 것은 여러 가지 점에 있어서 우리의 창조에 보조가 되는 것이며 그리하여 된바 우리의 정신적 노작(勞作)이 또한 어떤 점에 있어서 우리의 뒤를 잇는 후대의 문화생활에 반드시 기여하는 바 있는 이와 같은 계승방법으로서 인류의 □□한 문화는 끊임없이 진전하여 가는 것이다. 참으로 인류의 모든 문화는 누구나 소유할 수 있는 신성한 공동재산이다. 그러므로 전세계가 곧 머리를 기울여 논의치 않고 그리하여 그것의 보육에 관심치 않는바 '신사조(新思潮)'란 이 세상에 있을 수 없는 것이니 가령 독일에서 처음 어떠한 사상 어떠한 논제가 대두(擡頭)하였다 하더라도 그것은 독일인의 보호 밑에서만 성장하여가지는 않고 이것은 곧 국경을 넘어 프랑스로 영국으로 내지는 전세계에까지 날아가서 곳곳에 새로운 충동(衝動)을 일으키는 것이다. 그리하여 이 새로운 사상 감정이 제국(諸國)을 □역(□歷)하여 고국으로 환향(還鄕)하였을 때에는 실로 얼마나 많은 변화를 경험하였을지 그것은 상상만 하여도 넉넉히 짐작할 수가 있다. 세계문화의 본질적 관계에 대한 이상의 조그만 관찰은 무엇보다도 많이 이 지상의 모든 민족은 피차에 의존함이 없이는 도저히 잘 살 수 없다는 확신에 박차(拍

車)를 줄 뿐 아니라 현재의 민족 간에 누워있는 수없이 많은 오해도 드디어는 차차로 일소(一掃)될 수 있다는 신념에까지 희망을 부어넣는 것이고 또 전인류의 행복을 위하여 참된 '국제연맹'을 세워 공동 작업적으로 이로운 것은 만들고 해로운 것은 물리치려는 현대 각국 정치가들의 위대한 목적에도 상부(相副)하는 바 있는 것이지만 이와 같이 서로 밀접히 연관하고 있는 문화형태 중에도 특히 '세계문학'은 개념에 있어서나 실제에 있어서나 세계 연관의 필연성을 벌써 먼 옛날부터 암묵리에 주장하였으니 오늘날에 있어서는 어떠한 예술, 어떠한 문학도 세계예술사조와 분리하여서는 절대로 존재할 수 없는, 그러한 연환(連環) 상태에 있음을 보기는 극히 용이하다. 현재의 예술과 문학은 세계인류를 의식에 두고 그리하여 외국인의 정신생활에 영향을 끼치고 감흥을 일으킨바 무엇을 가진 것이라야만 진정으로 생명을 유지할 수 있는 지경에까지 이른 것이다. 과학과 예술에 국경이 없음은 이제 너무도 자명한 일이다. 독일의 과학자 뢴트겐 씨가 X광선을 발명하기가 무섭게 지금에 전세계는 그 혜택에 참여하기를 결코 주저(躊躇)치 않는다. 마르코니 씨 기계 때문에 세계 각국의 기선(汽船)은 무서운 폭풍우에 제(際)하여서도 대양의 위를 안심하고 항행(航行)할 수 있는 것이며 마르코니 씨가 그것을 발명한 덕택으로 서양에서 하는 연설을 같은 순간에 동양에 앉아 들을 수 있는 것이다. 【1935.4.18, 3면】

번역과 문화(3) ─문화의 교환(交驩)(下)

과학자의 귀중한 발명[39]이 세계를 □풍하여 사(乍: 잠깐)시간으로 인류의 이용에까지 제공됨과 같이 예술과 문학의 창조가 또한 그러하니 세계

───
39 원문에는 '潑明'으로 되어 있다.

적 발명이라는 말에 대하여 우리가 예술부문 내에 있어서 세계적 걸작이라 지칭하는 것은 어떠한 한 개의 예술작품이 전인류의 명예를 박(博)한 것을 의미한다.

즉 그것은 항상 무엇보다도 절실히 세계를 무대로 하며 인류를 대상으로 삼는 것이니 흔히 그것은 또 볼 수도 있는 일이지마는 일(一)의 작가가 세계적 명예를 박(博)하였다는 것은 실로 전세계 전인류가 그의 사상과 그의 꿈 그의 희망과 그의 요구에 진심으로 감격하였다는 것을 의미한다. 여기 참으로 예술가의 세계인류에 대한 중대한 의의(意義)와 사명은 누워 있는 것이지만 인류는 예술가의 예술작품을 통하여서만 자기자신을 인식할 수 있는 것이며 그들의 서로 다른 감각과 감정을 이해할 수 있는 것이다. 예술가만이 홀로 인간을 접□시킬 수 있는 자임은 물론이요, 모든 진리 중에도 시적 진리가 가장 놀라운 자이고 가장 활동적이고 또 가장 유세(有勢)한 것임은 두말할 것이 없다. 음악적 재능의 인류최고의 노작으로서 통용되는 베토벤의 제9심포니로 말하면 사해동포성(四海同胞性)에 대한 절대한 환희(歡喜)가 음악으로 화하여 표현된 것이지만 그것이 인류의 귀에 의하여 한없이 존숭되는 것은 이곳에서 표현된 범신론(汎神論)적 사상이 모든 사람의 위에 힘세게 작용하여 음악을 사랑하는 사람의 마음에까지 동일한 환희를 일으키는 까닭이다. 누가 여기서 감히 국민성에 대하여 일언인들 농(弄)할 수 있으랴! 여기서는 마치 세계심(世界心)이 자유스러운 비□(飛□)을 꾀하고 있는 것도 같으며 여기서는 마치 이 지상의 모든 인간이 서로 손목을 잡고 보다 고상한 것, 보다 선한 것, 보다 아름다운 것을 창조하고 있는 것도 같다. 이 세계심의 정신이야말로 우리가 항상 예술과 문학 속에서 포착(捕捉)하려 하는바 대상에 틀림없는 것이지만 사실에 있어서 또한 모든 종류의 좋은 예술작품은 인류가 다같이 이 세계심을 가지고 있고 또 그것에 충

만하고 있는 것을 의식적으로 또는 무의식적으로 제시하고 있는 것을 우리는 볼 수 있다. 일 편의 동일한 시(詩)가 인류의 마음속에 살고 있다는 것은 무엇을 말하느냐? 실로 모든 민족은 서로서로 그들이 품고 있는 사상, 그들이 지니고 있는 정신에 대하여 □해(□解)하기에 노력하고 있다. 우리들이 오늘날 우리 자신의 사상 감정을 알 수 있음과 같이 에스키모의 생활과 행동을 알고 아프리카 토인(土人)의 성질을 알 수 있음은 오로지 정신문화 교환(交驩)의 은택(恩澤)이 아니면 된다. 프랑스라면 파리의 시인이 그의 고요한 서재에서 꿈꾸며 쓰인바 시작(詩作)이 불과 수 주(週)에 벌써 브라질에서 시베리아에서 중국에서 조선에서 읽히어짐이 오늘에는 결코 이상치 않은 것이며 일 흑인이 한 곡절의 재즈를 작곡하매 불과 수 주를 경과하여 전세계의 주린 청각이 이에 집중됨이 오늘에는 결코 이상치 않다. 모든 문화 영역에 있어서 또한 이와 같은 국제적 교환은 민활(敏活)히 실행되어 국제 사정을 이해할 기회를 제공하고 있음은 두말할 것도 없지만 그중에도 특히 예술 문화는 민족적 교정(交情)에 있어서 공헌하는 바 지극히 민감하고 미묘(微妙)한 것이 있으니 가령 스트린드베리[40]를 읽고 셀마 라겔뢰프[41]를 읽은 사람은 그가 스웨덴에 가서 한동안 있었기보다도 더 잘 이 나라에 대하여 알 수가 있다. 왜 그러냐 하면 우리는 우리의 어리석은 눈을 가지고 직접으로 이 나라를 볼 수는 없다 하더라도 치밀한 관찰자의 눈을 통하여 이 국토의 인정 풍속을 더욱 잘 볼 수 있는 까닭이다. 포를 읽고 에머슨을 읽고 소로를 읽고 싱클레어를 읽고 린지를[42] 읽은 사람은 아메리카의 위대를

---

40 스트린드베리(August Strindberg, 1849~1912) : 스웨덴의 극작가이자 소설가.
41 셀마 라겔뢰프(Selma Ottilia Lovisa Lagerlöf, 1858~1940) : 스웨덴의 소설가. 1909년 여성 최초로 노벨문학상을 수상했다.

알 뿐 아니라 그곳의 논리적 철학적 사회적 동향을 알 수가 있는 것이다. 상술한 바에 의하여 대강 문화의 국제적 교환은 인류의 세계심이란 감정 밑에 너무나 당연한 사실이 되었다. 참으로 문화 영역에 있어서는 이 세계는 한 개의 완전하고 이상적인 공산주의의 지배하에 놓였으니 네 것은 내 것이오, 내 것은 네 것이며 그리하여 모든 것은 모든 사람에 속하면서 그러면서 그것은 어떠한 사람의 것도 아닌 관(觀)을 정(呈)하고 있다. 【1935.4.20, 3면】

번역과 문화(4) —세계의 관념
나는 이상에서 현대 생활의 활발한 국제성을 말하고 인류의 친근한 문화적 교환(交驩)을 지적하여 한 개의 '세계문화의 관념'을 규정하려 하였다. 그러나 세계문화란 한 개의 개념, 그 형체는 우리의 눈에 명확하면서도 그 범위가 너무도 광막(廣漠)하여 이를 규정키 곤란하므로 감수성이 예민한 예술문화 방면에 우리는 그 좋은 예를 구하여 어떤 나라에서 오늘 쓰인바 일의 작품은 불과 수 주(週)면 벌써 다른 민족에게 읽히어지는 구체적 사실을 듦으로 의하여 '세계문학'의 개념에 언급하려 하였다. 적어도 오늘에 있어서는 너무도 자명한 이 세계문학의 개념을 부정하려는 사람은 한 사람도 없겠지만 이 개념은 순전히 현대의 산물은 아니고 그것은 백여 년 전의 옛날인 1827년에 이미 괴테의 명찰(明察)에 의하여 규정되기 시작하였으니 그는 당시 파리의 프랑스좌(座)에 상연되어 세평(世評)의 적(敵)[43]이 된 뒤발의 사극『터스』와 자작(自作)의 희곡『타

---

42 포를…린지를 : 순서대로 Edgar Allan Poe, Ralph Waldo Emerson, Henry David Thoreau, Harry Sinclair Lewis이며 린지는 미상이다.
43 원문에는 '的'으로 되어 있으나 오식으로 판단하여 수정했다.

소』가 프랑스 문단에서 비교 논평된 모양을 소개한 끝에 첨(添)하여 부언(附言)한 "…… 내가 제군(諸君)의 주의를 환기코자 하는 것은 여기 한 개의 일반적 세계문학이 형성되어가며 있음을 내가 확신하고 있다는 것이다, 운운"의 수언(數言) 속에 그것은 확실히 보인다. 괴테가 일반적 세계문학이라 말하였을 때 물론 그것은 단순히 세계 각국에 있어서의 문학, 다시 말하면 문학의 잡연(雜然)한 집합을 의미시킨 것은 아니니 그것은 실로 인류 전반의 통일적 생활이라 하는 이상을 전제로 하고 이보다 큰 통일과 조화의 원리에 의하여 결합되고 집합된바 일속(一束)의 다채(多彩)한 문학을 그것은 의미한다. 게오르그 짐멜이 말한 것같이 심미적(審美的), 도의적(道義的) 통일을 갖는 점에 있어서 전인류는 오직 한 사람에 불과한 사실을 우리가 긍정할 것 같으면 간단히 말하면 '사람이란 결국 다 같다'는 사상을 이해할 수 있을 것 같으면 우리는 각국 민족이 풍토와 기후와 언어와 전통 기타의 여러 가지 생활조건을 서로 달리하고 있음에도 불구하고 현재에 우리가 그렇게[44] 움직이고 있음과 같이 전체서는 모든 사람이 인류 공통의 원리에 의하여 인류 공동의 문화를 위해 노력하고 있는 사실을 이해하기는 용이할 것이다. 그리하여 사실에 있어서 문학은 오직 세계문학으로서만 존재할 수 있고 문화는 오직 세계문화로서만 존재할 수 있는 것이니 가령 영국문학 하면 이것은 영국인의 문학을 의미하는 것이지만 그러나 그것은 결코 영국인만의 소유가 아니고 전세계가 이를 이해할 수 있고 이를 향유(享有)할 수 있는 점에 있어서 그리하여 이 속에 표현된 생활과 사상과 감정과 제재(題材)와 형식이 다른 민족들에게 섭취되고 흡수되는 점에 있어서 그리하여 그것이 각 민족 상호간의 인식과 이해를 깊게 하는[45] 점에 있어서 세계문

---

44 원문에는 '그러히'로 되어 있다.

학이 아니 되고 세계문화가 아니 될래야 아니 될 수 없는 것이다. 일국의 문학이 타국에 있어서 탄미자(嘆美者)를 획득하여 세계적 명성을 박(博)할 때 그것이 세계문단에 있어서 움직일 수 없는 확호(確乎)한 지보(地步)를 점한다는 것은 전술한 바와 같지만 그러므로 오늘에 있어서는 우리가 단테를 말하고 셰익스피어를 말한다면 그것은 이탈리아 문학상의 단테, 영문학상의 셰익스피어를 생각하기보다는 국경을 초월한 세계문학상의 단테이며 셰익스피어를 자연 생각하게 된다. 이제는 르네상스, 고딕, 바로크 등으로 불리우는 양식이며 또는 고전주의, 낭만주의, 자연주의, 상징주의 등으로 명칭되는 유파를 보더라도 그 하나하나는 물론 어떤 일정한 국민의 정신생활 내부에서 우선 탄생되었던[46] 것이지만 그러나 그것은 결코 그 국민 속에서만 생존치 않고 참으로 전세계에 그 완성과 실현과 지배와 보호를 구하고 있는 것이다. 그러므로 R.G. 몰튼이 일찍이 그의 저(著) 『세계문학』[47]의 서설(序說)에서 "우리가 철학연구라 할 때 우리가 마음에 품는 생각은 희랍어의 연구(硏究)[48]에 흥미를 갖는 사람들이 희랍어로 쓰인 철학서류를 읽는다든가 독일어 연구에 흥미를 갖는 사람들이 독일의 철학문헌을 읽는다든가 하는 그런 생각이 아니다. 모든 이런 생각에서 떠나 우리는 한 개의 독립된 흥미와 그 자신의 역사를 가진 철학이 있다는 것, 부분의 화(和)와는 전연히 다른 어떠한 전체적의 것을 인식하고 말하는 것이다. 환언하면 철학의 통일을

---

45 원문에는 '기피는'으로 되어 있다.

46 원문에는 '탄생되었는'으로 되어 있다.

47 R.G. 몰톤(Richard Green Moulton, 1849~1924) : 미국의 작가이자 법률가. 1911년에 *World Literature and Its Place in General Culture*란 책을 출간했는데 본문의 『세계문학』은 이 책을 지칭하는 것으로 보인다.

48 원문에는 '硏完'으로 되어 있다.

인식하는 것이다. 그와 같이 우리는 역사의 통일 예술의 통일을 세계적 연관에 있어서 인식하는 것이다. 그리하여 이와 마찬가지로 언어가 얼마나 다르다 하더라도 문학을 일(一)의 통일체로서 보고 그 용어와 발생지에 의하여 면모(面貌)를 달리하는 각 문학을 부분으로 한 전체로서의 문학이 곧 세계문학이다."하고 말한 것은 지당하다. 【1935.4.22, 4면】

번역과 문화(5) —번역의 문화사적 역할
내가 이상의 생활의 국제성, 문화의 교환(交驩), 세계문학의 개념 삼항에 긍(亘)하여 너무도 자명한 현대적 생활사실을 누누(縷縷) 진변(陳辯)하기에 힘쓴 것은 독자제군도 수게(首揭)의 제목을 보고 곧 짐작할 수 있을 것과 같이 전인류가 이제 그것은 마치 한 나라 속에 살고 있음과 같은 긴밀한 문화적 관계에 있어서 세계를 체험할 수 있기 때문에는 실로 번역이라는 일(一)의 문화적 활동이 얼마나 큰 역할을 그 속에서 연(演)하였으며 또 연하고 있는가를 말하고자 함에 있었다. 번역이라는 것은 언어 대용(代用)에 의한 사상의 이식과 전달에 그 사명을 발견하는 정신적 활동으로 그것이 가령 A의 국어를 B의 국어에 전치(轉置)하고 B의 국어를 C의 국어에 또는 D의 국어에 환언(換言)하며 — 이와 같이 세계상 가지고 있는 나라의 수와 같이 상이한 언어를 통일체로서의 세계문화를 전달하려는 입장에서 국어화 하는바 노력을 의미함은 전연히 노노(呶呶)를 불요(不要)하는 것이지만 참으로 번역가와 그들의 번역행동은 민족적 교환(交驩)이 없이는 도저히 성립할 수 없는 일환으로서의 세계문화사에 예로부터 공헌한바 극히 큰 것이었으니 그것은 일국민의 문화적 전통과 타민족의 문화적 전통이 서로 접촉하는 기회를 제공할 뿐 아니라 소개자이며 매개체로서의 번역은 서로 다른 나라와 민족 속에 문화의 '전생(轉生)'을 도모함으로 의하여 보다 넓고 보다 높은 세계를 가장 직접적으로 국민화 하고 자기화 하는 문화적 행동이며 또한 그러한 세계를 원활하게 연결하는 심적 교량이다. 우리는 앞에서 현대생활의 국제적 관계를 논하여 문화의 영역에 있어서는 이 세계는 한 개의 완전하고 이상적인 공산주의의 지배하에 놓였으니 네 것은 내 것이오, 내 것은 네 것이며 그리하여 모든 것은 모든 사람에 속하면서 그러면서 그 것은 어떠한 사람의 것도 아닌 관(觀)을 정(呈)하고 있다고 하였지만 이러한 찬탄은 물론 현재의 활발한 번역행동이 그러함과 같이 우리가 이해할 수 없는 수없이 많은 국어의 옷 속에 숨어있는 각국 문화를 우리가 해득(解得)할 수 있는 모어(母語) 내지 타국어에 민활히 전치시켜주는바 사실을 가정치 않고는 도저히 입을 뚫고 나올 수 없는 것이니, 만일에 여기 번역이라는, 말하자면 타국인의 다변다능(多辯多能)을 무언(無言)으로 소개하는 일(一)의 거대한 교화적 활동이 없다면 모든 나라의 문화의 꽃은 외국의 관람객을 잃고 서로 고립하여 지식의 섭취(攝取), 신사조(新思潮)의 수입, 문화의 교환은 가공(架空)의 사실로 돌아가고 이리하여 인류생활의 공존공영은 도저히 기(期)할 수 없는바 것이 되고야 말 것은 명백하다. 이때에 당연히 세계인류의 공유재산이 되어야 할 정신문화는 흔히 우리가 향유할 수 있는바 무관계한 물건이 되고 모든 민족은 오직 자기의 협애(陜隘)한 문화 속에서만 사는 맹목을 슬퍼하지 아니하면 아니 될 것이다. 우리가 여기 정신문화라 할 때 그것은 대부분이 서적에 의하여 된바 인간지식의 총화(總和)를 의미함은 두말할 것도 없지만 이러한 거대한 서적문화가 찬란하리만치 형성되어 오늘날 모든 사람의 자유로운 선택에 의하여 그것이 어떻게든지 문호(門戶)를 개방할 수 있기 때문에는 세계의 다채(多彩)한 문화를 모어화(母語化)하려는 각 민족의 언어학적 노력이 간단없이 그 기저(基底)를 관개(灌漑)함이 없이는 될 수 없었던 것이니, 이제에 있어서는 인류가 번역을 잃음은 실로 모든 것을 잃는 것이라고까지 단언할 수 있도록 그것은 국제적 문화 교환의 제일보가 되어있는 것이다. 상인(商人)의 무역행위에 의하여 우리가 외국 타지의 소산품을 임의로 획득할 수 있음과 같이 문화의 소개자인 번역가의 번역행동에 의하여 비로소 우리는 잘 외국문화의 섭취에 서로 참여할 수 있는 것이니 여기 만일 어떠한 나라에 번역문화라는 것이 아직 행동화 되지 않았다면 사람은 어떠한 길에 의하여 과연 사회사상사(社會思想史)에 중대한 시기를 획(劃)한 마르크스의 유물사관을 원서 그대로 미독(味讀)할 수 있으며 세계문학에 있어서의 모든 걸작품을 그 이름인들 알 수 있으랴? 가령 우리 조선에는 이제까지 번역문화라 할 만한 것이 없지만 그러나 우리는 행(幸)인지 불행인지 우리의 대다수가 해득하는 국어를 통하여 번역의 혜택에 욕(浴)할 수 있음으로서 세계에 대하여 무엇인가를 말할 수 있는 지식을 가지게 된 것은 두말할 것이 없다. 참으로 번역의 문화사적 역할은 지리적 교통과 문화의 교환이 시작된 날부터 인류의 내적 요구에서 연출되었으니 그 중대한 의미는 물론 그것이 각 민족의 언어의 상이(相異)라는 대난국(大難局)을 완전히 배제하여주는 데 있는 것이다. 【1935.4.23, 3면】

번역과 문화(6) ―번역의 가치, 1935.4.24, 3면.
"세계는 이제 오직 하나의 문명어(文明語)를 가지려 하고 있다."고 일찍이 메이에는 말하였다. 그러나 그는 이 말이 끝나기가 무섭게 곧 부언(附言)치 않을 수 없었으니 "그러면서 각국에서는 국어순정(國語純正)에의 요구도 활발하다."는 것이었다. 사실에 있어서 이 이율배반은 이상하게도 '조화 있게' 이 세계를 지배하고 있는 것이니 문화의 긴밀한 국제적 교통이 전자(前者)의 진리임을 증명하는 데 대하여 그러나 오늘에 있어서도 오히려 의연히 정치적 국경이 언어적 국경이 되는 사실은 후자

(後者)의 진리임을 역시 증명하고 있는 까닭이다. 이상하게도 조화 있게라고 나는 말하였지만 이 언어학적 이율배반을 원만히 조종하여가는 자가 문화의 전달자이며 소개자인 번역임은 노노(呶呶)할 필요가 없다. 적어도 외국의 문화에 접(接)하는 기회를 가지려는 일(一)의 요구에 당면하여 우리가 봉착치 않을 수 없는 최대 난관은 실로 언어의 문제이니 인간 교정(交情)의 기본적 요소가 되는 언어를 해득(解得)치 못하고서는 이 좋은 기회를 영원히 놓치고 말 것은 너무나 당연한 일이다. 그러나 이러한 난관에 직면한 결과로부터 이를 돌파하고 이를 배제하기 위하여 우리가 새삼스러이 외국어 학습에 뜻을 둔다는 것은 실로 좋기는 하나 그 역시 곤란한 일이기도 하니 확실히 언어학자 가벨렌츠[49]가 말한 것 같이 "일 외국어의 학습은 우리가 알 수 없었던 한 세계의 계시를 가지고 옴"에는 틀림없지만 원래 외국어의 학습이란 어느 사람에게나 성공될 수 없는 일이고 간혹 기허성상(幾許星霜)의 면려(勉勵)의 결과로서 소수인의 기억 속에 왔다 하더라도 그것에 소비된바 한없는 정력을 한 번 다른 보다 좋은 사업에 경주(傾注)될 것으로서 환산(換算)하여 볼 때 외국어 학습에 대한 저주(咀呪)는 통절히 우리의 가슴에서 우러나오고야 말 것은 물론이오, 또한 이때에 우리가 겸하여 통탄치 않을 수 없는 것은 우리의 학습하여야 할 외국어는 실로 일, 이에 그치지 않고 중요한 문화국만 택한다 하여도 십지(十指)를 훨씬 넘을 뿐 아니라 이와 같이 십지를 넘는 나라 나라가 제각기 동일한 국어를 사용하고 있는 범위 내에서도 시대의 상위(相違)를 따라 능히 이해할 수 없을 만큼 그 의미를 서로 달리 하고 있다는 사실이다. 여기에서 우리는 필연히 인간 자체의

---

49 한스 가벨렌츠(Hans Conon von der Gabelentz, 1807~1874) : 독일의 언어학자, 민족학자.

유한한 정력에 비하여는 너무도 장구한 세월, 너무도 과도한 노력, 너무도 특이한 재능을 요구하는 외국어 학습의 길을 밟지 않고서도 넉넉히 전세계가 가지고 있는 있을 수 있는바 모든 풍부한 문화의 여택(餘澤)[50]에 참여할 수 있는 일(一)의 안이한 상태를 될 수만 있다면 이를 곧 상망(想望)치 않을 수 없으니 두말할 것이 없이 실로 이곳에 언어 상이(相異)의 국제적 장애(障碍)를 공제(控除)하고 발무(撥無)[51]하여줌으로써 의하여 항상 나라와 나라 사이에 문화적 중개(仲介)의 역할을 하여주고 세계가 완연(宛然) 일군(一君)의 치하에 있는 듯한 관(觀)을 정(呈)하게 하여주는바 중간적 존재의 번역의 의의와 가치는 누워있다. 문명은 이제 교통 기관의 '거무줄'과 같은 완비(完備)를 한없이 자랑하고 있는 것이지만 세계문화는 오늘날 번역의 민활한 전달적 기능을 더욱 예찬치 아니하면 아니될 터이니 우리가 뜻하는 바 있어 기차, 기선, 비행기에 몸을 싣기만 하면 세계 어느 나라이고 못갈 곳이 없는 것보다도 더 훨씬 용이하게 번역의 문화적 기능은 우리로 하여금 우리의 방에 앉은 채 세계문화의 각 양상을 원전 그대로 볼 수 있게 하여주는 까닭이다. 이와 같은 생활의 국제화, 이와 같은 문화적 관계에 있어서 이미 된 것은 말할 것도 없고 모든 새로이 되며 있는 것도 드디어는 곧 우리의 소유로서 오고 우리의 말에 있어서 오는 것이니 '세계가 이제 오직 하나의 문명어를 가지려'는 인류의 절실한 요구는 번역이라는 문화적 교량에 의하여 우리의 모어(母語)를 잃음이 없이 어려운 외국어를 배움이 없이 충분히 만족되어가고 있는 것을 아니볼 수 없다. 이제는 벌써 세계각국어로 번역되지 아니한 인류의 모든 종류의 성전(聖典)을 발견하기가 도리어 곤

---

50 여택(餘澤) : 끼쳐 놓은 혜택, 혹은 떠난 뒤에 남은 덕택.
51 발무(撥無) : 인정하지 않음.

란한 것이니 만일에 한 권의 서적이란 것이 문화의 중개에 중대한 의의와 사명을 갖는 것이라면 이 서적을 국어화(國語化)시키는바 번역의 가치가 얼마나 중대한 것인가를 부정치 못할 것이다. 사실에 있어 문화의 국제적 교환은 사람이 하기 보다는 서적이 하고 서적 중에도 번역서가 그 대부분을 부담하는 것이니 예로부터 오늘에 이르기까지 우리가 인류 상호의 국제적 영향을 한결 같이 볼 수 있는 한에 있어서 실로 번역이 문화 교환의 기조(基調)가 되었던 것을 또한 우리는 부정할 수 없다.
【1935.4.24, 3면】

번역과 문화(7) ─문화의 복사(輻射)[52]적 영향
예로부터 국제적 교통이 있는 곳에 문화의 교환(交驩)이 있었고 그리하여 문화의 교환이 있었던 곳엔 반드시 어떤 형식으로서의 번역적 표현이 있었던 것은 이제 조금도 의심할 여지가 없는 일이다. 적어도 한 권의 세계문화사를 읽은 사람이면 나라와 나라, 종족 사이의 문화적 요소의 결합을 즉좌(卽座)에 인식치 않을 수 없을 것이니 문화는 희랍적인 것과 헤브라이적인 것과의 이 두 요소의 결합으로서 그것은 발달된 것이다. 문학은 두말할 것 없고 정치, 법률, 철학, 예술, 과학의 모든 문화부문에 있어서 그것은 전부가 다 희랍정신에 단(端)을 발(發)하여 헤브라이 정신의 영화(靈化)를 받아 성장치 않은 것이 없다. 문화가 국제적으로 영향한 형적(形迹)을 수다(數多)한 종족 간의 서로 다른 언어 영역에서 추구하여볼 것 같으면 이들 여러 민족이 그들이 사용하고 있던 언어 속에서 얼마나 많은 변경과 수정과 번역과 모방을 꾀하였던가에 의하여 그것은 더욱 명백하게 된다. 언어라는 것이 인간 정신을 표현하는 최초의

─
52 복사(輻射) : 중심에서 주변으로 퍼짐.

것인 동시에 또 최후의 것이니 되는 점에 있어서 언어를 달리 하는 민족 간의 물질적 내지 정신적 교통을 반드시 언어에 대한 이해를 전제로 하고 비로소 될 수 있는 것이니 인간 교통의 원리가 되는 이 번역 형태는 예로 부터 연면(連綿)히 존재하여 이는 참으로 인류와 같이 옛되고 인류와 같이 영원한 것이지만, 번역이 이제도 오히려 한 개의 산 사실로서 우리 의 뇌리에 기억될 만한 문화적 역할을 감행한 비교적 현저한 예증을 이, 삼 역사에 구하면 중세기의 기독교적 문화가 실로 성서번역(聖書飜譯) 에 대한 열광으로부터 시작된 것, 또는 19세기 후반기의 독일문단이 셰 익스피어와 단테 알리지에리의의 번역 연구에 의하여 신생면(新生面)을 연 것, 또는 그 당시 토마스 칼라일이 괴테 번역에 의하여 스스로 영독(英 獨) 문화의 교량이 되었을 뿐 아니라 그의 명저『영웅 급(及) 영웅숭배』 와『의상철학(衣裳哲學)』은 실로 번역을 기연(機緣)으로 하고 창조되었 던 것, 또는 불문단이 프레보와 테스를 통하여 영문학을 수입하고 리에 불과 폰누비유를 통하여 독문학을 수입함으로 의해 문학적 시야를 넓힌 것 — 또는 한 사람의 세계적 천재를 놓고 보더라도 각국에서는 반드시 이에 대한 번역자가 출현함으로 의하여 자국 문화에 큰 공헌을 하였던 것이니, 가령 입센 하고 보면 영국에 아처, 덴마크의 브란테스, 독일의 팟사르쥬 등은 적지 아니한 공로를 번역적 소개에 의하여 가짐과 같은 것이 그것이라. 이와 같이 문화의 국제적 영향이라는 한 개의 명확한 생활사실을 우리가 부정할 수 없는 한에 있어서 모든 종류의 생활과 학문 연구의 배후에는 실로 번역이라는 이입 관계 전달 형식이 음으로 양으로 숨어 일국 문화에 대한 비료(肥料) 공급의 역할을 하고 있었던 것을 우리 는 긍인(肯認)치 않을 수 없는 것이지만, 참으로 오늘날에 있어서는 더 욱이 세계를 통하여 문화의 정도가 상당히 격절(隔絶)한 민족 간에도 번역은 서로 교환(交換)치 않을 수 없는바 발신과 수신 사이에 개재(介

在)하여 눈에 보이지 않는 어학 교사의 직무를 성수(成邃)하고 있는 것이다. 번역에 의하여 모든 문화는 일점(一點)에 집중될 수 있고 번역에 의하여 이제 모든 언어는 이국적일 수 없다. 여기 인간의 어떠한 정신적 소산(所産)도 고립적일 수 없는 예로부터의 사실은 오늘에 있어서는 벌써 어떠한 사람의 주의도 끌 수 없을 만치 자명화(自明化)하여 세계는 하나의 원활한 연속 속에서 그 거구(巨軀)를 누이고 있으니 어떠한 사람이 주목할 만한 한 개의 연구적 성과를 발표하면 이것은 곧 민감한 번역자의 활동에 의하여 수 개 국어로 번역되고 소개되고 비평되어서 그 귀착(歸着)될 바를 전인류에게 묻는 것이다. 어학에 대한 지식은 현대인의 교양에 속한다 하더라도 민첩한 번역가의 행동은 흔히 이를 무시하여 만인의 안이(安易)에 봉사함이 많은 것이다. 이리하여 오늘의 문화는 항상 언제든지 세계를 일관(一貫)하여 힘 센 복사(輻射)적 영향 밑에 발전되고 있는 것이니 마르크스주의는 이제 벌써 낡다. 파쇼는 이탈리아를 벗어난 지 오래이고 히틀러의 연설은 오늘 저녁에도 전세계에 감격을 일으킬 것이다. 조이스의 국제적 유행 지드 전향의 사상적 격동 — 모든 것은 흔히 그같이도 속히 번역에서 오는 것이다. 【1935.4.26, 3면】

번역과 문화(8) ─문화의 일대집성(一大集成)

"외국어 학습이란 실로 일의 저주할 노력에 속한다. 이 점에 있어서 프랑스인은 참으로 행복한 민족이라 아니할 수 없다"고 일찍이 니체는 말한 일이 있다. 참으로 지언(至言)이라 아니할 수 없다. 그러나 외국어 학습이 얼마나 저주할 노력에 속한다 하더라도 이 방법에 의함이 없이는 외국문화에 대한 접촉의 기회를 놓치고야 만다면 어떠할까? 이때 우리는 여하한 희생을 공(供)하여가면서도 이 저주할 노력을 피할 수는 없을 뿐 아니라 또 피하여서는 아니될 것은 두말할 것이 없다. 이리하여 외국어에 대한 지식이 많은 민족에 있어서 현대적 교양의 하나로서 헤아려지게 된 것은 너무도 당연한 일이지만 그러나 이 현대적 교양이 흔히 학교의 문을 나서자 무엇보다도 빨리 우리의 머리로부터 도주하여버리는 것은 무어라 하여도 하나의 슬픈 사실이 아니면 아니 된다. 그러나 여기 다행히 번역가라는, 문화의 중간학적(中間學的) 존재는 있어 일 민족의 저주할 노력을 항상 홀로 부담하고 있으니 '이제 건조무미한 모든 어학사전은 우리 앞에서 멀리멀리 사라져버림이 좋다!'고까지 호언하려도 나쁠 것이 없는 상태에 우리는 현존하고 있는 것이다. 우리는 전항(前項)에서 문화의 복사(輻射)적 영향을 논하여, 가령 볼셰비키즘은 러시아에만 머물러 있지 않고 전세계에 생활을 구(求)하고 있으며 국가사회주의는 독일에 배태(胚胎)된 지 수순(數旬)에 벌써 인류의 인지를 얻음과 같은 그러한 사상감정의 국제적 유행은 흔히 번역과 소개의 민활한 활동에 의하여 실현되는 것이라 하였지만, 사실에 있어서 오늘에는 외국어를 아는 소수인만이 그것을 이해할 수 있을 뿐에는 그치지 않고 모든 사람은 그 누구임을 물론하고 번역적 형식을 통하여 이 명예로운 유행에 잠깐 몸을 맡길 수 있는 까닭이다. 여기서 우리는 번역의 놀라운 힘에 의하여 세계문화의 일대집성(一大集成)을 자기 자신의 언어에 있어서 가질 수 있으므로 의하여 문화 운전(運轉)의 방향을 인류공력(人類共力)적으로 첨예화(尖銳化) 할 수 있는 사실을 고조(高調)치 않을 수 없으니 외국어 학습에 대한 일의 저주할 효력은 필연히 이 방향에 있어서 경주(傾注)되지 아니하면 아니될 것은 명백한 일이다. 이리하여 우리가 번역으로 말미암아 세계문화의 일대집성을 비할 수 없이 용이하게 우리의 좋은 기초로 삼고 우리의 좋은 발단으로 할 수 있음으로써만 오직 세계가 진보라 칭하는 바[53]에 모든 사람이 새로운 기여를 할 수 있음은 두말할 것도 없다. "우리는 불의 뜨거움을 두려워하기 위하여 우선 불에 데어볼 필요는 조금도 없는 것이며, 이것에 의하여 우리들 후세(後世)의 청년은 자기 스스로 많은 불경제(不經濟)의 경험을 함이 없이 노인이 하다가 둔 곳에서부터 착수하기 시작할 수 있는 까닭으로 일국의 문화 내지 세계의 문화는 장족의 진보를 성수(成遂)할 수 있다"는 것은 스트린드베리의 유명한 말이지만, 여기 "많은 불경제의 경험"이라 할 때 그것을 세계문화의 일대집성이 전부 포함하고 있음은 물론이요, 그러므로 여기 누가 가령 인류의 가장 낡은 경험에 속하는 '불의 뜨거움'을 과거의 역사에서 인식함의 안이한 길을 밟으려 하지 않고 마치 그것은 새로운 발견인 거나 같이 세계인류에 향하여 '불은 뜨거운 것이다' 하고 고함친다면 ─ 또는 여기 누가 가령 프루스트를 읽지 않고 설령 그가 '프루스트적인 것'을 창조하였다 하더라도 그것은 조금도 그의 독창(獨創)에는 속할 수 없는 것이니, 참으로 이와 같이도 어리석은 수작(酬酌)은 오늘의 문명세계에서는 적어도 있기 드문 일이다. 일로 의하여 세계문화의 일대집성은 실로 모든 민족의 마음속에 활발히 살고 있음을 볼 수 있으니 파게[54]가 현명히도 일찍이 말한 것 같이 "나는 이층에 동거하는 인인(隣人)인 목사보다도 희랍의 고대철학자 키케로에게 더욱 친애의 정(情)을 느끼는" 사실이 인류의 사이에 무수히 존재함은 물론이요 우리가 날이면 날마다 주고받는 평범한 말을 들고 보아도 그 근원을 캐고 보면 그러한 내용의 말을 일찍이 누가 하였던가를 알 수 없을 만한 그러한 상호적 영향 속에 우리는 살고 있는 것이다. 모든 종류의 과학 연구, 모든 종류의 사상생활이 현재를 극점(極點)으로 하고 출발할 수 있음에서 비로소 진보를 약속함은 두말할 것도 없지만 전인류는 이 문화의 극한에 설 수 있음으로

---

53 원문에는 '바ㅅ것'으로 되어 있다.
54 에밀 파게(Emile Faguet, 1847~1916) : 프랑스의 문예평론가이자 대학 교수.

의하여 유일의 진보적 방향을 목표로 삼는 것이니 번역은 실로 외국어를
잘 구사(驅使)하는 사람의 앞에까지도 문화의 극한을 보다 용이하게 보
이는 자이다. 【1935.4.27, 4면】

번역과 문화(9) ─번역가의 문화사적 사명(使命)
나는 전항(前項)에서 우리는 번역으로 말미암아 세계문화의 일대집성을
우리들 각자의 언어로써 용이하게 가질 수 있음으로 의하여 많은 불경제
의 경험을 함이 없이도 문화의 극점에 서서 동일한 문화적 방면을 목표로
삼고 보조를 한 가지 할 수 있는 사실을 지적하였다. 그러나 좀 더 냉정히
생각하여 보면 이것은 결국 일의 이상론에 지나지 못하는 것이니 사실에
있어서 모든 민족이 이와 같은 세계문화의 일대집성을 이미 모어화(母語
化)하였고 그리하여 그들이 세계문화 진전의 지도적 노력에 한가지 참여
할 수 있는 광영을 갖느냐 하면 그것은 전연히 그러한 상태에 있지는
않다. 세계 각국의 정치적, 경제적, 사회적 사정은 서로 떨어질 수 없는
밀접한 관계를 가지고 있고 자연과학적 문명은 날을 쫓아 더욱 긴밀히
생활의 국제화를 실현시켜주고 있으며 교통기관의 세계적 완비는 문화
교환(交驩)의 길을 더욱 신속하게 열어주어 석일(昔日)에는 실로 일 세
대를 요(要)하던 문화적 영향도 오늘에는 불과 수삭(數朔)을 넘지 않고
파급하는 사실을 우리는 도저히 부정할 수 없다 하더라도 이제 세계문화
는 국경을 초월한 일의 통일체로서 동일한 수평선상을 걷고 있는 것은
결코 아니니 '문화의 민족적 평등'이란 드디어 한 개의 환상에 불과한
감이 없지 않다. 과거는 그만두고 현재에 있어서 세계문화의 중심세력을
형성하고 있는 문화국은 뭐라 하여도 첫째 영국, 독일, 프랑스, 이탈리아
의 4개국을 들지 아니할 수 없고 다음으론 아메리카, 러시아 기타의 수
개국을 들 수 있음에 그칠 뿐이요, 이여(爾餘)의 많은 국가는 이들 대문

화국이 맺어놓은 신선한 과실을 간간히 따먹음으로 의하여 세계문화의
진전에 새로운 기여를 하기보다는 차라리 문화적 영양에 대한 자가섭취
의 도(道)를 강구(講究)함에 급한 경향이 오로지 농후하니 소위 인류
공통의 문화가 일견(一見)하기엔 지극히도 긴밀한 관계를 가지고 있는
듯이 보이면서 사실엔 모든 국가, 모든 민족이 그 종류에 있어서나 또는
그 정도에 있어서나 한 사람 한 사람의 건강 내지 교양과 같이 실로 복잡
한 차이와 계급을 그것이 가지고 있는바 현실적 정세는 나라와 나라,
민족과 민족, 문화와 문화, 언어 사이에 있어 외국적인 귀중한 경험을
내국에 중개(仲介)하며, 소개하며, 수입하는 처지에 사는 이른바 문화의
전생업자(轉生業者) '번역가'들의 문화사적 사명을 규정치 않을 수 없다.
문화의 찬란함을 자랑하고 동시에 자랑할 만한 이 찬란한 문화를 앞에
로, 위에로 활발히 운전(運轉)시켜가고 있는 사회 사이에는 번역가의
임무는 항상 주목할 만한 문화적 공헌이 출현할 때마다 그것을 민활하
게, 또 충실하게 자기가 사는 사회에 혹은 다른 사회에 '번역'함에 그칠
뿐이지만 그러나 무엇보다도 많이 문화적 영양과 그 섭취에 대하여 생각
지 않을 수 없는 비교적으로 문화의 정도가 낮은 사회에 있어서는 그
정도가 낮으면 낮을수록 번역가의 문화사적 사명은 실로 말할 수 없이
중대하고, 다면적인 성질을 대동(帶同)치 않을 수 없는 것이니 그러므로
물론 이곳에서는 일 편의 번역, 일 편의 소개는 헛되이 일 편의 번역이며,
또 일 편의 소개일 뿐임에 그쳐서는 아니되고 이것은 항상 어떤 의미에
있어서든지 자국 문화의 향상에 대하여 살이 되고 피가 될 수 있는 어떤
형성적 효과를 가져오는바 이국(異國)의 칼로리가 아니어서는 아니된
다. 너무도 많은 것이 결핍된 곳에 너무도 필요치 않은 것이 운반된다는
것은 오직 그곳의 결핍이 얼마나 큰 것인가를 통감시킴에 유용할 뿐인
까닭이다. 이러한 결핍 속에서 과연 무엇이 가장 필요한가를 간파할 수

있는 능력에서 유래한 것이 오직 정력(精力)의 헛된 소비가 아닌바 생산성을 일국 문화의 성장에 대하여 약속할 수 있는 것이니 그러므로 현명한 번역가는 외국을 이해함에 급하기 전에 먼저 자기와 자국에 대한 정당한 인식을 구하여야 되고 그리하여 D. G. 로제티[55]의 이른바 "일 번역자로서의 자기 부정의 사업"에 착수하기 전에 먼저 한없이 굳센 자기 긍정의 정렬로부터 무엇인가를 판단할 수 있었던 자가 아니면 아니될 것은 두말할 것이 없다. 그것은 참으로 흔히 곤란한 사실임에는 틀림없지만 번역가가 동시에 지도자적 지위를 잘 겸섭(兼攝)할 수 있을 때 그의 문화사적 사명은 능히 성수될 수 있을 것[56]이라 할 수 있다. 【1935.4.29. 4면】

번역과 문화(10) —번역의 한계

우리는 여기에서 번역의 가능적 한계에 대하여 또한 일언이 없지 못할 것을 느끼지 아니할 수 없는 것이니, 번역이란 말에 의하여 우리가 보통 이해하는 것은 앞에서도 누차 말한 것 같이 상이한 국어를 전치(轉置)의 수단에 의하여 사람의 이해 앞에 공(供)하려는바 언어학적 실현이다. A의 국어를 R의 국어로 옮겨놓고 R의 국어를 G의 국어로 바꾸어놓는 이러한 언어 전이에의 행동이 외국어 이해의 원리적 전제를 떠나서 얼마나 큰 곤란과 장애를 포함하고 있는가를 짐작하기는 극히 용이한 일이다. 외국어를 능히 구사할 수 있고 또 외국서를 독파(讀破)할 수 있는 능력만 가지면 거기서 곧 번역은 성립될 수 있다는 사상은 너무도 단순하고 무경험한 독단임을 면할 수 없는 것이니 참으로 그것은 일 국민의 국어가 그 국민 전체의 정신적 표현이라는 사실을 무시함에서 유래하는

---

55 D. G. 로제티(Dante Gabriel Rossetti) : 영국의 시인이자 화가.
56 원문에는 '잇 것'이라 되어 있다.

필연한 결과라 아니할 수 없다. 가령 동서양과 같이 계통이 전연히 다른 언어 사이에 이러한 곤란과 장애가 더욱 많음은 두말할 것이 없다. 물론 어계(語系)를 서로 달리하는 민족 간에 있어서도 감정보다는 이성을 표현하는 과학적 언어, 정치·경제적 기사 내지 역사적 사적을 서술하는 보고적 언어 같은 것은 일종의 국제성을 그것은 띄고 있는 것으로서 거의 절대에 가까운 정확성을 잃음이 없이 사실을 사실 그대로 전달할 수 있는 것이니 별로 문제는 아니되지만 무엇보다도 특히 문학적 언어에 있어서는 문학이란 원래 그 표현의 생명을 실로 글이라 하는 양식에 두는 까닭에 의하여 사정은 일변하는 것을 간과치 않을 수 없다. 일(一) 문학 작품의 완전한 미득(味得)은 원 양식 그대로를 가지고 하는 이외에 도(道)가 없음은 문학을 이해하는 사람의 항상 하는 말이다.

여기서 우리가 문학의 대부분을 설령 잃어버리지는 않는다 하더라도 원작자의 양식을 손상시킴이 없이 언어의 전이를 꾀하는 번역이 원작자의 생명을 잘 전달할 수 없음을 생각할 때 번역의 한계, 특히 문학 작품 번역의 한계에 대한 문제는 자연히 대두치 않을 수 없는 것이다. "글은 사람이다"라는 뷔퐁[57]의 말은 너무도 이제 유명한 말에 속하고 "표현은 문학예술의 문법이다"라는 것은 R.G. 몰톤이 일찍이 한 말이다. 사실에 있어 이 글이라는 양식 같이도 인격적인 것은 없으며 또 이 글이라는 양식 같이 자국어의 관용적 표현법에 엄격한 규정을 받는 것도 없는 것이니 그것은 확실히 문학의 전부라고는 할 수 없으나 문학의 근본적 성분이 되는 자이다. 여기서 우리는 문학적 양식의 비국제성을 지적할 수 있음은 물론이요, 번역의 수단을 손에 의하여서도 그것만은 전달될 수 없는 점에 있어서 적어도 문장의 양식이 외국 영향을 주고받던 예가 희

---

57 뷔퐁(Buffon, 1707~1788) : 프랑스의 박물학자이자 철학자.

소함에도 사세(事勢)의 당연함이라 하지 않을 수 없다. 그러나 이것은 물론 엄밀한 의미에 있어서 한 개의 번역은 원작자의 양식을 전하기보다는 번역자 자신의 양식을 폭로시키는 위험을 흔히 가지는 데서 귀납된바 관찰이지 외국문학의 영향이 양식에 대하여 전연 작용하지 않는 것이라고도 단언할 수 없는 것이니 우리는 우리 조선 내에서도 서양적 표현 양식이 적어도 조선적이 아닌 표현 양식이 날로날로 증가하여가는 것을 인정치 않을 수 없는 사실에 비추어 보아도 알 수가 있다. "번역이란 이해의 사(死)를 의미한다."고 일찍이 카우에르는 번역에 절망한 끝에 말하였다. 이해한바 사상 감정을 살릴 수 없고 반대로 이것을 죽이지 않을 수 없는 것이 곧 번역이라고 한 것이다. 그러나 결국 번역이란 무엇이냐? 전연히 다른 생활을 가진 말을 전연히 다른 생활을 가진 말로 옮겨놓는 것을 그것이 의미하고 그리하여 그러함에도 불구하고 다른 생활에 대한 인지(認知)가 요망되므로 의하여 번역이란 사실이 여기서 행동화할 때 그만한 거리는 이미 예정되었던 지리적 사실에 속하는 것일 것이다. 문제는 오직 그것을 얼마나 잘 이해할 수 있었느냐에 누워있을 것이다. 그러므로 우리가 만일에 말과 이념의 사이에는 불가리(不可離: 나눌 수 없음)의 밀접한 관계가 있다는 사실을 긍정할 수 있을 것 같으면 원작자가 한 바 표현을 그 근본에 있어 또 그 전체에 있어 이해함으로 의하여 이해된바 그러한 감정을 번역자가 자국어로 어느 정도까지 표현치 못한다고 할 수는 없을 것이다. 【1935.5.1, 3면】

번역과 문화(11) —번역문학론

전술한 바와 같이 문학적 작품의 내용은 거의 완전히 이를 전달할 수 있으므로 문제가 되지 않거니와 문학적 작품의 표현 형식에 이르러서는 이를 정확하게 타국어로 복제하는 것이 얼마나 곤란한 것인가는 실지로 번역의 업에 종사하여 보지 않은 사람일지라도 넉넉히 추측할 수 있을 것이다. 그러나 이러한 곤란으로 말하면 언어와 풍속을 달리하는 인류 상호가 스스로 사이에 두지 않을 수 없는바 현격(懸隔)을 도저히 발무(撥無)할 수 없는 운명에서 유래하는 것이지 그것이 문학적 사상의 중개를 도모하는 번역의 고유한 가치 자체를 감손(減損)하는바 암초가 아님은 두말할 것이 없다. 이해한바 어떤 것을 살리지 못하고 번역은 도리어 이것을 죽이고만다는 것은 번역의 곤란을 하소연하는 이상으로 역자인 그가 원래 외국 작품을 잘 이해치 못하였던 것을 자백하는 것이니 번역자는 번역의 불가능을 믿기보다는 조금이라도 더 외국 작품에 숨은바 표현정신을 파악함으로 의하여 언어의 곤란을 초월하는 길밖에 타도(他道)가 없음을 이해하여야 할 것이다. 앞에서도 말한 것 같이 번역이란 일의 전생(轉生)을 의미하는 것이니 그것은 외국에 일찍이 살고 있었던 정신을 자국에 재생케 하는바 언어 변개(變改)의 수단이다. 그러므로 여기 무엇보다도 필요한 것이 역자의 보다 높은 이해력이며 창조력일 것은 노노(呶呶)할 것이 없다. 설령 번역에 의하여 약간의 것을 잃어버리는 염려가 없지 않다 하더라도 모든 것을 이것 때문에 희생할 수는 없는 것이니 적어도 경제학을 이해하는 사람이면 번역이 많은 곤란을 포함하고 있음에 불구하고 일국 문학의 참된 성장에 기여하는 바 많은 사실을 부인치 못할 것이다. 번역문학의 이와 같은 공과에 대하여서는 우리는 누구보다도 R.G. 몰튼에게 그 좋은 대변자를 발견하는 것이니 나는 이하에서 그의 설(說)을 차용하는 현명을 잃지 않고자 한다. "전체로서의 문학 없이는 불가능한 것은 맹백하다. 그럼에도 불구하고 번역문학을 읽는다는 것은 일시적이고 간접적인 폐(弊)를 갖는다는 기맥(氣脈)이 많이 보인다. 그러나 요컨대 이와 같은 사상은 합리적인 검토에는 도저히 견디지 못할 것이다. 만일에 어떤 사람이 호머를 희랍어로 읽는 대신 영어로 읽는다 할 것 같으면 그는 두말할 것 없이 어떠한 것을 상실하였다. 그러나 여기 일(一)의 의문은 일어나지 않을 수 없으니 그것은 그가 상실한 것이 문학이냐는 것이다. 확실히 문학을 구성하고 있는 대부분의 것은 잃어버릴 수 없었다. 즉 고대생활의 표시 서사시(敍事詩)적 설화(說話)의 움직임, 영웅적 성격과 소작(所作)의 의상(意想), 사건 구성의 교묘, 시적 형상화 등 — 모든 이러한 호머 문학의 요소는 번역작품의 독자 앞에 열려있는 것이다. 그러나 언어 그 자체가 문학의 주요 성분의 하나라고는 말할 수 있을 것이다. 그것은 분명히 그러하다 하더라도 여기 기억되지 않아서 아니될 것은 언어라는 말이 두 개의 서로 다른 것을 덮고 있다는 것이다. 언어학적 현상의 거의 대부분은 관계된 바 양어(兩語)에 공통된바 무엇을 가짐으로 의하여 그것은 일방으로 타방(他方)에 이식되는 가능성을 가지고 있다. 이것에 대하여 언어의 또 하나의 다른 요소는 특수한 어풍(語風)을 띄우고 고정되어 있다. 이리하여 영어로 호머를 읽은 독자가 잃어버린 것은 언어가 아니고 실로 희랍어에 불과하다. 그렇다고 그가 희랍어의 전체를 잃어버렸느냐 하면 결코 그렇지도 않은 것이니 숙련한 번역자는 특수한 어풍을 가진 희랍어의 정신의 약간량(若干量)조차를 그 역문(譯文) 속에서 전달할 수가 있는 것이다. 그것은 물론 영국적인 영어는 아니라 하되 그러나 정당한 영어임에는 틀림없는 영어를 사용함으로써이다. 그러나 여기 허다한 삭제가 실행되어 있음을 볼 때 번역작품의 독자는 적지 아니한 손해를 무릅쓸 것이고 또한 고전학자라 하더라도 그 손실이 얼마나 큰 것인가를 알고 있다. 그러나 논점은 결국 문학과 언어의 비교 가치에 있는 것은 아니고 통일체로서 이 문학을 실현하는 것의 가능성에 누워있는 것이다." 이리하여 번역은 어학을 이해할 수 없는 사람에게 될 수 있는 정도까지 완전한 "통일체로서의 문학"을 제공하기만 하면 그 사명은 완성되는 것이다.

그 이상의 것을 번역과 그 역자에게 요구하여서는 아니될 것을 요구함을 의미할 밖에 없다. 【1935.5.2, 3면】

번역과 문화(12) —번역술(飜譯術)
상술(上述)의 번역의 곤란은 또한 필연히 번역기술의 다기다단(多技多端)을 초래치 않을 수 없으니 혹은 여기 직역설(直譯說)이 있는가 하면 혹은 저기 의역주의(意譯注意)가 있고 혹은 저기 등량주의(等量注意)를 신봉하는 이가 있는가 하면 혹은 여기 요□설(要□說)을 채□(採□)하는 역자가 있고 혹은 여기 수용적 태도를 취하는 자가 있는가 하면 혹은 저기 적합적 태도를 취하는 사람이 있는 등 실로 그 번역법은 구구(區區)하여 이곳에서는 일일이 그 호악공과(好惡功過)를 비판키 도저히 어려울 뿐 아니라 「번역과 문화」란 제목 밑에서는 또 그것을 비판할 필요도 없는 것이나 편의상 특히 일 항(項)을 빌려[58] 번역술을 간단히 시인과 비평가와 번역자의 삼인의 대표자에게 묻는 데 그치려 한다. 그러므로 나는 여기서는 오직 번역의 제일 조건은 무엇보다 충실이고 그리하여 원작에 가장 가까운 것을 만들 수 있는 역자가 최상의 번역자라는 것이 세계의 통설 되어있다는 것만을 말하여 둔다.

　시인(詩人) 왈(曰)

　번역이라는 것이 최고의 시적 정신에 의하여 포문(砲門)을 당하지 않을 수 없을 때 그것은 반드시 변형된바 번역에 속한다. 그것은 참으로 용이하게도 개작(改作)의 길에 빠지는 것이니 억양(抑揚)에 있어서 뷰르게르의 호머 번역이 그러하고 포프의 호머 번역이 그러하고 호머의 프랑스어역 기타 모든 것이 그러하다. 참된 종류의 번역가란 사실에 있

58　원문에는 '벌려'라고 되어 있다.

어서 무엇보다도 그 자신이 예술가이어야만 하는 것이니 그러한 자격 밑에서 비로소 그는 그 자신과 시인 자신의 사상을 동시에 언설(言說)시킬 수 있는 것이다. 인류에 대하되 천재와 각 개인과의 관계가 역시 그러하다. -노바 그리스

비평가 왈

축자(逐字)적 재현을 그것은 결코 용사(容赦)치 않고 우리로 하여금 우리의 전 사상을 개주(改鑄)시켜 그것을 하나의 다른 형식 속에 부어넣게 하는 바와 같은 고전어와 근대어와의 큰 상이성(相異性) 때문에 근대어보다도 고전어는 비할 수 없이 많은 정신의 형성을 우리의 마음 속에 성수(成遂)시켜준다. 혹은 나에게 화학적 비유를 허여(許與)하여준다면 — 근대어 동류 간의 번역이 번역하며 있는 한 구절 한 구절을 그에 가장 가까운 요소에 분석하여 그리하여 이로부터 재작곡(再作曲)을 꾀함으로써 문제는 족함에 대하여 우리말을 나전어(羅典語: 라틴어)로 번역할 때는 일의 분석은 가장 멀고 가장 뒤진 요소 내지는 순수한 사상 내용에까지 이르러 이리하여서 그것은 전연히 다른 일의 형식 속에 쇄신되지 아니하면 아니되는 상태에 빠지게 된다. 이러한 결과로부터 가령 그곳에서는 명사로서 표현되었던 것이 이곳에서는 동사로서 표현되지 아니하면 아니되고 또는 그 반대 기타의 제 현상은 실로 무수히 야기되지 않을 수 없다. 이와 동일한 과정이 고전어를 근대어로 번역할 때도 역시 반복됨은 두말할 것이 없다. 이로 의하여 우리가 간과할 수 없는 사실은 이와 같은 번역에 의하여서는 도저히 고전의 원작자와 친교를 맺을 수 없다는 것이다. -쇼펜하우어

번역가 왈

나는 그것(성서)를 명확한 독일어로 번역하기에 열중하였다. 그리하여 단 두어 마디 말을 찾기에도 이주 간, 아니 삼사 주간이 걸리면서

어느 때는 그것조차 발견할 수 없는 경우에 부딪쳤다. 『히옵전(傳)』 (HIOB: 독일어 '욥') 번역에 있어서는 우리들 즉 M. 필립스와 아우로갈 루스와 나의 세 사람은 어느 때는 나흘 동안에 불과 석 줄을 못 맞추고 마는 수까지도 있었다. 그것을 이와 같이 독일어로 애써 번역한 다음 '옳지 이제는 되었다. 이만하면 어떤 사람이라도 읽고 외울 수 있을 것이 라' 하고 한 사람이 삼사 매를 목독(目讀)하여보면 과연 처음에는 별로 이렇다고 걸리는 대목은 없다. 그러나 사실을 알고 보면 그는 위에 깔린 판자(板子)를 딛고 거구(渠溝: 도랑)를 넘어가듯이 그 표면을 독과(讀 過)하였을 뿐이므로 그 속에는 얼마나 위험한 화성암(火成岩)과 관목 (灌木)이 감추어 있었던가를 몰랐던 것이다. 이리하여 우리는 모든 사람 이 그 길을 안전하게 통행할 수 있도록 모든 화성암과 관목을 길에서 치우기 전에는 땀을 흘리지 않을 수 없었다. 밭이 상당히 다듬어진 뒤에 야 비로소 쟁기질을 할 수 있을 것임은 두말할 것이 없는 까닭이다. 그러 나[59] 삼림과 관목을 뿌리 채 파내고 밭을 들어내기라니. – 루터【1935.5. 3, 3면】

번역과 문화(13) —조선과 번역문화(上)
이상에서 누누이 진술한바 모든 우언치어(愚言痴語)는 적지 않게 지난 (支難)한 감회(感懷)와도 서로 협력하여 이제 맹렬한 기세로 나에게 한 개의 결정적 논단을 강요하는 듯 보이니 그것은 두말할 것도 없이 예의 번역과 문화의 관계 — 그 관계가 상술한 바와 같이 과연 그와 같이도 긴밀하다면 대체 우리 조선에 대하여는 어떻게 이것을 적용시켜야 되겠 느냐 하는 문제에 다름 없다. 그러나 문제가 이와 같이도 문득 추상(抽

───
59 원문에는 '그러나'가 한 번 더 들어가 있다.

象)을 떠나 구체성을 띠어오고 따라서 우리가 조선의 명확한 현실을 두 눈으로 의시(疑視)치 않을 수 없게 될 때는 우리는 우리가 불행히도 일의 비관론자임을 도저히 거부할 수 없는 것이니, 사실 이때에는 번역과 문화의 그와 같이도 밀접한 관계를 여실히 증명할 만큼 활발한 번역 내지 번역행동은 일찍이도 거의 없었고 이제인들 또한 거의 없음으로써이다. 그러나 그렇다고 물론 우리는 조선이 번역 그 자체의 문화적 은택(恩澤)에 욕(浴)한 바 없었다는 것은 전연히 아니니 그것이 우리 자신이 가져야 할 번역문화를 위하여서는 복(福)이 되었던가 혹은 화(禍)가 되었던가는 잠깐 불문에 부치기로 하고, 그것은 또한 기이한 일이기도 하면서 사실은 당연한 일이기도 하지만 확실히 우리는 우리가 '아이우에오'어(語) 속에 교양을 구하였을 때 한 가지 '아이우에오'어로 된 번역물을 통하여서도 그 말을 이해할 수 있고 또 우리의 요구가 충족될 수 있는 정도까지는 외국문화 섭취에 대한 노력을 게을리 하지 않았음이 사실인 까닭이다. 이런 의미의 이질적 번역문화 밖에 없었던 이와 같은 형편에 처하고 있는 조선적 사실을 번연히 알면서 나는 오직 사세(事勢)와 논조의 필연에 끌리어 「조선과 번역문화」란 넉넉히 주목할 가치가 있는 일의 항목을 잠월(潛越: 주제넘다)하게도 설비(設備)하기는 한 것이나 참으로 여기서는 하여야 할 말이 많은 성하면서도 그 실(實)할 말은 의외에 적은 경우에 흔히 침통한 표정이 오직 모든 것을 대변하여주는 하나의 애달픈 가슴을 나는 가질 뿐이라 할 밖에 없다. 나는 앞서 「번역가의 문화사적 사명」이란 항목에서 "모든 국가, 모든 민족이 그 종류에 있어서나 또는 그 정도에 있어서나 한 사람 한 사람의 건강 내지 교양과 같이 실로 복잡한 차이와 계단을 그것이 가지고 있는바 현실적 정세(情勢)는 나라와 나라, 민족과 민족, 문화와 문화, 언어와 언어 사이에 있어 외국적인 귀중한 경험을 내국에 소개하며 중개하며 수입하는 처지에 있는 이른바 문화의 전생업자(轉生業者) '번역가'들의 문화사적 사명을 규정치 않을 수 없다."고 하여 "무엇보다도 많이 문화적 교양과 그 섭취(攝取)에 대하여 생각하지 않을 수 없는 것이니 그러므로 물론 이곳에서는 일편의 번역, 일편의 소개는 헛되이 일편의 번역이며, 또 일편의 소개일 뿐임에 그쳐서는 아니되고 이것은 항상 어떤 의미에 있어서든지 자국문화의 향상에 대하여 살이 되고, 피가 될 수 있는 어떤 형성적 효과를 가져오는바 이국의 칼로리가 아니어서는 아니된다."고 말한 바 있었지만 사실에 있어서 조선은 참으로 번역이 아니라, 번역보다는 번역가를, 번역가가 아니라 번역가보다는 특이한 종류의 주석가(註釋家)를 어느 다른 사회보다도 더욱이나 진실한 마음으로 요구하고 있는 것 같이 관취(觀取)되는 것이니, 왜 그러냐 하면 여기 가령 한 사람의 번역가가 있어 그가 곧 번역행동에 나아가기 위하여 만반의 준비를 마치었다 할 때 그의 태도를 규정치 않을 수 없는바 조선적 표준은 전술한 조선문화의 현실적 정세에만은 멈추지 않고 그와 같이 일차(一且) 규정된 번역가로서의 그의 앞에는 또 하나의 다른 이질적 문화세력이 당면의 문제로서 해결을 구하여 힐박(詰迫)하여오는 까닭이다. 여기 말하는 이질적 문화세력이란 두말할 것도 없이 우리의 교양과는 상이히 밀접한 관계에 있는 '아이우에오'어(語)의 번역문화를 의미하는 것이니 우리가 적어도 번역가로서 나가려는 이상에는 이것을 대체 여하(如何)히 처리하여야 될 것인가는 문화적 정세에 대한 고려에 못지 않게 중대한 반성을 요하는 문제라 아니할 수 없다. 【1935.5.4, 3면】

번역과 문화(完) —조선과 번역문화(下)
원래 문화란 인류의 공유재산을 의미하는 것으로서 누가 이것을 자기의 소유로 하든 간에 그것은 물론 모든 사람의 자유의지에 속하는 것이지만 조선의 경우에는 공유재산으로서의 외국문화, 특히 '아이우에오'어(語) 문화에 대한 관계가 실로 기묘한 상태에 놓여 있으니 조선에 있어서의 후자의 보편적 침투세력은 내용에 있어서는 과연 여하한 것을 우리 민족 속에 형성시켜가고 있는지 알 수 없지만, 현재 외면(外面)에 나타난 현상을 가지고 판단하여보면 그것이 우리에게 부단히 문화적 영양을 제공하여주고 있음에도 불구하고 우리 자신의 독자적 문화는 점점 퇴색(褪色)하여가는, 퇴색은 않는다 하더라도 적어도 별단(別段)의 성장을 못보게 하고 있음이 속일 수 없는 사실인 까닭이다. 너무도 이용되기 쉬운 다른 문화 때문에 우리 자신의 문화는 이제 안색(顔色)을 잃고 침상에 누워있다고나 할까. 외래적인 것을 수용함으로 의하여 내재적인 것을 일으키기 쉬움은 실로 정신의 문제에 있어서는 흔히 있을 수 있는 일인 까닭이다. 문제가 조선의 번역문화이니 논점을 이에 한정하고 생각하면 조선의 번역문화를 위하여 무엇보다도 중대한 것은 일본의 번역문화를 어떻게 처리하겠느냐는 문제이다. 십 년 전에 이미 그곳에 번역된 것을 이제 번역하면 무얼 하느냐 하는 세간(世間)의 가치 판단은 확실히 언어에 대한 이해를 계기로 하고 저곳의 번역문화와 이곳의 번역문화의 사이에 너무나 당연한 관련이 있는 것을 주장하고 있는 듯이 보인다. 사실에 있어서 독자의 요구로서 상당히 강렬한 근거가 또한 얼마나 한 필연성을 가지고 있느냐 하면 그것 역시 문제이다. 그러나 심취하여 그들의 번역문화를 우리 자신의 번역문화인 거나 같이 토대로 하고 기초로 하고 또 발단으로 하여 그들과 같은 수평선상에서 출발을 꾀하지 아니하면 아니된다 하는 것은 모든 다른 문화부문에 있어서도 그러할 것과 같이, 적어도 현재에 처한 번역가의 능력과 기회를 정당히 평가한 것이라고는 할수 없다. 번역뿐만이 아니라 모든 것은 십 년 전의 현상일지도 모르지 않느냐? 민족적 발전의 문제로서 이 관련을 생각하여보더라도 돌연히 그들의 번역문화와 평행된바 그것은 실로 일(一)의 우화(寓話)에 불과하다. 여기 일의 번역가는 어느 곳에서도 번역되지 않은 저작의 최초의 정조(貞操)를 자기의 소유로 하기는 용이한 일이다. 그러나 또한 이것만이 조선의 문화성장에 영양이 되는 것이라고도 할 수 없는 것이니 너무나 많은 것이 결핍된 이곳에서는 오직 흔히 너무나 조선적인 영양을 구하기에만 급하고 또 어느 곳에도 발견되지 않았던 것을 구하기에만 급한 것같이도 보인다. 조선 사회에 적절한 외국물(外國物)의 번역만을 사람은 열정적으로 요구하는 것이지만 그것이 외국종(外國種)인 한에 있어서 선천적으로 조선적인 부합(符合)을 포함하고 있는 것이란 거의 없다고 하여도 과언이 아닌 것이다. 실로 이와 같은 조선의 이면적 정세(情勢) 속에서 약간의 번역, 약간의 소개가 배고픈 우리의 가난한 식탁을 간혹 장식할 때가 있다 하더라도 그것은 놓이기가 무섭게 우리의 식욕과는 너무도 소원(疎遠)한 것으로서 배척되는 것이니 번역이 그 문화적 가치를 발휘치 못함이 조선과 같은 곳은 없다 하여도 과언이 아닐까 한다. 이리하여 여기서 우리가 조금 대담히 생각지 않을 수 없는 문제는 조선은 과연 번역가를 통절(痛切)히 요구한다면 또 그것은 어떤 종류의 번역가라야 되느냐는 문제가 아니면 아니된다.

그러나 상술한바 조선의 정세에 의하여 추단(推斷)하여보면 조선이 막연히 문자적 의미의 번역가를 요구하고 있지 않는 것만은 명백하니 나의 생각 같아서는 조선은 이제 일의 번역가에게 요구하되 항상 번역가 이상의 것을 창조하기를 절망(切望)하고 있는 듯이 보인다. 다시 말하면 이곳에서 요망되는바 문화의 중개자는 너무나 직업적인 번역가는 결코 아니고 그는 실로 그 자신이 외국문화를 조선적으로 소화한바 창조적 문화 자체가 아니면 아니되는 듯 보인다는 것이다. 범범(凡凡)한 자기 부정의 번역행동에 의하여서가 아니고 자기 긍정의 전생적(轉生的) 의

지에 의하여 세계와 우리 사이에 놓인 넘기 어려운 강을 연락하는 교량의 역할을 그는 수행하여서 한 개의 새로운 세계를 계시하는 동시에 세계문화의 수준에 대한 거리를 단축시켜야 된다는 것이다. 현하 조선에 있어서의 번역가의 문화사적 사명이 이곳에서만 비로소 발견될 수 있다는 것은 과연 나의 독단에 속할까? 그러나 이 외에 달리는 우리의 길은 적어도 현재에는 없지 않은가? 요사이 문단 유식(有識)의 사(士)가 걸핏하면 그들이 마치 모든 해외문화의 수입을 홀로 청부(請負)하였다는 것이나 같이 피칭(彼稱) 해외문학파의 무위(無爲)를 통론(痛論)함을 듣는다. 그러나 이것은 실로 문화 개념에 대한 상식의 전무(全無)를 폭로함에 그칠 뿐이니 조선에 있어서는 펜을 잡는 데 있어서 모든 사람이 형제가 되는 문필의 인(人)은 그가 설령 누구이든 간에 당연히 해외문학파에 속하는 광영을 가져야 할 것이다. 외국문화 속에 영향을 구하여 이를 조선적으로 살리려는 데 있어 모든 문필업자의 의무는 적어도 이곳에서는 일치하는 까닭이다. 조선에 있어서는 참으로 어떤 책을 번역하여야 될까 하는 문제는 어떤 책을 저술하여야 할까 하는 문제와 같이 혹은 그 이상으로 중대하고 곤란한 것이니 장차 창조될 모든 조선의 문화는 실로 모든 사람 앞에 놓인바 일의 과제에 속한다. 【1935.5.5, 3면】

번역문학

김동인, 「번역문학(飜譯文學)」, 『매일신보』, 1935.8.31.

근래 번역문학 문제가 문단 일우(一隅)에서 꽤 말거리가 되었다. 대체
한 개 문학이 발달되기 위해서는 선진 외국의 문학을 음미하여야 할 것
임은 거듭 말할 필요가 없는 것이다.

그런데 조선에 신문학의 운동이 일어난 지 20여 년에 아직도 외국문학
음미(이식을 의미한)에 대한 대책이 토의되지 않았던 것은 무슨 까닭일
까? 조선사람은 외국문학을 음미하려 하지 않나? 혹은 할 필요가 없나?
그렇지 않으면 또 다른 무슨 이유가 있기 때문일까?

조선사람이라고 외국문학을 음미할 필요가 없다든가 필요를 느끼지
않았던 바가 아니었다. 단지 조선에서는 "조선어로 이식되지 않은 외국
문학일지라도 얻어 볼 기회를 가졌었다." 하는 특수 사정이 있었기 때문
에 외국문학 이식이 등한(等閒)하여 왔다.

적어도 중등교육 이상까지 받은 사람은 일문을 모르는 사람이 없을뿐
더러, 조선문은 도리어 일문만치 이해하지 못하는 현상이다. 이 덕택(?)
에 우리는 외국문학을 우리의 손으로 조선문으로 이식할 번거로운 의무
를 면할 수가 있었다.

우리의 내용이 충실되고 모든 것이 다 구비되어 세간에 부족이 없을만
치 되고도 여력이 있다면 혹은 장식품 존재로서 "우리 글로 이식된 외국
문학"도 소유하였으면 더 좋을 것이다. 그러나 우리는 시급한 세간도 다
장만치 못한 형세로서 장식품적 존재까지는 어느 하가에 마련할 여가가
없었다.

더욱이 우리 글로 외국문학을 이식하게 되면 그 출판비 등도 동경보다 훨씬 비싸게 될 것이며, 그 신용 정도까지라도 의심스러운지라, 이 문제는 등한히 하였던 것이다.

만약 우리의 여력이 있는[60] 시절이 오면 그것도 좋은 일이다. 그렇지 않으면 문학운동에는 참가하고 싶으나 창작 활동의 실력은 없고, 그 대신 외국어의 지식만을 가진 이가 무가내하(無可奈何)하여 하는 일이라면 또한 찬성하는 바이다.

그러나 그것은 결코 우리로서 절실하고 시급한 문제는 아니다. 소학, 중학에서 일문을 배우느라고 애쓴 그 대상으로 우리는 외국문화를 조선문으로 이식지 아니하고도 흡수할 수 있는 길이 있다는 특권을 갖게 된 형편이다. 그런지라, 단지 흡수와 음미를 위하여서는 우리의 귀한 노력까지 삭이지 않고도 능히 할 수가 있다.

그런데 근자 일부인 층에서 외국문학의 조선문학 이식 문제가 성히 논의되는 모양이다.

오인(吾人)은 이것을 단순히 배격하는 바가 아니다. 우리의 여력이 넉넉히 있으면 그 방면으로도 뻗어 보는 것은 결코 긇다[61] 하지 않는 바이다.

그러나 요컨대, 우리는 아직 장식적 존재품까지 마련할 여력이 없다. 우리의 예사롭지 못한 환경은 우리로 하여금 조선문으로 이식지 않은 외국문학일지라도 넉넉히 읽고 이해할 기능과 기회를 지어 주었으니깐 우리는 우리의 귀중한 힘을 그런 방면에까지 허비하고 싶지 않다.

–이것이 근자 문젯거리된 번역문제에 크게 찬성치 못할 오인(吾人)의 가장 큰 연유(緣由)이다.

---

60 원문에는 '및는'으로 되어 있다.
61 긇다 : '그르다'의 전남, 평북 방언.

역시(譯詩)의 전멸과 한자의 남용

박용철[62], 「역시(譯詩)의 전멸(全滅)과 한자(漢字)의 남용(濫用)」, 『동아일보』
1937.12.22. 5면.[63]

시(詩)가 언어를 매재(媒材)로 한 예술인 이상[64] "언어는 사람 속에 있는
최후의 신(神)의 주처(住處)라"고 신앙에 가까운 생각을 갖는다거나 언
어 자체를 그윽한 육체와 같이 사랑하는 데까지는 가지 않는다 할지라도
매재의 성질을 탐구하고 이 깊이 모를 심해(深海)에 침잠(沈潛)하며 이
완강한 소재와 격투하는 것이 우리 시도의 의무일 것이다. 그런데 근래
우리 시인들의 용어에는 우려할 경향이 보인다. 그것은 한자(漢字)의
남용(濫用)이다. 우리의 신문학(新文學)이란 것이 거의 한학(漢學)에
소양 깊은 몇몇 선배들의 의식적인 노력 끝에 생긴 수확이며 또 현재
벽초(碧初: 홍명희)나 위당(爲堂: 정인보) 같은 한문학의 대가들도 능
히 순 조선문으로 표현의 길을 걸어갈 수가 있는 한편 생령(生靈)으로나
교양으로나 한문학에 그리 깊을 수도 없고 그리 정확할 수도 없는 한
세대 젊은 우리 시인들이 한자를 문란하게 무모하게 써서 그의 글로 하
여금 젊은 신경통 환자의 외관을 가지게 하면서 있다. 필자는 시에 쓰는

---

62 박용철(朴龍喆, 1904~1938) : 시인이자 평론가.
63 『동아일보』, 「정축년회고(丁丑年回顧)」의 〈시단(詩壇)〉 편(10~12회, 1937.12.21.~
　23) 상, 중, 하 3부작 중 2부인 '중'에 해당한다. 참고로 '상'은 「형성(形成)의 길을 잃은
　혼란(混亂)된 감정(感情)」, '하'는 「출판물(出版物)을 통(通)해 본 시인(詩人)들의 업
　적(業績)」이다.
64 원문에는 '예술이상'으로 되어 있다.

언어와 회화용어가 완전히 일치해야 할 것을 주장하는 언문일치론자는
아니다. 그러나 시의 언어가 생활하는 민족의 언어 속에 깊은 뿌리를
박고 있지 아니해서 이 암묵의 지지자를 잃는다 하면 그 시는 대지를
떠난 나무와 같이 될 것이다. 시의 용어와 회화용어와의 사이에 거리는
멀지도 가깝지도 아니한 그 필연의 거리를 유지해야 할 것으로 믿는다.
이 한자의 남용 또는 따져보면 생활감정의 혼란(混亂), 거기에 원인한다
고 보겠지마는 화공(畵工)이 회채제조(繪彩製造)의 기술자이든 고대적
인 현태가 우리 문학인에게도 부담된 듯이 보이는 우리의 현금에 있어서
매재인 언어에 대한 이리 무자각한 현상은 동시에 그의 예술적 무자각을
표시하는 것이 아닐까 한다. 이것은 어떻든 좀 더 이론적으로 여러 사람
이 토구(討究)할 문제다.

역시(譯詩)의 전멸(全滅)

결코 선정적 표제가 아니요, 사실의 지시(指示)일 뿐 이하윤(異河潤)
씨의 역시집 『실향(失鄕)의 화원(花園)』이후 역시집이 다시 없었던 것
은 물론이어니와 정기간행물에 나타나는 수량도 차츰 감소의 경향이 있
더니 금년에 들어와 아주 절종(絶種)하기에 이르렀다. 이것은 무슨 엄격
한 역시불가능론 같은 것으로 논의할 성질의 것이 아니라 역시인(譯詩
人)의 무능과 신문잡지 편집인의 문화기획의 소루(疏漏)로 돌려야 할
것이다.

　원시(原詩)의 재료를 이식해서 독자에게 감흥 깊은 작품을 제공하고
독자의 환호 소리가 다시 세간에 사무친다면 결코 금일의 쇠운(衰運)이
왔을 리(理) 없는 것이므로 역시인의 노력과 기술의 양 부족이 이 주인
(主因)일 것은 물론이나 돌이켜 생각하면 이제 제출될 수 있는 역시와
제출되고 있는 창작시를 역창작(譯創作)의 표시와 작역자(作譯者)의 명

을 제(除)하고 순수한 시로 독자 앞에 제공한다면 역시의 일으키는 감흥이 결코 더 빈약한 편은 아닐 것이다. 역시에 결핍된 것은 문학적 감흥이 아니라 문단인(文壇人)적 흥미인 것 같다.

시론(詩論)

금년에 시론(詩論)이 아주 드물었다. 김기림(金起林), 이헐하(李歇河), 최재하(崔載河), 김환태(金煥泰), 이시우(李時雨) 씨 등이 있어서 시론에 새로운 국면이 기대되더니 이를 쇠미라 할까 침잠이라 할까. 그러나 시론의 필요는 한층 커가고 있다. 우리의 시는 과도한 자유 속에 길을 잃고 있고 우리의 인생은 오탁(汚濁) 속에 정체되어 있다. 더욱이 우리의 예술에는 과거가 없고 우리에게 수입되는 지식이란 부정확하기 짝이 없다. 해박하고 정확한 지식과 명철한 안광을 가진 시론가를 우리 시의 혼란은 요구하고 있다.

일찍이 시조가 율시(律詩)나 화가(和歌)처럼 일반에 보급되어서 문운에 일조가 되기를 바라던 때가 있었더니 이즘은 겨우 몇 분 이은상(李殷相), 이병기(李秉岐), 조운(曹雲), 김오남(金午男) 씨의 지키는 손에서 잔명(殘命)을 유지할 뿐인상 싶다. 싱겁게 말하자면 섭섭한 일이다.

변역시가의 사적 고찰 – 번역문화사연구초의 일장

이하윤, 「변역시가(翻譯詩歌)의 사적(史的) 고찰 –번역문화사연구초(飜譯文化史研究草)의 일장(一章)」, 『동아일보』, 1940.6.19.~23.(3회)

(1)

번역문화의 의의와 그 중요성에 대하여는 새삼스러운 예증을 필요로 하지 않거니와 우리 신문화운동의 초기에 있어서도 직접 혹은 간접으로 이 번역문화의 끼친바 공헌이 결코 적지 아니하다.

당연히 번역문화를 중심으로 한 기록 하나쯤 엮어졌어야할 것이로되 필자의 견문으로는 아직 그 소식에 접하지 못하였으니 이를 전혀 유감으로 여기는 바이다.

더구나 이즘에 이르러서는 이 번역문화가 질적으로나 양적으로나 축일(逐日) 왕성했어야 당연한 순로(順路)일 줄 앎에도 불구하고 오히려 쇠미(衰微) 일로를 더듬고 있음은 그 이유가 나변(那邊)에 있는가 일고(一顧)를 요하는 소이(所以)다.

그러나 내가 여기 언급하려고 하는 것은 번역문화 전반에 대한 논의도 아니오, 또한 그 부진의 원인을 구명코자 하려는 것도 아니다. 일찍이 번역문학사 내지 번역문화사를 초(草)해보고자 한동안 문헌의 수집을 꾀한 일도 없지 않거니와 아직도 감히 이 미개지(未開地)에 선뜻 손을 대지 못하고 있는 중이다. 다만 신시사(新詩史) 연구의 부산물로 번역문화의 시가 부문에 관하야 그 남겨진 문헌을 토대로 약간의 사실을 간략히 적어보고자 하는 것이 이 글의 주요목적이라면 주요목적이랄 수도 있는 것이다.

시집으로서의 효시(嚆矢)인 안서(岸曙)의 『오뇌(懊惱)의 무도(舞蹈)』가 서구시가를 번역한 역시집(譯詩集)이라면 우리의 신시사상(新詩史上) 서구시가의 수입이라는 것이 결코 허술한 지위에 처해있지 않다는 것은 누구나 수긍할 수 있으리라고 생각한다.

　베를렌, 구르몽, 싸맹, 보들레, 폴 포르 등 주로 프랑스 상징파 시인과 아일랜드 예이츠의 작품을 번역한 것이니 발행은 대정(大正) 십년 삼월이나 그때까지의 수년간 각 지지(紙誌)에 게재된 것을 수록하였음에 틀림없으리라, 시단(詩壇) 초기의 사조로서 짐작할 바 되거니와 이 시집이 당시의 문단을 풍미하였다는 사실도 결코 경시할 수 없는 일이라고 생각한다.

　그런 후에 같은 역자에 의하여 『잃어진 진주』라는 이름으로 아서 시몬스가 번역되고 타고르의 『신월(新月)』, 『원정(園丁)』, 『기탄자리』의 전역(全譯)이 출판되어 오늘엔 비록 그 가치를 전적으로 시인하지 못하는 일이 있다 하여도 당시의 그의 활약은 괄목할 바 있었으니 역자가 십수년 이래로 오직 한시역(漢詩譯)을 일삼아 『망우초(忘憂草)』에 위안을 받고 있다는 것이 차라리 기이한 느낌을 우리에게 주고 있다.

　역시 대정 13년 말에 김기진 역편(譯編)으로 세계명작시선 『애련모사(愛戀慕思)』라는 역시집이 간행되었으나 그가 평론으로 소설로 주력한 탓이 있을까 예기(豫期)에 반하여 이 연애시집은 그다지 널리 퍼지지 못한 채 불란서 베를렌, 뮛세, 구르몽, 게랭, 포르, 독오(獨墺: 독일과 오스트리아)의 괴테, 하이네, 울란트, 레나우, 영미의 브라우닝, 크리스티나 로제티, 바이런, 셸리, 테니슨, 예이츠, 포는 러시아, 인도, 스페인, 이탈리아의 각기 한두 시인들과 함께 이 책에서[65] 그 사랑을 노래하고

---

65 원문에는 '재(再)에서'로 되어 있다.

있는 것이다.

이밖에도 문단과 별로 관계가 없는 최운파(崔雲波)의『바이론 시집』, 김우원(金愚園)의『하이네 시집』과『바이론 시집』, 강애천(姜愛泉)의『하이네 시집』 등이 있기는 하나 족히 써 함께 논급할 정도에 이르지 못하므로 우리는 초기의 역시집을 이상의 오류 종에 불과하다고 하여 별반 착오는 없으리라고 생각한다.

대정 12, 3년경에는 시에 대한 논쟁과 아울러 역시에 대한 시비도 적지 아니하여『금성』에 역시 타고르가 기재되면서 양주동 대 김억, 프랑스 시에 대하여 김기진 대 양주동의 설왕설래가 있어 역시단(譯詩壇)에 적지 않은 쇼크를 주었던 것이 또한 사실이다.【1940.6.19, 3면】

(2)

늘 번역문화의 원천을 종교에서 찾게 되는 이상『성경』의 번역과 아울러 번역된『찬미(讚美)』가 서구시가 수입의 출발점이 아닐 수 없다. 로마교라 성공회라 혹은 신교파라 어느 것이 먼저이고 명역(名譯)이냐는 것은 잠시 두고, 오늘에 이르러서는 우리가 그 번역문체에 적지 않은 불만을 품었을지언정 번역사상(飜譯史上)의 가치와 당시 역자들의 노력과 그 끼친바 공헌, 영향을 전적으로 시인하지 않을 수 없는 일이다. 다만 그것이 직접 시단이나 시가와 깊은 관련이 맺어지는 듯한 것을 가지고만 논위(論謂)할 일이 아니라 신문예 발흥기에 있어서의 기독교문화라든가 또는 당시 문화청년의 신앙열(?) 등에 비추어서 그들의 일상생활에 성경이나 찬미의 구절이 얼마나 많이 침식하였었나 함을 수긍해둘 필요가 있기에 여기 특히 첨언하는 바이다.

전술한바 역시의 제1기를 지나『금성』,『영대』등의 문예잡지가 발간되면서 양주동의 프랑스 상징시초(象徵詩抄), 베를렌, 보들레르, 손진

태의 투르게네프, 양주동, 백기만의 타고르 등 시와 산문시가 소개되고
『영대』에서는 안서의 『세계의 시고(詩庫)』가 제2의 『오뇌의 무도』를 기
도하는 외에 늘봄(전영택)이 아메리카의 입체파 시인 맥스 웨버[66]의 작
품을, 고사리 씨가 카이암의 사행시(四行詩: 루바이야트)를 각기 역재
(譯載)하여 일반에게 적지 않은 도움을 주었으리라고 믿는다.

　『금성』 제3호는 「바이론 사후 백년기념호」로 발간되었으나 평전(評
傳)만이 부록으로 실리고 작품의 한 편도 옮겨지지 않은 것은 모처럼의
특집이 의의를 반실(半失)한 것으로 볼 수밖에 없었다.

　랜더 같은 시인의 까다로운 작품도 거침없이 번역하는 수주(樹州)의
솜씨라든가 또는 즐겨 번즈 같은 스코틀랜드의 민요시인을 소개하는 요
한의 착안(着眼)을 우리는 존경하거니와 정히 역시의 제2기에 들어서부
터는 중역(重譯) 우(又)는 중중역(重重譯)이 차차로 그 자취를 감춰가
고 있었다.

　그리하여 『해외문학』을 창간한 소이로 후일 세칭 '해외문학파'가 된
일군이 순전히 번역문학을 표방하고 나선 것은 그 실적은 여하간에 당시
문단에 적지 않은 파문을 던지게 되었던 것이며 그들의 후일도 역시 기
대와 별반 어그러짐이 없었다 할 수 있다. 번역이 실려 온 지지(紙誌)를
이루 여기 기억 할 수 없거니와 『시문학』, 『문예월간』, 『문학』의 순으로
정지용의 블레이크 역, 박용철의 하이네 · 괴테 역, 이헌구의 불백시(佛
白詩: 프랑스와 벨기에 시) 역, 서항석(徐恒錫)의 독오시(獨奧詩: 독일
과 오스트리아 시) 역에는 볼만한 것이 적지 아니하며 필자의 영불시가
시역(試譯)도 여전히 계속되어 백여 편이 넘었기에 『실향의 화원』이라
제(題)하여 세상에 공표한 일이 있다.

---

66 맥스 웨버(Max Weber, 1881~1961) : 러시아 태생의 미국 화가, 시인.

이때는 벌써 외국문학 내지 번역문학에 대한 인식이 일반화되어 외국문호(文豪)에 대한 기념행사와 기념특집 등이 성행하게 된지라『문예월간』의 「괴테 특집호」, 『시원(詩苑)』의 「위고 특집호」는 상당한 의의를 발견할 수 있는 것이다.

이보다도 훨씬 앞서서『동아일보』에 실린 수주의 「현대영시선역(選譯)」 같은 것은 좀 더 편수를 가하야 따로 단행본으로 출판하였으면 후진의 편의가 더욱 많았으리라. 김상용(金尙鎔)의 투르게네프 산문시의 역, 루바이야트 시조역(時調譯) 등도 그대로 지지에서 사라져버리고 말게 하는 것은 우리들의 본의가 아니매 오히려 애석한 감을 불금(不禁)하는 바이다.

여기 우리가 한 가지 잊을 수 없는 사실은『카톨릭 청년』의 시란(詩欄)이 있다. 지용이 여기 깊은 관계를 가졌던 소이라고도 하려니와 또한 역시에 주력하야 일반 역시가(譯詩家)의 번역 외에 교회신부와 신자 문인들의 종교시역을 읽혀준 것은 특기하여도 좋을 일이 아닐까 싶다. 【1940.6.21, 3면】

(3)
이상에서 거의 최근까지의 역시단을 대략 서술하였거니와 영어문학계통에서 시집『동경(憧憬)』의 주인공 김광섭(金珖燮)과 극예술에 전력하는 장기제(張起悌), 연전(延專)의 정인섭(鄭寅燮)을, 불어문학계통에서 손우성(孫宇聲)을, 독어문학계통에서 에세이스트 김진섭과 하웁트만으로 우리에게 알려진 조희순(曺希醇)을, 그리고 노서아문학에서는 소설가 함대훈을 각각 유수한 역시가로 볼 수 있으니 그들의 적지 않은 노력의 결정을 모으면 그 양에 있어서도 그 질에 결코 떨어지지 않는다.

그리하여 이 이삼년 이래 출판열이 왕성해지자 주로 19세기의 구미(歐美)시가를 역편(譯編)한 『해외서정시집』의 출현을 보게 되어 아직까지의 산만한 경향이 불소하던 역시계(譯詩界)에 한 정리된 앤솔로지로 그 가치를 인정받을 수 있다. 그러나 이 책의 역자 십일 인 중 거의 모두 이미 역시에 공헌이 있는 세칭 '해외문학파'에 속하는 외국문학 연구가들이요, 굳이 새로운 이름을 찾아보자면 이양하, 최재서, 임학수, 이원조의 네 사람 뿐이다. 정지용, 김상용, 이헌구, 손우성, 서항석, 김진섭, 함대훈 등 칠 인의 번역은 그동안에 발표되었던 것이 대부분이라고 할 수 있으나 이 편자가 가장 방향 있는 19세기의 구미낭만시의 일대 집성을 기도한 것은 우리 문단에 한 커다란 재보(財寶)를 하나 더 가(加)한 것이라고 생각한다.

  작금에 이르러서는 문고 출판이 범람하여 과거의 문화적 업적이 염가(廉價)로 우리 앞에 제공되기 시작할 뿐 아니라 새로운 플랜도 비교적 용이하게 진행시킬 수 있음에도 불구하고 번역문학 전반에 긍(亘)하여서는 물론 시가의 부문만 하더라도 오직 『하이네 시집』의 예고를 보고 있을 따름이요, 유일의 수확이라고는 시인 임학수 역편에 의한 『현대영시선』한 권밖에 들 수 없다. 우리는 『현대독일시선』, 『현대불란서시선』 등등의 자매 출판이 속속 간행되기를 갈망하고 있었으나 그런 책명은 예고에도 없음을 보매 출판업자의 무계획적 기획을 오로지 안타깝게 여길 따름이다.

  우리에게도 지금쯤은 괴테, 하이네, 바이론, 키츠, 셸리, 베를렌, 보들레르 등의 시선은 물론 예이츠, 포, 구르몽, 잠 등의 시선이 있어서 결코 이른 편은 아니다. 아마 이십여 년 동안 번역 소개된 시인의 수효도 기백(幾百)으로 다 할 수 없으려니와 그 작품을 모아놓으면 실로 방대한 것이 되리라. 국가별로 혹은 시대별로 좀 더 학구적 양심에서 문화의 후일을 위하여 노력해 주는 독지가(篤志家)와 또는 이를 계속적으로 지지하는 출판업자가 있었으면 한다.

유고집(遺稿集)으로 발간된 박용철 전집의 제1권(시집)을 번독(繙讀)하고 누구나 한 가지 경악하지 않을 수 없는 것은 그의 번역시편의 풍부한 내용이다. 「하이네 편」만 하여도 넉넉히 한 책자를 형성할 만하며 괴테나 미국의 여류시인 티즈데일도 좀 더 그 편수를 가하면 아담한 시선이 될 것이요 그 「색동저고리」는 세계 동요시선으로 훌륭한 독립적 가치가 있다. 오히려 나는 이러한 명역들이 유작전집 속에만 유폐되어 있느니 보다 좀 더 여러 가지 의미에서 활용되어 일반에게 감상될 수 있었으면 하고 바라는 바이다.

시인 김광섭도 최근에 역시에 더욱 주력하는 경향이 엿보이며 그는 어디선가 『스코틀랜드 민요집』 번역의 착수를 공약한 듯싶은데 외국어를 아는 시인이나 역시의 능력이 있는 문학자는 좀 더 적극적으로 번역의 계획을 세워 실천해 나감으로써 우리 시재(詩材)를 더욱 부유하게 하기를 희원(希願)하는 바이다.

나는 이 일문에서 번역문체의 인용대조, 원문과 역문에 대하여 또는 연대까지도 밝혀보고자 하였으나 지면관계도 있어 이것이 혹 후일 어느 책자의 서문으로 이용되는 경우에나 충분히 증보(增補)를 가해보고자 한다. (완) 【1940.6.23, 3면】

5

기타

자조론

새뮤얼 스마일스[1], 최남선 역, 『자조론(自助論)』, 『청춘』 13, 1918.4.

자조론 서(序)

우주와 인생을 통하여 확실한 일리(一理)는 물물(物物)이 다 자기라는 본체가 유(有)함이라. 다른 것이 다 환영이오, 모든 것이 다 허구라도 오직 자기란 것은 확실일지니 자기가 무(無)하고는 하물(何物)이든지 존재할 리가 역무(亦無)한 것이라. 권석편목(拳石片木)에도 자기가 유한 것이오, 미충소어(微蟲小魚)에도 자기가 유한 것이오, 인물에는 인물의 자기가 유한 것이오, 방국(邦國)에는 방국의 자기가 유한 것이며, 세계는 세계라는 일자기(一自己)오, 우주는 우주라는 일자기의 기궐흥폐(起蹶興廢)도 해사(該事) 자기의 기궐흥폐니라.

대괴(大塊)가 일국(一局)인데 만국(萬國)이 기포(碁布)라 수영(輸贏: 승부)과 장축(張縮: 팽창과 수축)이 부단하고, 세간(世間)이 일해(一海)인데 조생(兆生)이 파다(波多)라 유이(流移)와 전변(轉變)이 무상(無常)하여, 역사 추이의 적(跡)은 환멸이 주마등(走馬燈)에서 심(甚)하며 인생(人生) 승침(昇沈)의 태(態)는 숙홀(倏忽)이 활동사진에서 과(過)하니, 이렇듯 격렬한 생존경쟁이란 하(何)오. 자기와 자기들이 각기 세력을 각(角)함이오. 자연도태란 하오. 자기와 자기들이 각기 허실(虛實)을 결(決)함이라. 각 자기가 대립하여 기각(觭角)[2]이 되고 각

---

1 새뮤얼 스마일스(Samuel Smiles, 1812~1904) : 영국의 저술가이자 사회개량가.
2 기각(觭角) : 하나는 위로 솟고 하나는 아래로 처진 뿔.

자기가 병존(幷存)하여 추축(追逐)이 되며 소자기(小自己)가 대자기(大自己)를 성(成)하려 하고 부분 자기가 전체 자기를 작(作)하려 하매, 인간에 살활(殺活)의 기변(機變)이 유다(愈多)하고 세상에 풍운의 번복(翻覆)이 점번(漸繁)한 것이로다.

우강(優强)한 자기도 유(有)하고 열핍(劣弱)한 자기도 유하며 충실한 자기도 유하고 공허한 자기도 유하여 강실(强實)한 자 ― 기(起)하고 득(得)하며 약허(弱虛)한 자 ― 궐(蹶)하고 상(喪)하는지라. 그 차별이 생(生)하는 원인이 하(何)며 그 차별을 정하는 표준이 하오. 대개 우주의 조화와 세계의 진보와 인생의 활동이 목적이 자유(自有)하여 건건(乾乾)히 식(息)치 아니하나니 조(粗)로써 정(精)으로 잡(雜)으로써 순(純)으로 추(醜)로써 미(美)로 공(功)을 유적(愈積)하고 익(益)을 유도(愈圖)하여 완전한 선미(善美)를 성취하자는 것이 시(是)라. 이것이 대법(大法)이요, 대세(大勢)니 이 법(法)에 합(合)하고 세(勢)에 응(應)하는 자(者)가 우자(優者), 강자(强者), 실자(實者)로 흥왕(興旺)하고 불연(不然)한 자(者)가 열자(劣者), 약자(弱者), 허자(虛者)로 쇠잔(衰殘)하는 것이니라.

자기 외에 자기가 무(無)하며 자기상에 타물(他物)이 무하며 자기 아니고는 우주도 무한 것이요, 인생도 무한 것이요, 일체(一切) 전반(全般)이 개무(皆無) 구공(俱空)한 것이라. 이 일리(一理)를 회득(會得)하면 인생 성패(成敗)의 기(機)와 시운(時運) 융체(隆替)[3]의 수(數)를 해(觧)할 것이니라. 개인에 취(就)하여 언(言)하면 성공이니 견패(見敗)니 하고 국가에 취(就)하여 언(言)하면 흥성(興盛)이니 쇠퇴(衰頹)니 하니 무릇 일 사회와 일 개인이 천지(天地)의 대도(大道)에 합(合)하여

---

3 융체(隆替) : 성쇠(盛衰)와 비슷한 의미. 강하고 쇠함.

장(長)하며 합(合)하지 못하여 소(消)한다 함이 요(要)하건대 능히 자기란 것을 자각성(自覺醒)하고 자수립(自樹立)하고 자발전(自發展)하는 여부를 위(謂)함이니라. 여하(如何)히 성공하며 흥성(興盛)할까. 개인은 일 개인으로 사회는 일 사회로서 음적(陰的), 정적(靜的)으로는 자기를 자인(自認)하고 양적(陽的), 동적(動的)으로는 자기를 자조(自助)할 따름이요, 여하(如何)히 견패(見敗)를 변(變)하여 성공에 진(臻)하며 쇠퇴를 전(轉)하여 흥성에 달할까. 자인(自認)치 못한 자기를 확인하고 자조치 못한 자기를 극조(極助)하여 인(認)하고 인(認)하기를 저(底)에 철(徹)하며 조(助)하고 조(助)하기를 극(極)에 도(到)할 따름이니라.

자기는 만리(萬理)의 귀취(歸趣)요, 만사(萬事)의 시원(始原)이니라. 자기는 자인으로써 시현(示現)하며 자조로써 발동하나니라. 무궁한 조화는 우주의 자조요, 불식(不息)의 성주(成住)는 대괴(大塊)의 자조니라. 자기가 동(動)하여 경륜(經綸)이 생(生)하고 기획이 입(立)하는 영작(營作)이 시(始)하고 공정(功程)이 적(積)하여 천지조화도 비로소 지화(至化)를 시(施)하고 신공(神功)을 성(成)하는 것이니 자기 발동(發動)의 표상이 되는 자조는 곧 우주인생의 지대(至大)한 사실이요, 지요(至要)한 관절(關節)이니라.

차서(此書)의 논한 바는 곧 자조와 및 그 결과 — 니 평이한 언(言)과 비근한 예로 자조의 가치를 신명(申明)한 것이라. 신기(神奇)와 발월(拔越)은 차서에 고무(固無)한 바로되 장장구구(章章句句) — 긴요 절실한 수양(修養)상 과조(科條) 아님이 없는지라. 인생의 요로(要路)를 조명하고 세도(世道)의 대원(大原)을 논증한 점으로 만대만인의 공통한 보감(寶鑑)이 되려니와 일찍 자기를 인(認)하지 못하고 오히려 자기를 조(助)하지 못하여 유(有)할 것을 유하지 못하고 취(取)할 것을 취하지 못하는 차시(此時) 오인(吾人)에게 최긴(最緊) 우절(尤切)함을 각(覺)하노니, 희(噫)라. 자강자립의 요(要)가 오인에게서 급한 자 — 안재(安在)하뇨.

자조는 인생의 일(一) 사실(事實)이니라. 그러나 이는 곧 자기를 지(知)하는 것이며 자기를 지함은 곧 우주를 지함이요, 완전한 자조로써 인생의 본무(本務)를 행함은 곧 자기의 생명이 우주에 합일하고 자기의 사업이 조화에 혼화(渾和)함이니라. 자조 자조여, 오인의 공업아(功業芽)를 차휴(此畦)에 배(培)할 것이요, 생명수를 차천(此泉)에 급(汲)할지니 차서(此書)가 금일 오인에게 장래하는 이익이 어찌 제애(際涯)[4]가 유(有)하리오. 세갑인(歲甲寅) 가배일(嘉俳日)에 최남선은 곡교반(曲橋畔) 광문회루(光文會樓)에서 서(書)하노라.

---

4 제애(際涯) : 끝에 닿는 곳.

근대문호 소개 – 모파상

「근대문호(近代文豪) 소개(紹介) –모파상(1851~1893)[5]」,
『동아일보』1925.7.21, 4면.

기 드 모파상은 플로베르 문하생으로 프랑스 자연파(自然派)의 극치(極致)에 달한 작자(作者)라는 이름을 들으니 어떤 의미로 보아서 만일 모파상의 존재가 없었더라면 자연주의의 극치가 없었는지 몰랐을 모양이다. 1850년 8월 5일에 그는 세인느 앙프리우르 현(縣) 미름스니에 영주관(領主館)에서 났으니 아버지는 주식중매인(株式仲買人)으로 이브트와 루앙 양지(兩地)의 학교에서 수업한 뒤에 파리 해군성(海軍省)의 속리(屬吏)가 되었다가 미구(未久)에 사직하고 1870년부터 익년까지는 병사가 되어 종군(從軍)하였다. 그러다가 돌아와서 문부성(文部省)에서 상당한 지위를 얻었으나 이때부터 문학을 해 볼 생각이 나서 집어던지고 플로베르의 문전(門前)으로 갔다.

　플로베르의 문전으로 가게 된 것은 그의 어머니가 이전부터 플로베르와 우의(友誼)가 있어 그 연인(緣因)이라고 한다. 플로베르가 모파상의 이, 삼 작품을 읽은 뒤에 "자네에게 천재(天才)가 있는지 없는지 아직 자세히 모르겠으나 이 작품의 문장으로 보면 자네에게 재능이 있는 것은 분명하다. 그러나 잊어서는 아니될 것이 있으니 그것은 샤토 브리앙이 말한 것과 같이 천재는 인내란 말이다. 끊기지 아니하고 노작(勞作)하게." 하였다. 이리하여 그는 7년간 시가(詩歌)와 이야기와 각본(脚本)에

5　기 드 모파상(Guy de Maupassant, 1850~1893) : 프랑스 소설가.

전심(專心) 노작하여 작품이 완성되는 대로 그것을 선생에게 가지고 가서 일일이 물으면 플로베르는 작품을 읽고는 다음 일요일에는 의례히 조반(朝飯)을 같이 먹으면서 정세(精細)한 비평을 하여주며 자기의 노작에 대한 경험을 말한 뒤에는 이러한 때에는 이렇게 할 것이라고 주의 사항을 순서 있게 가르쳐주었다. 그러나 7년간 노작에는 하나도 세상에 발표할 만한 것이 없었으니 습작시대(習作時代)에는 천재도 또한 어떤 정도까지의 미숙이 있는 모양이다.

이리하다가 31세 때에 비로소 시집(詩集) 한 권이 출판되어 그의 문명이 높아졌으나 그것은 시집의 내용의 가치보다도 시집 중 한 편이 풍속 괴란(風俗壞亂)의 공격을 받아 세상의 평판이 좋지 못하였기 때문이었다. 그 뒤에는 시작(詩作)을 단념하고 전혀 소설에 전력(專力)하여 동년(同年) 말에 「푸르 디 스이프」란 일 편을 당시 소위 대가(大家)들의 집사(執事)하던 『메당의 원란(圓欒)』이란 잡지에 기고(寄稿)하였으니 이 작(作)의 내용은 지방(脂肪)덩어리[6]라는 창부(娼婦)를 주인공 삼아 보불전쟁(普佛戰爭)의 일 사건을 묘사한 것으로 예민(銳敏)한 관찰과 기교의 묘치(妙致)가 상합(相合)하여 원숙(圓熟)된 작풍(作風)은 대가로 하여금 경탄케 하였다. 그러니 이 작품이 한번 출세(出世)되자 그가 대가열(大家列)에 참여된 것은 조금도 기이한 것이 아니었을 것이다. 그 후부터 십년간에 「여자의 일생」, 『벨 아미』를 비롯한 많은 명편옥장(名篇玉章)을 발표하여 한때의 독서계(讀書界)의 시선을 일신(一身)에 모아놓고는 그는 노작의 노력을 아끼지 아니하였다. 1890년에 「노브르 세르」 외에 이, 삼 단편을 출세시킨 것이 최후의 노작품으로 그 뒤부터는

---

6 원문에는 '뗑이'로 되어 있다. 「푸르 디 스이프(Boule de Suif)」의 번역이다. 한국어 제목으로는 통상 "비계 덩어리"로 알려져 있다.

과중한 노작의 피로 때문에 극도의 신경쇠약에 걸려 아무리 정양(靜養)하였으나 조금도 보람이 없어 발광자살(發狂自殺)하려고 하였기 때문에 어찌할 수 없이 전광원(癲狂院)으로 보내었으니 초인(超人) 철학자 니체도 이러한 사람의 하나로 천재란 병적이다 한 말이 거짓이 아닌 듯싶다. 1983년 7월 6일에 육혈포(六穴砲)로 최후를 마치고 말았다. 유작(遺作)으로는 시집 한 권, 장편 6권, 단편이 약 200편쯤 되어 어떤 편(便)으로 보면 모파상의 특점은 단편에 있는 듯하였다.

해외문학

「권두사(卷頭辭)」[7], 『해외문학(海外文學)』 창간호, 1927.1.

외국문학연구회는 1927 새해부터 『해외문학』을 세상에 내놓는다. 비참한 과거, 미약(微弱)한 현실보다도 위대한 미래의 거룩한 이상을 위하여 우리는 하루바삐 뜻있는 운동을 실지화(實地化) 시키는 것이다.

무릇 신문학의 창설(創設)은 외국문학 수입으로 그 기록을 비롯한다. 우리가 외국문학을 연구하는 것은 결코 외국문학연구 그것만이 목적이 아니오, 첫째에 우리 문학의 건설, 둘째로 세계문학의 호상(互相) 범위를 넓히는 데 있다.

즉 우리는 가장 경건(敬虔)한 태도로 먼저 위대한 외국의 작가를 대하며 작품을 연구하여서 우리 문학을 위대히 충실히 세워놓으며 그 광채를 돋구어보자는 것이다. 이에 우리는 우리 신문학 건설에 앞서 우리 황무(荒蕪)한 문단에 외국문학을 받아들이는 바이다.

여기에 압태(壓胎)될 우리 문학이 힘이 있고 빛이 나는 것이 된다면 우리가 일으킨 이 시대의 필연적 사업은 그 목적을 달(達)하게 된다. 동시에 세계적 견지에서 보는 문학 그것으로도 한 성공이다. 그만치 우리의 책임은 중대하다.

이런 의미에서 이 잡지는 세상에 흔히 보는 어떠한 문학적 주의(主義) 하에 모인 그것과 다르다. 제한된 일부인의 발표를 위주로 하는 문예잡

---

7   『해외문학』의 편집인이었던 정인섭(鄭寅燮, 1905~1983)의 글로 추정된다. 아래 '정 군' 역시 그를 지칭한다.

지, 동인지 그것도 아니다. 이 잡지는 어떤 시대를 대하여 우리 문단에는 파동을 일으키는 뜻있는 운동 전체의 기관이다. 동시에 주의(主義)나 파분(波分)을 초월한 광범(廣汎)한 그것이 아니면 안 된다.

1926.12.

일본 동경 와세다(早稻田)대학

나의 경애하는 정 군(鄭 君)

군(君)과 군의 우인(友人) 몇 사람들이 『해외문학』이라는 새로운 조선 잡지를 편집하여 다음 정월에 발간하려고 계획 중이라 함을 듣고 나는 기뻐합니다. 나의 의견으로서는 외국문학의 연구는 각국 작가의 가장 필요하고 중요한 영감자(靈感者)일까 합니다. 그것은 신선한 관념을 넘치도록 지래(持來)하고 새로운 작가를 분발시키며 옛 작가가 무기력하게 됨을 방어하는 것이니 그것 없이는 진정한 문학생활이 불가능입니다. 우리 영국에는 모든 것이 실제적으로 외국문학에 의하고 있습니다. 우리의 가장 위대한 사람들은 모두 대륙에서 관념과 논제를 절취(竊取)하였습니다. 르네상스(문예부흥)시대뿐만 아니라 그 전과 후에도.

그러므로 그대들의 이 새로운 잡지가 조선의 문학생활에 제20세기 르네상스의 선구자 되기를 희망합시다.

그대에게 모든 성공을 바라면서

진정한 그대의

레이몬드 반토크

완역 삼민주의

「완역(完譯) 삼민주의(三民主義)」,[8] 『동광』 39, 1932.11.1.

역자 머리말[9]

손문(孫文) 원저(原著)

이것은 중국 국민당(國民黨) 총리(總理) 손중산(孫中山) 선생(先生)의 저술(著述)인 「삼민주의(三民主義)」를 전역(全譯)한 것이다. 본래(本來) 강연체(講演體)로 된 것인데 조선말로 옮김에 있어서 간결(簡潔)을 위하야 약토(略吐)를 사용하였다. 이 강연은 강연이니만큼 중언부언(重言複言)한 데가 많이 있으나 도리어 그것이 그의 주장을 명료히 하는 데 효과가 있다. 이 강연이 현재 국민당이 주장하는 삼민주의의 '성경(聖經)'인 것은 두말할 필요(必要)도 없겠다.

원저는 민족주의 6강, 민권주의 6강, 민생주의 4강(미완)으로 되어 있는데 여기 싣는 것은 민족주의 제1강이다.

역자(譯者) 지(識)

---

8 동광이 40호(1933.1.)로 폐간되어, 처음 기획과는 달리 한 회만이 연재되었다.
9 『동광』 39, 1932.11.1, 50면. 원문에는 제목이 없다.

루쉰에 대하야

이명선(李明善)[10], 「루쉰(魯迅)에 대하야」, 『조선일보』 1938.12.5.

루쉰(魯迅)은 처음에 인생을 위한 문학 사회를 위한 문학을 목표로 하고 그의 문학생활의 제일보를 떼어놓았던 것이다. 이것은 1933년에 쓴 「나는 어찌하여 소설을 쓰기 시작하였나」와 『대노신전집(大魯迅全集)』(개조사판(改造社版))이 고백한 바다.

인생을 위한 문학, 사회를 위한 문학은 문학을 위한 문학 즉 문학지상주의자와 근본적으로 대립하는 것으로 이 사상은 인도주의 사상과 밀접한 관계에 있어 열렬한 인도주의자 '톨스토이'는 가장 용감한 이 주장자였다. 그때의 루쉰도 아마 막연하나마 이 인도주의적 입장에서 사회개량의 수단으로 문학을 이용하려 하였던 것 같다.

그러나 사회를 개량하려면 먼저 그 사회의 부패상을 적발하여 공격하지 않으면 안 된다. 그 당시의 지나(支那)에 있어서는 물론 봉건적 사상과 관습에 대한 적발과 공격이다. 루쉰의 「광인일기(狂人日記)」, 「공을기(孔乙己)」, 「약(藥)」, 「명일(明日)」, 「두발(頭髮)의 고사(故事)」 등 - 『눌함(吶喊)』 속에 수록된 소설들이 곧 이것이다. 이 소설들은 『눌함』이라는 서명(書名) 그대로 봉건적 사상과 관습에 도전하여 가장 신랄한 풍자로 조소를 뒤집어씌워[11] 조금도 가차(假借)함이 없었다. 세계적으로 유

---

10 이명선(李明善, 1914~1950) : 중국현대문학 전문가. 평론과 번역들을 남겼다. 해방 후 서울대 중어중문학과 교수로 재직했다.

11 원문에는 '뒤어씌워'로 되어 있다.

명한 「아큐정전(阿Q正傳)」도 이때에 쓴 것으로 주인공 아큐(阿Q)는 지나 (支那)의 봉건적 사상과 관습의 인격화한 것이라고도 볼 수 있는 것이다.

그러나 루쉰은 「아큐정전」 이후 점차로 『방황(彷徨)』을 시작하였다. 인생을 위한 문학, 사회를 위한 문학에서 문학을 위한 문학으로 발을 돌리기 시작하였다. 이때에 쓴 소설을 모아놓은 『방황』을 보면 루쉰의 움직임을 알 수 있다. 루쉰은 차차로 그의 제재(題材)를 일반 대중에서 지식계급으로 돌리고 우울과 침체 속에 빠져 생신(生新)한 생활감정이 말할 수 없이 희박하여졌다. 이에 따라 그의 '리얼리스틱'한 붓도 형식주의 기교주의로 흘러서 「행복한 가정」, 「비누」 등에서처럼 '맨스필드'의 단편을 연상케 하는 가정 속에 칩거(蟄居)하고 있는 소시민의 때때의 기분과 미묘히 움직이는 심리를 묘사하는 데에 그리고 「토끼와 고양」이 「거위의 희극」 등에서처럼 허무감을 극히 기교적으로 표현하는 데에 그의 문학도(文學道)를 찾으려고 헛애를 썼다.

『눌함』에서 『방황』으로 『방황』에서 또 어디로! 어디로 가? 물론 거기에는 새로운 아무 길도 있을 리가 없다. 기어이 그는 소설을 버리고 수필로 도피하여버렸다. 이때에 쓴 수필을 모은 것이 『야초(野草)』이다. 루쉰은 기어이 교목(喬木)이 되지 못하고 야초로서 만족하겠다는 것이다. 이 속에는 회색(灰色)의 과거만 있고 생신(生新)한 현재는 조금도 없다. 미래에는 오로지 분묘(墳墓)만이 기다린다. 『야초』 속에서 루쉰 자신이 이것을 고백하지 않았는가! 방황하던 루쉰은 여기에서 기로(岐路)를 헤매는 피로한 발을 멈추고 아무 이상도 희망도 없이 과거를 회고하고 의혹할 뿐이다. 침체와 고독과 허무의 세계가 있을 뿐이다. 이러는 동안에 한편 지나의 사회정세는 급속히 진전되어서 문단에서는 창조사(創造社)의 '극변(劇變)'이 있어 인심은 극도로 긴장하여지고 흥분하여졌다. 그리고 '아큐시대(阿Q時代)'는 이미 갔다. 벌써 그것은 예전 일이다. 우리는 우리의 시대를 알고 아큐를 장사지내지 않으면 안 된다'는 소리가 평단에서 절규(絶叫)되었다.

그러나 물론 이때의 루쉰이 이러한 사회의 정세와 자기에 대한 비난을 정당히 파악하고 이해하기는 도저히 불가능한 일이다. 기어이 '취안몽롱(醉眼朦朧)'을 잠꼬대하야 그의 고루(固陋)와 무식(無識)을 그대로 탈루(脫漏)하고 말았다. 원래 문학을 위한 문학에의 경향은 문학가와 그를 위요(圍繞)한 사회의 진전과의 비상(非常)한 격리(隔離)에서 발생되는 것이다. 왕시(往時)의 제일선(第一線)의 투장(鬪將) 루쉰은 이리하여 이때에 패잔병이 되어 시대에서 낙오한 제 자신의 비참한 꼴을 발견하지 않을 수 없었다.

누구나 다 알듯이 후에 루쉰은 그때까지의 소시민적 '이데올로기'를 깨끗이 청산하여 버리고 다시 지나 문학운동의 제일선에 참전하여 죽을 때까지 몇 번이나 그의 거□을 발사(發射)하여 분투(奮鬪)하였다. 여기서 우리는 루쉰이 인생을 위한 문학 사회를 위한 문학을 목표로 문단에 등장하든 그의 『눌함』시대를 다시 생각지 않을 수 없다. 혹은 어느 의미로는 루쉰은 다시 인생을 위한 문학, 사회를 위한 문학으로 도로 들어갔다고도 볼 수 있기 때문이다. 하지만 지나의 급속한 사회적 진전은 이미 그를 왕시(往時)의 인도주의로 들여보내지 않고 또 봉건적 사상과 관습의 타파도 이미 그때처럼 중대한 의의를 가진 것은 못되는 것이었다. 이때의 지나는 이미 신해혁명 시대의 지나도 아니고 '5·4' 시대 루쉰의 소설은 『눌함』, 『방황』속에 대개 수록되어 있고 이 외에 역사소설이 꽤 여러 편이 있기는 하나 이것은 모두 그가 □자□신지세(□子□迅之勢)로 권토중래한 이전의 것이요, 정작 그 이후에는 더구나 죽기 전 수삼 년간은 '손으로 쓰는 것보다 발로 도망하기가 바빠서' 주목할 만한 단 한 편의 소설도 쓰지 못하였다.

임상석(林相錫)

부산대 점필재연구소 HK교수. 한국근대문학을 전공하였고, 현재 한국을 중심으로 동아시아 한자권의 어문(語文) 전환 과정과 번역을 연구하고 있다. 주요 논저로 『20세기 국한문체의 형성 과정』, 『시문독본』(역서), "A Study of the Common Literary Language and Translation in Colonial Korea: Focusing on Textbooks Published by Government-General of Korea", 「1910년대 『열하일기』 번역의 한일 비교연구」 등이 있다.

손성준(孫成俊)

부산대 점필재연구소 HK연구교수. 동아시아 비교문학을 전공하였고, 현재 근대 동아시아의 번역문학, 번역과 창작의 상관관계 등을 연구하고 있다. 주요 논저로 『저수하의 시간, 염상섭을 읽다』(공저), 『투르게네프, 동아시아를 횡단하다』(공저), 「전기와 번역의 '종횡(縱橫)'-1900년대 소설 인식의 한국적 특수성」, 「근대 동아시아의 애국 담론과 『애국정신담』」 등이 있다.

신상필(申相弼)

부산대 점필재연구소 HK교수. 한국한문학을 전공하였고, 현재 한국 서사문학의 동아시아 교류 양상과 근대 야담잡지의 출판에 관해 연구하고 있다. 주요 논저로 『서사문학의 시대와 그 여정: 17세기 소설사』(공저), 『한국 고전번역학의 구성과 모색』(공저), 『대한자강회월보 편역집』(공역) 등이 있다.

이태희(李泰熙)

부산대 점필재연구소 HK연구교수. 한국한문학 전공. 조선시대 유기(遊記) 및 근대의 한반도 기행문을 연구하고 있으며, 근래에는 조선 후기 선서(善書)의 수용과 번역에도 관심을 갖고 있다. 주요 논저로 「조선시대 사군(四郡) 산수유기 연구」, 「조선시대 사군 관련 산문 기록에 나타난 도교 문화적 공간인식의 양상과 의미」, 「조선 후기 선서(善書)의 수용과 유행의 요인」, 『역주 광릉지(光陵誌)』(공역) 등이 있다.

고전번역학총서-번역편 5

한국 고전번역자료 편역집 2 – 대한제국기/일제강점기

2017년 4월 25일 초판 1쇄 펴냄

편역자   임상석·손성준·신상필·이태희
발행인   김흥국
발행처   도서출판 점필재

등록   2013년 4월 12일 제2013-000111호
주소   경기도 파주시 회동길 337-15
전화   031-955-9797, 02-922-2246(영업)
팩스   02-922-6990
메일   jpjbook@naver.com

ISBN 979-11-85736-43-3 94810
      979-11-85736-41-9 (세트)
ⓒ 임상석·손성준·신상필·이태희, 2017

정가 25,000원